U0131144

論壇 26

中共「二十大」政治菁英甄補

The 20th Party Congress :
Elite Recruitment in the CCP

陳德昇 主編

序言

中共於 2022 年 10 月 16-22 日舉行「第二十次全國代表大會」（簡稱中共「二十大」）。由於此次大會習近平全面掌權，不再是派系共治與權力分享的格局，揭示中共政治發展習近平時代的到來。

本書是政治大學國際關係研究中心，於中共「二十大」後召開研討會之論文彙編，其中有四篇已刊登於《中國大陸研究》季刊（TSSCI），其餘文章亦經補強修正後於本書發表。相信這些對中共「二十大」人事變遷、政經發展與兩岸議題深入研究，有助對中共極權體制的解讀。此外，本書對習近平領導之政治菁英脈絡、運作，以及局限和挑戰，亦有深入的分析。

本書主要區分為三大部分。一是菁英甄補與趨勢。分別由陳德昇、王信實、張執中、趙建民、郭瑞華、蔡文軒、蔡儀儂與曾偉峯撰寫。其中除有中共高層人事預測與分析外，亦有習主政時期菁英管理與懲治作為，以及菁英甄補特色、布局、網絡與韌性之解讀；第二部分為經貿發展與社會。王國臣、劉孟俊、吳佳勳、黃健群、林瑞華、蔡文軒與王信賢分別撰寫大陸經濟、兩岸經貿，以及科技監管和社會控制議題；第三部分則為對臺政策與挑戰。柳金財、張國城與陳陸輝就中共對臺政策與效應、中共武力犯臺的歷史比較與評估，以及兩岸軍事可能衝突民意調查結果，做一解析與評量，期使讀者對當前兩岸互動的風險、威脅與因應，有更多觀察與省思。

最後，研究助理曾毓庭的編校，以及印刻出版社協助出版，在此致謝。

陳德昇

2023 年 12 月 31 日

目錄

三、對臺政策與挑戰

作者簡介（按姓氏筆畫）

王信實

　　美國威斯康辛大學麥迪遜分校農業暨應用經濟學系博士，現任國立政治大學經濟系副教授。主要研究專長：社會經濟、財務經濟與中國經濟發展。

王信賢

　　國立政治大學東亞研究所博士，現任國立政治大學國際關係研究中心副主任。主要研究專長：中國社會治理、社會變遷與國家社會關係。

王國臣

　　國立政治大學國家發展研究所博士，現任中華經濟研究院第一研究所助理研究員。主要研究專長：中國大陸與世界經濟、國際政治經濟與量化研究方法。

吳佳勳

　　國立臺灣大學農業經濟學博士，現任中華經濟研究院第一研究所副研究員兼副所長。主要研究專長：中國大陸經貿政策、國際貿易與一般均衡模型分析。

林瑞華

　　國立政治大學東亞研究所博士，現任金門大學國際暨大陸事務學系助理教授。主要研究專長：中國科技監管與科技創新、中國政治經濟、兩岸研究與台商研究。

柳金財

　　國立政治大學東亞研究所博士，現任佛光大學公共事務系副教授。主要研究專長：中國大陸地方選舉與治理、中國大陸研究與兩岸關係研究。

張國城

　　澳洲新南威爾斯大學社會科學與國際關係博士，現任臺北醫學大學通識教育中心教授兼副主任。主要研究專長：國際關係理論、兩岸關係與中華民國現代史等。

張執中

　　國立政治大學東亞研究所博士，現任開南大學人文社會學院教授兼院長。主要研究專長：中國大陸政府與政治、中國政治發展與兩岸關係。

郭瑞華

　　國立政治大學東亞研究所博士，現任展望與探索雜誌社特約研究員。主要研究專長：中共黨政、兩岸關係與中共人事。

陳陸輝

　　美國密西根州立大學政治學博士，現任國立政治大學選舉研究中心特聘研究員、政治學系合聘教授兼系主任。主要研究專長：研究方法、民意調查與選民行為。

陳德昇

　　國立政治大學東亞研究所博士，現任國立政治大學國際關係研究中心研究員。主要研究專長：跨界治理、兩岸關係、全球化。

曾偉峯

　　美國北德州大學政治學系博士，現任國立政治大學國際關係研究中心助理研究員。主要研究專長：中國政治、地方治理。

黃健群

　　國立政治大學東亞研究所博士，現任中華民國全國工業總會大陸處處長暨中國科技大學兼任助理教授。主要研究專長：中國經濟、兩岸經貿、台商研究。

趙建民

　　美國南伊利諾州立大學政治學博士，現任中國文化大學國家發展與中國大陸研究所特約講座教授兼所長。主要研究專長：中國大陸政府與政治、中國政治發展與兩岸關係。

劉孟俊

　　澳洲 Monash 大學經濟學博士，現任中華經濟研究院第一研究所研究員兼所長。主要研究專長：中國科研體制與高科技產業、國際經濟與產業經濟。

蔡文軒

　　國立政治大學東亞研究所博士，現任中央研究院政治學研究所研究員。主要研究專長：中共政治體制、中共政治改革與政治轉型與比較政治。

蔡儀儂

　　國立政治大學政治學系博士，現任中央研究院政治學研究所博士後研究員。主要研究專長：比較權威主義、政治經濟學與中國政治。

菁英甄補與趨勢

中共「二十大」政治菁英甄補：
趨勢、預測與反思 *

陳德昇 **

（國立政治大學國際關係研究中心研究員）

王信實 ***

（國立政治大學經濟學系副教授）

摘　要

2022 年 10 月 16 日中共召開「二十大」，並於 10 月 23 日公布政治局委員人選。由於中共專政體制的封閉性與不透明性，以及習近平對政治菁英甄補偏好，高層政治菁英甄補人選預測困難。

透過「十六大」至「二十大」菁英政治分析，有助解讀中共政治繼承、菁英甄補、派系政治與權力結構。尤其是習在「反腐」鬥爭、2017 年推動任期修憲、改變人事甄補規範，以及個人偏好和愛將、部屬的引用，皆促成中共高層政治菁英重大調整。

本文透過多元迴歸分析，解讀「十六大」至「二十大」菁英篩選，研究顯示若依傳統加權估算準確度僅達六成左右，但經過調整變數和加權，精準率可提升近九成。未來可透過此機制測算具潛力之政治菁英，從而有助預測中共菁英政治發展與變遷趨勢。

關鍵字：二十大、政治局委員、菁英甄補、專政體制、個人獨裁

---

* 本文內容曾刊登於陳德昇、王信實，〈中共「二十大」政治菁英甄補：趨勢與反思〉，《中國大陸研究》，第 66 卷第 2 期（2023 年 6 月），頁 1-34。感謝國立政治大學國際關係研究中心《中國大陸研究》同意轉載。

** 本文感謝研究助理林志宇、錢柔安協助，提供統計運算和資料蒐集。

*** 政治大學經濟學系副教授。通訊作者，聯繫地址：116 臺北市文山區指南路二段 64 號政治大學經濟系，電話：(02)2939-3091 轉 51542，電子郵件：sswang@nccu.edu.tw。

「一朝天子一朝臣」[1]

——金仁傑

「中共全國代表大會之前的權力再分配方案是怎麼制定產生，不僅你我看不到，兩千多名代表坐在會場時也看不到，真正劇場是非常小圈子進行，哪些人能參與外界也難以得知。」（吳國光，2022）

——吳國光

壹、前言

中共於 2022 年 10 月 16 日召開「第二十次全國代表大會」（以下簡稱「二十大」），並於 10 月 23 日舉行「中央委員會第一次全體會議」（「一中全會」）公布政治局委員及常委名單（參見表 1）。由於中共專政體制的封閉、非制度化、不規則性與嚴格保密，使得外界各智庫與媒體事先猜測與估算名單存在較明顯之落差，但美國《華爾街日報》（*The Wall Street Journal*）則成功預測六位政治局常委人選，[2] 引發各界好奇與關注。

表 1　中共「二十大」新任政治局 24 位委員名單

編號	姓名	出生	年齡 （2022年）	籍貫	政治局常委、委員續任、新任
1	習近平	1953	69	陝西富平	◎
2	李　強	1959	63	浙江瑞安	◎（新任）

---

1 原始出處為元朝：金仁傑《追韓信》第三折：「咱王是一朝天子一朝臣。」明朝：湯顯祖《牡丹亭—虜諜》：「萬里江山萬里塵，一朝天子一朝臣：北地怎禁沙歲月？南人偏占錦乾坤。」

2 六位常委成員包括：習近平、李強、李希、丁薛祥、王滬寧、趙樂際，僅蔡奇未提。另報導亦指出李克強、汪洋不再留任政治局常委。《華爾街日報》，2022/10/18，〈習近平可能提拔親信進入中共最高決策機構〉，https://cn.wsj.com/articles/ 習近平準備提拔親信進入中共最高決策機構-121666049406?reflink=desk topwebshare_permalink，查閱時間：2022/11/17。

3	趙樂際	1957	65	陝西西安	◎
4	王滬寧	1955	67	山東萊州	◎
5	蔡　奇	1955	66	福建尤溪	◎（新任）
6	丁薛祥	1962	60	江蘇南通	◎（新任）
7	李　希	1956	66	甘肅兩當	◎（新任）
8	尹　力	1962	60	山東臨邑	△
9	王　毅	1953	69	北　京	△
10	石泰峰	1956	66	山西榆社	△
11	何立峰	1955	67	廣東興寧	△
12	何衛東	1957	65	江蘇東臺	△
13	李干杰	1964	58	湖南望城	△
14	李書磊	1964	58	河南原陽	△
15	李鴻忠	1956	66	山東昌樂	○
16	袁家軍	1962	60	吉林通化	△
17	馬興瑞	1959	63	山東鄆城	△
18	張又俠	1950	72	陝西渭南	○
19	張國清	1964	58	河南羅山	△
20	陳文清	1960	62	四川仁壽	△
21	陳吉寧	1964	58	吉林梨樹	△
22	陳敏爾	1960	62	浙江諸暨	○
23	黃坤明	1956	66	福建上杭	○
24	劉國中	1962	60	黑龍江望奎	△

說明：◎表「二十大」政治局常委（其中三人連任，四人新任），○表連任政治局委員，△表新任政治局委員。

資料來源：新華網，2022，〈中國共產黨第二十屆中央委員會第一次全體會議公報〉，http://www.news.cn/politics/cpc20/2022-10/23/c_1129075992.htm，查閱日期：2022/11/21。

　　本文試由中共「黨代會」政治菁英甄補的運作機制與特質做文獻探討與回顧，並說明結合迴歸分析現有職務功能加分條件，進行菁英人選預測之研究方法。其後針對中共「十六大」至「二十大」預測階段成果、缺失反思與檢討，從而抽釋出不同「黨代會」影響中共菁英甄補的變數和加權

指標。期能減少誤判，並解讀習近平領銜下的中共菁英政治結構和格局，以及未來中共政治菁英甄補與趨勢。

貳、文獻探討

社會主義國家政治繼承始終是核心與重大議題。研究中共、蘇聯、東歐等國的學者認為：政治繼承對共黨政權可能產生兩方面的影響。第一種影響環繞在權力與政策間關係，意即領導人更替是否會帶來「政策創新」（policy innovation）；第二種影響則關注在「政權穩定」議題上。政權（regime）是一套決定政權關係與資源分配的價值、原則、規定、慣例與決策程序。[3] 由於政治菁英會奪取稀有資源，因此政權穩定的關鍵在於絕大多數菁英能否接受一套遊戲規範。這套規範雖不能消除權力鬥爭與政策歧見，卻可以降低鬥爭激烈的程度，使得權力和平轉移。明顯的，政治菁英甄補的制度化便變得重要。[4]

從中共體制面向解讀中共專政極權體制，雖有專政與威權程度的階段性差異，[5] 但在習近平領導的中共專政體制和本質則未有變化，甚而強化極權的程度。根據傅士卓（Joseph Fewsmith）於《再思中國政治》（Rethinking Chinese Politics）指出：中共高層政治運作與政治繼承充滿不確定性。雖然在鄧小平時期開始制度化，但在「列寧主義」（Leninism）[6] 體制下，仍有其局限性，各種派系鬥爭與黑箱作業，都讓人難以相信中

---

3 Herbert Kitschelt, 1992, "Political Regime Change: Structure and Process-driven Explanations?" *American Political Science Review*, 86(4): 1028.

4 寇健文，2005，《中共菁英政治的演變：制度化與權力移轉 1978-2004》：58，臺北：五南圖書出版公司。

5 Carl J. Friedrich, 2013, Totalitarianism in Perspective: Three view, Praeger pubhlishers; Juan Linz and Alfred Stepan, Problems of Democratic Transition and Democratic Consolidation: Southern Europe, South America, and Post-Communist Europe (Baltimove and Candon: Johns Hapkins University press, 1996)

6 列寧主義主要是提出「民主專制」、「先鋒隊理論」和帝國主義倫。此外，列寧認同暴力革命、無產階級專政是實現社會主義唯一途徑。

共政治屬於「制度化」。[7] 此外，中共「十九大」之後，「列寧主義」再興，結合著愛國主義推動、權力集中於黨與強化對社會的控制，使得中共政治運作更難制度化[8]。因此，實際上習近平領導的中共仍屬「列寧主義」政黨，習高度集權、反制度化、強化社會控制，甚至出現「再毛化」（remaoization）現象，顯示了中共體制根源與傳統。[9]

長期鑽研中共比較共產主義吳玉山指出極權主義與習近平時代權力集中、菁英甄拔背離制度化的趨勢。「習近平現象」顯示以下趨勢和特質：了解中國大陸的習近平現象，要將其放在比較共產主義的分析框架中。共產政權的起點是「極權主義」，這是一種將權力的掌握無限集中，而將權力的運用無限擴張的統治形態；在後極權社會，共黨的意識形態仍受到獨尊，作為共黨統治的合法性基礎，但是主要的政權訴求轉為經濟增長與民族主義。獨裁者權力受到節制，集體領導出現，並進行深淺程度不同的經濟改革，以促進經濟增長；一些亞洲的共黨體制發展出「後極權資本主義發展國家」的特殊形態，在東亞的中國和越南展現驚人的成效，中國並因此超越除美國之外世界上所有經濟大國，並與美國展開霸權競爭；習近平主政十年（2012-2022）最為明顯的政治現象，是權力不斷向黨中央與習近平個人集中，黨國體系對社會經濟的介入與管制持續加深，以及菁英甄拔晉選的制度變化機制出現明顯的鬆動；由於習近平現象的運動趨勢不是遠離毛澤東的極權主義，而是朝那個方向走回。[10]

有關中共權力繼承和菁英甄補，中共實權人物主導性、黑箱作業、遊戲規則的修改、菁英參與排除與懲治，以及對權力分配和程序的絕對操控，

7　Joseph Fewsmith, Rethinking Chinese Politics (Cambridge: Cambridge University Press, 2021), pp.1-16.

8　王信賢，「百年中共與中國政治－習近平的天命與挑戰」，臺灣民主季刊，第 18 卷第 4 期（2021 年 12 月），頁 140。

9　同前註，頁 146。

10　吳玉山，2022，〈習近平現象〉，吳玉山、寇健文與王信賢主編，《一個人或一個時代：習近平執政十周年的檢視》：1-5，臺北：五南出版社。

主導中共權力分派的格局。作為中共內部觀察者（inside watcher）吳國光在「權力的劇場：中共黨代會的制度運作」文獻，即說明「黨代會」運作具體內涵：中共黨代會是一種辯證的方式展現出制度錯位：它享有黨章規定的崇高地位，實際上卻難以發揮作用。即使這樣一種制度層面的徒有其表，卻從未減損黨代會的政治重要性；黨代會是中共在組織上的「造王者」，並通過選舉來完成這一使命，但「選舉」被駕馭來指定和合法化威權主義領導人，成為獨裁和專政的工具；選舉中投票人的參與和他們潛在的自主性，是被操控來保證通過領導關於人事安排計畫；這種選舉制度是一種扭曲的機制，被用來操控精英內部的共識，以正式確認那些已經頗受歡迎的人物在新組織中的職位，而自主參與和精英競爭則被排除；中共黨代會選舉應選席位數目可以是有伸縮性的，可以不理會相關規定。在不同點方面則包括：黨代會以年為單位變得規律化、週期化；預選由等額選舉改為差額選舉；任期較具制度化和退休年齡限制，以及對當選者進行政治清洗範圍和頻次減少。[11]

　　同為中共內部人觀點，前任中央黨校蔡霞提出習近平作為中共最高權力核心晉升路徑，以及習自 2012 年「十八大」擔任總書記後逐步掌握實權的進程。她在「習近平的弱點 - 狂妄與偏執如何威脅中國的未來」文獻中指出：中共自 1949 年奪取政權後對中國實行絕對控制，包括統馭軍隊、掌控行政部門，以及橡皮圖章的立法機構。黨內各級組織對中共最高決策機構政治局常委會負責；中共體制另一特點是人脈至關重要。一個人若想要在黨內升遷，他的個人關係，包括其家庭聲譽及黨內派系，往往與能力和意識型態表現一樣重要；中共高層各自都有自己的系譜（lineage），內部人士稱之為「恩庇」群體，相當於中共內部事實上的派別；鄧小平限定

---

11 吳國光，2018，《權力的劇場：中共黨代會的制度運作》，香港：中文大學出版社。

了中國國家主席兩個五年的任期制，並建立了集體領導模式，其他官員擔任總書記，但他在幕後大權在握。

　　胡錦濤接替江澤民後，中國進一步走向集體領導，胡錦濤以九位常委的「一致同意」來執政，常委會被人稱為「九龍治水」。不利之處在於只要有一個成員不同意，常委會就無法做出任何決定，這加劇了胡錦濤作為軟弱領導人無法克服僵局的印象；好處是因為需要一致同意，從而防止了輕率做出決策；胡錦濤還試圖擴大使用任期限制，並建立政治局委員要先經過中共高層的黨員投票選出。正是通過這種準民主制度，習近平升到了權力頂點。習被提到權力金字塔頂端，他迅速著手消除中共幾十年來在集體領導方面取得的進展；習近平成立約 40 個臨時性質的「小組」凌駕於政府機構之上，並直接插手政府職能機構的事務；習亦改變了常委會運作方式，在黨史上是第一次，每個政治局委員甚至常委，都必須定期向習近平提交報告，習並親自點評他們的工作表現。[12]

　　有關政治菁英甄補之預測，在中共「十八大」與「十九大」皆設定不同條件與經驗法則作為研判依據。寇健文在「中共『十八大』中央政治局常委會人選」一文中，採用基本條件（政治局委員資歷與年齡限制），以及加分條件（年齡優勢／地方歷練／交流經驗）作為預測政治局常委會人選。[13]此外，中共政治局常委會人選為九人或七人無法斷定，以及分管職務或兼任職務的雙重不確定性，亦增加研判難度。僅管如此，在政治局成員中依條件設定與加分條件顯示，其可能常委人選包括：習近平、李克強、李源潮、王岐山、俞正聲、張高麗、張德江、劉延東與劉雲山等人。另寇健文在「中共『十八大』政治局人選：分析與預測」一文中指出：晉升政

---

12 蔡霞，2022，〈習近平的弱點－狂妄與偏執如何威脅中國的未來〉，《國際事務（Foreign Affairs）》，https://www.foreignaffairs.com/china/xijinpingderuodian，查閱時間：2022/10/24。

13 寇健文，2012，〈中共『十八大』中央政治局常委會人選〉，陳德昇主編，《中共「十八大」菁英甄補：人事、政策與挑戰》：89-118，臺北：印刻出版有限公司。

治局委員特徵為：中委會資歷、正部級職務、年齡要求、地方經歷、交流經驗。[14] 依上述標準做測試，並評估政治局委員和常委人選。其中以習近平、李克強、李源潮和汪洋入選可能性最高。郭瑞華在「中共 19 大權力核心人事布局預測」文獻中提出：中共分別於 2007 年 6 月與 2012 年 5 月召開黨員領導幹部會議，就新提名政治局及其常委會成員進行民主推薦；中央政治局成員預判，在人數方面維持 25 名，增加名額可能性較低，地方名額可能上升；成員名單，除孫政才因違紀遭審查，喪失資格外，尚依「七上八下」原則剔除，將有 12 名缺額；評估因素主要依年齡、任期限制、學歷、經歷、政績表現、派系、高層關係，以及軍方、少數民族和女性代表等因素評估可能人選。[15]

　　透過數屆菁英政治甄補，試圖歸納與梳理，「十六大至十八大」中共政治菁英篩選的要件，並透過「多元迴歸分析」（Multiple regression analysis）試圖解讀中共菁英篩選前提、條件與機制。在陳德昇、王信實、周秌宸所著「中共中央政治局委員菁英甄補研究 -「『十六大』至『十八大』實證分析」一文顯示：有關中共高層政治菁英甄補的文獻研究，雖然提供研究者相當具啟發性之思維，然而這類的研究在量化分析上仍有其局限性。主要原因在於單一面向的解讀，難以掌握中共菁英政治的本質與全貌；制度化因素的局限與人治色彩不確定性亦難以捉摸。因此，針對中共派系與權力的運作，須建構更科學研判機制與客觀評量標準；研究系統性地蒐集中共「十六大」至「十八大」之中央委員與候補中央委員的背景與特徵，運用統計方法探討實證分析顯示，派系政治運作是決定中央政治局委員人選的重要因素，中央委員與候補中央委員的幹部級別、地方歷練次

---

14 寇健文，2017，〈中共「十八大」政治局人選：分析與預測〉，陳德昇主編，《中共「十八大」政治繼承：持續、變遷與挑戰》：57-96，新北：印刻出版有限公司。
15 郭瑞華，2017，〈中共 19 大權力核心人事布局預測〉，《展望與探索》，15（9）：78-99。

數與教育程度的重要性居次；透過統計分析歷次大會運作有助解讀中共派系消長，統計分析數據顯示具政治發展與菁英甄補領先指標作用。[16]

　　有關中共召開「二十大」之前之人事預測，較多採傳統經驗判斷和智庫團隊之集體研判。國策研究院智庫召集之學者專家研判，其中明居正提出政治局常委名單包括習近平、丁薛祥、胡春華、王滬寧、趙樂際及李強，並指出 25 位政治局委員變動不會太大；汪浩則提出習近平、丁薛祥、李強和陳敏爾；矢板明夫則認為習派獲主導權則有下列安排：習近平（總書記）、李強（總理）、陳敏爾（「人大」委員長）、蔡奇（「政協」主席）、丁薛祥（中央書記處書記）、黃坤明（中紀委書記）、胡春華（常務副總理）。另王滬寧善於理論建構‧不結黨的獨行俠將受重用。另團派代表汪洋、胡春華及李克強三人安排是反習勢力消長指標。[17]「透視中國」提出之「中共二十大人事預測報告」，其人事調整基於幾個因素：（一）習近平會受到中共幾十年來「制度性」規範的制約。在中共「十九大」上適用的大部份規則很可能在中共「二十大」仍然存在；（二）習近平可能必須考慮到中共菁英中各派系的權力平衡；（三）習近平可能會獎勵那些公開支持和吹捧他的官員，提拔他們當上政治和政治局常委成員，希望給其他官員產生示範效應。根據其研判，其政治局常委包括習近平（習派）、汪洋（團派）、丁薛祥（習派）、胡春華（團派）、王滬寧（前江派）、趙樂際（親江派）、李強（習派）。此外，政治局委員則包括：諶貽琴、李希、何立峰、楊曉超、李鴻忠、孟祥鋒、陳敏爾、黃坤明、王毅、周強、蔡奇、陳吉寧、袁家軍、張國清、馬興瑞、李作成、苗華共 18 人。[18]

　　根據以上文獻顯示，中共「黨代會」菁英甄補，在不同時期，既有制

---

16 陳德昇、王信實、周秝宸，2016，〈中共中央政治局委員菁英甄補研究『十六大』至『十八大』實證分析〉，《中國大陸研究季刊》，59（4）：49-79。

17 財團法人國策研究院文教基金會，「中共二十大焦點觀察與預判」，2022 年 10 月 17 日。

18 透視中國，「中共二十大人事預測報告」，2022 年 09 月 17 日。

度面的傳承，亦有派系運作與黨領袖在遊戲規則和人選偏好的操控，但其作法和效應則有別，人事預判亦有相當難度。尤其是習逐步掌握政治權力後，相關菁英甄補遊戲規則亦做有利其權力掌握的調整和變革。外界顯然對習近平掌握絕對權力運作、排除派系勢力干預，以及政治對手的清洗欠缺理解，尤其是習核心舊部的任用偏好，體現的政治格局，以及針對習近平主政時期的菁英甄補，透過更科學的統計分析，並抽繹相關變數與加權選項，做更深入研討和判別，或有助釐清未來中共政治菁英甄補特質與趨勢。

參、研究方法

為彌補政治繼承、菁英甄補文獻與人事預測不足之處，本研究透過統計方法中的多元迴歸分析，[19] 以中共「十六大」至「十九大」政治局委員甄補作為基礎，解讀中共高層菁英甄補之要件與內涵。並透過預測模型與職務功能考量，綜合評析影響中共「二十大」高層政治與人事安排的因素。本研究方法分為實證模型與職務功能兩個部份。

一、實證模型：多元迴歸與預測模型

本文延續並擴展陳德昇、王信實、周秌宸（2016）的實證計量模型設定，探討中共黨代表大會召開，前屆「中央委員」是否入選政治局委員。在分析過程中假定一受限應變數（limited dependent variable）為 0 或 1 做為實證的被解釋變數，前者代表該調查樣本未成為政治局委員；後者表示該樣本成為政治局委員的一員。迴歸模型設定如下：

---

19 常見的迴歸分析應用可參見 Greene, W., 2011. Econometric Analysis, 7th edition. Prentice Hall.

$$Y_j = \alpha_0 + \sum_{i=1}^{k} \alpha_i X_{ij} + \varepsilon \qquad\qquad (1)$$

式（1）中，被解釋變數 Y_j 為二值選擇值，當 Y=1 時代表該樣本觀測者 j（該名黨員）於此次黨代表大會中獲選為政治局委員；Y=0 代表未獲入選資格。自變數 X_i 代表樣本個人屬性的變數（參見表2），係數 α_i 反映個人特徵進對其進入政治局委員的影響程度，k 表示本研究所考慮的自變數個數，ε_i 則為隨機干擾項。利用最大概似法即可估計每一自變數對實證樣本成為政治局委員機率的影響，相關理論模型依據詳見陳德昇、王信實、周秝宸（2016）。[20] 本研究考量的變數（見表2），基本資料有年齡、性別、教育程度、學歷（軍工、科技）、經歷（軍工、科技）、留洋、軍籍等，為相對穩定之個人基本特徵。其他變數，例如派系關係、政治履歷等，隨時間流轉可能有較大的變動。

表2：變數定義

變數分類	變數名稱	定義
基本資料	年齡	調查樣本於 2022 年時的年齡。
	性別	男性 =1，其他 =0。
	教育程度	設定教育程度中學及以下 =0，高中職 =1，大學以上 =2，研究所及以上 =3。
	學歷（軍工、科技）	學歷為軍工、醫學、水利環保、理工化學者 =1，其他 =0。
	經歷（軍工、科技）	過往經歷有在軍工、航空航運、水利環保、醫學等技術部門、企業任職者 =1，其他 =0。
	留洋	曾有國外留學、見習經驗者 =1，其他 =0。
	軍籍	樣本具軍籍背景 =1，其他 =0。

20 陳德昇、王信實、周秝宸，2016，〈中共中央政治局委員菁英甄補研究：『十六大』至『十八大』實證分析〉，中國大陸研究季刊，第 59 卷，第 4 期。頁 49-79。

變數分類	變數名稱	定義
派系關係	江派	於江澤民在 1985-1989 主政上海時期，有相同經歷者 =1，其他 =0。
	團派	過往有共青團背景，並且有中央職位者 =1，其他 =0。
	革命世代	上代有從軍、從政者 =1，其他 =0。
	習舊部	於習近平在河北（1982-1985）、福建（1985-2002）、浙江（2002-2007）、上海（2007）、中央黨校（2007-2012），有相同經歷者 =1，其他 =0。
政治履歷	中央／地方歷練次數	依照履歷是否有「中央任職」經歷而定，「進中央」及「出中央」各算一次。
	幹部級別	調查樣本為正國級 =7、副國級 =6、正部級 =5、副部級 =4、正廳級 =3、副廳級 =2、幹部層級低於副廳級的其他幹部 =1。
	V16-V19	在第十六屆至第十九屆擔任過中央委員者 =1，其他 =0。
其他事項	降職	從重要職務退居至部門二把手，或是連降數級（即現職級別與個人級別不符）者 =1，其他 =0。
	習親自領導之「委員會」	由作者劃分，所處委員會非常重要 =3，重要 =2，不重要 =1，沒有任職委員會者 =0。
	習核心舊部	指受習信任且有共事經歷，明顯受到習偏愛者 =1，其他 =0。

在前述模型建構的基礎上，本文可以進一步進行後續中共黨代表換屆、領導幹部更替或是菁英增補的預測。為處理此一問題，式（1）可改寫成可供預測的式（2），表示如下：

$$\hat{Y}_j^t = \alpha_0^s + \sum_{i=1}^k \alpha_i^s X_{ij}^t \qquad\qquad (2)$$

其中，s 和 t 分別表示本研究所欲探討的中共中央政治局委員增補的不同屆別，所以，s 和 t 可以為 16，17，18，19，或 20，但是。例如：如果利用第 17 屆的估計結果來預測第 18 屆，則 $s = 17$，$t = 18$。更進一步來

說，式（2）等號右邊利用第 s 屆資料估計後所獲得迴歸係數作為權重（α_0^s, α_i^s），代入第 t 屆候選人員 j 的個人特質（$\mathbf{X}_{ij}^t$），即可計算各候選人員 j 是否入選第 t 屆政治局委員的預測值（$\hat{Y}_j^t$）。準此，我們可以利用式（2）來進行預測。

文獻上，根據類似的模型並納入年齡的限制，計算第 18 屆菁英甄補預測值，並與實際第 18 屆入選的結果相互比較，以分析估計模型與已發生之結果匹配性與準確度。本研究則利用預測模型、考量職務功能與習近平的舊部與愛將等條件，評析影響中共「二十大」高層政治與人事安排的因素。

二、加分條件

利用量化分析結果加權各類因素的影響程度，再納入職務功能的考量與年齡的限制，探討中共「十八大」幹部菁英入選中央政治局委員的名單。然而，利用量化分析的方法進行預測，固然有其系統性與科學性，也有助吾人對中共高層菁英政治之解讀，但這種分析只能考量共同的影響因素，針對個別的事件與人事安排仍然需要進行綜合分析，以求更周延的結果。為此，本研究在陳德昇和王信實（2017）量化模型的基礎上加入年齡的限制，先針對十九大可能進入政治局的人員進行初步篩選，之後再考量兩個加分條件：（一）現職與職務功能，以及（二）習近平的舊部與愛將，茲分述如下。

預測研究的最大挑戰是要納入多少可能的人選，考量人選的多寡會影響到預測的準確度，因此本研究以十九大中央委員的名單為基礎，並參考專家訪談結果加入可能人選，本研究總計整理 205 人的名單，以進行後續

的分析與預測。[21] 在「二十大」前，參考過去幾屆中共的人事佈局，「七上八下」的潛規則，即使是在變動最多的「十九大」仍然適用（陳德昇、王信實，2017），[22] 因此本研究在預測「二十大」中央政治局成員時，先從可能入選中央委員的名單中，剔除年齡過線（68 歲）的人員。此外，根據慣例，將名單中的軍籍人員、婦女和其他人員的排序分開處理。其次，副部級 63 歲以上不再列入提拔，近年已經退居二線的中委可能人選排除（例如陳全國），軍方退役或軍階僅中將也一併排除。預測名單中，軍籍人員將取兩名、女性保障名額一名，其餘人選則依下述機制排序。

表 3：「二十大」政治局委員篩選排除項目

項目	排除
七上八下	超過 68 歲剔除
軍方退役，例高津	排除
副部級 63 歲以上不再列入提拔	排除
軍階僅中將，例黎火輝	排除
政治局委員，在任期中被撤任閒職，不再列入，例陳全國	排除

預測名單如前述處理後，兩個加分條件的考量如下：第一，現職與職務功能的考量：本文首先考慮了第十九屆的政治局委員在「二十大」召開時年齡未過線的成員，其中擔任第十九屆常委的人選則額外加權。此外，本文也考慮了中央與地方的一把手的加權，核心的職務則包括了四個直轄市長委書記、廣東省委書記、新疆自治區書記與軍委副主席、黨核心

---

21 本文的 205 人名單，來自於官方公布的 204 名第十九屆中央委員，其中扣除 2 名中央委員於任內逝世（鄭曉松、王玉普），2 名開除黨籍（傅政華、沈德詠），1 名留黨察看（劉士余）及 1 名接受審查（肖亞慶），並加上 5 名從中央候補委員名單中遞補上中央委員（馬正武、馬偉明、馬國強、王寧、王偉中）。另在研究過程中，發現何衛東及李書磊常出現在智庫分析及媒體報導中，故特別將兩位非中央委員名單之人選選入分析中。

22 陳德昇、王信實，2017，〈中共「十六大」至「十八大」菁英甄補：預測與反思－多元迴歸分析的運用〉，手稿。

部門、大部委首長、國務院部長等（參見表4）。第二，習近平舊部與愛將、籍貫網路，以及其他特別加分條件。主要是指自習近平掌權後，有系統地提拔過去在福建、浙江、上海任職期間的部屬，就近期效應（recency effect）來說，近期提拔高升的人選應該更具重要性，本研究將此類人選稱為習核心舊部，並作為加分的依據。除此之外，美中競逐中凸顯技術官僚的重要性，有經濟大省歷練的資歷者，也都列入特別加分的對象（參見表5）。本研究著眼於這兩類加分條件相對的重要性，將所加的分數列於表4與表5。然而，必須特別注意的是，比較表4與表5中特別列出「二十大」前與後的加分條件，表4中其「二十大」前後的差異不大，但表5的特別加分條件的改變則反映出「二十大」中央政治局人選的特殊考量，這個部份會在後文加以說明。

表4：「二十大」預測人選一般加分項目（「二十大」前）

項目	一般加分項目
「十九大」政治局常委	100
「十九大」政治局委員	90
中央書記處書記、國務委員	80
直轄市書記（北京、天津、重慶、上海）、廣東和新疆書記、中央軍委副主席、中共核心部門（例組織部、宣傳部、政法委、中央辦公廳）	80
國務院大部委首長（國家發改委、公安部）	70
省委書記（非直轄市、新疆及廣東）	60
國務院部長、省長（直轄市、新疆及廣東）	50

表 5：「二十大」政治局委員預測人選特別加分條件

項目	「二十大」前	「二十大」後
習核心舊部（曾共事合作且信任）	+30	+100
習舊部屬、習認可或信任夥伴引介	+20	+90
技術官僚（科技／軍工／醫衛）*	+20	+80
具派系特質	+30	
籍貫網絡（陝西、山東）		+70
經濟大省（廣東、浙江、江蘇、福建等）		+60
習曾任職省市書記（福建、浙江、上海）		+50

說明：1.「二十大」前（10/14 版本）、「二十大」後（11/17 版本）。

2. 軍工科技人才，且為地方首長列重點加分項目。例如張國清、袁家軍、張慶偉、馬興瑞。

最後，為了瞭解預測值與實際值的匹配程度，我們採用文獻裡（例如：童振源等人 2011a；2011b）常用的三種準確度，做為評比各種模型預測能力的依據。這三種「準確度」，分別為：「正確率」、「精準率」與「命中率」，各比率的定義分別說明如下。「正確率」意指與猜測相符合的比率，即所有中央委員裡預測會當選且確實當選，與預測不會當選且確實沒有當選佔全部預測事件的比率，該值越高表示越正確。「精準率」為在預測會當選政治局委員的人選中，確實當選的比率，該值越高表示越精準。「命中率」代表當選的政治局委員中，當初被預測會當選的比率，該值越高越準確。[23]

---

23 例如：假設預測當選且確實當選人數為 a，預測當選但落選人數為 b，預測落選但實際當選人數為 c，以及預測落選且確實落選人數為 d。根據定義，「正確率」為 (a+d)/(a+b+c+d)，「精準率」為 a/(a+b)，而「命中率」則為 a/(a+c)。

肆、菁英甄補：歷史、過程與運作

共產國家政治繼承由於缺乏制度化與民主機制，因而使得繼承問題始終成為政治發展的挑戰，甚至衍生政治衝突與鬥爭，並不乏悲劇性結局。毛澤東時期的林彪、華國鋒，以及鄧小平時代的胡耀邦、趙紫陽未能順利接班。直至鄧小平樹立江澤民核心地位，[24] 並隔代指定胡錦濤，始為中共政治較有秩序之接班（參見表6）。

表6：中共政治繼承成敗案例

	實權掌握者	指定接班人	接班成敗
1	毛澤東（第一代）（1949-1976）	林彪	失敗／墜機身亡
		華國鋒（1976-1978）	失敗／未繼實權
2	鄧小平（第二代）（1978-1989）	胡耀邦、趙紫陽	失敗／未接班
		江澤民	成功／順利接班
		胡錦濤	隔代指定＊
3	江澤民（第三代）（1989-2002）	胡錦濤（2002接任）	成功／順利接班
		習近平（2007）	隔代指定？
4	胡錦濤（第四代）（2002-2012）	習近平（2012接任）	成功／順利接班
		胡春華（2017）＊＊	隔代指定？
5	習近平（第五代）（2012-2022）	習近平（2022三連任）	不成功／習續任
		未指定（2027）	習可能再續任

說明：1. 隔代指定並未有明文指定，可能是鄧小平或政治局常委會做成決議作為黨內內規。

2. 中共1992年「十四大」胡錦濤即已是常委；2002年「十七大」似未隔代指定習近平為接班人，而是2007年黨內推選確認；2012年中共「十八大」是否循例指定胡春華為隔代指定接班人？並無具體文獻可佐證。

---

24 鄧小平，1994，《鄧小平文選》，第三卷，北京：人民出版社。寇健文，2012，〈中共『十八大』中央政治局常委會人選〉，陳德昇主編，《中共「十八大」菁英甄補：人事、政策與挑戰》：89-118，臺北：印刻出版有限公司。

　　在中共第三、四代政治繼承運作中，較為重大的變化是中共黨內民主推舉。根據前中央黨校蔡霞教授的說法，在胡錦濤任總書記的階段，2007年曾於中央委員會層級辦過民主推舉作法。她表示：

「胡錦濤建立一個前所未有的程序：政治局委員要先經過中共高層的黨員投票選出。具諷刺意味的是，正是通過這種準民主制度，習近平升到了權力頂點。2007年在中央委員會的擴大會議上，中共400多位高層領導人齊聚北京，以投票的方式，從200名部長級官員名單中推薦組成政治局成員的25人，習近平得票最多。」[25]（蔡霞，2022年）

　　不過，胡錦濤任內是否隔代指定接班人？若有指定胡春華，則其後發展證明是未能順利接班。顯示習近平任期無限之政治企圖和安排。事實上，2012年習近平任總書記後，即透過「反腐運動」清洗政敵、整頓黨紀、軍紀，並於「十九大」後逐步弱化團派與江派影響。此外，習近平亦透過各類「小組」的建構，進行跨部委和功能性集權，[26] 從而能促成「二十大」全面掌權。

表7：中共「十八大」至「二十大」政治局常委與派系分布

職務	「十八大」（2012）	「十九大」（2017）	「二十大」（2022）
總書記	習近平（1）	習近平（1）	習近平（1）
國務院總理	李克強（3）	李克強（3）	李強（1）
人大委員長	張德江（2）	栗戰書（1）	趙樂際（1）

25 蔡霞，2022，〈習近平的弱點－狂妄與偏執如何威脅中國的未來〉，《國際事務（Foreign Affairs）》，https://www.foreignaffairs.com/china/xijinpingderuodian，查閱時間：2022/10/24。

26 蔡霞，2022，〈習近平的弱點－狂妄與偏執如何威脅中國的未來〉，《國際事務（Foreign Affairs）》，https://www.foreignaffairs.com/china/xijinpingderuodian，查閱時間：2022/10/24。

職務	「十八大」 （2012）	「十九大」 （2017）	「二十大」 （2022）
政協主席	俞正聲（1）	汪洋（2）/（3）	王滬寧（1）
書記處書記	劉雲山（2）	王滬寧（1）	蔡奇（1）
中央政策研究室／ 中紀委書記	王滬寧（1）/（2）	趙樂際（1）	李希（1）
常務副總理	張高麗（2）	韓正（2）	丁薛祥（1）

說明：派系分類：1.習派、2.江派、3.團派。部分成員派系屬性不明顯，但可能隨
　　　政治領袖變化做現實調整，例王滬寧。

　　中共 2022 年「二十大」人事布局，相關人事安排與準備於 2020 年底即啟動，並透過政治局常委會和組建「二十大幹部考察領導小組」運作，習近平並親任組長（參見表 8）。其後透過派出考察工作組調研，聽取匯報、培訓、談話方式，並透過 2021 年秋制定第三個歷史決議提出「兩個確立」，確立習個人核心地位和思想指導地位，鞏固習近平歷史地位。該小組亦透過篩選縮小成員規模，確任遴選人選，以及習近平採行高層黨內官員個別談話方式，了解政治參與態度和意願。直至 2022 年 9 月 29 日名單與人選定案。之後，中共「二十大」在 10 月 16 日召開，22 日新一屆中央委員名單公布，23 日「一中全會」公告政治局委員與常委名單（參見表 8）。

表 8：中共「二十大」人事甄補運作大事年表

時間	運作與進程
2020 年底	習近平總書記和黨中央就從黨和國家事業發展全局出發，統籌謀劃黨的二十屆「兩委」人事準備工作。
2021 年 3 月	習近平總書記主持召開中央政治局常委會會議、中央政治局會議進行專門研究，決定成立「二十大幹部考察領導小組」，習近平總書記親自擔任組長。

時間	運作與進程
2021 年 6 月	中央政治局常委會會議、中央政治局會議審議通過《關於認真做好二十屆「兩委」人事準備工作的意見》。
此後一年多來	習近平總書記 3 次出席省區市黨委、中央和國家機關等單位黨委（黨組）主要負責人會議，多次聽取「兩委」人事準備工作彙報，提出要堅持正確政治方向、堅持和加強黨的全面領導。
2021 年 7 月	「二十大幹部考察領導小組」審議通過《二十屆「兩委」人選考察工作總體方案》，對考察工作的主要任務、提名名額分配、考察方法步驟，以及組織實施等作出具體安排。
2021 年 7 月底 -	中央分 3 批派出 45 個考察組，對 31 個省區市、124 個中央和國家機關、中央金融企業、在京中央企業等單位進行考察。中央軍委也派出 8 個考察組，對全軍 25 個軍委機關部門和大單位進行考察。
	「二十大幹部考察領導小組」先後召開 13 次領導小組會議、5 次培訓會和座談會，深入學習貫徹習近平總書記重要指示精神。
	「二十大幹部考察領導小組」先後 5 次召開會議，逐一聽取各考察組情況彙報；中央政治局常委會專門安排 6 次會議聽取了彙報。
2021 年秋	中國共產黨慶祝建黨 100 週年，制定第三個歷史決議，鮮明提出「兩個確立」：「確立習近平同志黨中央的核心、全黨的核心地位；確立習近平新時代中國特色社會主義思想的指導地位」
2022 年初 -	習近平總書記就如何醞釀產生新一屆中央領導機構人選問題，聽取中央政治局常委同志的意見。
2022 年 3 月 24 日	習近平總書記主持召開中央政治局常委會會議進行專門研究，討論通過《關於新一屆中央領導機構人選醞釀工作談話調研安排方案》。
2022 年 4 月 -	習近平總書記專門安排時間，分別與現任中央政治局委員、中央書記處書記、國家副主席、中央軍委委員談話，充分聽取意見，前後談了 30 人。
2022 年 4 月 -7 月	根據中央政治局常委會的安排，中央有關領導同志分別聽取現任國家機構和全國政協其他黨員領導同志，中央和國家機關正部級單位黨員主要負責同志，省區市黨政正職，軍隊各戰區司令員、政委等主官和其他十九屆中央委員共 283 人的意見。

時間	運作與進程
2022 年 9 月 7 日	「二十大幹部考察領導小組」研究提出二十屆「兩委」人選遴選對象。中央政治局常委會統籌考慮，研究提出二十屆「兩委」人選建議提名方案。
2022 年 9 月 28 日	中央政治局常委會會議研究討論新一屆中央領導機構人選建議名單。
2022 年 9 月 29 日	中央政治局會議審議通過了二十屆「兩委」候選人預備人選建議名單，並決定提交黨的第二十次全國代表大會選舉。 中央政治局會議審議通過建議名單，決定提請黨的二十屆一中全會和中央紀委一次全會分別進行選舉、通過、決定。
2022 年 10 月 16 日	中共召開「二十大」。
2022 年 10 月 22 日	北京人民大會堂。2300 多名黨的二十大代表和特邀代表，以無記名投票方式，選舉出由 376 名中央委員、候補中央委員組成的中國共產黨第二十屆中央委員會和 133 名中央紀委委員組成的第二十屆中央紀律檢查委員會。
	提名二十屆中央委員候選人 222 名，差額 17 名，當選 205 名，差額比例為 8.3%。提名候補中央委員候選人 188 名，差額 17 名，當選 171 名，差額比例為 9.9%。提名中央紀委委員候選人 144 名，差額 11 名，當選 133 名，差額比例為 8.3%。
2022 年 10 月 23 日	「一中全會」公布政治局委員與常委名單。

資料來源：1.趙承、霍小光、張曉松、林暉、胡浩，2022，〈高舉偉大旗幟 譜寫嶄新篇章〉，《人民日報》，10 月 23 日，5 版。

2.趙承、霍小光、張曉松、林暉、胡浩，2022，〈領航新時代新征程新輝煌的堅強領導集體〉，《人民日報》，10 月 25 日，1 版。

3.楊光宇、曹昆，2022，〈二十大一中全會公報〉，《人民日報》，10 月 24 日，1 版。

中共「二十大」召開前，中共「中央辦公廳」於 2022 年 9 月 19 日發布「推進領導幹部能上能下規定」，顯示傳統的年齡界限，派系政治、政治忠誠、政策路線依循的標準就有不同的認知，尤其是習大權獨攬後的最終名單決定權，就比中央委員的投票更為重要。此一「規定」共有十八條，

其重點包括：（一）健全能上能下的選人用人機制，完善從嚴管理幹部制度體系；（二）推動領導幹部能上能下須堅持習近平新世代中國特色主義思想為指導，貫徹新的組織路線和幹部標準；（三）規定適用於各級黨的機關和各級單位；（四）推進領導幹部能上能下，重點是解決能下問題；（五）不適宜擔任現職，主要指幹部的德、能、勤、積、廉與所任職務要求不符，不宜繼續任職，並列出十五項不適擔任現職者。[27] 換言之，在中共幹部「能上能下」運作中固有德才須兼備之評選，但習近平的政治信條與路線規範才是篩選重點。

習近平於2017年「十九大」啟動國家主席任期制的修憲，確立其「二十大」續任的法理依據。中共「二十大」菁英甄補則全面體現習近平意志、偏好與功能取向。其中又以愛將、舊部、中央「小組」或「委員會」核心成員、技術官僚、直轄市和經濟大省書記、地方執政和籍貫在地網絡（參見表9）。習在「二十大」菁英甄補跨越傳統年齡限制（「七上八下」，亦即67歲續任用，68歲須退休）、排除派系共治與女性保障名額，以及重視政治忠誠和採行考察與對話篩選，顯示其人事晉用之新機制與未來取向。

表9：中共「二十大」政治局委員提拔因素分析

編號	政治局	原／現職	姓名	習核心舊部	習舊部／舊部引介	重要「小組」／「委員會」成員	技術官僚	直轄市／經濟大省黨政首長	地方執政網路	籍貫網路
1	常委	中共總書記	習近平	—	—	—	—	—	—	—
2	常委（新）	新任總理（原上海市委書記）	李強	V	V			V	V	

編號	政治局	原/現職	姓名	習核心舊部	習舊部/舊部引介	重要「小組」/「委員會」成員	技術官僚	直轄市/經濟大省黨政首長	地方執政網路	籍貫網路
3	常委	新任人大委員長（原中央紀委書記）	趙樂際	V	V					V
4	常委	新任全國政協主席 深改委辦公室主任（原中央書記處書記）	王滬寧	V	V	V				
5	常委（新）	中央書記處書記（1）（原北京市委書記）	蔡奇	V	V			V		
6	常委（新）	中辦主任 中央和國家機關工委書記（新任國務院副總理）	丁薛祥	V	V	V		V	V	
7	常委（新）	中紀委書記（原廣東省委書記）	李希	V	V			V		V
8	委員（新）	北京市委書記（原福建省委書記）	尹力				V	V	V	
9	委員（新）	國務委員、外交部部長（中央外事辦主任）	王毅	V	V	V				
10	委員（新）	書記處書記（2）中央統戰部部長（原中國社會科學院院長）	石泰峰		V					
11	委員（新）	發改委主任 全國政協副主席	何立峰	V	V	V				
12	委員（新）	中共中央軍事委員會副主席 陸軍上將	何衛東	V	V					
13	委員（新）	山東省委書記 中央書記處書記（3）	李幹傑				V	V		V
14	委員（新）	中央宣傳部部長 中央書記處書記（4）	李書磊	V	V	V				
15	委員	天津市委書記	李鴻忠		V			V		V
16	委員（新）	重慶市委書記（原浙江省委書記）	袁家軍				V	V	V	
17	委員（新）	新疆書記	馬興瑞	V			V			V

編號	政治局	原/現職	姓名	習核心舊部	習舊部/舊部引介	重要「小組」/「委員會」成員	技術官僚	直轄市/經濟大省黨政首長	地方執政網路	籍貫網路
18	委員	中共中央軍事委員會副主席 陸軍上將	張又俠	V	V	V				
19	委員（新）	遼寧省人大常委會主任（原遼寧省委書記）	張國清				V	V		
20	委員（新）	中央政法委書記 中央書記處書記（5）（原國安部部長、國安委常務副主任）	陳文清	V	V	V				
21	委員（新）	上海市委書記（原北京市長）	陳吉寧		V		V	V		
22	委員	天津市委書記（原重慶市委書記）	陳敏爾	V	V			V		
23	委員	廣東省委書記（原中央宣傳部部長）	黃坤明	V	V	V				
24	委員（新）	政治局委員 國務院副總理（原陝西省委書記）	劉國中				V			V

　　不過，在非制度化菁英甄補中，亦有部分制度規則可循。例如：（一）新一屆政治局常委是由前一屆政治局委員產生，常委仍為七位奇數，並具部分代謝機制。習主政之 2012 年中共「十八大」至 2022 年「二十大」並無例外；（二）中共政治局常委員原是派系共治狀態，但隨著習近平逐漸掌握實權，至 2022 年「二十大」常委則全由習家軍掌控（參見表 3），正式轉化成「個人獨裁」。換言之，「二十大」後只要習主政，將不致有其他派系成員參與：（三）新一屆政治局委員年齡雖稍偏高（63.6 歲，「十九大」為 62.4 歲），但仍是形成梯隊分布，其中 66-72 歲（10 人），61-65 歲（6 人），58-60 歲（8 人）；（四）雖然習「二十大」後完全主導權力

分配，但政治局委員內仍有職能分工和功能性代表成員。例如，外事系統一名代表，本屆由王毅擔綱；軍方則有二位副主席張又俠與何衛東；政法系統一名代表陳文清，王小洪雖具條件，但未入局；「筆桿子」則以李書磊代表中宣系統，其餘多是重點省份直轄市書記的必然成員（參見表1、表9）。

伍、分析、解讀與對話

從過去的研究，例如陳德昇、王信實、周秘宸（2016）可知，第十六屆到第十八屆的中央政治局委員的任命具有較制度上的系統性與可預測性。因此，就預測的排序上，本研究依據上述研究的分析方法，採用第十八屆羅吉斯迴歸之係數做為各變項的影響權重，[28] 計算出個別人選的原始分數，並取最高的前30名做為預測名單，也就是表10排序結果中的A欄。其次，如果只利用表4和表5「二十大」前所列的加分項目加以計算，則是排序結果表10的C欄。同時，為兼顧迴歸分析的系統性與傳統加分條件的彈性優勢，本研究也計算兩者加總的結果，並進行不同加分條件的敏感度測試。具體做法如下：將表4和表5的加分條件分別以1倍、2倍以及0.5倍做調整，再加入迴歸分析的原始分數並進行排序。透過計算，本研究發現將原始加分條件和乘以2或除以2相較，都不影響排序結果，因此本文將敏感度測試1倍、2倍，以及0.5倍的相同結果列於表10的B欄。表10中D欄同時也列出本研究結合迴歸分析與各加分條件，以及完成專家訪談後得出的綜合預測名單。

---

28 亦即本文第三節研究方法中，從式（2）估計而得的 α_0^s 和 α_i^s。

表 10：中共「二十大」中央政治局委員預測與公布人選

編號	A（迴歸分析）	B（AC混合）	C「二十大」前加分條件	D「二十大」前綜合預測	E「二十大」後調整加分條件	F「二十大」公布名單
1	習近平	習近平	習近平	習近平	習近平	習近平
2	李克強	王滬寧	王滬寧	李克強	李強	李強
3	陳敏爾	陳敏爾	何立峰	汪洋	丁薛祥	丁薛祥
4	汪洋	李強	蔡奇	趙樂際	趙樂際	趙樂際
5	胡春華	蔡奇	王小洪	丁薛祥	馬興瑞	馬興瑞
6	李鴻忠	何立峰	黃坤明	陳敏爾	蔡奇	蔡奇
7	李希	黃坤明	李強	胡春華	李干杰	李干杰
8	趙樂際	丁薛祥	陳敏爾	李強	黃坤明	黃坤明
9	李強	李克強	丁薛祥	黃坤明	陳敏爾	陳敏爾
10	蔡奇	王小洪	李克強	王小洪	王滬寧	王滬寧
11	何立峰	汪洋	汪洋	孟祥鋒	陳文清	陳文清
12	曹建明	馬興瑞	馬興瑞	應勇	袁家軍	袁家軍
13	林鐸	胡春華	胡春華	王毅	王毅	王毅
14	黃坤明	李鴻忠	李鴻忠	李鴻忠	李鴻忠	李鴻忠
15	劉國中	李希	趙樂際	蔡奇	何立峰	何立峰
16	丁薛祥	趙樂際	李希	諶貽琴★	王小洪	張國清
17	張慶偉	孟祥鋒	龔正	何立峰	尹力	尹力
18	張國清	龔正	陳吉寧	李希	李希	李希
19	孫金龍	陳吉寧	孟祥鋒	龔正	陳一新	石泰峰★
20	郝鵬	應勇	應勇	張國清	唐登杰	何衛東▲
21	應勇	胡和平	胡和平	樓陽生	陳吉寧	陳吉寧
22	王小洪	唐仁健	王毅	陳吉寧	劉國中	劉國中
23	王蒙徽	王毅	王志剛	馬興瑞	張又俠▲	張又俠▲
24	樓陽生	陳文清	李小鵬	苗華▲		
25	王滬寧	李小鵬	徐樂江	何衛東▲	樓陽生	
26	倪岳峰	李國英	陳文清	王毅	張慶偉	
27	李國英	懷進鵬	袁家軍	肖捷	郝鵬	

編號	A（迴歸分析）	B（AC混合）	C「二十大」前加分條件	D「二十大」前綜合預測	E「二十大」後調整加分條件	F「二十大」公布名單
28	何衛東▲	何衛東▲	何衛東▲	曹建明	李書磊	李書磊
29	苗華▲	苗華▲	苗華▲	陳一新	賀軍科	
30	沈躍躍★	諶貽琴★	諶貽琴★	楊振武	王勇	
正確率	87.3%	89.3%	90.2%	89.3%	94.1%	
精準率	46.7%	53.3%	56.7%	53.3%	70.0%	
命中率	58.3%	66.7%	70.8%	66.7%	87.5%	

說明：灰底為第二十屆中央政治局人選；▲為軍籍人員；★為婦女保障名額。

　　本研究的預測準確度採「正確率」、「精準率」與「命中率」三項指標，計算結果列於表 10 最後三列。關於「二十大」結果公布之前所做的預測結果（A 欄 -D 欄），如果細究各模型之間的差異，系統性的預測準確度最低（A 欄），完全的加分條件（C 欄）預測準確度較高。「正確率」較另兩個指標為高，因為預測不中，實際也沒有入選的數字偏高，讓整體數據提高（87.3%-94.1%）。整體而言，A 欄到 D 欄的「精準率」與「命中率」預測結果都不夠理想。其主要原因有：年齡限制不再是鐵板一塊、習近平個人偏好、忠誠、信任、習舊部多受重用；具備科工、軍工技術官僚背景者、有籍貫網絡連結者，以及經濟大省現任書記，也是其篩選之重要指標和依據（參見表 5），而其他派系幾乎都殞落，獨尊習派，女性也不再享有保

障名額。

　　第二十屆中央政治局人選公布後，本研究針對「二十大」的入局人選的選拔特色，重新考慮特別加分條件，加重上述幾個要項的加分，新的特別加分條件如表 5 的「二十大」後該欄所示。調整特別加分條件後的人選列於表 10 的 E 欄，而這個結果提升了準確度，但還是無法完全涵括「二十大」入局的名單。其中包括負責公安系統的王小洪、與習近平工作較多交集的唐登杰、擔任統戰部長的石泰峰，以及「十九大」非中央委員的李書磊與何衛東等。

　　在迴歸分析修正相關變數後，做候選人排序，雖能提高人事預測的準確度，正確率、精準率與命中率分別為 94.1%、70.0% 與 87.5%，但仍有部分人選難以測算。其中反映政治領袖的偏好、功能需求與規則變動的操控性。例如，「十九大」沒有中央委員身分的新任成員李書磊和何衛東，直接進入政治局是歷屆菁英甄補較少之案例，顯見習近平的強力擢拔。此外，負責公安系統和政法委副書記，且任書記處書記之王小洪（參見表 10），雖有較高入選排序，但實際上未列名政治局委員，可能因名額有限，且已有陳文清代表政法系統有關。此外，唐登杰除為現任民政部長外，亦與習在上海、福建共事，且擔任過國家發改委與國防軍工部門要職，歷練豐富，但卻未入選政治局。另石泰峰擔任政治局委員分管書記處和統戰工作。其中除本人具法律專業外，其在中央黨校與習近平任校長時有共事經歷外，其與下任總理李強亦在江蘇有共事交集（石任省長，李任書記，為期一年）。此外，石在寧夏和內蒙懲治腐敗，推行民族工作、漢語教育皆是落實習政令有功者，[29] 應是石受到重用的成因。

　　本研究中共「二十大」召開前菁英預測條件中，並未做年齡設限，主

---

29 孫飛，2020，〈內蒙古官場震盪　習近平黨校副手石泰峰整治邊疆〉，《香港 01》，12 月 2 日。網址：https://www.hk01.com/article/556043?utm_source=01articlecopy&utm_medium=referral。

因在與習近平本人即超齡，故須找合適的陪榜者。另一方面，習既已大權在握，就不必遷就既有規章，也不必要和其他派系妥協人選，因而有更為彈性的作法，選擇超齡的張又俠和王毅。此外，尤其是軍方具信任與實戰歷練，張又俠顯然是不二人選。另中共外事人才青黃不接，以及需要在國際領域有較長期經營高層人脈，以及能貫徹「戰狼外交」理念者，因而王毅在外事系統成為獲選成員。可以預期的是，一旦最高層的專業領域人選確立，則相關下層的人事安排，亦會牽動做相應功能調整和布局。

在中共鞏固政權傳統三大功能系統（「筆桿子」、「刀把子」與「槍桿子」）亦得到強化與貫徹。在文宣系統方面，此次獲提拔為政治局委員的李書磊，顯然與曾擔任習部屬、共事有關，其專業在意識形態與思想控制上則是習借重之處，亦即透過「筆桿子」宣傳有利維繫政權；在「刀把子」領域，習一方面透過「國家安全委員會」掌控，另方面則提拔王岐山任職「中紀委」書記期間任副書記，後轉任「國安部長」陳文清任「政法委」書記；習核心舊部與舊屬陳一新則是由「十九屆」候補中委跳升接掌「國安部」，陳一新雖未入政治局，但任政法委秘書長職，皆顯示習對安全議題之重視。此外，「槍桿子」方面，習留任超齡72歲張又俠，顯與張習二家世代連結和信任有關；何衛東則分管作戰之歷練和對習之忠誠，因而獲得提拔。

習近平此次政治局委員安排雖具個人色彩，但亦有理工和軍工類技術官僚（technocracy）入選頗具特色，陳吉寧具環境工程專業；尹力是公共衛生專家；李幹傑則是核工專家；袁家軍則有航空航天背景；馬興瑞亦具航天專業；劉國中與張國清則有軍工背景。此皆顯示理工、軍工人才仍為習重用，主因一方面具專業素養，另一方面可能是其思維較為直率、背景相對單純與忠實有關。不過，由於習未任職過山東，但尹力為山東臨邑人、馬興瑞山東鄆城人，以及李幹傑任山東省委書記，可能與習夫人彭麗媛之

舉薦有關；陳吉寧曾任清華大學校長，且與習核心舊部蔡奇於北京市委、市政府共事，皆是政治互動連結較佳關係網絡。此外，過去留洋經歷在中共菁英甄補中涉及忠誠疑慮，較為保守，但此屆具有留洋資歷的成員接受程度較高，成為新任政治局成員一大特色。例如，陳吉寧留英博士主修環境科學，尹力留學俄羅斯習醫，石泰峰留學荷蘭研修法律。

在十九屆政治局常委中，未超齡 68 歲，但卻提前出局者有李克強與汪洋。由於李和汪沒犯政治錯誤，但可能與習近平政策理念上存有認知差距和政經路線之爭，尤其是在疫情清零的強硬作法，以及市場改革理念的執行分歧。事實上，即便李克強和汪洋在常委決策中表達不同意見，恐難以撼動習的觀點和作法。對李和汪而言，決策觀點不被認同，而習政策左傾的政策亦可能導致災難性後果，恐亦是李、汪不願續任的可能成因。此外，政治局委員胡春華原可能是隔代指定接班人，胡尚年輕（1963 年，59歲）亦未犯錯，此次「二十大」卻被排除政治局成員，扼殺其政治前途。明顯的，無論是上海江派的韓正，因屆齡因素離任常委，或是具團派印記的李克強、汪洋與胡春華離開政治舞臺，皆顯示習定於一尊的政治壟斷地位。

陸、反思與前瞻

誠如文獻探討之解讀，中共政治專政運作已由江澤民、胡錦濤時期的「集體領導」，轉型為習近平主政的「個人獨裁」。雖然 2012 年中共「十八大」習已擔任總書記，但畢竟羽翼未豐，人事安排和布局須做派系平衡與角力，2017 年「十九大」人事，習則展現較強的意志和決斷，局部排除未超齡團派和江派人選，「二十大」則完全體現習近平之掌控和影響力（參見表 7）。此外，中共「黨代會」確是由權力操控者主導之權力劇場，無

論是遊戲規則的修訂、甄補作業的操盤、認可愛將與部屬的不次擢拔，不同派系與異議成員的排擠與清洗，皆顯示中共「黨代會」的非制度化操作，體現權力主導者的意志和布局。

中共「二十大」菁英甄補模式顯示，習近平個人偏好、忠誠、信任、習舊部多受重用。另擔任重要「小組」要職者亦受提拔；具備科工、軍工技術官僚背景者、有籍貫網絡連結者，以及經濟大省現任書記，也是其篩選之重要指標和依據。換言之，中共現階段不考慮政治繼承人選，用人亦不全以年齡（過去是「七上八下」，67 歲續任，68 歲卸任）為限，而是根據現實功能需要和習近平之偏好而定。明顯的，中共「二十一大」（2027年）甄補的政治局委員條件與特質，恐亦不脫上述要件，且隨著習近平年齡增長（習 2027 年已 74 歲），以及習部分愛將和部屬持續超齡任用皆有可能。可以預期的是，中共「二十一大」人事預測精準度可望提高，菁英甄補的範圍將縮小，但不表示專業與具能力的人才會受重用。

從本研究表 10 的中央政治局人事預測分析的主要結果可知，除非人事晉升的安排到了一個新常態，各種變項的影響趨於穩定，否則未來系統性的分析架構預測準確性將不如預期。綜合表 4 和表 5 的加分條件，在習近平主政的「個人獨裁」模式中，除了習的舊部、愛將等網絡外，未來的研究也應對習的後續施政方略進行追蹤，並將相關專長的人選納入考量。在中共人事預測中，較大的認知差距主要是：習近平任用愛將的強度偏高，且未能以政績、民意評價與能力作為標準，而是以能否貫徹習的意志和命令為前提要件。換言之，上海市委書記李強封城三月怨聲載道，且未歷練中央和副總理經歷，直升總理一職即是具體案例。反觀，不同派系之汪洋政治歷練豐富，不僅擔任過廣東省委書記、副總理、政協主席，在中央、地方與國際經貿實務歷練多年，卻在未超齡條件下排除政治參與。此外，北京市委書記蔡奇政績亦表現顯平庸，並曾在處理「低端人口」引爆

民怨。[30] 儘管如此，蔡奇仍高升政治局常委，且擔任書記處常務書記要職。另擔任習秘書之丁薛祥，也在沒有財經歷練背景下，擔任政治局常委和常務副總理，也是超越市場理性認知的安排。

中共「二十大」政治菁英甄補是中共 1978 年推動改革開放以來，政治領袖權力最為集中，高層菁英任用最為獨斷的一屆「黨代會」，體現「贏者全拿」（Winners take all）的氣勢和作為。因此，可以預期的是，中共於 2027 年舉行的「二十一大」，若習近平仍大權在握，其愛將與部屬及其人脈網絡、技術官僚、大型經濟省份書記、籍貫網路將是被優先任用之政治局委員成員。可以預期的是，下屆政治局常委仍將有代謝機制，但會由現任政治局委員中產生。此外，年齡上限不再是剛性考量之要素，且會隨著習近平 74 歲的標準，而會有較多高齡跟隨者。

習近平大權獨攬，雖然規避胡錦濤執政時期九常委各霸一方（俗稱「九龍治水」）的決策低效和中梗阻，但是也存在決策獨斷的風險。儘管如此，當前習近平全面掌控政治局常委會，且其成員多為其愛將和部屬，其乾綱獨斷、偏執、自負、缺乏安全感，以及部屬不敢講真話，信息傳遞迎合領導者偏好，喪失糾偏機制，皆可能產生重大戰略失誤和經濟耗損。中共前領導人鄧小平在「黨和國家領導制度的改革」報告中即曾指出個人獨裁的流弊與缺失。他表示：

「權力不宜過分集中。權力過分集中，妨礙社會主義民主制度和黨的民主集中制的施行，妨礙社會主義建設的發展，妨礙集體智慧的發揮，容易造成個人專斷，破壞集體領導，也是在新的條件下產生官僚主義的一個重要原因。」[31]

---

30 賴錦宏，2022，〈曾無情清理低端人口引民怨 蔡奇入常令外界意外〉，《聯合報》，https://udn.com/news/story/123078/6708065，查閱時間：2022/10/24。
31 中共中央文獻研究室，1982，《三中全會以來：重要文獻選編》，北京市：人民出版社，頁 280-302。

　　中共 2023 年 3 月召開之「人大」會議，部級首長人事安排，其中四位為「雙非」（非中央委員，非候補委員），但卻仍任要職。這可能與 2022 年 10 月「二十大」前人事評估不足、專業職能的需要，以及現實經濟功能面的需求有關。例如，易綱任職中國人民銀行行長（64 歲）、財政部長劉昆（67 歲）、科技部長王志剛（66 歲），其所以留任財經和科技官員，估計主要是大陸經濟和美中科技制裁形勢嚴峻，必須強化「金融、經貿、科技維穩」，因而留任未具中央委員身分的超齡部會首長，加之習的愛將和親信多不具此專業能力和強項，因此李強在選擇部會首長時，就必須和現實妥協，期能平穩度過習時代第一階段之施政挑戰。此外，李小鵬續任交通部長，不應是其專業入選，有可能是政治上安撫革命世代子弟有關。

　　雖然習近平在「二十大」全面掌權，尤其具實權且具威脅性的職位多由其愛將與親信掌理，但仍有部分職位分派與其他具派系印記之成員，或有安撫、平衡和妥協之政治意涵，亦有些許沖淡習全面濫權，不留餘地的負面形象。其中包括：國家副主席韓正（1954 年，68 歲）、政協副主席胡春華（1963 年，59 歲）、沈躍躍（1957 年，65 歲）與周強（1960 年，62 歲）；王勇（1955 年，67 歲）曾任李克強主政時期國務委員，現改任政協副主席；「人大」副委員長中肖捷（1957 年，65 歲）曾任李克強任總理之國務院秘書長。此一任命估計是政治妥協或安撫。換言之，此次中共「二十大」權力競逐屬於「贏者全拿」格局，但在「退居二線」之團派與上海幫主要成員則安排至「政協」、「人大」擔任副職，仍享有「副國級」待遇，但政治前景黯淡。

　　中國大陸領導決策失誤，執行最嚴苛防控作為造成重大政治爭議、經濟損失和社會民怨即是一例。近期鬆動控制措施，主因民怨太深、抗爭不

斷，並非基於疫情的科學＋判斷和調整。[32] 未來經濟政策傾向左傾、非市場經濟理性運籌、「寧左勿右」的政治文化，以及政策執行偏差，皆可能影響中國政經表現與國家形象。此外，此次政治局委員人選中，財經界人才甄拔比例偏低。尤其是面對日益惡化的美中科技與經濟戰，科技自主與長期蓄積實力形勢緊迫；大陸經濟成長動能弱化與政策左傾，亦即須能擔綱者力挽狂瀾，但政治局成員仍以習的政治追隨者、意識形態偏好與外交、軍事成員居多，恐難以因應變局。

---

32 德國之聲，2023，〈路透社：中國的二號人物李強是如何推動廢除「清零」的？〉，《聯合報》，https://udn.com/news/story/122650/7009049，查閱時間：2023/03/04。

參考文獻

中文文獻

丁望，2013，《第一次改革：中國未來 30 年的強國之路》，香港：三聯書店有限公司。

中共中央文獻研究室，1982，《三中全會以來：重要文獻選編》，北京市：人民出版社。

中國共產黨，2017，〈中國共產黨第十九屆中央委員會第一次全體會議公報〉，人民出版社，《中國共產黨第十九次全國代表大會文件匯編》。北京：人民出版社。頁 174-175。

方圓，2012/8/30，〈十六大選出 198 名中央委員〉，《中國網》，http://guoqing.china.com.cn/2012-08/30/content_26379027.htm。

本書編寫組編，2017，《黨的十九大報告輔導讀本》。南京：江蘇人民出版社。

何清漣，2022，〈何清漣：集體領導終結　團派被滅早發生在十九大之時〉，《上報》，https://www.upmedia.mg/news_info.php?Type=2&SerialNo=157922&utm_source=newsshare-link，查閱時間：2022/11/30。

何清漣，2022，〈何清漣：集體領導終結　團派被滅早發生在十九大之時〉，《上報》，https://www.upmedia.mg/news_info.php?Type=2&SerialNo=157922&utm_source=newsshare-link，查閱時間：2022/11/30。

吳仁傑，2016/9/30，〈中共權力繼承機制發展與『十九大』展望〉，「發展與挑戰：面對中共十九大」研討會。臺北：國立政治大學東亞研究所等。頁 1-20。

吳玉山，2022，〈習近平現象〉，吳玉山、寇健文與王信賢主編，《一個人或一個時代：習近平執政十周年的檢視》:1-5，臺北：五南出版社。

吳國光，2018，《權力的劇場：中共黨代會的制度運作》，香港：中文大學出版社。

吳國光，2022，〈習近平治國路向再轉移，「以經濟建設為中心」時代宣告結束〉，

《新新聞》，https://www.storm.mg/article/4580594，查閱時間:2022/11/30。

李成，2011，〈中國政治的焦點、難點、突破點〉，http://www.ftchinese.com/story /001042491，查閱時間:2015/08/20。

李志　，2017/9，〈中共中央決定給予孫政才開除黨籍、開除公職處分 將孫政才涉嫌犯罪問題及綫索移送司法機〉，《新華網》，http://news.xinhuanet.com/p olitics/2017-09/29/c_1121747644.htm。

林和立，2012，〈中共「十八大」後的派系平衡與改革展望〉，陳德昇主編，《中共「十八大」菁英甄補:人事、政策與挑戰》:55-61，新北:印刻出版有限公司。

寇健文，2005，《中共菁英政治的演變:制度化與權力移轉 1978-2004》，臺北:五南圖書出版公司。

寇健文，2010，《中共菁英政治的演變:制度化與權力轉移 1978-2010》三版，臺北:五南圖書出版公司。

寇健文，2010/9，〈邁向權力核心之路:1987 年以後中共文人領袖的政治流動〉，《政治科學論叢》，第 45 期。頁 1-36。

寇健文，2012，〈中共『十八大』中央政治局常委會人選〉，陳德昇主編，《中共「十八大」菁英甄補:人事、政策與挑戰》:89-118，臺北:印刻出版有限公司。

寇健文，2017，〈中共「十八大」政治局人選:分析與預測〉，陳德昇主編，《中共「十八大」政治繼承:持續、變遷與挑戰》:57-96，新北:印刻出版有限公司。

張軼群，2012，〈中國共產黨第十八屆中央委員會候補委員名單〉，《新華網》，http://news.xinhuanet.com/18cpcnc/2012-11/14/c_113690803.htm。

郭瑞華，2017，〈中共 19 大權力核心人事布局預測〉，《展望與探索》，15(9):78-99。

陳陸輝、陳德昇、陳奕伶，2012/3，〈誰是明日之星？中共中央候補委員的政治潛力分析〉，《中國大陸研究季刊》，第 55 卷第 1 期。頁 1-21。

陳德昇、王信實，2017，〈中共「十六大」至「十八大」菁英甄補：預測與反思－多元迴歸分析的運用〉，手稿。

陳德昇、王信實、周秝宸，2016，〈中共中央政治局委員菁英甄補研究：『十六大』至『十八大』實證分析〉，中國大陸研究季刊，第 59 卷，第 4 期。頁 49-79。

陳德昇、陳陸輝，2008，〈中共『十七大』政治菁英甄補與地方治理策略〉，陳德昇主編，《中共「十七大」政治菁英甄補與地方治理》：21，新北：印刻出版有限公司。

童振源、周子全、林繼文、林馨怡，2011/5，〈2009 年臺灣縣市長選舉預測分析〉，《選舉研究期刊》，第 18 卷第 1 期，頁 63-94。

童振源、周子全、林繼文、林馨怡，2011/9，〈選舉結果機率之分析—以 2006 年與 2008 年臺灣選舉為例〉，《臺灣民主季刊》，第 8 卷第 3 期，頁 135-159。

華爾街日報，2022，〈習近平可能提拔親信進入中共最高決策機構〉，https://cn.wsj.com/articles/ 習近平準備提拔親信進入中共最高決策機構-121666049406?reflink=desktopwebshare_permalink，查閱時間：2022/11/17。

鈕東昊，2007，〈中國共產黨第十七屆中央委員會委員名單〉，《中國新聞網》，http://www.china.com.cn/policy/txt/2007-10/21/content_9429083.htm。

黃臺心，2009。《計量經濟學》。臺北：新陸書局。

黃信豪，2013，〈制度化下的中共菁英晉升：接班人栽培的觀點〉，《中國大陸研究》，56（1）：33-60。

黃信豪，2013/3。〈制度化下的中共菁英晉升：接班人栽培的觀點〉。《中國大陸研究季刊》，第 56 卷第 1 期，頁 33-60。

新華月報社，2002a，〈中國共產黨第十六屆中央委員會委員名單（198 人）〉，
　　《新華月報》，12:45。

新華月報社，2002b，〈中國共產黨第十六屆中央委員會候補委員名單（158
　　人）〉，《新華月報》，12:46。

新華月報社，2002c，〈中國共產黨第十六屆中央領導機構成員簡歷〉，《新華
　　月報》，12：50-64。

新華月報社，2012a，〈中共十八屆中央領導機構成員簡歷〉，《新華月報》，
　　23:47-60。

新華月報社，2012b，〈中國共產黨章程〉，《新華月報》，23。

新華月報社，2012c，〈中國共產黨第十七屆中央委員會第七次全體會議公報〉，
　　《新華月報》，23:64。

新華月報社，2012d，〈中國共產黨第十八屆中央委員會候補委員名單（171
　　名）〉，《新華月報》，23:43-44。

新華網，2022，〈中國共產黨第二十屆中央委員會第一次全體會議公報〉，
　　http://www.news.cn/politics/cpc20/2022-10/23/c_1129075992.htm，查閱日期：
　　2022/11/21。

楊光宇、曹昆，2022，〈二十大一中全會公報〉，《人民日報》，10 月 24 日。

楊彼得，2014，〈政令不出中南海是典型的體制病〉，http://opinion.dwnews.
　　com/news/2014-06-11/59477675.html，查閱時間：2015/08/20。

趙承、霍小光、張曉鬆、林暉、胡浩，2022，〈高舉偉大旗幟 譜寫嶄新篇章〉，
　　《人民日報》，10 月 23 日。

趙承、霍小光、張曉鬆、林暉、胡浩，2022，〈領航新時代新征程新輝煌的堅強
　　領導集體〉，《人民日報》，10 月 25 日。

趙建民，2014，《中國決策：領導人、結構、機制、過程》。臺北：五南圖書出
　　版公司。

趙紫陽，1991，「沿著有中國特色的社會主義道路前進」，《十三大以來重要文獻選編》。北京：人民出版社。頁 34-483002

劉威，2012/11/14，〈中國共產黨第十八屆中央委員會委員名單〉，《新華網》，http://news.xinhuanet.com/18cpcnc/2012-11/14/c_113690703.htm。

德國之音，2022，〈專訪吳國光：習近平收緊經濟政策，使得中共在國際上失去了兩個優勢〉，https://reurl.cc/Ay6bZY，查閱時間：2022/12/02。

編者未詳，2015/9，〈政治小常識：中國革命的三大法寶〉，《壹讀》，https://read01.com/zh-tw/D8k46J.html#.WhbQpeZryUk。

蔡霞，2022，〈習近平的弱點 - 狂妄與偏執如何威脅中國的未來〉，《國際事務（Foreign Affairs）》，https://www.foreignaffairs.com/china/xijinpingderuodian，查閱時間：2022/10/24。

鄧小平，1984，「黨和國家領導領導制度的改革」，《鄧小平文選》第二卷。香港：三聯書店。

賴錦宏，2022，〈曾無情清理低端人口引民怨 蔡奇入常令外界意外〉，《聯合報》，https://udn.com/news/story/123078/6708065，查閱時間：2022/10/24。

英文文獻

Bo, Zhiyue, 2002. Chinese Provincial Leaders: Economic Performance and Political Mobility Since 1949. Armonk, NY: M. E. Sharpe, Inc.

Bo, Zhiyue, 2005/3. "Political Succession and Elite Politics in Twenty-First Century China: Toward a Power-Balancing Perspective," Issues & Studies, Vol. 41, No. 1, pp. 162-189.

Ding, Wang, 2013. Diyici gaige: Zhongguo weilai sanshinian de qiangguo zhilu. [First reform: road to power in the next three decades]. Hong Kong: Joint Publishing.

Friedrich. Carl J, 1969. "The Evolving Theory and Practice of Totalitarian Regimes",

Friedrich, Carl J., Curtis. Michael and Barber. Benjamin R. (eds.), Totalitarianism in Perspective: Three Views (New York: Praeger).

Greene, William H., 2011. Econometric Analysis, 7th Ed. (Boston, Mass: Prentice Hall).

Huntington, Samuel P., 1998. Political Order in Changing Societies. (New Haven: Yale University Press).

Li, Hongbin & Zhou. Li-An, 2005. Political Turnover and Economic Performance: The Incentive Role of Personnel Control in China. Journal of Public Economics. 89, p. 1743-1762.

Linz, Juan, "An Authoritarian Regime: The Case of Spain," in Erik Allard and Yrjo Littunen (eds.), Cleavages, Ideologies, and Party Systems (Helsinki: Westermarck Society, 1964), reprinted in Erik Allard and Stein Rokkan (eds.), Mass Politics: Studies in Political Sociology (New York: Free Press, 1970).

Nathan, Andrew., 1973. A Factionalism Model for CCP Politics. The China Quarterly.

Pye, Lucian W., 1981. The Dynamics of Chinese Politics, (Oelgeschlager, Gunn & Hain, 1986), Scalapino. Robert A., Sato. Seizaburo and Wanandi. Jusuf (eds.), "Legitimacy and Institutionalization in Asian Socialist Societies". Asian Political Institutionalization. Berkeley, CA: Institute of East Asian Studies. 59-94.

中共「二十大」與政治導向的菁英管理：
習時期高層幹部懲罰案例分析 *

張執中
（開南大學人文社會學院教授兼院長）

趙建民
（中國文化大學國家發展與中國大陸研究所特約講座教授兼所長）

摘　要

　　中共建政以來，「政治」乃是與中央保持一致的代名詞。習近平接班後也建立個人政治導向的菁英管理模式，至中共「二十大」對高層領導幹部的「能上能下」建立新的標準。這多數是習主政十年，藉由中央文件與對高層幹部紀律懲處逐步累積而來。本文透過文字探勘彙整習時期菁英落馬的大量文本，可看出語彙間的關聯性，但可能忽略詞頻較低，詞彙網絡關係較弱者，因而在解讀上僅能呈現習近平對「廉潔」紀律的重視。本文另抽出重大事件的個案進行探討，有利於讓文字探勘與傳統文本詮釋提供更完整的解釋功能。研究發現，中央懲處背後所要表達的政治標準，在於對黨的忠誠、意識形態信仰，以及腐敗背後所衍生對「黨的領導」的破壞。比如習近平以「談話調研」取代胡錦濤時期的「票決制」，除解決地方幹部賄選問題，也讓菁英甄補的目標從「新老交替」轉向強調「政治標準」。

關鍵字：二十大、習近平、菁英管理、政治標準

---

* 本文感謝「中國大陸研究」期刊授權刊登。本文內容曾刊登於張執中、趙建民，〈中共「二十大」與政治導向的菁英管理：習時期高層幹部懲罰案例分析〉，《中國大陸研究》，第 66 卷第 3 期（2023 年 9 月），頁 1-38。感謝國立政治大學國際關係研究中心《中國大陸研究》同意轉載。作者感謝兩位審查人與編輯委員會的修正意見，使本文內容更臻完善，另感謝明居正老師在研討會中對本文初稿提供的寶貴意見。

壹、前言

　　中共「二十大」結束，「一中」全會確定中共未來五年的新領導班子。習近平如預期續任第三任期，而新的政治局常委會組成也超乎外界想像僅留下趙樂際與王滬寧，新增李強、蔡奇、丁薛祥與李希。相較於重要團系成員李克強與汪洋並沒有當選中央委員，原本外界關注的總理接任人選胡春華也僅止於中委，沒有連任政治局委員。除了習近平的續任，69 歲的外交部長王毅進入新一屆中央政治局，和 72 歲的張又俠連任並成為中央軍委第一副主席，也確認江澤民時期以來，幹部晉升的「七上八下」年齡界限慣例已被打破，顯示習近平主政下，對高層領導幹部的「能上能下」又建立了新的標準。

　　對共產政權而言，在發展過程中也面臨權威來源的制度化、世代交替與政治參與需求，因此需依賴制度維持政治穩定（Dickson 1997, 3）。以中共為例，菁英政治的制度化意味關係網絡（或派系）必須在符合既有程序與標準的前提下發揮影響，除減緩權力鬥爭的頻率，也讓中共菁英政治間存在「平衡權力」的機制（寇健文 2010, 43-51, 361-375；Bo 2005, 162-18）。但傅士卓（Joseph Fewsmith）（2021, 167-179）也發現，從鄧小平到習近平，制度化的過程最終都被權力集中所取代，意謂這樣的模式才與革命時期遺留的動員制度相容。因此，領導人在決策體系上須掌握「內圈」（inner circle）的組成，在幹部體系上，則須建立「政治標準」，除確保中央路線的一致性，更藉此控管菁英晉升，排除不合作者，以利權力維繫。因此歷任領導人如毛澤東（1990, 492）提到「政治路線確定之後，幹部就是決定因素」。[1] 鄧小平（1983, 177）也提到「選幹部，標準有好多條，

---

1 依據史達林在蘇共「十七大」報告：「當正確政治路線已經規定以後，組織工作就能決定一切，當中也決定政治路線本身的命運」（毛澤東 1990, 501）。

主要是兩條，一條是擁護『三中全會』的政治路線與思想路線，一條是講黨性不講派性」。到江澤民時期，中央強調領導幹部一定要「講政治」，而推行「三講」[2] 運動，而胡錦濤也推動「保先」[3] 運動，強化黨建（光明網 2002；中國政府網 2005）。這說明中央路線背後，須保證幹部的「看齊意識」，搭配組織、紀律甚至運動等工具來保證目標達成，而「政治」也成為與中央保持一致的代名詞。

習近平接班初期，必須承接胡錦濤的政治遺產與派系格局，除了透過王岐山到趙樂際主導的紀檢系統持續剷除周永康與令計畫勢力，建立有利自己的政治環境；並透過小組政治的「頂層設計」，掌控決策體系。但即使如此，仍須面對地方幹部「形式主義走過場、官僚主義不作為」的困境。以秦嶺別墅案為例，習近平自 2014 年至 2018 年共下了六次批示，第六次批示要求「首先從政治紀律查起，徹底查處整而未治、陽奉陰違、禁而不絕的問題」，也讓中央指派中紀委副書記負責專項整治，查處省委書記趙正永、西安市委書記魏民洲等幹部，並總結本案的根本「不講政治」，領導幹部對政治紀律缺乏敬畏（人民網 2019）。

為此，習近平推展社會主義核心價值觀，同時樹立各級幹部的行為準則。除持續整肅幹部隊伍，並查處「形式主義」與「官僚主義」，「十九大」以來已經處分 24.3 萬名幹部，藉此建立「政治標準」，改造黨員的政治信仰（人民網 2022）。據筆者統計，習上任至 2022 年底，已超過 300 名副省部與軍級以上幹部因違紀落馬。然而，當落馬幹部清一色都涉及「為他人謀利」或「收受財物」時，政治標準如何呈現？本文除透過文獻探討，並彙整 2016 年至 2022 年中共「二十大」召開前，遭開除黨籍之「中管幹部」與「省管幹部」共 2034 名，包含懲處指標分布，特別是違反「政治紀律」

---

2 「三講」指講學習、講政治、講正氣。
3 指「保持共產黨員先進性教育活動」。

之內容與特徵。[4] 透過文本內容分析（content analysis）與資料分析（data analysis），並依文字探勘（text mining），分析相關重要指標，並以視覺化方式呈現，嘗試找出習近平中央所要表達的秩序內涵。 再者，習近平在「二十大」更以「政治判斷力、政治領悟力和政治執行力」作為幹部「能上能下」的標準。並且就中央領導機構人選醞釀和『兩委』人選，改以「談話調研」取代胡錦濤時期的「海推」、「海選」。胡時期以來的體現「黨內民主」的幹部「推選」，何以牴觸習的路線？必須重回組織系統掌控。在過往的文獻中，並沒有清楚說明習決策的依據與背景。本文研究也發現，胡錦濤時期的幹部選任「票決制」，雖然使地方黨委會分享更多的人事權，卻也陷入權錢交易而動搖「黨的領導」，陷入「收放循環」之困境。

本文除前言外，分別探討派系、路線、權力與政治標準建立的關聯性；菁英懲處內容的文字探勘所呈現的違紀特徵，以及從重要個案觀察習近平的政治標準。本文認為，習近平透過黨紀、整風與巡視的交互運作，習的路線定義了黨紀與整風的政治前景；而黨紀與整風則為鞏固習路線提供績效，兩者同步且相互促進習的權威。中共「二十大」呈現的是習近平整黨的成果，但更重要的習近平執政十年來逐步建立政治導向的菁英管理模式，對於既有的秩序與菁英「進退流轉」產生的影響。

貳、政治路線與菁英管理

「文革」改變了學界對中共高度整合與穩定的認知，動搖了「極權主義」的解釋能力。而後毛時期歷經意識形態、經濟與社會的變化，對中共的政治結構也朝「多元模式」發展，如「派系」、「官僚」（Nathan 1973,

---

4 上述人事資料，主要整理自「中央紀委國家監察委網站」（http://www.ccdi.gov.cn/special/zzjgzt）。

1978; Pye 1981; Oksenberg 1982）等途徑。回顧「文革」後，鄧小平接班初期的首要任務必須先聯合中央組織部（以下簡稱「中組部」）平反文革時期遭迫害幹部，並審理林彪與四人幫「兩案」，制衡文革派（Guo 2014, 600-608; Pantsov and Levine 2015, 425; Wu 2015, 201-209）。而改革開放後引發新的路線衝突，也讓總書記胡耀邦在中共「十三大」前，以違反「資產階級自由化」之名下臺。因此，在中共黨史中，從毛時期追求經濟高速成長的左派，和追求穩定的官僚改革派之間循環反覆的鬥爭；到華國鋒的「洋躍進」、陳雲的「調整」和鄧小平主導的「市場化改革」，派系間除了隨著經濟波動而轉換地位，也包含權力結盟、核心領導人對挑戰者的淘汰過程，以及緊接而來的政經路線轉變（吳玉山 1996, 51-95; Dittmer, and Wu 1995, 467-494）。

如前言引述鄧小平的觀點，在路線轉變後，幹部甄補的政治標準在擁護中央路線與保持黨性。從中共黨史經驗也說明，歷屆領導人的幹部管理皆有其政治標準，並與其路線相關。比如改革開放後，在「四化」方針下，出現技術官僚填補革命世代，具備專長教育（technical educations）、專業能力（professional experience）與高階職位（high posts）背景，使政權屬性從「動員者」（mobilizers）朝「管理者」（managers）發展（Li and White 1998; 1990; Lee 1991; Li 2001）。而菁英的「紅與專」也必須有所調整，由於經濟建設有賴專業與分工，因此政府被賦予發展經濟與甄補專業菁英之任務，黨則是維持政治上的考核。即使如此，在仕途發展上，對掌握關鍵權力的統治菁英而言，當越早在前一個層級取得政治性條件認可，則能提早得到下一輪晉升的機會。說明在黨組織邏輯下，中共菁英甄補的確具有一連串黨職經歷的要求，對這些幹部進行逐級的政治審查與忠誠檢核，以確保其遵守政治路線（黃信豪 2009, 194-195）。

此外，如李侃如（Kenneth Lieberthal）與歐邁格（Michel Oksenberg）

認為中共權力領導人常代表本身所掌管的官僚系統發言，因此中共政治精英間的政策歧見或權力衝突，也反映出各官僚系統間的利益衝突，亦可稱之「碎裂式威權」（fragmented authoritarianism）模式（Lieberthal and Oksenberg 1988, 17-22; Lieberthal and Lampton 1992, 33-58）。但「官僚利益」或「碎裂式威權」的論點固然能體現出市場改革後，地方與部門的自主性與議價能力提高，但此模式也可能低估中央的權威，與黨政部門間上下從屬關係的影響力，也就是極權主義模式中所強調的整合機制，而該機制又與核心領導人的權力鞏固有關。Kjeld Brødsgaard（2017, 38-55）提出「整合碎裂化」（integrated fragmentation）概念，其背景在中共改革開放後意識型態的「解咒」（disenchantment）、包容性擴大所產生的自由化傾向，以及部門自主性提升等，皆與黨的動員需求間存在緊張關係（Plattner 1996; Shambaugh 2008; Shirk 2007）。另一方面，中共既有的黨管幹部制度，如黨中央管理的「幹部派用體系」（Nomenklatura），和幹部晉升階梯，讓中央仍能有效控管來自這些幹部的抵制，避免動搖體制。相較於胡錦濤時期的發展目標，面臨派系與地方幹部的阻撓，習近平的集權與反腐兩者間可能是互賴與互補的。如 Yueduan Wang 和 Sijie Hou（2022）就提到，當前為緩解中央地方間因政治動員導致的集權 - 分權循環，中央透過預算管理（財政）、紀檢與司法，和既有的「幹部派用體系」，強化中央對官僚體系的控制，以達到減少政治動員的目標。

　　本文也認同 Kjeld Brødsgaard 之概念，將研究重點放在習近平中央的整合機制，特別在精英管理上。長期以來，中共中央為避免陷入代理困境，除了透過可量化指標對幹部進行獎懲，也可透過異地交流、直接提名等機制，降低難以監控的風險（Huang 2002, 63-69）。在這個意義上，官員的「進退流轉」是官僚體制中的重要控制手段，也是人事管理制度的核心所在。不過，從「十八大」前的薄熙來、王立軍案，到習近平接班後處理周永康

與令計劃案，其重點主要在不同世代領導集體背後政治勢力與派系利益的矛盾，使習在接班後的首要任務，在傾全力肅清「周令」與「薄王」餘毒，主要就是藉由紀檢系統與巡視組的巡視結果做為揭露腐敗與黨性之依據，得以瓦解敵對派系與不合作對象。比如學者從中觀察派系與紀律處分的相關性，在 377 名省委常委與 178 名副省長的母體中，143 名歸類為與現任七位政治局常委有派系關係，其中有 3 位（2.1%）遭調查，但有派系關係的副省長沒有人遭調查；無派系關係的 412 名幹部中，則有 29 名（7%）被捕（Zeng and Yang 2017, 26-57）。說明領導層影響遴選團體，利用其自由裁量空間，提供追隨者安全保障。

　　但另一方面，既有文獻多著重菁英甄補層面，即習近平清除敵對派系後，為習的人事布局開拓空間。較少關注中央如何運用懲處的決議，按組織渠道進行宣傳與布置。包括把決議的基本精神、原則告知幹部與群眾，用以統一思想與行動（朱光磊 2006, 180-182），並逐步建立習近平的「政治標準」。這也意味「黨紀」作為黨員幹部行為準則背後，實際上是核心領導人權力的呈現。核心領導人如何實現個人意志，並排除不合作者，若能回溯黨紀處分的對象與內容，將助於瞭解領導人權力與路線的變化。

　　在習近平時期，中央為保證黨政領導幹部「講政治」，十年來後重整紀檢與巡視制度，使中共中央得以密集監控下級黨組織的運作，並逐步將紀檢體制改革的成果固化為制度。[5] 重點包括「專項巡視」、定位「政治巡視」、建立巡視巡察上下聯動監督網，目標在實現全國「一盤棋」（鳳凰網 2018）。舉例而言，僅中共「十九大」至今已經完成九輪巡視，最新一輪巡視由 15 個巡視組巡視的中共中央和國家機關單位（中紀委國家監察委 2022）。如大陸學者所描述，正是透過由上而下不斷「敲打」（鞭策），

5　如《中國共產黨紀律處分條例》、《中國共產黨黨內監督條例》、《中國共產黨巡視工作條例》與《中國共產黨問責條例》等。以《中共黨內監督條例》為例，在內容上除強調習近平路線，強化巡視工作地位，還要求書記作為監督的第一負責人。

迫使各級必須正視且要「正確」回應。[6]

　　習近平的中央為了確保各級政府與中央的步調一致，強調「從嚴治黨」，對各級黨政幹部和社會進行政治規整（political alignment）。同時為了監測各省合作態度與績效，依據中央的指標包括是否貫徹「習總書記指示」與「中央決策」；「黨風廉政」與「八項規定」；「黨建紀律」與「選人用人」等，「由上而下」進行一波波的巡視工作展示其強制力，糾正政策的偏離，並依此對黨政領導幹部進行考核（張執中 2022a, 161）。大陸學者曾歸納中共幹部選拔任用的關鍵字，在 1980 年代概括為「退休」和遏制「不正之風」；90 年代可概括為「廉潔從政」、「競爭上崗」、「公開選拔」；21 世紀以來，則可概括為「公示制」、「述職述廉」、「問責」與「巡視」等（劉維芳 2017, 50-60）。

　　相較於江澤民與胡錦濤時期，雖然中共在維持既有的「下管一級」與「雙重領導」體制下，但習近平的中央透過常態性派遣巡視組與巡察組，來補償地方既有監督制度上的不足。此外，隨著習近平權力的鞏固，修改《中國共產黨紀律處分條例》（以下簡稱《紀律條例》）。《條例》在黨內法規體系中處於僅次於黨章和黨內準則的地位，《紀律條例》自 1997 年試行以來，歷經 2003 年修訂頒布。習接班後於 2015 與 2018 年進行兩次修訂，將習所提出的政治紀律、政治規矩與八項規定加以制度化，頗能體現習的治理邏輯與思路。依據官方說法，2015 修訂主要強調紀、法分開，並把黨章對紀律的要求，由原有的九大類整合成政治、組織、廉潔、群眾、工作、生活等「六大紀律」（表 1），並刪除 70 餘條與刑法、治安管理處罰法等法律法規重複的內容（新華網 2015a）。引起外界關注的是第六章對「政治紀律」的規範，包括增加了拉幫結派、對抗組織審查等違紀條款。

---

6 訪談中國社科院政治所研究員，2019 年 8 月 23 日。

特別是寫入公開違背四項基本規範、妄議中央大政方針、黨內結黨營私、違背黨和國家方針政策之懲處。[7]

表 1：習近平接班以來《紀律條例》指標

年度	指標									
2003	政治	組織人事	廉潔自律	貪污賄賂	經濟秩序	財經紀律	失職瀆職	黨員公民權利	社會主義道德	社會管理秩序
2015	政治		組織		廉潔		群眾		工作	生活
2018	政治		組織		廉潔		群眾		工作	生活

資料來源：作者整理自 2003、2015 與 2018 年版之《中國共產黨紀律處分條例》。

2018 年 8 月，中央再次修訂《紀律條例》，除了將「習思想」、「兩個維護」與「四個意識」納入條文外，第 7 條也強調：「重點查處黨的『十八大』以來不收斂、不收手，問題線索反映集中、群眾反映強烈，政治問題和經濟問題交織的腐敗案件，違反中央八項規定精神的問題」（新華網 2018b）。並且在政治紀律部分，針對「在重大原則問題上不同黨中央保持一致的行為，搞山頭主義、拒不執行黨中央確定的大政方針等危害黨的團結統一行為，搞兩面派、做兩面人等對黨不忠誠、不老實行為，對干擾巡視、巡察工作或者不落實巡視、巡察整改要求行為和信仰宗教黨員的處理做出規定，進一步擴大習近平對幹部監督的政治標準。

中共建政以來，藉由「黨組制」、「黨委制」實現「黨的領導」之目標，並以「民主集中制」[8] 作為決策與組織生活準則。1997 年頒布試行《紀律

7　依據中央紀委法規室主任馬森述的說法，「黨中央在制定重大方針政策時，通過不同管道和方式，充分聽取有關組織和黨員意見建議，但有些人『當面不說、背後亂說』、『會上不說、會後亂說』、『臺上不說、臺下亂說』，不僅擾亂了人們的思想，有的還造成嚴重後果，破壞了黨的集中統一，妨礙了中央方針政策的貫徹落實，嚴重違反了民主集中制的原則」（新華網 2015b）。

8　指黨員個人服從黨的組織、少數服從多數，下級組織服從上級組織，全黨各個組織和全體黨員服從黨的全國代表大會和中央委員會。

條例》，大陸學者認為，首次將黨員的行為納入了紀律規範，也讓「黨建」從「政治運動」朝「制度建設」發展（徐海燕 2019, 60）。習時期修訂《紀律條例》，將違紀行為整合為六大類，等於為黨員開列一份「負面清單」，列舉如下：

（一）政治紀律：指違反黨在政治方向、立場、觀點和活動的規範，侵犯黨在政治上的集中統一。比如在重大原則問題上不同黨中央保持一致、對黨不忠誠、對抗組織審查等。

（二）組織紀律：指違反黨和國家有關組織工作方面的原則和制度之行為，比如違反民主集中制、拒不執行或擅自改變黨組織的決定。

（三）廉潔紀律：指行使職權活動中，違反廉潔從政、廉潔用權之規範，比如利用職權牟利、搞權錢交易、收受禮品禮金等。

（四）群眾紀律：指違反有關聯繫群眾、服務群眾等工作規範，比如超標向群眾籌資籌勞、攤派費用；對群眾切身利益問題不即時解決、慵懶無為、消極應對等。

（五）工作紀律：指違反行為規範，侵害黨和國家機關工作秩序和管理制度，比如落實工作不力、形式主義與官僚主義、干預和插手司法活動等行為。

（六）生活紀律：指黨員在婚姻家庭、人際交往、公共場所違反應當遵守的道德與規範，比如生活奢靡、貪圖享樂、不正當性關係等。（搜狐 2021）

如圖 1 所示，學者研究曾發現，習近平上臺初期（2013~2014），遭開除黨籍之幹部高達八成集中在「貪污賄賂」的指標上（張執中 2022b, 144），符合習上任初期全面反腐面向。但在《紀律條例》修訂後，筆者資料整理至中共「二十大」開議前之數據，如圖 2 所示，兩者遭開除黨籍的違紀面向都更為全面性，且多集中在政治、組織、廉潔三個面向，而「中

圖1：遭開除黨籍之「中管幹部」與「省管幹部」懲處面向
（2013/8~2015/10）

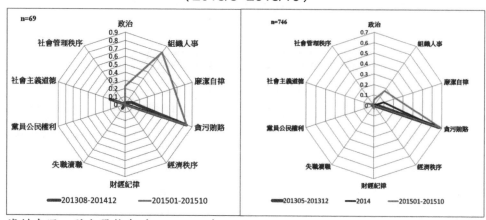

資料來源：引自張執中（2022b, 144）。

圖2：開除黨籍之「中管幹部」與「省管幹部」懲處面向（2016~2022/9）

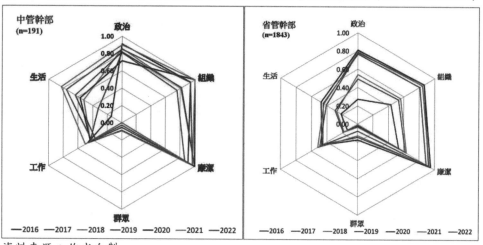

資料來源：作者自製。

管幹部」違反「生活紀律」比例較高。這也說明習近平接班以來對高級領導幹部的八項要求與地方治理的關注。然而，若比對所有中央開除黨籍之「決定」，幾乎都涉及「收受財物」與「為他人謀取利益」。如何從中發

現中央的政治「規矩」與「標準」？並內化為幹部管理指標，以下將透過
資料與內容分析，結合文字探勘來觀察。

參、菁英懲處的內容探勘

　　本文選擇「開除黨籍」做為案例，案例資料主要整理自「中央紀委國
家監察委網站」[9]，除官方資料較為完整外，主要原因也在於相關案例屬
於黨內重大決議。決議背後除了體現黨員違紀與黨中央路線的衝突，藉由
懲處結果內容，以文件逐級傳達，從而使中央到省級的決策，對黨內形成
教育與宣傳效果，並體現中央的路線要求。另一方面，依據「黨管幹部」
原則，且1984年後中央決定各級黨委的管理改為「下管一級」，而有「中
管幹部」與「省管幹部」之分（中國社會科學院 1997, 524-546）。[10] 基於
習近平強調「全國一盤棋」，本研究蒐集遭開除之「中管幹部」與「省管
幹部」名單，有助於了解並比較中央與地方在執行黨紀的一致性。

表 2：2015 與 2018《紀律條例》違紀分則條文範圍

違紀分則	2015 條文	2018 條文
政治紀律	45-62	44-69
組織紀律	63-79	70-84
廉潔紀律	80-104	85-111
群眾紀律	105-112	112-120
工作紀律	113-125	121-133
生活紀律	126-129	134-138

資料來源：作者整理自 2015 與 2018 年版《中國共產黨紀律處分條例》。

---

9 http://www.ccdi.gov.cn/special/zzjgzt。
10「中管幹部」指中央組織部依「中共中央管理的幹部職務名稱表」管理的幹部名單（中國社會科學院
　1997, 524-546）。

　　再者，文本內容的選擇主要以 2015 年 10 月與 2018 年 8 月兩次修訂的《紀律條例》為依據，除了前述指標整合為「六大紀律」外，也將「政治紀律」排首位，並且把習近平所提出的政治規矩與八項規定寫入。而在案例蒐集上，因 2015 年版修訂後，至 2016 年起實施；2018 年版修訂後，則於同年 10 月起實施，因此本文除蒐集 2016 至 2022 年 9 月之 2034 則案例，同時也挑出違反「政治紀律」之 1292 則案例進行文字探勘。

　　文字探勘技術基於資料驅動（data-driven），作為機器學習（Machine Learning）的其中一個領域，主要用於分析非結構化（unstructured）的文本，為一客觀、系統性的研究方法，至今已多為社會科學研究者所應用。該技術能夠將非結構化的文本資料作為可用於資料分析之研究標的，挖掘出大量文本或其中語彙間的關聯性與隱含結構（陳世榮 2015；謝吉隆、楊苾淳 2018）。在蒐集本研究所需的文本資料後，分別建立開除黨籍之「中管幹部」、「省管幹部」資料庫，依據 2015 年與 2018 年修訂《紀律條例》中「六大紀律」之內容（見表 2），建立分詞詞典，以強化分詞模型對於《紀律條例》關鍵詞之識別與提升分詞精確度，再使用 R 統計軟體導入文本資料，分別計算每次中央與省委決定內容個別詞彙出現頻率。而為了避免文字簡繁轉換過程中出現錯誤，以原件簡體版做為文本，並在文字分詞基礎上，觀察共同出現的相關辭語，提供觀察習近平中央的路線與「政治規矩」之關聯。

一、總體違紀內容探勘

　　前述在中共《紀律條例》的運作上，習近平上任初期先推動整風反腐，僅沿用舊法建立權威並建構個人路線。隨著派系清洗與權威鞏固，將其政治規矩與八項規定轉為規範，建立習近平的紀律框架。因此 2015 年修訂

《紀律條例》中，其運用規則主要針對「十八大」以來「不收斂、不收手」，及「貪污賄賂、失職瀆職」之幹部。從 770 則案例（中管 90、省管 680）內容，顯示於表 3 與表 4 詞頻表可以看出，詞頻顯示也符合圖 2 所強調的三個面向。而「中管幹部」與「省管幹部」的主要違紀事實共同集中在「廉潔紀律」中的收受禮金、財物、利用職權為個人與他人謀利，以及「組織

表 3：遭開除黨籍之「中管幹部」決議文前 20 個高頻詞彙（2016/1~2018/9）

排序	關鍵詞	頻率
1	為他人謀取利益（廉）	88
2	利用職務上的便利（廉）	86
3	政治紀律	74
4	收受（廉）	72
5	廉潔紀律	69
6	組織紀律	68
7	司法（工）	67
8	收受財物（廉）	64
9	八項規定	53
10	對抗組織審查（政）	53
11	影響（廉）	47
12	政治規矩（政）	46
13	管理（廉）	40
14	利益（廉）	40
15	組織	40
16	不收斂（第 19 條）	38
17	不收手（第 19 條）	37
18	禮金（廉）	33
19	利用職權（組）（廉）	31
20	接受（廉）	29

資料來源：作者自製。

表 4：遭開除黨籍之「省管幹部」決議文前 20 個高頻詞彙（2016/1~2018/9）

排序	關鍵詞	頻率
1	為他人謀取利益（廉）	362
2	收受（廉）	344
3	利用職務上的便利（廉）	338
4	收受財物（廉）	283
5	政治紀律	276
6	廉潔紀律	255
7	組織紀律	238
8	對抗組織審查（政）	230
9	司法（工）	216
10	不收斂（第 19 條）	210
11	不收手（第 19 條）	208
12	禮金（廉）	192
13	法律	152
14	影響（廉）	149
15	八項規定	130
16	利益（廉）	128
17	組織	117
18	幹部選拔任用（組）	85
19	不正當（生）	81
20	利用職權（組）（廉）	74

資料來源：作者自製。

紀律」中的干預或插手司法活動，和「政治紀律」中的因被查處而「對抗組織審查」之行為。此外，「中管幹部」作為習近平要求遵守「八項規定」與「政治規矩」的主要對象，也呈現在詞頻中；而「省管幹部」則較多介入「組織紀律」中的違反幹部選拔任用。

中共「十九大」後於 2018 年進一步修改條例，更強化習近平的路線。從 1244 則案例（中管 101、省管 1143）內容，顯示於表 5 與表 6 詞頻表，

表 5 遭開除黨籍之「中管幹部」決議文前 20 個高頻詞彙（2018/10~2022/9）			表 6 遭開除黨籍之「省管幹部」決議文前 20 個高頻詞彙（2018/10~2022/9）		
排序	關鍵詞	頻率	排序	關鍵詞	頻率
1	收受（廉）	157	1	收受（廉）	1601
2	影響（廉）	152	2	影響（廉）	1232
3	政治紀律	94	3	廉潔紀律	1001
4	管理（廉）	92	4	政治紀律	982
5	廉潔紀律	90	5	組織紀律	879
6	組織紀律	87	6	對抗組織審查（政）	812
7	不收手（第 7 條）	85	7	參加（政）（廉）	797
8	八項規定（第 7 條）	83	8	八項規定（第 7 條）	792
9	組織	79	9	禮金（廉）	792
10	接受（廉）	69	10	不收手（第 7 條）	786
11	對抗組織審查（政）	67	11	組織	779
12	禮金（廉）	65	12	為他人謀取利益（廉）	764
13	宴請（廉）	57	13	管理（廉）	668
14	利用職務便利（廉）	52	14	利用職務上的便利（廉）	586
15	為他人謀取利益（廉）	45	15	利益（廉）	571
16	報告（政）（組）	43	16	禮品（廉）	413
17	不按（組）	43	17	法律	357
18	禮品（廉）	40	18	接受（廉）	357
19	利益（廉）	39	19	利用職權（廉）	333
20	參加（政）（廉）	33	20	收受財物（廉）	313

資料來源：作者自製。　　　　　　　　資料來源：作者自製。

可看出「中管幹部」與「省管幹部」主要違紀事實共同集中在「廉潔紀律」中收受禮品、禮金；利用職權或職務上的影響為他人謀利，且違反本次修訂所強調重點查處「十八大」以來不收斂、不收手，與違反八項規定精神之行為，並「對抗組織審查」。「中管幹部」多涉及「政治紀律」中，不按規定請示報告等行為與參加迷信活動。

二、違反「政治紀律」之二元詞網絡分析

前述兩次修訂《紀律條例》，將「政治紀律」排首位，從前段探勘可以發現，遭開除黨籍之幹部，多數處於「政治和經濟問題交織的腐敗案件」，因此筆者嘗試將範圍縮小在違背「政治紀律」的案例。在總數 2034 則案例中，有違反「政治紀律」的案例共 1292 則，佔 64%。

另為探究詞彙共現關係，本研究在開除黨籍決議資料庫中，依據前述案例內容分詞基礎上尋找二元詞（bi-gram），將二元詞分置於兩個欄位，進行可視化操作。如圖 3、圖 4 所列 2015 年版的《紀律條例》下，筆者從 333 則案例（中管 70、省管 263）內容，突出在總體案例中，哪些詞彙做為關鍵節點，被其他詞彙圍繞，連結其他詞群。

二元詞網絡可以顯示遭開除黨籍之幹部，類似前述高頻詞彙所描述之情況。圖 3 顯示，中管幹部的嚴重違紀，如圖左下，主要是在廉潔紀律上，利用職權或職務上的便利，得以收受禮金禮品，並為親屬與他人謀取利益。還包括圖左上，出入私人會所，接受公款宴請等。在組織紀律上，則違反政治規矩，破壞選舉。在政治紀律上，除對抗組織審查，也參與非組織活動。

而在「省管幹部」方面，如圖 4 左下，主要也是違反「廉潔」紀律，長期利用職權與職務上便利收受禮品與宴請、為他人謀取利益謀利，到圖

圖 3：違反「政治紀律」之「中管幹部」決議二元詞網絡（2016-2018/9）

資料來源：作者自製。

圖 4：違反「政治紀律」之「省管幹部」決議二元詞網絡（2016-2018/ 9）

資料來源：作者自製。

左上影響幹部選拔任用。圖中下方，違反「組織」紀律，不如實報告，不正確履行決定。而圖3左上與圖4右下，兩者在「政治紀律」上，主要是「對抗組織審查」，包括干擾調查、串供、封口（堵口）以及涉案人間建立「攻守同盟」。[11]另圖3左上「中管幹部」所涉及的「非組織活動」，與圖4右下「省管幹部」涉及的「迷信活動」，本文會在下節補充案例說明。但總體觀察，從二元詞網絡的顯示，較詞頻或文字雲更能清楚呈現幹部行為特徵與關聯。

另從圖5與圖6，呈現2018年修訂後的989則案例（中管91、省管898）內容，圖5左下，「中管幹部」的詞彙網絡關係強度較高者多涉及「廉潔紀律」，包括利用職權與職務便利侵吞公款、權色交易、收受禮金、消費卡等，並為個人、家人與他人謀取利益，也藉職權違反「組織紀律」，涉及隱瞞、不如實報告。圖5右下，面對組織調查時，採取串供與「攻守同盟」等違反「政治紀律」之行為。其中圖5左上顯示企業與幹部任用的關聯，本文將於下節案例中說明。而在「省管幹部」中，圖6中間，顯示更多涉及違反「組織紀律」與「群眾紀律」之行為，包括收賄、接受宴請，亦不正確履行職權。並且圖6右下，在「政治紀律」上，更多涉及偽造、隱匿與銷毀證據等對抗組織審查之行為，也引發對其黨性之批判，如「不忠誠、不老實」、「表裡不一」。有關對黨性之批判，也將於下節個案中說明。

不過，整體而言，從詞頻所產生的文字雲與二元詞網絡中，可以了解遭開除黨籍之幹部違反紀律的多面性，也顯示幹部利用職權營私與違抗調查，顯現體制的問題，但也存在有些詞頻較低，詞彙網絡關係強度較弱者，

---

11 2015年或2018年版《紀律條例》中，對於對抗組織審查的規範包括（一）串供或者偽造、銷毀、轉移、隱匿證據的；（二）阻止他人揭發檢舉、提供証據材料的；（三）包庇同案人員的；（四）向組織提供虛假情況，掩蓋事實的；（五）有其他對抗組織審查行為的。而文中所列包含干擾調查與「攻守同盟」，都屬決議文中的行為描述，比如行賄者與受賄者協議，建立問訊時有一致說法或隱藏證據行為，被紀委視為建立「攻守同盟」（紹興網 2020）。

圖5：違反「政治紀律」之「中管幹部」決議二元詞網絡（2018/10-2022/9）

資料來源：作者自製。

圖6：違反「政治紀律」之「省管幹部」決議二元詞網絡（2018/10-2022/9）

資料來源：作者自製。

無法清楚呈現於文字雲或與主要詞群連結，而忽略了涉及習近平長期強調「黨的領導」與「政治信仰」等問題。因此，下一節將進一步從違反黨紀的案例進行關鍵字整理，並從習近平改造菁英甄補方式的做法，探討習在菁英管理上的政治標準。

肆、從個案觀察習近平的政治標準

回顧中共看待自「六四事件」至今，以及發生「蘇東波」與「顏色革命」之主因，中共歸納出包括經濟惡化、脫離群眾、自我否定與信仰危機、民主多元、黨內分裂、黨的腐敗，以及西方國家「和平演變」的陰謀，最終使共黨喪失對社會和改革的領導地位（Shambaugh 2008, 41-102；中央編譯局中國現實問題研究中心課題組 2007, 193-210）。習近平接班後，更是強調前述威脅的嚴重性，在這種認知下，維護中央權威與執政地位，就成為中共改革的主要政治標準。

再者，習近平特別在意識形態領域，包括對中國特色社會主義的總體定性、中國夢的目標設定、反對歷史虛無主義、重塑改革話語等。因此在第三份「歷史決議」[12]中，特別提出理想信念的重要性，並提出社會主義核心價值觀，抵制西方價值，改造黨員的政治信仰。比如中共於 2019 年再次修訂《黨政領導幹部選拔任用工作條例》，依據中組部的說法，修訂「圍繞建設忠誠乾淨擔當的高素質專業化幹部隊伍，堅持和加強黨的全面領導，堅持把政治標準放在首位」，在第 7 條黨政幹部的基本條件，加上「四個意識」、「四個自信」與「兩個維護」，以及第 24 條將「違反政治紀律和政治規矩」列為不得考察對象之首位（新華網 2019）。

---

12 指「中共中央關於黨的百年奮鬥重大成就和歷史經驗的決議」。

因此，前段有關菁英懲處的內容探勘中，多顯示幹部在違背「廉潔紀律」的圖利與權錢交易行為，但是在「政治紀律」上，主要是案發後的對抗組織審查。但是近幾年中央重大的「打虎」事件，可以發現內容探勘中詞頻較弱的文字，但卻引發重要的修法或制度變革，本文引用「中央網信辦」、「政法整風」，在「政治紀律」詞頻逐漸增加的「迷信活動」，以及干預「幹部選拔任用」的「非組織活動」的等案例。說明中央在懲處決議背後所要表達的政治標準，在於對黨的忠誠、意識形態信仰，以及私利與腐敗背後所衍生對「黨的領導」的破壞。

一、對黨的忠誠

中共「十九大」後，前中央網信辦主任魯煒是首位被「雙開」的「老虎」，從中央對魯煒的「定性」來看，主要著眼與對黨「極端不忠誠」與「兩面人」上，顯示習近平對高層幹部的汰換標準更進一步關注潛在不合作者或所謂「形式主義」（新華網 2018a）。因此，才有前述 2018 年修訂《紀律條例》，在政治紀律部分，針對「在重大原則問題上不同黨中央保持一致的行為，搞山頭主義 .... 搞兩面派…和信仰宗教黨員的處理」之規定。

如 2020 年開始的「政法」整風所清洗的政法幹部包括前公安部副部長孫力軍、上海市公安局長龔道安、重慶市公安局長鄧恢林、山西省公安廳原廳長劉新雲、河南省政法委書記甘榮坤與司法部長傅政華。孫力軍被指控在黨內大搞團夥、拉幫結派、培植個人勢力並控制要害部門。傅政華則被指控參加孫力軍政治團夥，拉幫結派，結黨營私：

經查，傅政華完全背棄理想信念，從未真正忠誠於黨和人民，徹底喪失黨性原則，毫無「四個意識」，背離「兩個維護」，政治野心極度

膨脹，政治品行極為卑劣，投機鑽營，利令智昏，為達到個人政治目的不擇手段；參加孫力軍政治團夥，拉幫結派，結黨營私；在重大問題上弄虛作假、欺瞞中央，危害黨的集中統一；妄議黨中央大政方針，長期結交多名「政治騙子」，造成惡劣影響；長期違規領用和攜帶槍支，形成嚴重安全隱患；對紀法毫無敬畏，執法犯法，徇私枉法，擅權專斷，恣意妄為，造成嚴重惡劣政治後果；長期搞迷信活動，對抗組織審查。無視中央八項規定精神，特權思想極為嚴重，生活奢靡享樂，長期違規佔用多套住房、辦公用房和多輛公車供個人及家庭享受，長期安排多名公職、現役人員為個人及家人提供服務，頻繁接受高檔宴請和旅遊安排；在組織函詢時不如實說明問題，在幹部選拔任用工作中為他人謀取利益，嚴重破壞政法隊伍政治生態；貪婪腐化，大搞權錢交易，非法收受巨額財物（人民網 2022a）。

而從數據上看，少數幹部遭指控「政治野心」者，基本上除違背「兩個維護」與具備「兩面人」身分外，幾乎違背每一項指標。孫力軍被指「政治野心極度膨脹」，也是習近平中央在懲處上首次出現，顯示中央對政法系統作為「刀把子」在政治忠誠上的質疑，迫使公安部須立即和孫力軍劃清界線，並向中央保證純潔、忠誠與可靠。意味無論中央對魯煒或孫力軍的「定性」，中央首要任務是在觀察來自下屬的忠誠，以維護中央權威與政治穩定。

二、意識形態信仰

當習近平強調「理想信念」時，依前述內容進行關鍵字搜尋，自 2015 年 10 月修訂《紀律條例》以來，遭開除黨籍之「中管幹部」與「省管幹部」，

除了「對抗組織審查」與前一節論述相同，所有「政治和經濟問題交織」的腐敗案件，不僅違背「初心」與「理念」，不少幹部還伴隨「迷信活動」，在「中管幹部」191 則案例中，佔 19%；省管幹部 1843 則案例則佔 9%，遭中央認定是對「馬列信仰」的背叛（楊靜、楊焱彬 2016）。

　　習近平接班初期的反腐過程中，中央發現落馬幹部迷信「風水」與「大師」之情況。如前鐵道部長劉志軍在原鐵道部大門放石獅驅邪，除長期在家燒香拜佛，還在辦公室裡佈置了「靠山石」。而前四川省委副書記李春城則常請風水大師算命，花費千萬聘請風水先生做道場等。前廣東省政協主席朱明國，則信奉大師「王林」，為感謝王林為其做法「過關」，曾在機場當眾下跪感謝。而在基層政權中，則多信仰風水，如前寧夏自治區副主席白雪山，因「風水」理由三次重建政府樓前噴泉，前河北省高邑縣委書記崔欣元，因聽信「飛機」寓意升官發財，而買架退役軍機，放在縣委大院前的丁字路口堵路（網易 2016）。因此 2015 年修訂《紀律條例》，對黨員幹部組織、參與迷信活動做出明確的規定。相較於 2003 年，過往對「封建迷信」活動，是作為「擾亂生產、工作、社會生活秩序」一項之內容，而修訂版則區分為「組織迷信活動」和「參加迷信活動」，而以前者情節更為嚴重。如前「中臺辦」（「國臺辦」）副主任龔清概遭開除黨籍，其首要違紀問題即是「長期搞迷信活動」（人民網 2016）。[13] 對於「迷信」，官方媒體定性是「價值迷失」與理想「缺鈣」，實質是對黨組織的背叛。不信馬列信風水，反映出官員信仰缺失，折射出官場，奉行權力至上的原則（陳磊、陳佳韻 2016）。

13 中央決定內容如後：「經查，龔清概嚴重違反政治紀律，對抗組織審查，長期搞迷信活動；嚴重違反中央八項規定精神，違規出入私人會所，揮霍浪費公款，違規打高爾夫球；嚴重違反組織紀律，不如實報告個人股票、房產情況等個人有關事項；嚴重違反廉潔紀律，收受禮品，利用職務上的便利為其子經營活動謀取利益，長期佔用私營企業主高檔汽車，搞錢色交易；嚴重違反工作紀律；利用職務上的便利在企業經營等方面為他人謀取利益並索取、收受財物，涉嫌受賄犯罪」（人民網 2016）。

三、維護「黨的領導」、杜絕私利

　　另一值得關注的變化，是「十九大」以來，習近平在菁英甄補的過程中，一方面以「談話調研」取代胡錦濤時期的「票決制」；另一方面則是在調研中呈現「政治標準」的重要性。中共「十七大」後，胡錦濤確立縣級以上的全委會票決制，與縣級以下的「公推直選」等地方領導幹部選任改革方向，並首次以中央（含候補）委員「民主推薦」中央政治局委員預備人選，當中也列出提名人選的政治標準：

> 中共中央總書記胡錦濤親自主持會議，並代表中央提出了可新提名為中央政治局組成人員預備人選的條件：政治堅定，高舉中國特色社會主義偉大旗幟，堅持以鄧小平理論和「三個代表」重要思想為指導，深入貫徹落實科學發展觀，堅決貫徹黨的路線方針政策，同黨中央保持高度一致；領導能力強，實踐經驗豐富，有正確政績觀，工作業績突出，黨員和群眾擁護；思想作風和工作作風過硬，廉潔自律，在黨內外有良好形象（鳳凰網 2007）。

　　胡錦濤推動票決制的成效在於擴大選任過程中的不確定性，以解決「任命制」下的權力集中與「選舉制」下的權力流失，並成為中共「黨內民主」的一環。其中票決制可能促使地方黨委的全委會得以分享更多的決策權力，但可能因遴選者的理性選擇而出現「擇劣機制」，[14] 以及遴選者的利益分贓與「權錢交易」（張執中、王占璽、王瑞婷 2015）。習近平接班後，在「十八屆三中」全會中要求在幹部人事制度上強化黨委、分管領

14指在相互競爭的同級幹部群體中，重要職務的歷練與表現往往是日後升遷的重要依據。因此，基於遴選者的理性選擇，具有投票權的黨委成員有可能刻意不選擇行政能力優異的同儕來擔任重要職務領導，降低他們未來升遷的競爭力（張執中、王占璽、王瑞婷 2015, 167）。

導和組織部門的權重，堅決糾正唯票取人、唯分取人（新華網 2013），讓「票決制」在「十八大」後轉而重新強化書記與組織部門在幹部選任的權重。

　　從表 7 可以發現在本文前言所提之問題，因「嚴重違法違紀」遭開除黨籍之幹部，在換屆選舉期間有涉入拉票賄選之情事。其中以 2013 年 1 月遼寧省十二屆「人大」代表賄選案最引人注目，該案為 1949 年以來第一起發生在省級「人大」層面，有 45 名當選的全國「人大」代表涉嫌賄選，而當時投票的 619 名遼寧省第十二屆「人大」代表，有 523 名省「人大」代表涉案，最後終止 454 名省「人大」代表資格。其中省「人大」常委會 62 人中有 38 人涉案，已不足半數而須補選（文匯網 2016）。而前遼寧省委常委、政法委原書記蘇宏章，2011 年 10 月在瀋陽市委副書記任上，在民主推薦過程中藉地產開發商金援下，因賄選而當選省委常委，相關懲處也呈現在 2016-2017 的數據上（新浪網 2019）。

　　因此，在本次第 20 屆「兩委」選舉中，中央文件便特別提到「深刻汲取湖南衡陽、四川南充、遼寧等地拉票賄選、破壞選舉案件教訓」（新華網 2022a）。事實上，自中共「十九大」以來，中央所公布中共新一屆中央領導機構產生紀實內容，可以發現中央改採「談話調研」方式，不以票取人：

　　黨的十七大、十八大探索採取了會議推薦的方式，但由於過度強調票的分量，帶來了一些弊端：有的同志在會議推薦過程中簡單「劃票打勾」，導致投票隨意、民意失真，甚至投關係票、人情票。中央已經查處的周永康、孫政才、令計畫等就曾利用會議推薦搞拉票賄選等非組織活動。（新華網 2017）

表 7：遭開除黨籍之「中管幹部」與「省管幹部」涉及拉票賄選與幹部　選任謀利一覽表

		2013*	2014	2015	2016	2017	2018	2019	2020	2021	2022/9
中管幹部 (n=264)	拉票賄選	0	1	0	6	2	5	0	0	0	1
	幹部選任謀取利益	0	0	27	17	14	6	5	4	9	17
省管幹部 (n=2678)	拉票賄選	0	1	1	2	6	0	0	1	1	0
	幹部選任謀取利益	0	0	49	52	38	45	52	66	67	64

說明：2013 年中央公布資料較為簡化，且集中在腐敗與賄絡情節，未提供選任相關內容。
資料來源：作者自製。

　　就如王岐山（2017）在《人民日報》專文中指出「政治腐敗是最大的腐敗，一是結成利益集團，妄圖竊取黨和國家權力；二是山頭主義宗派主義搞非組織活動，破壞黨的集中統一」。中共中央認為票決制可能導致拉幫結派與山頭主義，侵蝕「黨管幹部」，違背「黨的領導」。本次「二十大」，中央再次強調「二十大，在總結黨的十七大、十八大有關做法的基礎上，堅持十九屆中央領導機構人選醞釀和『兩委』人選考察工作的好經驗好做法，不搞『海推』、『海選』」，採用談話調研、聽取意見、反復醞釀、會議決定等程序逐步醞釀產生。並強調「黨的領導和民主是統一的，不是對立的，兩者不能偏廢，決不能簡單以票取人」（新華網 2022b）。

　　此外，有關「中央領導機構」的產生，胡錦濤時期強調的是「新老交替」，但習近平時期則轉而強調黨和國家領導職務不是「鐵椅子」、「鐵

帽子」，符合年齡的也不一定當然繼續提名，主要根據人選政治表現、廉潔情況和事業需要，「能留能轉」、「能上能下」（新華網 2017）。在「二十大」，更強調選人用人，第一位是「政治標準」，進不進「兩委」，不能「對號入座」，也就是必須具備政治判斷力、政治領悟力和政治執行力，以「是否堅決執行黨中央決策部署，是否嚴守黨的政治紀律政治規矩」為指標（新華網 2022b）。舉例而言，在「二十大」前的「兩委」推薦人選中：

在某單位考察時，考察組注意到兩名人選，一名人選雖然年齡偏大，但在集中連片特困地區工作多年，苦幹實幹、實績突出，群眾認可度較高；另一名人選推薦情況較好，但工作經歷相對單一，缺乏重大鬥爭的歷練。考察組與黨委及時溝通，經反復比較，最終確定將前者作為人選。

有的考察組結合部門實際，注重瞭解在應對美西方制裁、維護國家安全等問題上是否敢於鬥爭、善於鬥爭，在推動科技創新、攻克「卡脖子」關鍵核心技術等方面是否迎難而上、銳意進取（新華網 2022a）。

問題是，過去的票決制本身，一樣須搭配組織審查過程，何以失效？再者，當談話調研取代了票決，票決制的精神是否還存在？從表 7 數據可以看出，地方與部門黨委一把手或組織部門，透過幹部選任獲取利益的比例很高，特別在中管幹部部分，從 2015~2022 年數據中平均有四成涉及相關利益獲取。以近期資料為例，如前杭州市委書記周江勇「應私營企業主請託違規選拔任用幹部」；前司法部長傅政華在「幹部選拔任用工作中為他人謀取利益，嚴重破壞政法隊伍政治生態」；前遼寧省副省長兼公安廳廳長王大偉「大肆賣官鬻爵，在幹部選拔任用工作中為他人謀利」，以

及前中國鐵路總公司總經理盛光祖在「幹部選拔任用工作中為他人謀取利益」，這也顯示中共在幹部選任方式上陷於集權與分權的兩難困境。

伍、結論

中共「二十大」的人事安排是習近平執政十年來權力集中的成果展現，在中共派系研究上，也朝著學者所設定「勝者全拿」的路徑發展（Tsou 1975; 1976; Fewsmith 1994, 8-10）。但這樣的結果背後，習近平是如何建構出有利於自身掌控菁英甄補的環境與條件？本文從派系、路線、權力與政治標準建立的關聯性，透過開除高層菁英的數據與個案，建立習近平所欲樹立的甄補條件。傳統對政治菁英行為激勵的「晉升階梯」，如今更強調「政治標準」下的「能留能轉」與「能上能下」，讓習近平必要時可掃除不合格的領導幹部，並獲得更多人事的調配空間。

本文嘗試以文字探勘技術，觀察習近平時期，遭開除黨籍之「中管」與「省管」幹部的行為特徵與違紀理由。透過建立《紀律條例》分詞模型，針對兩千多則決議內容，除了可挖掘出詞頻頻率較高的關鍵字，也能透過二元詞，從大量文本中看出語彙間的關聯性，也說明該技術對於中共的文件分析的貢獻。不過，文字探勘所呈現的視覺化效果是以共現關係權重為基礎，使得詞頻較低，詞彙網絡關係強度較弱者，無法清楚呈現於文字雲或與主要詞群連結，因而在解讀上僅能呈現習近平對「廉潔」紀律的重視，而忽略了涉及習近平長期強調「黨的領導」與「政治信仰」等問題。若能再從這些樣本中，抽出重大事件的個案進行探討，有利於讓文字探勘與傳統文本詮釋提供更完整的解釋功能。

本文研究也發現，透過紀律懲處，表達中央對黨員忠誠、意識形態信仰與鞏固黨的領導之積極態度。更重要的是，在習近平的支持下，紀檢系

統對這些被點名的幹部，在任何時間都形成威脅且具有足夠的懲罰能力，包括本文所提傅政華之案例。這也印證本文與學者所認為習近平的紀律和整風運動，兩者同步且相互促進習的權威（Li 2019, 47-63; Shih 2016, 6-7）。

本文以《紀律條例》的兩次修訂為背景，正顯示中共中央在菁英管理上，「黨紀」的政治化透過不同的巡視過程，凸顯政治紀律的內涵與後果，對內顯示「兩個維護」與「政治標準」乃黨政幹部不得逾越的紅線。中共在鄧後時期建立政治菁英的「晉升階梯」如年齡界限、任期規範、黨職經歷與績效考核等，在習近平時期加入的更多「政治標準」，這種政治導向的菁英管理模式，如何影響領導幹部的政策執行，實現習近平中央的政治目標，將是中共在「二十大」後關注的重點。不過，當習近平優先強調「政治標準」，意味習的權威與意志讓各級幹部必須清楚「站隊」且不得「妄議」，以保證習的強國藍圖，但也可能導致菁英甄補更強調「紅」高於「專」而不利於決策的理性化。

若回顧中共中央防疫「動態清零」經驗，去年以來各級政府極端的防疫手段，讓民眾生活已經深感疲乏，經濟也深受影響。無論是作家江雪的「長安十日」與上海的「四月之聲」，中央「不惜代價」的外部成本越來越高，使「清零」政策面臨社會質疑。即使如此，前上海市委書記李強也順利進入新一屆政治局常委會，接任國務院總理，對外也標示堅持中央路線的正確性。即使「二十大」後國務院發布「優化防控二十條措施」，糾正地方「層層加碼」、「一刀切」等做法（新華網 2022c）。然而，中央的政治目標下，面對疫情上升時，基層幹部在「清零」與經濟社會發展的選擇上，仍陷於「一票否決」與「形式主義」的兩難，而在新疆、河南的防疫問題，最終衍生北京、上海青年學生上街抗議清零政策，到當地政府快速放寬管制即可證明領導幹部向上依附的慣性。

再者，既有科層組織的橫向縱向整合，是中共以往應對危機管理的基

本經驗和方法。在中央確立防疫方針以來，地方的迅速回應和協調運作，體現中央資源整合與組織能力。但是地方動員背後，還須面對中央高度重視的政治任務與幹部考核，以及省級領導幹部橫向間的績效競爭，讓地方一把手提高政治站位，以避免遭到問責影響晉升。無論是「二十大」前，中共強化巡視過程中對「官僚主義」與「形式主義」的查處，或「二十大」後列出幹部必須具備政治判斷力、政治領悟力和政治執行力，顯示中共的意識形態目標同常規化與理性化目標並存時，意圖在兩者間尋求平衡所存在的張力，必要時仍能透過運動式治理來貫徹自上而下的政治意圖。只是習近平主政之後，中共中央仍陷於最高領導人的接班問題，以及在幹部選任方式上陷於集權與分權的兩難困境。即使強化黨紀，本文所呈現的懲處數據顯示，幹部背後的鉅額賄款、結黨營私與干預人事任用，都與黨國體制下的權力獨佔與缺乏外部監督有關，也體現體制的脆弱性所在。在習所建立的政治標準下，仍必須持續透過紀檢與整風來監控，透過案例逐級傳達，迫使幹部配合中央的目標。

參考文獻

中文文獻

人民網，2016，〈龔清概嚴重違紀被開除黨籍〉，http://fanfu.people.com.cn/n1/ 2016/ 0422/c64371-28295679.html，查閱時間：2022/10/26。

人民網，2019，〈秦嶺違建別墅整治始末 一抓到底正風紀〉，http://politics. people. com.cn/BIG5/n1/2019/0110/c1001-30514008.html，查閱時間： 2023/06/23。

人民網，2021，〈公安部原黨委委員、副部長孫力軍嚴重違紀違法被開除黨籍和 公職〉，http://dangjian.people.com.cn/BIG5/n1/2021/1008/c117092-32246691. html，查閱時間：2022/10/26。

人民網，2022，〈黨的十九大以來全國共查處形式主義官僚主義問題27.3萬個〉， http://fanfu.people.com.cn/n1/2022/1009/c64371-32541253.html，查閱時間： 2022/10/26。

文匯網，2016，〈涉拉票賄選454遼寧省人大代表資格終止〉，http://paper. wenweipo.com/2016/09/19/CH1609190024.htm，查閱時間：2022/10/26。

毛澤東，1990，〈中國共產黨在民族戰爭中的地位〉，《毛澤東選集》，第二卷： 485-501，北京：人民出版社。

中央編譯局中國現實問題研究中心課題組，2007，〈蘇共民主化改革失敗的教 訓〉，薛曉源、李惠斌主編，《中國現實問題研究前沿報告：2006-2007》： 193-210，上海：華東師範大學。

中紀委國家監察委，2022，〈十九屆中央第九輪巡視完成回饋〉，https://www. ccdi. gov.cn/toutiaon/202207/t20220723_206909.html，查閱時間：2022/10/26。

中國社會科學院編，1997，《中國共產黨黨內法規制度手冊》，北京：紅旗。

中國政府網，2005，〈中組部介紹保持共產黨員先進性教育活動情況〉，https://

www. gov.cn/xwfb/2005-07/07/content_12660.htm，查閱時間：2023/06/26。

王岐山，2017，〈開啟新時代 踏上新征程〉，《人民日報》，11 月 07 日，版 2。

光明網，2016，〈「三講」教育始末〉，https://www.gmw.cn/ 01gmrb/2002-
11/13/ 30-9FF6259C69CDDC8548256C6F00818A93.htm?ivk_sa=1024320u，查
閱時間：2023/06/26。

朱光磊，2006，《當代中國政府過程》，天津：天津人民。

吳玉山，1996，《遠離社會主義》，臺北：正中。

徐海燕，2019，〈全面從嚴治黨制度化新的偉大實踐—《中國共產黨紀律處分條
例》四次修訂的法治邏輯與時代意義〉，《學術前沿》，4：59-63。

寇健文，2010，《中共菁英政治的演變—制度化與權力轉移》，臺北：五南。

張執中，2022a，《從上而下的改革：習近平時期中共幹部監督與動員》，臺北：
五南。

張執中，2022b，〈找回「初心」—習近平時期黨紀處分與政治秩序的重建〉，
吳玉山、寇健文、王信賢主編，《一個人或一個時代：習近平執政十周年的
檢視》：131-156，臺北：五南。

張執中、王占璽、王瑞婷，2015，〈中共地方領導幹部選任機制變革：「票決制」
與「公推直選」之研究〉，《臺灣民主季刊》，12（3）：135-183。

陳世榮，2015，〈社會科學研究中的文字探勘應用：以文意為基礎的文件分類及
其問題〉，《人文及社會科學集刊》，27（4）：683-718。

紹興網，2020，〈中央紀委國家監委網站揭秘對抗組織審查常見招數〉，http://
www. shaoxing.com.cn/p/2832688.html，查閱時間：2023/6/26。

搜狐，2021，〈清風課堂—關於違反六大紀律行為的表現，你想瞭解的都
在這兒〉，https://www.sohu.com/a/456255513_120207617，查閱時間：
2023/06/26。

習近平，2022，〈高舉中國特色社會主義偉大旗幟 為全面建設社會主義現代化

國家而團結奮鬥—在中國共產黨第二十次全國代表大會上的報告〉，http:// dangjian.people.com.cn/n1/2022/1026/c117092-32551653.html，查閱時間：2022/10/26。

陳磊、陳佳韻，2016，〈個別官員「求神拜佛信鬼神」原因何在：信念喪失〉，http://politics.people.com.cn/n1/2016/0505/c1001-28326991.html，查閱時間：2022/10/26。

黃信豪，2009，〈晉升，還是離退？中共黨政菁英仕途發展的競爭性風險分析，1978-2008〉，《臺灣政治學刊》，13（1）：161-224。

新浪網，2019，〈遼寧政法委原書記蘇宏章拉票賄選細節曝光〉，https://news.sina. cn/gn/2019-01-21/detail-ihqfskcn9187874.d.html，查閱時間：2022/10/26。

新華網，2013，〈中共中央關於全面深化改革若干重大問題的決定〉，http://news. xinhuanet.com/politics/2013-11/15/c_118164235.htm，查閱時間：2022/10/26。

新華網，2015a，〈從「改、增、刪」讀懂「準則」和「條例」〉，《新華網》，http://www. xinhuanet. com//politics/2015-10/22/c_128344872.htm，查閱時間：2022/10/26。

新華網，2015b，〈中紀委法規室主任詳解啥是「妄議中央」〉，《新華網》，http://www. xinhuanet.com/politics/2015-11/03/c_128386939.htm，查閱時間：2022/10/26。

新華網，2017，〈領航新時代的堅強領導集體—黨的新一屆中央領導機構產生紀實〉，http://www.xinhuanet.com/politics/19cpcnc/2017-10/26/c_1121860147. htm，查閱時間：2022/10/26。

新華網，2018a，〈中央宣傳部原副部長、中央網信辦原主任魯煒嚴重違紀被開除黨籍和公職〉，http://www.xinhuanet.com/politics/2018-02/13/c_1122415612.

htm? spm=smpc.content. content.1.154673280011717D5jli，查閱時間：2022/10/26。

新華網，2018b，〈《中國共產黨紀律處分條例》修訂前後對照表〉，http:// www. xinhuanet.com/politics/2018-08/27/c_1123332297.htm，查閱時間：2022/10/26。

新華網，2019，〈中組部負責人就修訂頒佈《黨政領導幹部選拔任用工作條例》答記者問〉，http://www.xinhuanet.com/politics/2019-03/18/c_1124250450.htm，查閱時間：2022/10/26。

新華網，2022a，〈高舉偉大旗幟　譜寫嶄新篇章—新一屆中共中央委員會和中共中央紀律檢查委員會誕生記〉，http://www.news.cn/politics/cpc20/ 2022-10/22/c_1129075571.htm，查閱時間：2022/10/26。

新華網，2022b，〈黨的新一屆中央領導機構產生紀實〉，http://www.news.cn/politics/cpc20/2022-10/24/c_1129077854.htm，查閱時間：2022/10/26。

新華網，2022c，〈優化防控二十條措施〉，http://www.news.cn/politics/estcs/index. htm，查閱時間：2022/11/23。

楊永庚、宋媛，2019，〈黨紀處理中六種類型的界線、表現和適用探討〉，《陝西行政學院學報》，32（2）：82-87。

楊靜、楊焱彬，2016，〈黨員幹部「搞封建迷信」是對信仰的背叛〉，http:// politics. people.com.cn/n1/2016/0103/c1001-28006275.html，查閱時間：2022/10/26。

網易，2016，〈落馬高官的迷信：門口放石獅 做風水道場〉，https://www.163. com/news/article/BML15PTG0001124J.html，查閱時間：2022/10/26。

鳳凰網，2007，〈中共新一屆中央領導機構產生紀實〉，https://news.ifeng.com/special/zhonggong17da/zuixinbaodao/200710/1024_2077_270337.shtml，查閱時間：2022/10/26。

鳳凰網，2018，〈中共中央辦公廳印發《中央巡視工作規劃（2018-2022 年）》，http://news.ifeng.com/a/20140905/41879973_0.shtml，查閱時間：2022/10/26。

鄧小平，1983，〈思想路線政治路線的實現要靠組織路線來保證〉，《鄧小平文選》（一九七五～一九八二）：175-178，北京：人民出版社。

劉維芳，2017，〈新時期幹部選拔任用相關規定的歷史演進〉，《當代中國史研究》（北京），24（1）：50-60。

謝吉隆、楊芯淳，2018，〈從「應變自然」到「社會應變」：以文字探勘方法檢視國內風災新聞的報導演變〉，《教育資料與圖書館學》，55（3）：285-318。

英文文獻

Bo, Zhiyue. 2005. "Political Succession and Elite Politics in Twenty-First Century China: Toward a Perspecative of 'Power Balancing'." *Issues & Studies,* 41(1): 162-189.

Brødsgaard, K. Erik. 2017. " 'Fragmented Authoritarianism' or 'Integrated Fragmentation'?," in Kjeld Erik Brødsgaard, ed., pp. 38-55. *Chinese Politics as Fragmented Authoritarianism: Earthquakes, Energy and Environment.* New York: Routledge.

Dickson, Bruce J. 1997. *Democratization in China and Taiwan: The Adaptability of Leninist Parties.* Oxford: Clarendon Press.

Dittmer, Lowell and Yu-Shan Wu. 1995. "The Modernization of Factionalism in Chinese Politics. " *World Politics*, 4(4): 467-494.

Fewsmith, Joseph. 1994. *Dilemmas of Reform in China: Political Conflict and Economic Debate*. New York: M. E. Sharpe.

Fewsmith, Joseph. 2021. "Balances, Norms and Institutions: Why Elite Politics in the

CCP Have Not Institutionalized." *The China Quarterly*, 248: 265-282.

Guo, Xuezhi. 2014. "Controlling Corruption in the Party: China's Central Discipline Inspection Commission." *The China Quarterly*, 219: 597-624.

Huang, Yasheng. 2002. "Managing Chinese Bureaucrats: An Institutional Economics Perspective." *Political Studies*, 50(1): 61-79.

Lee, Hong-yung. 1991. *From Revolutionary Cadres to Party Technocrats in Socialist China*. Berkeley, Calif.: University of California Press.

Li, Chen. 2001. *China' Leaders: The New Generation*. Lanham, Maryland: Rowman & Littlefield Publishers.

Li ,Cheng and Lynn White. 1990. "Elite Transformation and Modern Changes in Mainland China and Taiwan : Empirical Data and the Theory of Technocracy. " *China Quarterly*, 121: 1-35.

Li, Cheng and Lynn White. 1998. "The Fifteenth Central Committee of the Chinese Communist Party: Full-Fledged Technocratic Leadership with Partial Control by Jiang Zemin. " *Asian Survey*, 36(3): 231-264.

Li, Ling, 2019. "Politics of Anticorruption in China: Paradigm Change of the Party's Disciplinary Regime 2012–2017." *Journal of Contemporary China*, 28(115): 47-63.

Lieberthal, Kenneth and David Lampton, eds. 1992. *Bureaucracy, Politics, and Decision Making in Post-Mao China*. Berkeley: University of California Press.

Lieberthal, Kenneth and Michel Oksenberg, 1988. *Policy Making in China: Leaders, Structures, and Processes*. Princeton, New Jersey: Princeton University Press.

Nathan, Andrew. 1973. "A Factionalism Model for CCP Politics." *The China Quarterly,* 53: 34-66.

Nathan, Andrew. 1978. "An Analysis of Factionalism of Chinese Communist Party

Politics." In *Faction Politics: Political Parties and Factionalism in Comparative Perspective*, eds, pp. 387-414. Frank P. Belloni and Dennis C. Beller Santa Barbara, California: ABC-CLIO.

Oksenberg, Michel. 1982. "Economic Policy-Making in China: Summer 1981." *The China Quarterly,* 90: 165-194.

Pantsov, Alexander V., & Levine, Steven I. 2015. *Deng Xiaoping: A Revolutionary Life.* New York: Oxford University Press.

Plattner, Marc F. 1996. "Democratic Moment." In Larry Diamond and Marc F. Plattner, eds., *The Global Resurgence of Democracy* , 2nd ed, pp. 36-48. Baltimore: Johns Hopkins University Press.

Shambaugh, David. 2008. *China's Communist Party: Atrophy and Adaptation.* Washington, D.C.: Woodrow Wilson Center Press.

Shih, Victor C. 2016. "Contentious Elites in China: New Evidence and approaches." *Journal of East Asian Studies*, 16(1): 1-15.

Shirk, Susan L. 2007. *China: Fragile Superpower.* Oxford: Oxford University Press.

Tsou, Tang. 1975. "Chinese Politics at the Top: Factionalism or Informal Politics? Balance-of- Power Politics or a Game to Win All?" *The China Journal*, 34: 95-156.

Tsou, Tang. 1976. "Prolegomenon to the Study of Informal Groups in CCP Politics. " *The China Quarterly*, 65: 98-114.

Wang, Yueduan and Sijie Hou. 2022. "Breaking the Cycle? China's Attempt to Institutionalize Center-Local Relations," *Journal of Contemporary China*, Published online, https://www.tandfonline.com/doi/abs/ 10.1080/10670564.2022. 2030996?journalCode=cjcc20.

Wu, Guoguang. 2015. *China's Party Congress: Power, Legitimacy, and Institutional*

Manipulation. New York: Cambridge University Press.

Zeng, Qingjie and Yujeong Yang. 2017. "Informal Networks as Safety Nets: The Role of Personal Ties in China's Anti-corruption Campaign." *China: An International Journal*,15(3): 26-57.

中共政治菁英甄補的布局與特色：
從「二十大」到兩會[*]

郭瑞華

（展望與探索雜誌社特約研究員）

摘　要

　　在中共以黨領政、以黨領軍的政治體制之下，其大幅度的人事更迭，從黨的全國代表大會開始，以迄新一屆全國「人大」及全國「政協」兩項全體會議召開。中共「二十屆一中全會」選出的領導層人事公布，與外界預判有所差距，引發震撼。

　　本文以制度因素與非制度因素為指標，分析發現中共藉由「七上八下」的年齡限制、兩屆十年的有限任期制、循序漸進的升遷規律、培養隔代接班人等政治菁英甄補機制，克服威權政體難以完成的政治繼承／接班問題，和平完成兩次領導人的更替，讓高層權力交接逐步制度化。然而，習近平掌權以來，非但未完善這些規範，反而選擇性的改變或利用，製造諸多例外，延長自身任期，提拔親信，排除非習系人馬。顯示在威權體制下，穩定有序的權力轉移制度雖然得以逐步推進建立，但難以長期鞏固。

關鍵字：政治菁英、制度化、七上八下、任期限制

---

* 本文曾發表於《展望與探索》第 21 卷第 4 期（2023 年 4 月），頁 56-76，惟本文略有修改。

壹、前言

　　中共第二十次全國代表大會（下稱「二十大」），以及第二十屆中央委員會第一次全體會議（下稱「二十屆一中全會」）於 2022 年 10 月 16 日至 23 日召開。中共每五年舉行一次的全國代表大會，是決定其理論、路線、方針和政策的一項重要會議，同時也是承擔世代交替、權力傳承的場域。根據《中國共產黨章程》，全國代表大會和中央委員會是黨的最高領導機關，中央委員會是全國代表大會閉會期間黨的最高領導機關，中央政治局及其常委會在中央委員會全體會議閉會期間，行使中央委員會的職權（人民日報 2022a）。由於中共以黨治國，採取菁英統治模式，具有中央委員（簡稱中委）資格，才能進入政治局、書記處等領導機構，同時政治局的成員均兼有黨政軍部門的領導職務，以凸顯其重要性與決策地位，而政治局常委更是中共權力核心的核心。「二十屆一中全會」選出的中共領導層人事公布，與外界多數預判有所差距，引發震撼，認為習近平打破諸多潛規則（李春 2022）。由於大幅度的人事更迭，主要出現在黨的全國代表大會結束後，以迄全國人民代表大會（簡稱全國「人大」）及中國人民政治協商會議全國委員會（簡稱全國「政協」）兩會結束。為此，本文擬以制度因素與非制度因素為指標，分析在習近平治下，有關規範變遷、中共權力領導核心——中央委員會成員結構變化，以及中央政治局及其常委會、中央軍事委員會、中央書記處、國務院的人事布局與特色。

貳、分析指標：制度因素與非制度因素

自 1992 年中共「十四大」以來，其政治菁英甄補的制度化不斷增強。[1]
所謂制度化是指：「關於權力轉移、權力分配的的行為規範與程序，逐漸
被大多數政治菁英遵循的過程」（寇健文 2010, 6）。換言之，制度化讓中
共政治菁英的甄拔與升遷，變得有規律可循。1982 年 9 月，鄧小平在中共
「十二大」首次提出革命化、年輕化、知識化、專業化的「幹部四化」概
念（鄧小平 2009, 3），並寫入黨章。自此，「幹部四化」成為中共甄拔政
治菁英的準則。中共對於省部級以下政治菁英甄補，基本上已經建立相對
完善的規範。1995 年 2 月，中共中央頒布《黨政領導幹部選拔任用工作暫
行條例》，2002 年 7 月，重新修訂提出《黨政領導幹部選拔任用工作條
例》，進一步規範幹部選拔和考核制度，其後又在 2014、2019 年進行修
訂（人民日報 2019）。2006 年 6 月，頒布《黨政領導幹部職務任期暫行
規定》、《黨政領導幹部交流工作規定》、《黨政領導幹部任期迴避暫行
規定》三項文件，藉以健全領導幹部的職務任期、交流、迴避制度（中國
共產黨新聞網 2006）。2015 年 7 月，中共中央公布《推進領導幹部能上
能下若干規定（試行）》，明定官員「能上能下」、被問責及被留任的條件；
2022 年 8 月修訂提出《推進領導幹部能上能下規定》，並刪除到齡退休、
任期屆滿相關條款，預示「二十大」人事將打破常規（人民日報 2015；人
民日報 2022b）。

1　惟也有學者持不同看法，如董立文即認為不能將不正規的過程重複發生就視為制度化。參見董立文，
　「從權力繼承看中共政治發展的非制度化」，林佳龍主編，未來中國：退化的極權主義（臺北：財團
　法人臺灣智庫，2004 年），頁 131。

一、制度化因素

　　首先是年齡限制。在中共人事布局中，年齡限制是政治菁英退場的重要機制。年齡限制與退休年齡不同，退休年齡是指官員在工作到達一定年齡時，必須離任退休，如是領導幹部則不再擔任第一線黨政領導職務。1980 年 12 月，鄧小平在中央工作會議上確立幹部退休制度（鄧小平 2008, 226）。1982 年中共建立省部級幹部 65 歲退休、副省部及一般司局長級幹部 60 歲退休的原則性規定（中共中央文獻研究室 1987, 1161）。

　　不過，中共對於副國級以上領導人，並未規定退休年齡，而是採取年齡限制，決定留任或離退，一方面針對新任者設定最高年齡，一方面決定現任者可以續任的年齡（L. Li 022）。1997 年 9 月「十五大」時，建立政治局委員、軍委委員超過 70 歲就離退原則，江澤民藉此逼退喬石，不過卻將總書記排除，列為例外（丁望 2002；羅冰 1997）。2002 年 11 月「十六大」時，中共將標準降至 68 歲，江澤民藉此逼退李瑞環（文現深 2002），形成所謂「七上八下」的年齡規範。由於該年齡限制，並未明確寫在中共對外公開的文件，因此被視為一項具有彈性的潛規則。

　　其次是任期限制。這是指領導人擔任同一職務的時間有一定限制，不能長期任職。在任期限制下，領導者無論年齡大小，在任職一定的任期後必須離任；在年齡限制下，不同的職務可以任職的屆期是不同的，取決於幹部獲得職務身分時的年齡（L. Li 2022）。中共黨章，並未規範中央總書記、政治局委員、常委、軍委正副主席、委員、書記處書記的任期；《憲法》則規定，全國「人大」正副委員長、國家正副主席、國務院正副總理、國務委員等職，五年一任，至多連續擔任兩屆。但國家軍委主席及軍委成員則未設任期規定，顯然這是鄧小平等軍頭私心所致。

　　大陸國家主席係國家最高代表，代表國家進行國事活動，屬於禮儀性

和象徵性的國家元首，本身不獨立決定任何國家事務，僅依據全國「人大」及其常委會的決定行使職權。過去中共未重視國家主席的象徵地位，但自1993年3月，江澤民確立中央總書記、國家主席、軍委主席「三位一體」領導體制之後，凸顯國家主席的重要性（江澤民 2006, 603）。由此也形成連鎖，一旦國家主席任期屆滿，中央總書記、中央軍委主席兩職也必須辭去。過去，江澤民、胡錦濤均僅任兩屆十年國家主席。然而，2018年3月，全國「人大」會議通過修憲案，刪除有關國家主席、副主席「連續任職不得超過兩屆」的規定，讓「三位一體」領導體制的任期，不再侷限兩任十年。引發外界對習近平是否因廢除領導人的任期制，改為「終身制」的疑慮（儲百亮 2018）。

至於規範政協委員的《中國人民政治協商會議章程》，只提到「政協」全國委員會、地方委員會每屆任期五年，但對全國委員會主席等職並未有屆期限制（人民日報 2018）。不過根據實際，歷任主席任期超過十年只有周恩來（1954年12月～1976年1月）；任滿連續兩屆十年有李瑞環（1993年3月～2003年3月）、賈慶林（2003年3月～2013年3月）而已。

2002年「十六大」時，江澤民卸任總書記，保留軍委主席位置，次年卸任國家主席；時年68歲的李瑞環卸任政治局常委，次年卸任全國「政協」主席；時年66歲的李鐵映在擔任三屆政治局委員後卸任，次年轉任全國「人大」常委會副委員長。中共黨史理論專家龔育之認為，「十六大」的一項重大貢獻是「黨的最高領導層的正常化、規範化、體制化的新老交替」，同時確立到點退休制和有限任期制（章敬平 2003, 48-50）。

與年齡相關還有幹部年輕化，中共在部署領導班子時，要求老、中、青幹部應有適當比例，形成梯形的年齡結構，確保領導幹部多數是中、青年幹部（施善玉、鮑同 2001, 430）。迄今中共以不同年齡梯隊方式，培養領導接班群，已成為制度化。然而，除了年齡限制及界線，任期制亦是推

動幹部年輕化的重要動力。換言之，幹部年輕化、梯隊接班是一體兩面。

　　此外，中共亦以不同年齡梯隊方式，培養接班人。「十四大」時，鄧小平指定年僅49歲的胡錦濤，越級晉升為中央政治局常委，1997年「十五屆一中全會」連任政治局常委，並擔任中央書記處第一書記，確立為接班人，次年全國「人大」會議當選國家副主席，1999年「十五屆四中全會」增選為中央軍委副主席，進行黨政軍全面培養。2007年「十七屆一中全會」，時任上海市委書記習近平（54歲）、河南省委書記李克強（52歲）從正部級直接當選政治局常委。習同時出任中央書記處第一書記，並在次年獲選為國家副主席，再於2010年「十七屆五中全會」增選為中央軍委副主席。李克強則當選國務院第一副總理（寇健文、蔡文軒 2012, 283-296）。2012年11月「十八屆一中全會」選出「60後」的胡春華、孫政才為政治局委員後，雖被視為中共啟動第六代預備接班梯隊儲備（郭瑞華 2017, 83-84）。然而，「十九大」召開前，孫政才「落馬」遭法辦，其後選出新的政治局常委也無「60後」，顯示，當時習近平根本沒有培養接班人的意圖。但隨著習的年歲增長，總是要面臨接班問題，至少要安排「60後」梯隊成為常委以促進新陳代謝，不能重蹈當年蘇共的覆轍（Bo 2020）。

　　其三，在政治忠誠方面。中共建政以來，對於政治菁英培養，始終在紅與專的矛盾之間擺盪。紅是指意識形態取向，專是技術專業取向，在要求上最好又紅又專。惟現實上，還是紅勝於專。中共改革開放後，要求幹部革命化，這是對幹部的政治態度、政治品質和思想作風方面的要求（施善玉、鮑同 2001, 430）。習近平上臺後，兩度修訂《黨政領導幹部選拔任用工作條例》，要求「選拔任用黨政領導幹部，必須把政治標準放在首位」（人民日報 2019）；同時改以談話調研方式甄選中央領導群，確保出任者均為其認可人選。另根據2022年3月政治局常委會通過的《關於新一屆

中央領導機構人選醞釀工作談話調研安排方案》，要求推薦人選需具備「政治堅定、對黨忠誠，政治判斷力、政治領悟力、政治執行力強，深刻領悟『兩個確立』的決定性意義，增強『四個意識』、堅定『四個自信』、做到『兩個維護』」，以及「敢於擔當，鬥爭精神強、敢於鬥爭、善於鬥爭」等條件（趙承等人 2022）。

其四，在幹部知識化，具體的選拔標準，通常以學歷做為基準。《黨政領導幹部選拔任用工作條例》規定，廳局級以上領導幹部應當具有大學本科以上程度。如今，大學學歷已是中共幹部的基本條件，而具有碩博士學位的幹部日增，成為趨勢與風潮。

同時，中共要求幹部專業化，然而專業化和革命化一樣，涉及中共內部對幹部的評鑑，外界不易掌握其標準。1980 年代以來，中共逐漸出現與上一代菁英不同的「技術專家」（technocrats）及政治菁英（C. Li 2001, 25-50）。從「十四大」開始，技術官僚在中委以上的比例，就越來越高，彼時政治局委員幾乎都是理工科出身，如今中委的專業方面從理工為主轉向與社會科學並行，趨向多元（Zhou 2020, 92-93）。

其五，在資歷方面。學者寇健文提出「循序漸進、按部就班的階梯式生涯發展規律」，指出官員必須先在次一層領導職務歷練一段時間，才可能擔任上一層領導職務，直至晉升到最高領導職務（寇健文 2010, 76）。例如當選政治局委員，必須是現任正省部級幹部，且歷練同級職務達五年以上。基本上，省級領導人的地方經驗有助於晉升為中央領導人，尤其是在重要省分擔任黨委書記的晉升機會更大（C. Li 2022）。

此外，健康、廉潔因素亦是幹部晉升的要件，未能達標者勢必喪失晉升機會。另外，政績表現更是政治菁英甄拔要件，政績主要表現在經濟成長、社會穩定等。然而，習近平認為，幹部考核要既看發展又看基礎，既看顯績又看潛績，要以民生改善、社會進步、生態效益等指標和實績作為

重要考核內容，不能簡單以國內生產總值增長率來論英雄（習近平 2014,
419）。

二、非制度性因素

影響中共政治菁英甄補除了制度性因素外，還有非制度性因素，主要
表現在非正式政治中，派系、關係等不同的社會網絡形式。這些影響因素
是透過幹部之間權力角力和利益或服務的交換來展現。因此，較難評估它
們對於政治菁英甄補的影響程度。依照黎安友（Andrew Nathan 1973, 37）
觀點，派系是由「扈從關係」（clientelist ties）所形成的動員結構，是一
種特別形式的領導者與跟隨者的關係，不是單純的上下從屬權力關係，而
是具有共同利益的結合關係，以領導人為中心，輻射出去的人際網絡。中
共領導人為尋求個人政治權力穩固，會利用人際關係網絡，提拔親信擔任
要職，以達鞏固權力的目的。只是中共當今領導人，必須在符合年齡限制
等各種不同的制度性因素中挑選親信。因此，強化制度性因素的重要性，
可以降低非制度性因素的影響力。惟在制度性因素的制約下，非制度性因
素仍能對領導人的甄補產生影響。

自「十五大」以來，在中共政壇發揮影響力的「政治關係網絡」主要
有三：一是政治血緣網絡或稱太子黨，是指家族中有中共元老，或父輩在
黨政軍機構擔任要職者，如俞正聲、劉延東、王岐山、習近平、薄熙來、
張又俠等；二是江澤民擔任總書記期間，大量提拔曾與其在上海或機電系
統共事者至中央任職，形成江系，或稱上海幫或新海派（丁望 2001, 166-
168），如曾慶紅、吳邦國、黃菊等；三是胡錦濤接任總書記後，以其為
首形成的團系（共青團系）或稱團派，這些人曾在團中央或地方擔任過副
廳局級以上職務者，被大幅且被快速提拔，包括李克強、汪洋、劉延東、

沈躍躍、周強、胡春華、令計劃等（吳仁傑 2011, 44-53；陳德昇、陳陸輝 2007, 59-63）。

　　習近平上臺後，在省部級以上拔擢、破格任用與自己有淵源、信得過的幹部，以培養嫡系人馬，鞏固其政治地位。主要用人來源：一是舊識、同窗、校友；二是同僚舊部，包括閩南舊部、之江（浙江）新軍及上海舊部；三是出身陝西地區；四是智囊策士；五是軍工企業；六是曾遭江系排擠；七是出身南京軍區。現實上，在成員老化、遠離權力圈，以及習近平常態性反腐肅反下，所謂江系、團系早已沒落，整個中共政壇只剩下習系一支。

　　有關身分背景方面，除了前述的政治血緣網絡，另外在中共習慣裡，對於婦女與少數民族，均在人名之後加註女性與族別，使得婦女及少數民族似乎成為備受關照特殊族群。惟在中共高層的政治菁英甄拔中，婦女及少數民族其實並未特別凸顯（C. Li 2017；C. Li and Zhang 2017）。

參、中共「二十大」政治菁英的布局

一、中央委員會觀察

　　本次選出的第二十屆中央委員會中委 205 名、中央候補委員（簡稱候補中委）171 名，與上屆相比，中委增 1 名，候補中委減 1 名，總數為 376 名，連續 3 屆維持同樣數額。此次中委與候補中委選舉差額均是 17 名，差額比例為 8.3%、9.9%。在中委部分，獲得連任 70 名，較上屆少 8 名；新任 135 名，[2]較上屆增加 9 名；女性 11 名，較上屆略增 1 名；少數民族 9 名，較上屆減少 7 名。與第十八、十九屆相比，如表 1。

---

2 包含由十九屆候補中委升任。

表1：第十八屆至二十屆中央委員會比較表

屆別	總數	人數	差額（占比）	連任（占比）	新任（占比）	女性	少數民族
十八	376	中委 205	19（9.3%）	88（42.9%）	117（57.1%）	10	10
		候補 171	19（11.1%）	45（26.3%）	126（73.7%）	23	29
十九	376	中委 204	18（8.8%）	78（38.2%）	126（61.8%）	10	16
		候補 172	17（9.9%）	54（31.4%）	118（68.6%）	20	22
二十	376	中委 205	17（8.3%）	70（34.2%）	135（65.8%）	11	9
		候補 171	17（9.9%）	60（35%）	111（65%）	22	23

資料來源：作者自製。

　　在職務結構分布（如表2），中委主要由中共中央、國家機關與「政協」、地方正省部級以上黨政負責人、正副戰區級以上將領，以及重要人民團體負責人等組成。候補中委主要分布在中共地方黨委、地方國家機關與「政協」、共軍、國企、學術，選自地方黨委高達65名，涵蓋未選入中委的省級專職副書記，以及副省級市委書記和省會市委書記等。

　　從中共「二十大」之後以迄2023年11月15日，計有中委異動83人次，候補中委異動34人次，主要是「二十屆一中全會」選出中共中央領導機構成員後，引起的連環調動。在共軍方面，「二十大」選出的44名中委，有上將29名（含武警2名）、中將15名，2023年1月原陸軍參謀長黃銘調升中部戰區司令員，並晉升上將，結構也調整為上將30名、中將14名。在23名共軍候補中委中，「二十大」時是中將12名、少將11名（含武警2名），2023年1月，原武警新疆總隊司令員周建國升任武警部隊參謀長，晉升中將警銜，5月原東部戰區海軍副司令員魏文徽升任南部戰區副司令員，並晉升海軍中將，結構調整為中將14名、少將9名。此外，李強等省市黨委書記升任政治局常委、委員後，更是展開一波的地方黨政首長異動，有省委書記之間調動、省長或部長升任省委書記、省委副書記調

升省長等。全國兩會召開時，國務院、全國「人大」、最高人民法院、最高人民檢察院、全國「政協」也展開另一波人事更替。從表2也可以看出，主要流動路線是從地方往中央調升，印證地方是中央人才輸送帶的論點。

表2：第二十屆中央委員會職務結構分布表

類別	中央國家機關與「政協」	中共中央機關	地方國家機關與「政協」	中共地方黨委	共軍	社團	國企	學術	無
中委「二十大」	53	24	32	43	44	9	0	0	0
中委 2023/11/15	59	27	31	37	44	6	0	0	1
候補中委「二十大」	10	4	23	65	23	2	26	18	0
候補中委 2023/11/15	20	4	29	56	23	3	24	12	0

說明：1.職務計算時間點，一為「二十大」選出中委與候補中委時（2022年10月22日），一為全國兩會後的2023年11月15日）。

2.部分委員具有雙重屬性，歸類只能取其重要職務，如中國文學藝術界聯合會主席、中國作家協會主席鐵凝，當選全國「人大」常委會副委員長後，將其列入中央國家機關類別。

3.秦剛遭免去國務院國務委員、外交部長後，已無黨政職務。

資來來源：作者自製。

　在年齡分布，「50後」前期（1950-1954），中委有3名；「55後」（1955-1959），中委有35名；「60後」前期（1960-1964），中委有144名，候補中委有24名；「65後」（1965-1969），中委有23名，候補中委有110名；「70後」（1970-1979）有34名，均是候補中委；另有一名「80後」的基層勞工代表。（如表3）新的「60後」世代興起，由於其與「50後」經歷不同（C. Li 2022b），將為大陸政治、經濟、社會帶來什麼面貌，

值得關注。

中委部分，由於「60 後」前期占比達 70.2%，作為政治菁英主力的正省部級和正戰區級幹部都屬此一年齡段，顯示這是最具優勢的年齡段。年齡最大為 1950 年生的張又俠，其次是 1953 年的習近平和王毅，均突破「七上八下」的年齡畫線；最年輕是 1969 年生，現任北京市長的殷勇和中國科學技術協會黨組書記副主席、書記處第一書記賀軍科 2 名。本屆中委，正省部級和正戰區級以 1959 年 7 月為界線，副省部級和副戰區級以 1964 年 7 月為界線。換言之，除了連任、轉任，1959 年 7 月以前出生仍當選中委的正省部級和正戰區級幹部，依例規劃為黨和國家領導人，惟仍有曲青山、萬立駿 2 名並未晉升。

表 3：第二十屆中央委員會中委與候補中委出生年分表

年分	1950	1953	1955	1956	1957	1958	1959	1960	1961
中委	1	2	7	6	9	2	11	14	16
候補	0	0	0	0	0	0	0	0	1
合計	1	2	7	6	9	2	11	14	17
年分	1962	1963	1964	1965	1966	1967	1968	1969	1970
中委	37	45	32	12	3	4	2	2	0
候補	7	4	12	37	30	13	15	15	16
合計	44	49	44	49	33	17	17	17	16
年分	1971	1972	1973	1976	1977	1979	1982	不詳	
中委	0	0	0	0	0	0	0	0	
候補	9	3	3	1	1	1	1	2	
合計	9	3	3	1	1	1	1	2	

資料來源：作者製表。

在學歷方面，擁有碩博士學位成為主流，中委具有博士學位 70 名（34.1%），碩士 50 名（24.4%），另只標明研究生學歷者有 13 名。候補

中委具有博士學位 73 名（42.7%），碩士 48 名（28%），另標明博士研究生學歷者 4 名，研究生學歷者 11 名；碩博士兩者占比達 70.7%，主因有二：一是候補中委相對年輕，普遍高學歷，二是兩院院士占比高。[3]

　　在籍貫分布，中委以山東 30 名最多，其次是江蘇 25 名、浙江 18 名、河南 17 名，媒體熱議的福建官員占位現象（賴錦宏 2023a），事實上只有 13 名，排名第五。以全體委員計算，江蘇籍高達 46 名，其中候補中委就有 21 名，反應江南確實是人文薈萃之地。令人意外的是廣東，其為東南經濟和人口大省，竟然只有 2 名中委，反應出廣東人不愛當官，同時在葉劍英和廖承志家族政治勢力式微後，廣東人在政壇上占比也越來越少。另外從表 4 看，各省（區、市）皆有代表，唯一沒有者為海南，由於籍貫不詳者有 16 名，因此，實際上似應至少有 1 名代表。

表 4：第二十屆中央委員會成員籍貫分布

省分	上海	山西	山東	內蒙古	天津	北京	四川	甘肅	吉林	安徽	江西	江蘇	西藏	河北	河南	青海
中委	2	5	30	1	1	2	7	1	6	2	4	25	0	10	17	1
候補	2	3	10	0	0	0	7	5	1	10	2	21	2	6	11	1

省分	重慶	浙江	陝西	湖北	湖南	貴州	雲南	黑龍江	新疆	寧夏	福建	臺灣	廣西	廣東	遼寧	不詳
中委	2	18	13	11	10	1	2	2	0		13	0	1	2	12	3
候補	2	10	3	10	12	3	2	5	1	3	10	1	5	0	10	13

資料來源：作者製表。

---

3 中央委員學歷不詳者有 24 名，中央候補委員有 15 名，絕大部分是共軍，因此本項分析仍有不足之處。

如從習近平工作過的三地來看，中委中，曾在福建、浙江、上海工作者分別有 21、27、23 人。其中有 11 名有跨兩地經驗，包括李強、蔡奇、黃坤明、應勇、龔正、鍾紹軍、慎海雄、唐登杰、沈曉明、鄭柵潔、黃建發，後 4 名在「二十大」後陸續調整職務，未來發展可期；但未出現跨三地工作者。

依照得票多少排列的候補中委，本屆竟然出現除了最後 12 名，其他人完全依照簡體字筆畫排列，最前三姓氏分別為丁、于、馬（馬），最後三姓氏為繆（繆）、黎、魏。由於依規定，得票相等的按姓氏筆劃排列，顯示計有 159 名候補中委同票，才會如此排序，這是歷屆從未出現的情況。一方面，凸顯這樣的選舉只是一場戲；一方面，造成同票筆畫最少者有機會遞補為中委，筆畫多者卻毫無機會的不公平現象。

二、中央領導層觀察

「二十大」，依「七上八下」的年齡界線，超齡未退者為習近平、張又俠。新任政治局委員中，除了時任國務委員兼外交部長王毅為 69 歲，全國「政協」副主席兼國家發改委主任何立峰為 67 歲，另有超過正省部級 65 歲退休年齡的石泰峰新任，突破以往新任的年齡界線。[4]

未屆 68 歲，但仍退出中央領導職位有政治局常委李克強、汪洋（同為 67 歲），委員陳全國（67 歲）、胡春華（59 歲）。除了胡春華續任中委，其他 3 位徹底退出中共權力圈。由於陳全國早在 2021 年 12 月即卸任新疆黨委書記，本就預期其將離開政治局，但未連任中委，其後也未轉任全國「人大」或「政協」，究竟是健康問題還是其他不適任因素？有待解疑。

至於原先被看好的李克強、汪洋、胡春華，為何未獲續任？有三種解

---

4 十七屆時為 63 歲，十八屆與十九屆均為 65 歲。

釋，一是按照能上能下規範，未獲推薦、不被提名，惟此說法較難服眾；二是依照中共官方說法，有人高風亮節、自動讓位；三是受限 2002 年「十六大」起形成的有限任期制（吳仁傑 2017, 60），在政治局及常委會任期至多三任 15 年，即使未屆齡但仍須退出中央領導職位。[5] 雖然第三點得以合理解釋李克強去職原因，但對汪洋的適用性有疑問，因為政治局委員是副國級、常委是正國級，兩者等級不同，汪洋只擔任一屆政治局常委、一屆全國「政協」主席，依照兩屆十年有限任期制，還是可續任一屆。此外，原先評估胡春華最有可能升任政治局常委，並出任國務院第一副總理，結果雖然連任中委，但卻未能續任政治局委員，只擔任全國「政協」副主席。目前亦只能以有限任期制，解釋胡春華未能留任政治局委員的原因。由此看出，習近平不讓胡春華晉升政治局常委，旨在不想讓人有安排接班的聯想。

「十五大」時，江澤民以 71 歲高齡連任，因此「七上八下」的年齡劃線規範，雖然適用副國級以上幹部，但排除中央總書記。就此而言，習近平並未打破年齡劃線的規範。本次破例留用的兩人有一共同特點，就是屬於封閉性的專業系統，一為外事，一為軍事。因中共外事系統人事處於青黃不接，一時後繼無人，無高階歷練者，遂讓王毅得以「入局」接替楊潔篪，出任中央外事辦主任。張又俠以 72 歲高齡續任政治局委員、中央軍委副主席，理由亦是軍事工作需要；隨著共軍將領年輕化，具有實戰經驗者越來越少，張又俠是少數經歷對越南戰爭的將領，同時與習近平兩代交情，為習充分信任。張留任，意味習對未來有面對戰爭的準備。

就循序漸進的升遷途徑，本屆政治局委員仍有破格升遷情事，李書磊為十九屆「雙非」委員（既非中委也非候補中委），而且出任正部級時間

5　第三項是中共研究雜誌社特約研究員吳仁傑的觀點。

不到兩年（2020 年 12 月）。何衛東更是連中央紀委也不是的「三非」，而且並非現任中央軍委委員，直接升任中央軍委副主席，越級晉升明顯。新任國務委員兼外交部長秦剛在「二十大」當選中委時僅是副部級的駐美大使，同年 12 月底升任外交部長，不到三個月又再晉升國務委員，成為副國級領導人，據稱其亦是深獲習賞識，以致超越其他幾位外事正部級領導，破格任用。經過十年的經營布局，習近平甄拔人才的來源管道其實更為多元，然而還是喜歡展現其強勢領導、不墨守成規的行事風格（寇健文 2022, 60-82）。

地方歷練是幹部晉升中央層級領導人的重要資本，本屆新任政治局委員來自地方的比例相當高：馬興瑞（曾任廣東省長，後任新疆黨委書記）、石泰峰（曾任江蘇省長、寧夏區黨委書記、內蒙古黨委書記）、[6] 尹力（曾任四川省長、福建省委書記）、劉國中（曾任吉林省長、陝西省長、陝西省委書記）、袁家軍（曾任浙江省長、省委書記）、李幹傑（曾任山東省長、省委書記）、張國清（曾任重慶、天津市長、遼寧省委書記）、陳吉寧（曾任北京市長）；李幹傑與陳吉寧並兼具中央地方交流經驗。

本屆沒有女性「入局」，打破第十五屆以來的慣例。自十五屆吳儀以候補委員「入局」後，先後有劉延東、孫春蘭兩人「入局」，而且都擔任兩屆後才退下。「二十大」前，一般預估時任貴州省委書記的諶貽琴，是「入局」有力競爭者，但終因「未出貴州」的資歷略顯薄弱，以致落選。不過，2023 年 3 月諶貽琴終於得以出任國務院國務委員，成為副國級的女性與少數民族代表。

共軍組成裡，連任的中央軍委副主席張又俠有對越南多次戰役經驗，接任軍委聯合參謀部參謀長的軍委委員劉振立也曾參加對越兩山戰役獲

---

6 石泰峰雖係由中國社會科學院院長「入局」，但這只是為安排其超齡的臨時性過渡位置，此前經歷還是在地方。

功。另一副主席何衛東曾任東部戰區司令員，也曾在南京軍區服役過，連任的軍委委員、軍委政治工作部長苗華則曾在福建的 31 集團軍長期服役過，以致此一組成被視為對臺備武的意涵明顯。

肆、中共二十屆政治菁英結構的特色

第一，中共中央領導階層盡是習系人馬。新一屆中央領導層與習近平關係（如表 5），由於習在閩浙滬舊部陸續獲得提拔，目前重用對象有些係延伸自舊部的關係網絡。中共權力接班的特點，一是意識形態的繼承與建構；一是既有的路線得以透過接班人繼續保持（張執中 2022, 83）。本次中央領導階層換屆，習近平大獲全勝，尤其政治局常委完全排除非習系人馬，意味習已思考政治繼承問題，確保萬一有變故時，臨時接班人不會落入非習系手裡，防範既有的路線遭致改變。同時，打破國務院總理需由曾任副總理擔任的慣例，而常委不再以資歷進行排名，主要考慮職務分工，以致李強雖初任常委，但因要接任國務院總理，排名還是列第二。由於新任常委的丁薛祥長期擔任幕僚工作，沒有重要一二把手的經歷，讓他歷練國務院第一副總理，2028 年即可能接任總理，可說是一個潛在的政府接班人選。

第二，曾經制度化的接班梯隊規範解體。中共曾以不同年齡梯隊方式，培養領導接班人，本次胡春華不僅未升任政治局常委，甚至連政治局委員都未續任，只能擔任無實權的全國「政協」副主席。本屆政治局有 4 位新人為 58 歲：李幹傑、李書磊、張國清、陳吉寧，如果依照「七上八下」年齡規範，這 4 員只能擔任兩屆政治局委員，或者一屆政治局委員、一屆政治局常委，不像是過去所定義的未來接班人。此外，1980 年中共恢復設置中央書記處後，曾賦予培養未來接班人的功能，胡錦濤、習近平都曾擔

表 5：新一屆中央領導層與習近平關係

類別	清華校友	同僚舊部	出身陝西	智囊策士	軍工企業	東南軍	福建淵源	其他
政治局常委		李強 蔡奇 丁薛祥	李希 趙樂際	王滬寧				
政治局委員	李幹傑 陳吉寧	石泰峰 李書磊 何立峰 陳敏爾 黃坤明	劉國中 張又俠		馬興瑞 張國清 袁家軍	何衛東	尹力 陳文清	王毅 李鴻忠
書記	李幹傑	蔡奇 石泰峰 李書磊 王小洪					陳文清	劉金國
軍委委員			張又俠			何衛東 苗華		李尚福 劉振立 張升民

說明：1.政治局委員，同時具有中央書記處書記或中央軍委委員身分者，則重複分列。
　　　2.李尚福已於 2023 年 10 月 24 日遭全國「人大」常委會免去國家中央軍委委員職務。
資料來源：作者自製。

任第一書記做為接班歷練。但習上臺後，書記處不再具有這樣的功能，尤其本屆第一書記蔡奇已 68 歲，顯示習近平在中共「二十一大」大仍無交棒的可能。

　　第三，是否當屆中委或候補中委不再是出任部委首長的必要條件，同時亦不受限屆齡必須退休。本次國務院換屆時，領導階層全換新，但在部委層次除了國務委員兼任的國防部長，只更換國家發改委主任，由原安徽省委書記鄭柵潔接任。一方面，由於部委首長此前早已啟動調整；另一方

面，國務院領導階層幾乎都來自地方，並無中央工作經驗，因此部委首長只更動國家發改委主任，在人事、政策力求穩定。同時，五年前國務院換屆時，只有國家衛生健康委員會主任馬曉偉是「雙非」；本屆，就有科學技術部長王志剛、財政部長劉昆、交通運輸部長李小鵬、中國人民銀行行長易綱為「雙非」，其中王志剛（66歲）、劉昆（67歲）並已超過退休年齡。[7]

　　同樣情況，亦出現在中共中央所屬機構，如從中央對外聯絡部部長位置退休的宋濤（68歲）出任中央臺灣工作辦公室主任，交卸全國「政協」副主席職務的原國務院港澳辦公室主任夏寶龍（71歲）出任新成立的中央港澳工作辦公室主任。另「二十大」後卸任政治局委員的陳希（70歲）、劉鶴（71歲）續任要職，陳希在2023年4月才交卸中共中央組織部部長職務予李幹傑，但仍繼續擔任中央黨校校長；劉鶴則續任中央財經委員會辦公室主任，直至2023年10月才交卸給政治局委員、國務院副總理何立峰。此種打破慣例、權位不相配的作法，凸顯習近平用人完全不依循制度，只要他認為有能力且充分獲得信任者，就會破格留用。

　　第四，中央統戰部長地位獲得提升。十八屆時雖有孫春蘭以政治局委員兼任中央統戰部長，但其原職是兼任天津市委書記，後因令計劃違紀遭查，才由孫接任部長。2015年，中共構建「大統戰格局」，成立中央統戰工作領導小組，並制定《中國共產黨統一戰線工作條例（試行）》，地方統戰部長紛紛進入各級黨委常委行列；原本預期十九屆時會有中央統戰部長「入局」，惟接任部長的尤權雖成為書記處一員卻非政治局委員。2018年3月，中共進行黨和國家機構改革，中央統戰部統一領導國家民族事務委員會，以及統一管理僑務、宗教事務，統戰工作更為重要。是以，本次

---

7 全國兩會後，相關人事陸續調整，5月12日，曹淑敏（女）出任國家廣播電視總局局長；同月19日，李雲澤出任國家金融監督管理總局局長，7月25日，潘功勝出任中國人民銀行行長；9月28日，藍佛安出任財政部部長；10月24日，陰和俊出任科技部部長。

石泰峰以政治局委員、書記處書記雙重身分兼任中央統戰部長，進而擔任全國「政協」第一副主席，權力之大，也是中共建政以來統戰部門首位。[8]

　　第五，安全訴求下的國安人事布局。本屆 7 名中央書記處書記就有 4 員具有國安公安資歷，蔡奇曾任中央國安委辦公室副主任、常務副主任；陳文清曾任國家安全部長、中央國安委辦公室常務副主任；劉金國曾任公安部副部長；王小洪為現任公安部長。這樣的安排凸顯習近平在「二十大」政治報告中提及 91 次安全的重要意涵。習近平閩浙舊屬蔡奇以政治局常委兼任中央辦公廳主任，成為文革以來繼汪東興之後第二人，另尚兼任中央國安委辦公室主任。王小洪為習近平福建舊屬，如今以書記處書記、國務委員兼公安部長，習重用的跡象明顯。習另一浙江舊屬陳一新，出任國家安全部長。「一蔡兩陳一王」的組成，牢牢掌控國安系統，顯現習有強烈的不安全感，未來國安或維穩工作將是其內政第一要務，而且要完全掌握在自己人手裡才放心。

　　第六，重視突出專業人才。本屆中委中具有技術專才者 81 名，占比 39.5%，上屆只有 36 名，占比 17.6%；在政治局中則從 2 名（丁薛祥、郭聲琨）增為 8 名，如馬興瑞為工學博士，曾任中國航天科技集團總經理等；尹力為前蘇聯醫學博士，曾長期任職衛生部；陳吉寧為英國工學博士，曾任清華大學環工系主任、副校長、環境保護部長；李幹傑為清華大學工學碩士，長期投入核安工作，曾任環境保護（生態環境）部長；張國清為光電本科畢業、清華大學博士，曾任中國兵器工業集團公司總經理等；袁家軍為航空航天博士，曾任神舟飛船總指揮。這些被稱為「技術官僚 2.0」的菁英（C. Li 2022c），其專業領域較歷屆相對突出，且整體結構呈現多樣化，尤其兩名前後任環保（生態環境）部長「入局」，凸顯習近平對環

8　十一屆烏蘭夫曾以政治局委員兼任中央統戰部部長；十三屆丁關根曾以政治局候補委員接替因六四事件遭免職的嚴明復，出任書記處書記（1989 年 6 月）、中央統戰部部長（1990 年 11 月）。

保議題的重視。

第七，先期部署培養正省部級領導幹部。本屆中委首次有 11 名省級黨委專職副書記當選，包括北京殷勇、天津金湘軍、廣東孟凡利、浙江黃建發、安徽程麗華、山東陸治原、遼寧胡玉亭、吉林劉偉、黑龍江王志軍、陝西趙剛、廣西劉小明，以致地方獲配中委 75 名，是為本屆特色。從「二十大」至 2023 年 10 月已有 9 名職務調整，其中殷勇升任北京市長、金湘軍調升山西省長、黃建發調升中央組織部常務副部長（正部長級）、劉偉調任北京市委專職副書記、趙剛升任陝西省長、劉小明調升海南省長、胡玉亭調升吉林省長、王志軍調升國務院常務副秘書長（正部長級）、陸治原調升民政部黨組書記（候任部長）。換言之，這是針對未來中央和地方領導幹部調整的先期部署。

第八，團系掌權時代徹底結束。相對習系人馬在高層上位，曾經叱吒風雲一時的共青團重要幹部，在前任總書記胡錦濤被非自願請離「二十大」閉幕會場，以及全國兩會後李克強（已於 2023 年 10 月 27 日因心臟病猝逝）、汪洋退出政壇，胡錦濤另一愛將沈躍躍在全國「人大」常委會副委員長兩屆任滿轉任全國「政協」副主席，以及曾被視為接班人的胡春華及最高人民法院前院長周強轉任全國「政協」副主席，退居二線，正式淡出權力圈；陸昊 2022 年 6 月由自然資源部長轉任國務院研究中心主任，明顯遭邊緣化；秦宜智雖維持正部長級身分，卻又從國家市場監督管理總局副局長，再貶任國家民族事務委員會專職委員（賴錦宏 2023b）。由此象徵共青團淡出權力圈，團系掌權時代徹底結束。

伍、結論

中共全國代表大會選出的中央委員會中委和候補中委，確實俱屬政治

和社會菁英，尤其從中委選出的中央政治局及其常委會、中央軍事委員會、中央書記處的成員，更是中共的權力菁英。然而，從候補中委有 159 名同票的現象來看，就如學者吳國光指這項黨大會旨在進行制度操控、象徵性表演、確認合法性，就是一個權力的劇場（吳國光 2018, 1-17）。

中共改革開放以來，建立一套高層政治菁英甄補機制，例如「七上八下」的年齡限制、兩屆十年的有限任期制、循序漸進的升遷規律、培養隔代接班人等。中共由此克服威權政體難以完成的政治繼承問題，和平完成兩次領導人的更替，讓高層權力交接逐步制度化。因此，習近平雖無很強的權力基礎，但透過制度的方式成為中共最高領導人。然而，習近平掌權以來，非但未完善這些規範，反而選擇性改變，製造過多的例外。尤其藉修憲刪除國家主席任期，延續自己的任期，同時全面掌控領導階層的選任，毀棄鄧小平以來逐步建立的政治菁英甄拔制度。顯示在威權體制下，穩定有序的權力轉移制度雖然得以建立，但要鞏固卻沒有那麼容易，一旦出現不滿現狀的新興強人，隨之就可將其破壞，或許這就是威權政體的脆弱性。

習近平用人主要考量，一是政治忠誠，對習要能做到「兩個維護」、「兩個確立」。二是信任關係，習尤其重用與自己有淵源、信得過的幹部，以培養嫡系人馬。習不依循制度，只要他認為有能力且充分獲得信任者，雖已屆齡也非當屆中央委員會成員，仍會破格留用。三是鬥爭經驗，面對世界百年未有之大變局，習要求幹部發揚鬥爭精神，增強鬥爭本領。因此曾在軍工體系、艱困地區工作者，被視為較具有使命必達的鬥爭精神，屢受重用。然而，中共二十屆中央委員會組建才一年，已有多人涉及違紀遭調查，不僅凸顯習近平識人不明，也顯示有關「二十大」前中共的一連串推薦、考核、面談機制盡是表面功夫，尤其原國務委員兼外交部長秦剛，以及原中央軍委委員、國務委員兼國防部長李尚福分遭免職，更成為習近平用人難堪的一個典型。

　　如今中共領導階層再無其他派系，與習近平政策理念有歧異者全下臺，其個人意志完全得以貫徹，由此走向個人獨裁的新時代。然而，個人獨裁統治容易形成錯誤決策，在缺乏監督機制下，一旦出現錯誤，後果不堪設想，中國大陸由此可能引發政治不穩定，以及更多的風險。同時，面對未來的後習時代，中共必須解決是否引發權力鬥爭的政治繼承問題，以及後繼接班人能否穩當妥善處理政治強人遺緒問題。

參考文獻

中文文獻

丁望，2001，《曾慶紅與夕陽族強人》，香港：當代名家出版社。

丁望，2002，〈「十五大」有共識，年齡邊界嚴謹〉，《信報》，10 月 16 日。

人民日報，2015，〈中共中央辦公廳印發《推進領導幹部能上能下若干規定（試行）》〉，07 月 29 日。

人民日報，2018，〈中國人民政治協商會議章程〉，03 月 28 日。

人民日報，2019，〈黨政領導幹部選拔任用工作條例〉（2019 年 3 月），03 月 18 日。

人民日報，2022a，〈中國共產黨章程〉（2022 年 10 月 22 日），10 月 27 日。

人民日報，2022b，〈中辦印發《推進領導幹部能上能下規定》〉，9 月 20 日。

中共中央文獻研究室，1987，《十一屆三中全會以來重要文獻選編》，北京：人民出版社。

中國共產黨新聞網，2006，〈中共中央辦公廳關於印發《黨政領導幹部職務任期暫行規定》等三個法規文件的通知〉（2006 年 6 月 10 日），http://cpc.people.com.cn/BIG5/64162/71380/102565/182144/10994167.html，查閱時間：2023/02/02。

文現深，2002，〈江澤民可望全退，李瑞環出局〉，《聯合報》，11 月 07 日。

江澤民，2006，《江澤民文選第三卷》，北京：人民出版社。

吳仁傑，2011，〈從中共「17 大」預判「18 大」政治局成員關係網絡〉，《展望與探索》，9（4）：44-53。

吳仁傑，2017，〈中共 19 大人事分析與預測〉，2017 年「中共『十九大』政治菁英甄補國際研討會」，臺北：國立政治大學國際關係研究中心。

吳國光著，趙燦譯，2018，《權力的劇場：中共黨代會的制度運作》，香港：香

港中文大學。

李春，2022，〈中共廿大人事震撼彈 打破6潛規則〉，《聯合報》，10月23日。

林佳龍主編，2004，《未來中國：退化的極權主義》，臺北：財團法人臺灣智庫。

施善玉、鮑同主編，2001，《中國共產黨黨史知識集成》，北京：長征出版社。

寇健文，2010，《中共菁英政治的演變 --- 制度化與權力轉移1978-2010》，臺北：五南出版公司。

寇健文，2022，〈政治領袖眼中的政治：習近平和他的中國〉，吳玉山、寇健文、王信賢主編，《一個人或一個時代：習近平執政十週年的檢視》，臺北：五南出版公司。

寇健文、蔡文軒，2012，《瞄準十八大：中共第五代領導菁英》，臺北：博雅書屋。

張執中，2022，《從上而下的改革：習近平時期中共幹部監督與動員》，臺北：五南出版公司。

章敬平，2003，〈一份珍貴的政治文明的遺產——龔育之談黨和國家最高領導層的新老交替〉，《南風窗》，2003（11）：48-50。

習近平，2014，《習近平談治國理政》，北京：外文出版社有限責任公司。

郭瑞華，2017，〈中共19大權力核心人事布局預測〉，《展望與探索》，15（9）：78-99。

陳德昇、陳陸輝，2007，〈中共十七大政治菁英甄補與地方治理策略〉，《中國大陸研究》，50（4）：57-85。

趙承等人，2022，「領航新時代新征程新輝煌的堅強領導集體——黨的新一屆中央領導機構產生紀實」，《人民日報》，10月25日。

鄧小平，2008，《鄧小平文選第二卷》，北京：人民出版社。

鄧小平，2009，《鄧小平文選第三卷》，北京：人民出版社。

賴錦宏，2023a，〈中共官場「福建幫」崛起 是閩人能幹或用人唯親？〉，《聯合新聞網》，https://vip.udn.com/vip/story/122871/7042210，查閱時間：

2023/03/21。

賴錦宏，2023b，〈共青團原第一書記秦宜智 再貶任國家民委專員〉，《聯合新聞網》，https://udn.com/news/story/7331/7263175，查閱時間：2023/07/16。

儲百亮，2018，〈取消國家主席任期限制為何意義重大？〉，《紐約時報中文網》，https://cn.nytimes.com/china/20180312/china-xi-jinping-term-limit-explainer/zh-hant/，查閱時間：2023/02/11。

羅冰，1997，〈喬石出局與「十五大」選舉內幕〉，《爭鳴》，240：7-9。

英文文獻

Bo, Zhiyue. 2004. "The Provinces: Training Ground for National Leader or a Power in Their Own Right？" *Journal of Contemporary China*, 13:223-256.

Bo, Zhiyue. 2020. "Xi Jinping's Successors", *China: An International Journal*, 18(1): 63-75.

Li, Cheng and Yiou Zhang. 2017. "Assessing institutional rules in China's elite selection: The case of ethnic minority leaders." https://www.brookings.edu/opinions/assessing-institutional-rules-in-chinas-elite-selection-the-case-of-ethnic-minority-leaders/(October 30, 2022).

Li, Cheng. 2001. *China's Leaders: The New Generation*. Maryland: Rowman and Littlefield Publishers.

Li, Cheng. 2017. "Status of China's women leaders on the eve of 19th Party Congress." https://www.brookings.edu/opinions/status-of-chinas-women-leaders-on-the-eve-of-19th-party-congress/(November 21, 2022).

Li, Cheng. 2022a. "Provinces: The Key to Pekingology." https://www.chinausfocus.com/2022-CPC-congress/provinces-the-key-to-pekingology (November 10, 2022).

Li, Cheng. 2022b. "Predominance: The Post-1960s Generation in the Aftermath of the 20th Party Congress." https://www.chinausfocus.com/2022-CPC-congress/predo minance-the-post-1960s-generation-in-the-aftermath-of-the-20th-party-congress(November 21, 2022).

Li, Cheng. 2022c. "Chinese Technocrats 2.0: How Technocrats Differ between the Xi Era and Jiang-Hu Eras." https://www.chinausfocus.com/2022-CPC-congress/chinese-technocrats-20-how-technocrats-differ-between-the-xi-era-and-jiang-hu-eras(November 10, 2022).

Li, Ling. 2022. "Autumn succession: The main plot line of the 20th Party Congress." https://www-thinkchina-sg/autumn-succession-main-plot-line-20th-party-congress(November 10, 2022) .

Nathan, Andrew. 1973. "A Factionalism Model for CCP politics." *The China Quarterly*, 53:33-66.

Zhou, Na. 2020. "The 19th Central Committee for Xi Jinping's 'New Era': Breaking Conventional Party Rules?" *China: An International Journal*, 18(1):76-94.

「二十大」政治菁英與習近平的網絡關係

蔡文軒

（中央研究院政治所研究員）

蔡儀儂

（中央研究院政治所博士後研究員）

摘　要

　　本文討論中共「二十大」政治菁英的晉升，及這些菁英與習近平的網絡關係。我們分別檢視新晉政治局常委、政治局委員與中央委員的個人政治特徵，並討論其與習近平的網絡關係。分析顯示，在政治局常委會，常委的晉升破壞黨內的政治慣例。新晉常委多是習近平的嫡系「習家軍」，有相當比例是幕僚出身，歷練略顯不足，顯示「政治忠誠」優先。在政治局委員會，委員組成較多元，新晉委員出現較多技術官僚幹部。但這類幹部的晉升，仍有習近平個人網絡關係的痕跡。在中央委員會，目前較少觀察到習近平的意志。總結而論，「二十大」政治菁英的晉升，體現習近平偏好「弱勢幹部」，及晉升是以其與幹部的「關係」決定的邏輯。

關鍵字：習近平、菁英、網絡關係、「二十大」

壹、前言

2022 年 10 月 16 日至 22 日中共召開第二十次全國代表大會（以下簡稱「二十大」），進行中央領導層的換屆改選，及決定未來五年黨的發展路線。在本次會議，不僅強調在黨的意識形態路線要「兩個確立」與「兩個維護」，更為最高領導人習近平加上「人民領袖」的頭銜。[1] 許多分析指出，這中共自習近平執政後，包括政權形式與決策體制，形成領導人高度集權（Fewsmith 2021; Lee 2017; Li 2022; Shih 2022; 吳玉山 2022）。習破壞過去中共黨內監督機制與集體領導分工等慣例，使傳統中國研究分析政權性質的分裂威權主義（Fragmented Authoritarianism）可能不再適用（Brødsgaard 2017; Lampton 2014; Liberthal 1992; Tsai and Zhou 2019）。從新一屆中央政治局常委與委員組成觀察，幾乎充斥習近平的親信與盟友，意味黨內再無其他派系與其抗衡，長期不利菁英甄補制度的制度化，過去菁英晉升遵循的幹部任期制與年齡限制將持續鬆動（吳玉山 2022, 32）。這種趨勢致使西方中國研究學界，包括裴宜理（Elizabeth J. Perry）、傅士卓（Joseph Fewsmith）、史宗瀚（Victor Shih），以及哈佛大學費正清中國研究中心多位專家學者，都對「後『二十大』」的中共政局感到悲觀（Bush et al. 2022; Elliott, Koss, and Lei 2022; Pei 2022；BBC 中文網 2022a；端傳媒 2023；報導者 2022）。

本文討論「二十大」菁英的晉升，以及菁英與習近平的網絡關係。我們認為，在黨政制度日趨朝「黨政合一」集權的趨勢下，領導者必須在中央領導層構築更強的「網絡關係」，強化對正式黨政制度的控制。借用 Guthrie（1998）對當代中國政治社會關係（guanxi）的觀點，他指出網絡

---

1 見中央政策研究室副主任田培炎於黨代會記者會的表示：「總書記習近平是這個偉大時代產生的傑出人物、眾望所歸的人民領袖。」官方媒體新華社、人民網等習近平專屬頁面上，已稱其為「人民領袖習近平」（BBC 中文網 2022a）。

關係是種構築在正式制度上，領導者與幹部透過交換禮物與恩惠確認彼此關係的互動模式。從理論角度，習近平主政後，中共菁英構築的網絡關係呈現幾個特徵：第一，領導者有需求將親信安插在關鍵職務，以鞏固對整個官僚系統的控制。領導者會任意安插親信，這部分得益於革命元老凋零，與其對菁英晉升制度的破壞，親信的晉升則使領導者與親信雙方的關係更為穩固（Fewsmith 2021; Leber et al. 2022）。第二，領導者傾向提拔執政經驗不足、個人網絡關係有限的「弱勢幹部」，避免出現潛在挑戰者；領導者也會以政治整肅打擊政敵，使官僚噤聲（Pei 2022; Shih 2022）。[2] 領導者的親信則恰好符合前述條件且忠誠度足夠而被挑選，如近年常見的「秘書幫」，這類幹部欠缺政治歷練與地方執政經驗，卻受提拔（Tsai and Dean 2015）。第三，領導人會也提拔少數技術官僚出身幹部進入中央領導層，以回應外界認為領導層專業度不足的問題（Levitsky and Way 2022）。但這類幹部也同樣有「弱勢幹部」的特徵，與1990年代技術官僚幹部相比，他們由於長期於軍工國企系統任職（如「航天系」、「軍工系」等），進入地方後多以副省部級起步，仕途經驗使他們與地方關聯不深，欠缺基層經驗，個人網絡關係也更受限，也因此更會依賴領導者。總結來說，習近平時期菁英構築的網絡關係特徵是：領導者與幹部間的關係是縱向且輸誠的，幹部間彼此欠缺橫向聯繫，因此不易形成派系。橫向聯繫的動能，持續受領導者有意削弱，[3] 領導者刻意受限幹部仕途歷程，及黨政體制集權有利於前述網路關係特徵的發展。

2　史宗瀚將此稱為弱者聯盟（Coalitions of the Weak）。在毛澤東執政後期，許多元老與幹部因文革受整肅，毛並提拔與其關係緊密的幕僚文膽、或年輕資淺但對其忠誠的地方幹部上位。習近平發動的反腐運動，提拔的「習家軍」、「秘書幫」有類似特徵（Shih 2022）。史宗瀚認為習近平提拔的幹部離完全「弱者聯盟」仍有距離。如中共政壇所謂的「習家軍」多是閩浙出身的地方幹部，他們在地方仍有綿密的個人網絡關係。這與完全的「弱者聯盟」仍有距離，以毛提拔的四人幫為例，他們的網絡關係非常有限。但他認為二十大後習建立弱者聯盟可能性正在提高（Shih 2022; 報導者 2022）。

3　見 Dittmer 與 Wu（1995）對1980年代技術官僚崛起的討論。他們分析認為1980年代後中央部門的技術官僚透過跨部門與地方幹部交流的歷練，技術官僚與地方幹部有機會彼此「抱團」，形成傳統定義的「派系」。

　　觀察「二十大」後中央領導層，大致符合上述理論預期。第一，權力核心的政治局常委會，多位具留任或晉升條件的菁英，包括「團派」李克強、汪洋，及胡春華皆未「入常」。曾被看好的下一世代領導人接班人選胡春華甚至貶至中央委員，最讓人意外，顯示習急欲消滅潛在政敵。第二，新任常委會成員，習近平主政閩浙滬時期的部屬李強、蔡奇、丁薛祥受提拔，其中李強、丁薛祥於 2023 年「兩會」出任國務院總理、常務副總理，蔡奇已接任中央書記處常務書記，顯示習以親信掌握重要黨政職務，鞏固個人集權態勢，也凸顯其用人標準首重政治忠誠（聯合新聞網 2022c）。最後，在政治局委員會與中央委員會層級，有大量技術官僚晉升。根據《華爾街日報》與華盛頓智庫美國布魯金斯學會（Brookings Institution）合作的分析，新一屆中共中央委員會中，具技術專長的幹部有 81 名，佔比近 40%。在 24 人組成的政治局委員中，具技術專長的幹部有 8 名，佔比例近 33%。不過，這些技術官僚的特色正如前所述，仕途受限單一專業系統，仕途經驗使他們與地方關聯不深，但卻能多少回應外界認為新中央領導層專業度不足的疑慮（Hao 2022）。

　　從這種趨勢觀察，未來習近平為穩固集權態勢，將持續提拔「弱勢幹部」，鞏固與下屬的網絡關係。能力過強的幹部，由於容易成為挑戰者會受抑制。本文分別從政治局常委會、政治局委員會與中央委員會組成變化，觀察這些成員與習近平的網路關係，並透過一些幹部的仕途歷程，據此解釋以上趨勢，並揭示未來中共政治可能的發展。

貳、中央政治局常委會

　　本屆的中央政治局常委會，7 名中 3 名留任。除習近平之外，王滬寧和趙樂際留任，而李克強和汪洋皆未屆年齡離任，栗戰書、韓正由於屆齡

離任。4 名新任常委成員則是李強、蔡奇、丁薛祥和李希（本屆常委成員擔任職務及與習近平的關係詳見表 1）。常委分工的安排，除習近平續任總書記、蔡奇擔任中央書記處常務書記並兼任中央辦公廳主任、李希擔任中紀委書記。李強接任國務院總理、趙樂際執掌「人大」、王滬寧領導「政協」、丁薛祥出任常務副總理。整體觀察，習近平在常委晉升打破許多慣例，將「團派」色彩濃厚李克強或汪洋提前「下崗」，可說是極為大膽的舉措。現有常委組成接近習近平個人的「贏者全拿」，有利集權態勢。此外，新晉成員與過去相比，政治歷練略顯不足，「習家軍」色彩濃厚，將為未來五年施政蒙上陰影。

從現有常委安排來看，國務院總理李強和常務副總理丁薛祥的職務歷練，最受外界質疑，因為他們不符合過去的黨政慣例。首先，李強曾任習近平浙江省委書記時期省委秘書長。他打破中共建政以來，總理須由副總理晉升的慣例。[4] 他雖曾主政過上海這個全國最重要的經濟都市；但他主政期間充滿爭議，如在新冠肺炎疫情時期，堅守貫策「清零」政策，對民眾執法強硬粗暴（Zhai and Wong 2022a）。其次，丁薛祥是習近平最信任的黨政「幕僚長」。他原任中央辦公廳主任，進入中央辦公廳前，是習任上海市委委書記時期市委秘書長。但按黨政慣例，常務副總理需有豐富的地方黨政一把手（省市委書記）歷練，且根據黨政分工，不會從中央黨務系統晉升。他的「幕僚長」經驗，能否勝任常務副總理也有待觀察（Goh 2022; Li 2022; Wang 2022）。

另一值得關注是出任中央書記處常務書記、中央辦公廳主任的蔡奇。根據常委職務分工，蔡奇將分管黨務、意識形態工作。蔡奇是習近平任浙江省委書記舊部，主政北京期間，則積極貫徹習近平的指示，成功舉辦

---

4 中共 1949 年建政後歷任國務院總理，除首任總理周恩來外皆曾擔任過副總理，以便為熟悉國務院工作準備。

2022 年冬奧會，並以鐵腕的城市整治行動引發爭議，在北京驅趕「低端人口」，引起中外輿論批評（自由時報 2022）。習蔡兩人關係非同一般。蔡奇仕途起步於福建，與習在福建有共事經驗，並先於習調任浙江，習主政浙江期間開始栽培。他在 2012 年「十八大」時，仍只是所謂的「雙非」（不具中央委員、候補委員身分）幹部。但此後僅花 5 年，就自浙江省委組織部長一職快速晉升至北京市委書記，2017 年「十九大」越級晉升政治局委員。蔡奇的罕見經歷，顯示習近平急欲將親信晉升黨內核心的決心。此外，蔡奇以常委一職出任中央辦公廳主任，將強化中央辦公廳在整個中共政治體系決策的核心地位。由於蔡奇已主掌中央書記處、中央辦公廳工作，不僅將有利於習持續全面掌握黨務系統，也反映整個政治體系「個人集權」的趨勢。

最後，外界對李希的了解不多。他與習近平沒有共事或部屬經驗，但他長期在陝西任職，曾任延安市委書記。李希 2013 年升任上海市委副書記後開始快速晉升，在 2017 年「十九大」晉升政治局委員，主政全國重要經濟省分廣東省。由於習近平知青下鄉時期，曾在延安市梁家河村插隊落戶，且習近平的父親習仲勳出身陝西，外界咸信李希與習近平的關係，是因習多次返回陝西「探親」產生的互動（Li 2014）。習近平父子與陝西豐富的地緣關係，使中共政壇形成了特殊派系「陝西幫」，這類幹部因地緣因素展露頭角。在政治局常委內、原中紀委書記趙樂際也被認為是「陝西幫」的一員。

總結來說，本屆政治局常委會還有幾點值得觀察：第一，常委幾乎都與習近平有部屬或共事關係。其中李強和丁薛祥皆有擔任習近平「幕僚長」經歷。幕僚型幹部進入常委會權力核心的後果，將使常委會決策模式更傾向一人獨裁（Tsai and Dean 2015）。第二，從常委年齡觀察，顯示習近平未安排接班人。若其健康無虞，應會長期執政。五年後「二十一大」召開

時，除習外的六名常委由於年齡限制，僅丁薛祥（1962 年生）能留任。李強屆時已 68 歲，可能只會任一屆國務院總理（Wang 2022）。最後，在常委級別，對習近平的「政治忠誠」是幹部能否「入常」的標準。與新晉「習家軍」常委相比，原可留任或晉升「團派」菁英歷練其實更為豐富。如國務院副總理胡春華，他原是下屆國務院總理一職最可能人選。

表 1：中共二十屆中央政治局常委（7 人）

姓名	出生年	現職	過去職務	與習關係
習近平	1953.06	總書記	總書記	──
李強	1959.07	國務院總理	上海市委書記	浙江時期舊部
趙樂際	1957.03	全國「人大」委員長	中央紀委書記	父親為習仲勳舊部
王滬寧	1955.10	全國「政協」主席	中央書記處常務書記	中央書記處舊部
蔡奇	1955.12	中央書記處常務書記 中央辦公廳主任	北京市委書記	福建與浙江時期舊部
丁薛祥	1962.09	國務院常務副總理	中央辦公廳主任	上海時期舊部
李希	1956.10	中央紀委書記	廣東省委書記	趙樂際舊部，受習賞識

資料來源：作者自行整理。

參、中央政治局委員會

本屆的中央政治局委員會，扣除 7 名常委後有 17 名。其中，除常委外卸任的上屆政治局委員，分別是：劉鶴（原國務院副總理）、孫春蘭（原國務院副總理）、胡春華（原國務院副總理）、陳希（原中央組織部部長）、郭聲琨（原中央政法委書記）、楊潔篪（原中央外事辦公室主任）、許其亮（原中央軍委會副主席）、王晨（原全國「人大」副委員長）、楊曉渡（原中紀委副書記、國監委主任）、陳全國（原新疆自治區黨委書記）。17 名中有 4 名是上屆委員留任，分別是：李鴻忠、張又俠、陳敏爾、黃坤明。

13 名新任委員則分別是：馬興瑞、王毅、尹力、石泰峰、劉國中、李幹傑、李書磊、何衛東、何立峰、張國清、陳文清、陳吉寧、袁家軍，其中 7 名是以地方黨政一把手晉升，[5] 6 名自黨政軍機構首長晉升（Li 2022；BBC 中文網 2022b）。此外，新晉政局委員無女性幹部，打破了中共「十五大」後政治局委員皆有一名女性的慣例（經濟日報 2022）。[6] 目前卸任委員職務多數已由本屆委員補上，其餘職務於「兩會」召開時確定。本屆政治局委員會成員擔任職務，及與習近平的關係詳見表 2。初步觀察，政治局委員會組成較常委會多元，技術官僚出身幹部較多，但許多晉升仍可看出習近平的主觀意志。

有幾個人事安排值得關注。第一，兩名打破「七上八下」（67 歲續任、68 歲退任）退休慣例的政治局委員：王毅和張又俠。其中現年 69 歲的王毅首次「入局」，取代同樣屆齡的楊潔篪（72 歲），接任中央外事工作委員會辦公室主任，晉升到中共外交體系的最高職位。王毅與習近平並無淵源，但在楊潔篪退休後，他的外交資歷已無人能出其右，他豐富的涉臺、外交事務經驗。他在 2008 年先以外交部常務副部長轉任國臺辦主任，並在習主政後（2013 年）轉回外交體系任外交部長，並於 2018 年接替楊潔篪，任命為負責外事的國務委員（繼續兼任外交部部長）。外界認為王毅對習忠誠，戮力落實習的「戰狼外交」路線，他的豐富歷練似乎有助習面對中美兩強的競逐態勢（Spegele 2022）。值得注意是，近期（2023 年 7 月）原外交部長秦剛突發性的去職，使王毅再度「回鍋」外交部長，也突顯出他深受信任。

現年 72 歲的張又俠則連任中央軍委副主席，張又俠其父為開國上將「張宗遜」。張 2012 年進入中央軍委會，2017 年任軍委會副主席至今。

---

5 其中 6 位以省委書記晉升，1 位以直轄市市長晉升。
6 會前被看好有機會「入局」的女性幹部諶貽琴、沈躍躍等皆未入局（經濟日報 2022）

外界分析，張宗遜與習近平父親習仲勳皆出身陝西，且從抗戰後期到解放戰爭時期有共事經驗，張習兩家因此是私交深厚的「太子黨」世家。張又俠因此是習在軍中的「左膀右臂」，習對其極度信任（Li 2014; 2022）。不過，王毅、張又俠兩人的「超齡」留任，或也說明習在外交、解放軍體系的控制力不如想像中大，必須讓忠誠度高或關係夠好的「老將」留任。

就此，國家發改委主任何立峰的屆齡晉升（67 歲），顯示出類似邏輯。何立峰預計出任國務院副總理，接替「經濟沙皇」、原副總理劉鶴，分管國務院經濟金融事務。何立峰是出身福建的地方官僚，在福建工作長達 25 年，算有政聲（黃樹民 2022）。習近平 1985 年至 1988 年任廈門市副市長期間，兩人曾短暫共事（聯合新聞網 2022a）。外界咸信，何立峰與劉鶴相同，都是習的親信。但他雖有經濟專業，卻遠不如劉鶴長期在國務院經濟系統工作的經驗，他直至 2014 年國務院任發改委副主任，才開始國務院經濟系統的歷練（中央通訊社 2022e）。習是透過幫親信「補課」補足歷練的方式，協助其主掌國務院經濟系統，藉此達到對有關部門的控制。另外，何立峰取代劉鶴，接任劉鶴的中央財經委員會辦公室主任一職。這主要是 2023 年 7 月美國財政部長葉倫（Janet Yellen）訪中期間，劉鶴曾與其會面，官媒《環球日報》網路報導一度以「國務院前副總理、中央財經委員會辦公室主任」稱呼劉鶴，《環球日報》雖後來將版面劉鶴頭銜修改為「原主任」，但已引起不小外界議論（星島網 2023）。有分析認為劉鶴至今仍在「中財辦」行走工作，保持影響力。不過，官媒在何立峰會見葉倫時，也稱其為取代劉鶴成為「中美經貿中方牽頭人」，劉鶴的工作應會逐步移交給何立峰（中央通訊社 2023）。此外，這應也說明習近平對待親信除考量忠誠度外，仍會重視能力是否足夠的問題，致使劉鶴仍保留部分工作。

第二，本次政治局委員提拔了多位航天、軍工背景出身的地方黨政一

把手，這些幹部與習近平無直接關係，但因專業與忠誠度受到提拔。如馬興瑞（新疆自治區黨委書記）、袁家軍（重慶市委書記）、李幹傑（中央書記處書記）、劉國中（國務院副總理）、張國清（國務院副總理）。馬興瑞與袁家軍被視為「航天系」幹部的代表，在中國航天科技集團有共事關係，一度同時為集團正副手。馬興瑞曾任航天科技集團總經理、中國載人航天工程副總指揮，在廣東省任職期間創下深圳市委書記「高配中委」的首例。袁家軍曾任航天科技集團副總經理、「神舟」太空船系統總指揮。他們的出線已被西方媒體《華爾街日報》視為中美兩強在航太領域競逐的象徵（Hao 2022）。

　　劉國中、李幹傑與張國清的晉升則象徵「軍工系」幹部的力量。劉國中畢業自軍工院校，早年曾在中國第一所航空炸彈製造工廠「哈爾濱建成機械廠」工作（東方日報 2022）。李幹傑畢業於清華大學工程物理系，長期在核安局及環保部任職，是核安專家。張國清則曾到哈佛大學商學院高級管理培訓班學習，曾任中國兵器工業集團公司總經理。三名幹部中，李幹傑接任主管黨政人事大權的中央組織部長一職，張國清與劉國中應會於兩會換屆接任國務院副總理一職（中時新聞網 2022；聯合新聞網 2022b）。這類航天、軍工系幹部崛起跡象，被認為是中共官場近年強調「實幹興邦」用人準則的體現（中央通訊社 2022a）。但學者裴敏欣指出這類航天、軍工系幹部，由於軍工業複合體的性質，幹部長期在不同工作部門工作、往來互動少，彼此間很難如地方官僚建立長期且穩定的網絡關係（袁莉 2022）。專業度高、足夠忠誠、不易構築派系，因此被習近平青睞。

　　第三，近期政治局委員陳吉寧（原任北京市長）晉升上海市委書記，不僅說明政壇「清華系」持續穩健態勢，也體現了同樣的晉升邏輯。「清華幫」幹部具專業背景，與習近平有同校淵源，但多數出身學界，與傳統政壇牽連少（Tsai and Liao 2019）。就此，陳吉寧具倫敦帝國理工學院環

工博士學位，曾任清華大學校長，2015 年進入政壇任環保部長，成為國務院當時最年輕部會首長。鑑於陳吉寧仕途多數時間集中於學界與北京，他能接替李強主掌全國直轄市 GDP 名列前茅的上海，外媒認為其後勢可期（Ma and Zheng 2022）。就此，「航天系」、「軍工系」與「清華系」的崛起，似乎也是習近平透過晉升忠誠度高的技術官僚幹部，彌補原本網絡關係受限、同質性過高的策略。

最後，在中央軍委會方面，除了軍委會第一副主席張又俠，其他成員還包括第二副主席何衛東，軍委委員李尚福、劉振立、苗華和張升民。其中何衛東、李尚福和劉振立是新加入。65 歲何衛東曾任東部戰區司令員，與在福建工作 17 年的習近平淵源頗深。66 歲苗華也生於福州，曾長期在南京軍區第三十一集團軍從事政治工作，是習親信之一（Morris 2022；Torode 2022）。本屆的軍委也被視為是「臺海幫」，多經歷 1996 年臺海飛彈危機。其中，何衛東的晉升最引人側目。他 2022 年 1 月才自東部戰區司令員去職，轉調中央軍委聯合作戰指揮中心。[7]「二十大」召開前他不具中央委員候補委員身分。根據黨政慣例，中央委員與候補委員資歷，是解放軍將領晉升中央軍委委員主要條件之一，何的晉升使他成為 1980 年後第一位以「雙非」身分，越級晉升軍委會副主席的將領。[8] 他也是習近平主政後，第二位未經歷過中央軍委委員晉升成軍委會副主席的將領。這些破格提拔極為罕見。[9] 何衛東以臺海前線指揮官晉升，也說明習近平對臺灣議題的重視（Bush et al. 2022；上報 2022；報導者 2022）。此外，

---

[7] 當時何衛東在中央軍委聯合作戰指揮中心的職務不詳（大公網 2022）。

[8] 1980 年代後期以後晉升中央軍委的將領，大部分具數年中央委員（候補委員）資歷。這種資歷又以分成兩種：一是前一屆中央委員（候補委員），換屆改選時當選中央軍委委員；二是本屆中央委員（候補委員），在期中增補成為中央軍委委員（寇健文 2011, 14）。在十三屆至十九屆，只有 5 位將領晉升中央軍委時不具中央委員（候補委員）身分，分別是：楊白冰（十三屆）、吳勝利（十七屆）、李作成（十九屆）、苗華（十九屆）、張升民（十九屆）。但沒有一位將領，是以「雙非」身分晉升為軍委會副主席。

[9] 1980 年代後期以後，所有軍職軍委副主席都先擔任過軍委委員，直到范長龍（十八屆）打破這項慣例，但范晉升時具中央候補委員身分。

這一屆中央軍委中，張又俠和劉振立也參加過中越戰爭，也呼應習近平要解放軍「全部精力向打仗聚焦」的建軍思想（BBC 中文網 2022c；美國之音 2022a）。

總結而論，本屆政治局委員會有幾點值得注意。第一，「七上八下」（67 歲留任，68 歲退休）年齡慣例已被打破。本屆政治局有 2 名超齡委員（王毅、張又俠），上屆委員有 1 名未屆齡且「不進則退」（即胡春華），顯示習近平的主觀意志持續破壞黨內慣例（Smith 2021；中央通訊社 2022d）。就此，胡春華本已連任兩屆政治局委員（十八屆、十九屆），本屆卻降級為「中央委員」。是否顯示習意圖對政治局級別幹部，建立「能上能下」的降級慣例，值得觀察。第二，從年齡觀察，現任政治局委員十年後都不具接班可能，意味習近平有很高機會長期執政。此外，目前 17 名政治局委員，只有 4 名未滿 60 歲，都是新晉委員，[10] 但其他 9 名新晉委員都已 60 歲以上。意味政治局委員未來將持續高齡化，有機會步入「老人政治」。

第三，習近平主政後，「清華系」、「航天系」與「軍工系」等技術官僚出身幹部，正逐漸取代「團派」幹部過的去角色。這類幹部仕途歷程多在軍工等專業機構度過，有些觀察注意到這類幹部地方歷練不足，部分升任省委書記僅約二年，就進入政治局，但與地方淵源不深，或也成晉升優勢（BBC 中文網 2022d；袁莉 2022）。[11] 最後，「習家軍」或與習有共事經驗的幹部，在政治局級別仍受重用，如「習家軍」嫡系的何立峰、陳敏爾、黃坤明，石泰峰、李書磊則與習有共事經驗（兩人皆為習任中央黨校校長時副校長）。馬興瑞、劉國中、李幹傑、陳吉寧、袁家軍等技術官

---

10 這四位同是 1964 年生，分別是李幹傑、李書磊、張國清、陳吉寧。

11 劉國中、張國清、袁家軍任省委書記約二年入局，李幹傑任省委書記一年入局，陳吉寧以北京市長一職入局。馬興瑞晉升新疆自治區黨委書記不滿一年入局，不過新疆自治區黨委書記按慣例為政治局委員擔任，馬興瑞算提前拿到入局「門票」。

僚出身的幹部，則與「習家軍」嫡系有共事經歷。整體來說，與常委晉升的「政治掛帥」相比，政治局委員晉升更重視個人網絡關係與專業能力兩項條件的平衡。

表2：中共二十屆中央政治局委員（17人，不含常委）

姓名	出生年	擔任新職	原任職務	與習或其嫡系「習家軍」關係（派系）
馬興瑞	1959.10	新疆自治區黨委書記	新疆自治區黨委書記	曾與李希共事（航天系）
王毅	1953.10	中央外事辦主任、外交部長	外交部長	專業官僚
尹力	1962.08	北京市委書記	福建省委書記	曾在福建任職
石泰峰	1956.09	中央書記處書記、全國「政協」副主席、中央統戰部部長	中國社會科學院院長（黨組書記）	中央黨校舊部
劉國中	1962.07	國務院副總理	陝西省委書記	曾與栗戰書共事（軍工系）
李幹傑	1964.11	中央書記處書記、中央組織部部長	山東省委書記	曾與陳吉寧共事（軍工系／清華系）
李書磊	1964.01	中央書記處書記、中央宣傳部部長	中宣部常務副部長	中央黨校舊部
李鴻忠	1956.08	全國「人大」副委員長	天津市委書記	政治表忠上位
何衛東	1957.05	中央軍委第二副主席	解放軍東部戰區司令員	未知
何立峰	1955.02	國務院副總理	國家發改委主任	習福建時期舊部
張又俠	1950.07	中央軍委第一副主席	中央軍委第二副主席	習張兩家世交
張國清	1964.08	國務院副總理	遼寧省委書記	軍工系
陳文清	1960.01	中央書記處書記、中央政法委書記	國安部部長	曾在福建任職

姓名	出生年	擔任新職	原任職務	與習或其嫡系「習家軍」關係（派系）
陳吉寧	1964.02	上海市委書記	北京市長	曾與陳希共事（清華系）
陳敏爾	1960.09	天津市委書記	重慶市委書記	浙江時期舊部
袁家軍	1962.09	重慶市委書記	浙江省委書記	與夏寶龍共事（航天系）
黃坤明	1956.11	廣東省委書記	中央宣傳部部長	福建與浙江時期舊部

資料來源：作者自行整理。

肆、中央委員會

　　本屆中央委員有 205 名，候補中央委員有 171 名，加起來共 376 名（人民網 2022）。其中女性委員 33 名，約佔 8.8％，少數民族委員 32 名，約佔 8.5%，外界觀察，女性與少數民族這兩類委員比率與上屆相比，呈現下降趨勢（美國之音 2022b; 2022c）。此外，本屆中央委員平均年齡 57.2 歲，略高於上屆 57 歲，另外 1970 年後出生的幹部有 34 名，中共官場稱這類幹部為「70 後」，但這類「70 後」幹部均仍是候補中委，有幾位已被外媒點名關注是可能的「政治新星」（華爾街日報 2022）。整體而言，這屆中央委員會的組成，仍顯示習近平主政後，一直被詬病的中央委員高齡化，雖然有少數年輕幹部受到拔擢，但年輕、女性與少數族群幹部處於相對弱勢等問題，未被改善。不過本屆中央委員會專業度略有提升，具技術專長的幹部有 81 名，約佔 40%（Hao 2022）。不過，新進的中央委員（候補委員）當中，有幾位年輕「政治新星」被外媒點名關注，具體資料可見表2。初步分析，這些年輕幹部的提拔，部分也有習近平網絡關係的作用，但有些可能是透過其他高層的網絡關係提拔（華爾街日報 2022）。

　　第一位是 54 歲的北京市長（市委副書記）的殷勇，他是本屆最年輕

的中央委員。殷勇具清華大學系統工程博士學位、哈佛大學公共管理碩士學位。他是金融背景出身，與原任中央央行行長周小川師出同門。在國家外匯管理局長期工作，46 歲晉升中國人民銀行副行長，當時已打破任職央行副行長最年輕的紀錄。2018 年他調任北京副市長，分管北京市金融和商業事務。曾和原任北京市長的「清華系」陳吉寧共事，有觀察認為他也屬「清華系」，且和清華校友網絡有很深淵源。[12] 外界原猜測他接任中國人民銀行行長的黑馬人選，但未來應會持續在地方工作（人民網 2023；中央通訊社 2022b）。

　　第二位是 55 歲的解放軍中將鍾紹軍。鍾紹軍是現任中央軍委辦公廳主任（兼中央軍委主席辦公室主任），是習近平在軍方的「幕僚長」。鍾紹軍是習浙江、上海工作時期的「貼身大秘」，一路隨習進京上調中央辦公廳，他在 2013 年「空降」中央軍委辦公廳任副主任（兼中央軍委主席辦公室主任），授予大校軍階。此後一路晉階，至 2019 年 12 月取得中將軍階。外界認為他在軍方的角色，類似江澤民主政時期「大秘」賈廷安，賈同樣以領導人秘書身分在解放軍任職，扮演江澤民在軍方的「監軍」角色。最後以中央軍委政治工作部副主任一職與上將軍階離退。鍾紹軍未來在解放軍的角色，及其在仕途是否更進一步，值得觀察。

　　第三位是 52 歲的李雲澤（候補委員）。他是現任及首任國家金融監督管理總局局長（黨委書記），也是中共政壇第一位「70 後」正部級官員。國家金融監督管理總局是根據新一輪國務院機構改革，於 2023 年 5 月成立新金融監管單位，承擔原銀行保險監督管理委員會的職責，統一負責除證券業之外的金融業監管。李雲澤出身自銀行系統，在中國建設銀行長期工作，並曾任中國工商銀行副行長。他在 2018 年轉任地方任四川省

12除金融系統的淵源外，殷勇還曾是清華大學經濟管理學院博士校友會副會長（搜狐 2016）。

人副省長，任內分管金融工作，並曾組建四川省級銀行「四川銀行」。由於他不具大型國有銀行行長履歷，出線頗出西方觀察意外，認為其在多位金融官僚中資歷實在尚淺。有分析認為，他熟悉地方金融風險與監管問題，且他與其他金融官僚相比，由於他的年齡更小，未來可能更具優勢（Bloomberg 2023；搜狐 2023）。

　　第四位是 52 歲的諸葛宇傑（候補委員）。他是現任湖北省委副書記。諸葛宇傑的仕途起步於上海，在前政治局常委韓正上海市委書記任內，他接任市委秘書長、辦公廳主任，在李強接任上海書記維持原職，仕途起飛。2022 年 3 月，他升任上海市委副書記（兼政法委書記），成為第一位「70後」省級黨委副書記。他兩任市委書記的「幕僚長」資歷，及與上海淵源，使他後勢可期。[13]

　　第五位是 53 歲的郭寧寧（候補委員），他是現任福建省委常委、福建省常務副省長，是少數「70 後」的女性候補中央委員。郭寧寧出身自金融系統，曾任中國銀行香港分行行長、新加坡分行行長、中國農業銀行副行長。他在 2018 年轉入政界，擔福建省副省長，在 2021 年升任福建省委常委，是當時省級黨委常委第一位「70 後」女性，在同年當選美國《時代》雜誌次世代百大人物（Time 2021）。20 屆「70 後」的女性候補中央委員僅有 3 位，鑑於他的金融專業，與其他女性候補中央委員相較，他的仕途或有更多可能。

---

[13] 這種直轄市委「幕僚長」的資歷，似乎已成為一種晉升保證。值得注意是，上海市委秘書長一職在丁薛祥擔任後，兩任後續者尹弘（現任江西省委書記）、諸葛宇傑都取得不錯晉升。

表 3：值得關注的中共「二十大」中央委員（候補委員）

姓名	出生年	擔任新職	曾任重要職務	特殊經歷
殷勇	1969.08	北京市委副書記、北京市長	中國人民銀行副行長	晉升人民銀行副行長僅 46 歲，現是最年輕中央委員。
鍾紹軍	1968.10	中央軍委辦公廳主任、中央軍委主席辦公室主任	中央辦公廳調研室政治組組長	習近平的軍方「幕僚長」，是習長期貼身「大秘」。
李雲澤（候補）	1971.09	國家金融監督管理總局局長（黨委書記）	四川省副省長	任新成立的國家金融監督管理總局首任局長，首位「70 後」正部級。
諸葛宇傑（候補）	1971.05	湖北省委副書記	上海市委秘書長	首位「70 後」省級黨委副書記，曾為韓正與李強的「幕僚長」。
郭寧寧（候補）	1970.07	福建省常務副省長	中國農業銀行副行長	首位省黨委常委「70 後」女性。

說明：候補委員身分者，在姓名後以（候補）標示。
資料來源：作者自行整理。

此外，在中央委員層級中，我們則觀察到中共涉臺、涉港澳與外交系統的幹部晉升略有不合年齡離退慣例，或晉升資淺幹部的現象，這可能與習近平主觀意志較強，任命其偏好幹部有關。如原國臺辦主任劉結一、原港澳辦主任夏寶龍、原香港中聯辦主任駱惠寧，皆未入選中委、候補中委（中央通訊社 2022c）。其中國臺辦主任由宋濤接任，港澳辦主任由夏寶龍留任、香港中聯辦主任由鄭雁雄接任。這三位在「二十大」召開時，同樣未當選中委、候補中委身分。[14] 從年齡角度，鄭雁雄年齡較淺（59 歲），宋濤（68 歲）、夏寶龍（70 歲）皆處於退休年齡，是否有更適任人選頗

---

14 其中宋濤僅具政協委員身分，夏寶龍則在 2023 年 3 月第十四屆全國政協後，卸任全國「政協」副主席一職，但維持副國級待遇。

值討論。

　　原外交部長秦剛突發性去職的事件，也顯示出類似問題。秦剛在「二十大」時當選中央委員，並在 2023 年 3 月當選為國務委員，成為當前最年輕黨與國家領導人（副國級）。當時就有分析指出他年齡（56 歲）與外交資歷不足。此後，秦剛卻自同年 6 月後於公眾視野「消失」，7 月全國「人大」常委會遭到免職，外交部長由王毅「回鍋」。有分析認為，秦剛深受習近平信任，但他的私人關係問題是他去職主因。另一方面，「二十大」召開前外界猜測外交部長的可能人選，秦剛算是意外。這主要是媒體基於外交與專業資歷猜測可能人選，當時也有外交體系出身、且資歷較深的幹部。[15] 秦剛的出線多少顯示，習主觀意志過強，不循外交官僚體系晉升幹部的問題。大致上，上述現象多少體現了習近平在中共涉臺、涉港澳與外交系統的控制力度甚深的傾向。

伍、結論

　　本文討論「二十大」菁英的晉升，以及菁英與習近平的網絡關係。具體來說，我們檢視新晉政治局常委、政治局委員與中央委員的個人政治特徵，並討論其與習近平的網絡關係。分析顯示，在政治局常委會，常委晉升不僅破壞黨內慣例，且欠缺政治歷練與地方執政經驗，新晉常委皆是嫡系「習家軍」，顯示「政治忠誠」優先的考量。在政治局委員會，新晉委員組成較多元，有較多技術官僚，與大省的省委書記受提拔，但這類幹部的拔擢，背後仍有習網絡關係的痕跡。在中央委員會層級，目前較少觀察到習近平的主觀意志。總結而論，「二十大」的菁英晉升，體現習近平偏

---

15 如一些分析指出，由於「二十大」召開前，當時外交體系當時具符合「正部級」且具晉升優勢人不多，而國臺辦主任劉結一由於外交履歷最為豐富，熟悉涉美事務，甚至一度被猜測是可能人選（星島網 2022）。

好「弱勢幹部」，及晉升是以其與幹部的「關係」決定的邏輯。

此次人事安排也顯示習近平認為：政治「衝突是本質、合作是次要」的世界觀。在幹部晉升邏輯上，則體現其「崇尚強勢領導、不墨守成規」的深層政治心理（寇健文 2022）。「二十大」的菁英晉升，習近平急欲消滅敵對派系，任命新舊核心部屬掌握關鍵職務，在透過這些親信吸納與拔擢一定比例的海歸學者、技術官僚與大型經濟省分書記的晉升模式（王信實、陳德昇 2023）。近年中共政壇「秘書幫」、「清華幫」、「航天系」或「陝西幫」幹部的出現，實際體現上述的晉升邏輯，這使當前中共政壇表面上都是「習家軍」，內部卻有許多次級派系正逐漸形成（Li 2014；2022；Shih 2022；袁莉 2022）。這類次級派系雖很難對習近平的統治威信挑戰，但倘若習近平未來統治出現不可預事件（如：健康出現問題、或中美貿易戰升溫等外部事件），使其統治力衰弱，中共政局仍有機會走回派系鬥爭的權力格局。

不過，未來十到二十年，習近平仍可能繼續執政，走向終身領導體制。但排除潛在制衡力量的後果，習近平將一肩扛起中共未來統治的責任。權力集中雖使習能有效壓制內部不同意見，如在臺海議題上，實踐其可能對臺灣未來所採取的強硬措施。另一方面，權力集中也有助於習在政治、經濟、社會或軍事領域進行動員。解決「臺灣問題」有可能成為習近平有意攫取的政治功績，並將以此繼續延攬大權。隨著新一屆領導班子走馬上任，在貫徹中央命令的最高原則下，可以預期國家對社會的控管將進一步加強，對外政策的型態亦將走向更強硬的風格。

2022 年中共透過一系列部署，彷彿實踐「『二十大』的預演」。如幹部的頌聖，民間的擁戴，以及對習思想的宣傳，這或有助於全國黨代會的順利召開。中共政權透過「二十大」的舉行宣告「習核心」的不可撼動。但本文討論到的上述問題，將是後習時期的考驗。從菁英權力繼承的角度，

習近平目前的晉升方式，已對黨內菁英繼承的長期規範，帶往更不利的境地（Fewsmith 2021；Shih 2022）。中共權力結構與政權形式的「再毛化」，雖有助於壓制社會的異議之聲，但將持續削弱體制內部政治穩定及其經濟表現（Economist 2022；Pei 2022；Zheng 2022；吳玉山 2022）。西方媒體如《華爾街日報》、《路透社》等對李強、丁薛祥的國務院團隊能否處理嚴峻的中美兩強關係，及挽救下探的中國經濟等工作，抱持疑慮（Baptista et al. 2022；Zhai and Wong 2022a）。在可見未來，習近平走向終身領導體制的趨勢將不可轉圜，將政權的穩定繫於一人之上，這對中國的內政、外交與兩岸關係，乃至未來的世界局勢，也是更大的風險。

參考文獻

中文文獻

BBC 中文網，2022a，〈中共「二十大」：「人民領袖」尊稱公開，習近平或向更明確的集權邁進〉，https://www.bbc.com/zhongwen/trad/chinese-news-63311317，查閱時間：2022/01/10。

BBC 中文網，2022b，〈中共二十屆政治局常委：習近平開啟歷史性第三任期，李強預計出任總理，胡春華未入局〉，https://www.bbc.com/zhongwen/trad/chinese-news-63362555，查閱時間：2022/12/04。

BBC 中文網，2022c，〈習近平連任後強勢下令解放軍「聚焦打仗」意味著什麼〉，https://www.bbc.com/zhongwen/trad/chinese-news-63593809，查閱時間：2023/01/10。

BBC 中文網，2022d，〈中共「二十大」：解讀政治局 24 人名單背後六種政治意涵〉，https://www.bbc.com/zhongwen/trad/chinese-news-63422621，查閱時間：2023/01/10。

人民網，2022，〈高舉偉大旗幟，譜寫嶄新篇章──新一屆中共中央委員會和中共中央紀律檢查委員會誕生記〉，http://cpc.people.com.cn/20th/BIG5/n1/2022/1022/c448334-32549750.html，查閱時間：2023/10/22。

人民網，2023，〈李秀領當選北京市「人大」常委會主任，殷勇當選北京市市長〉，http://politics.people.com.cn/BIG5/n1/2023/0119/c1001-32610076.html，查閱時間：2023/01/03。

上報，2022，〈【「二十大」點將】將領胸標透露軍委會端倪，對臺主將何衛東坐鎮聯指中心〉，https://www.upmedia.mg/news_info.php?Type=1&SerialNo=155232，查閱時間：2023/01/10。

大公網，2022，〈東部戰區原司令坐鎮軍委聯指中心 統御全軍作戰〉，http://

www.takungpao.com/news/232108/2022/0926/768899.html，查閱時間：2023/07/03。

中央通訊社，2022a，〈政治局加入軍工幹部，分析：折射習近平用人標準〉，https://www.cna.com.tw/news/acn/202210270161.aspx，查閱時間：2023/01/10。

中央通訊社，2022b，〈殷勇接替陳吉寧任北京市長，曾任中國央行副行長〉，https://www.cna.com.tw/news/acn/202210280218.aspx，查閱時間：2023/01/10。

中央通訊社，2022c，〈韓正駱惠寧不列中央委員，港澳系統料有人事變動〉，https://www.cna.com.tw/news/acn/202210220170.aspx，查閱時間：2022/12/2。

中央通訊社，2022d，〈20大打破七上八下，新華社稱領導職務不是鐵椅子〉，https://www.cna.com.tw/news/acn/202210250051.aspx，查閱時間：2022/12/02。

中央通訊社，2022e，〈何立峰若接副總理管經濟 分析：影響力難比劉鶴〉，https://www.cna.com.tw/news/acn/202210300109.aspx，查閱時間：2022/12/02。

中央通訊社，2023，〈何立峰若接副總理管經濟 分析：影響力難比劉鶴〉，https://www.cna.com.tw/news/acn/202307100100.aspx，查閱時間：2023/08/01。

中時新聞網，2022，〈國務院將交班，劉國中、張國清候任副總理〉，https://www.chinatimes.com/newspapers/20221209000656-260303?chdtv，查閱時間：2023/01/10。

自由時報，2022，〈腳踩低端人口，蔡奇冷血入常〉，https://ec.ltn.com.tw/article/breakingnews/4100933，查閱時間：2023/01/10。

吳玉山，2022，〈從比較共產主義看中共百年〉，吳玉山、寇健文、王信賢主編，

《一個人或一個時代：習近平執政十週年的檢視》：17-56，臺北：五南。

東方日報，2022，〈「軍工系」幹部空間還有多大？〉，https://orientaldaily. on.cc/ cnt/news/20200904/00184_010.html，查閱時間：2023/01/10。

星島網，2022，〈中國觀察 - 劉結一成外事掌門人〉，https://std.stheadline. com/ kol/article/7117/ 政商 KOL- 中國觀察 - 劉結一成外事掌門人，查閱時間： 2023/07/30。

星島網，2023，〈中國觀察：劉鶴還是中財辦主任？〉，https://std.stheadline. com/ realtime/article/1938737/ 即時 - 中國 - 中國觀察 - 劉鶴還是中財辦主任， 查閱時間：2023/07/30。

美國之音，2022a，〈中共「二十大」報導：新任中央軍委成員出爐，"臺海 幫"得勢〉，https://www.voacantonese.com/a/the-lineup-of-the-ccp-s-central- military-commission-20221023/6802682.html，查閱時間：2022/11/01。

美國之音，2022b，〈新一屆中共中委少數民族銳減 少數民族中央委員恐淪為花 瓶〉，https://www.voacantonese.com/a/china-s-ethnic-minorities-find-less-space- at-ccp-top-20221025/6804667.htmll，查閱時間：2022/11/01。

美國之音，2022c，〈習近平再打破 20 年傳統，無女性進入中央政治局〉， https://www.voacantonese.com/a/leadership-changes-reveal-that-in-china-men- still-rule-20221023/6801976.html，查閱時間：2022/11/01。

袁莉，2022，〈裴敏欣：習近平權力的悖論〉，https://www.bumingbai. net/2022/11/ep-025-pei-minxin-text/，查閱時間：2022/12/03。

寇健文，2011，〈1987 年以後解放軍領導人的政治流動：專業化與制度化的影 響〉，《中國大陸研究》，54（2）：1-34。

寇健文，2022，〈政治領袖眼中的政治：習近平和他的中國〉，吳玉山、寇健文、 王信賢主編，《一個人或一個時代：習近平執政十週年的檢視》：57-79，臺北： 五南。

陳德昇、王信實，2023，〈中共「「二十大」」政治菁英甄補：趨勢與反思〉，《中國大陸研究》，66（2）：1-34。

報導者，2022，〈「二十大」後「習近平集團」全面奪權，中共一人獨裁的未來會如何？〉，https://www.twreporter.org/a/20th-national-congress-of-ccp-3，查閱時間：2022/12/03。

華爾街日報，2022，〈誰會成為習近平接班人？來看看中共內部升起的政治新星〉，https://cn.wsj.com/articles/ 誰會成為習近平接班人 - 來看看中共冉冉升起的政治新星 -121666585806，查閱時間：2022/12/03。

黃樹民，2022，《林村的故事：一個村書記眼中的新中國變遷》，臺北：春山出版。

搜狐，2016，〈70 後央行殷勇晉升副部：被朱鎔基稱為「娃娃」〉，http://business.sohu.com/20161228/n477124835.shtml，查閱時間：2023/08/05。

搜狐，2023，〈國家金融監督管理總局「掌舵人」！李雲澤是誰？為什麼是他？〉，https://www.sohu.com/a/674523597_114988#google_vignette，查閱時間：2023/08/05。

經濟日報，2022，〈20 年來首次，中共政治局女人不頂半點天〉，https://money.udn.com/money/story/5603/6708486，查閱時間：2022/12/1。

端傳媒，2023，〈裴宜理 × 傅士卓 × 齊慕實：習治下，徹底的權力集中和徹底崩潰之間，沒有中間地帶〉，https://theinitium.com/article/20230109-opinion-scholars-ccp/，查閱時間：2023/01/13。

聯合新聞網，2022a，〈習近臣何立峰進入政治局，將取代劉鶴任副總理〉，https://udn.com/news/story/7331/6708456，查閱時間：2022/12/02。

聯合新聞網，2022b，〈港媒：袁家軍將任重慶市書記，李幹傑將任中組部部長〉，https://udn.com/news/story/7332/6764425，查閱時間：2023/01/10。

聯合新聞網，2022c，〈解讀習近平人馬「全拿」，學者：用人以忠誠、貫徹命令優先〉，https://udn.com/news/story/123078/6710346，查閱時間：

2022/12/03。

英文文獻

Baptista, Eduardo, Tony Munroe, and Martin Quin Pollard. 2022. "China's Next Premier Li: a Xi Loyalist Who Oversaw Shanghai Lockdown." *Reuters*. https://www.reuters.com/world/china/chinas-next-premier-xi-loyalist-who-oversaw-shanghai-lockdown-2022-10-23/ (January 18, 2023).

Bloomberg. 2023. "China Names Li Top Financial Regulator in Surprise Move." *Bloomberg*. https://www.bloomberg.com/news/articles/2023-05-10/china-names-li-yunze-top-financial-regulator-in-surprise-move?utm_source=website&utm_medium=share&utm_campaign=twitter#xj4y7vzkg (August 13, 2023)

Brødsgaard, Kjeld Erik. 2017. "'Fragmented Authoritarianism' or 'Integrated Fragmentation'?" In Kjeld Erik Brødsgaard ed., *Chinese Politics as Fragmented Authoritarianism: Earthquakes, Energy and Environment*, pp. 38-55. New York: Routledge.

Bush, Richard C., Diana Fu, Ryan Hass, Patricia M. Kim, and Cheng Li. 2022. "Around the Halls: the Outcomes of China's 20th Party Congress." https://www.brookings.edu/blog/order-from-chaos/2022/10/25/around-the-halls-the-outcomes-of-chinas-20th-party-congress/ (January 18, 2023).

Dittmer, Lowell, and Yu-Shan Wu. 1995. "The Modernization of Factionalism in Chinese Politics." *World Politics*, 47(4): 467-494.

Economist. 2022. "The Communist Party Congress Will Highlight Xi Jinping's Power." https://www.economist.com/china/2022/10/13/the-communist-party-congress-will-highlight-xi-jinpings-power (January 18, 2023).

Elliott, Dorinda, Daniel Koss, and Ya-wen Lei. 2022. "Back to the Future at China's

20th Party Congress." https://fairbank.fas.harvard.edu/research/blog/back-to-the-future-at-chinas-20th-party-congress/ (January 18, 2023).

Fewsmith, Joseph. 2021. "Balances, Norms and Institutions: Why Elite Politics in the CCP Have Not Institutionalized." *The China Quarterly* 248(S1): 265–82.

Goh, Brenda. 2022. "Ding Xuexiang: from Xi Staff Chief to Ruling Elite." *Reuters*. https://www.reuters.com/world/china/ding-xuexiang-xi-staff-chief-ruling-elite-2022-10-23/ (January 18, 2023).

Guthrie, Douglas. 1998. "The Declining Significance of Guanxi in China's Economic Transition." *The China Quarterly*, 154: 254-282.

Hao, Karen. 2022. "China's Xi Stacks Government With Science and Tech Experts Amid Rivalry With U.S." *The Wall Street Journal*. https://www.wsj.com/articles/chinas-xi-stacks-government-with-science-and-tech-experts-amid-rivalry-with-u-s-11668772682?reflink=desktopwebshare_permalink (January 18, 2023).

Lampton, David M. 2014. Following the Leader: Ruling China, from Deng Xiaoping to Xi Jinping. Berkeley: University of California Press.

Leber, Andrew, Christopher Carothers & Matthew Reichert. 2022. "When Can Dictators Go It Alone? Personalization and Oversight in Authoritarian Regimes." *Politics & Society*, 0(0): 1-42.

Lee, Sangkuk. 2017. "An Institutional Analysis of Xi Jinping's Centralization of Power, *Journal of Contemporary China*, 26(105): 325-336.

Levitsky, Steven, and Lucan A. Way. 2022. *Revolution and Dictatorship: The Violent Origins of Durable Authoritarianism*. Princeton: Princeton University Press.

Li, Cheng. 2014. "Xi Jinping's Inner Circle (Part 2: Friends from Xi's Formative Years)." https://www.hoover.org/research/xi-jinpings-inner-circle-part-2-friends-xis-formative-years (January 18, 2023).

Li, Cheng. 2022. "Candidates for China's 20th Politburo Standing Committee and Politburo." https://www.brookings.edu/interactives/candidates-for-chinas-20th-politburo-standing-committee-and-politburo/ (January 18, 2023).

Lieberthal, Kenneth G. 1992. "Introduction: The "Fragmented Authoritarianism" Model and Its Limitations." In Kenneth Lieberthal and David M. Lampton, eds., *Bureaucracy, Politics, and Decision Making in Post- Mao China*, pp. 1-33. Berkeley: University of California Press.

Ma, Josephine, and William Zheng. 2022. "Beijing Mayor Chen Jining in 'Surprise' Promotion to Top Job in Shanghai" *South China Morning Post*. https://sc.mp/wuzw?utm_source=copy_link&utm_medium=share_widget&utm_campaign=3197505 (January 18, 2023).

Morris, Lyle J. 2022. "What China's New Central Military Commission Tells Us About Xi's Military Strategy." https://asiasociety.org/policy-institute/what-chinas-new-central-military-commission-tells-us-about-xis-military-strategy (January 18, 2023).

Pei. Minxin. 2022. "Will China Prove the Doomsayers Wrong?" https://www.project-syndicate.org/commentary/xi-new-leadership-team-economic-challenges-by-minxin-pei-2022-11 (January 18, 2023).

Shih, Victor. 2022. Coalitions of the Weak—Elite Politics in China from Mao's Stratagem to the Rise of Xi. Cambridge: Cambridge University Press.

Smith, Ewan. 2021. "On the Informal Rules of the Chinese Communist Party." *The China Quarterly* 248(S1): 141–60.

Spegele, Brian. 2022. " Xi's Best-Known Envoys Wang Yi and Qin Gang Win Promotion." *The Wall Street Journal*. https://www.wsj.com/livecoverage/china-xi-jinping-communist-party-congress/card/xi-s-best-known-envoys-win-promotioncnis7BeZPrjSGkiFcFDV (January 18, 2023).

Time. 2021. "Time 100 Next." *Time.* https://time.com/collection/time100-next-2021/5937700/guo-ningning/ (January 18, 2023).

Torode, Greg. 2022. "Analysis: Xi's New Generals Face Tough Military Challenges Post-congress." *Reuters.* https://www.reuters.com/world/china/xis-new-generals-face-tough-military-challenges-post-congress-2022-10-16/ (January 18, 2023).

Tsai. Wen-Hsuan and Nicola Dean. 2015. "Lifting the Veil of the CCP's *Mishu* System: Unrestricted Informal Politics within an Authoritarian Regime." *The China Journal*, 73: 158~185.

Tsai, Wen-Hsuan, and Wang Zhou. 2019. "Integrated Fragmentation and the Role of Leading Groups in Chinese Politics." *The China Journal*, 82: 1-22.

Tsai, Wen-Hsuan, and Xingmiu Liao. 2019. "The Impending Rise of the 'Tsinghua Clique': Cultivation, Transfer, and Relationships in Chinese Elite Politics." *Journal of Contemporary China*, 28(120): 948-964.

Wang, Vivian. 2022. "Who Is Ding Xuexiang, Xi's Right Hand Man?" *New York Times.* https://www.nytimes.com/live/2022/10/22/world/china-xi-jinping-congress/who-is-ding-xuexiang-xis-right-hand-man?smid=url-share (January 18, 2023).

Zhai, Keith, and Chun Han Wong. 2022a. "Who Is China's New No. 2? A Business Pragmatist or a Party Loyalist?" *The Wall Street Journal.* https://www.wsj.com/articles/china-li-qiang-xi-jinping-11667399077 (January 18, 2023).

Zheng, Sarah. 2022. "Why Xi Jinping's Third Term Doesn't Mean He'll Rule for Life." *Bloomberg.* https://www.bloomberg.com/news/articles/2022-08-31/why-xi-jinping-s-third-term-doesn-t-mean-he-ll-rule-for-life?utm_source=website&utm_medium=share&utm_campaign=copy (January 18, 2023).

習時期中共地方治術：
省委常委調整與組成分析（2012-2022 年）

曾偉峯

（國立政治大學國際關係研究中心助理研究員）

摘 要

經濟發展績效是否影響中共省委常委的組成與調整？本文觀察習近平時期中共中央如何運用地方人事權治理地方。本文蒐整 2012 年至 2022 年省委常委資訊，觀察省委常委的中央下派與博士常委比例是否受到經濟績效的影響，並比較習兩任期的差異。統計結果指出，經濟發展績效越差會導致中央下派更多中央部委官員到地方任職，並任用更多的博士常委。此外，與習第一任期相比，習第二任期明顯較少下派中央官員，以及選任更多博士常委。進一步觀察省委人事與領導人考察之間的關係，分析發現一省有越多常委來自中央下派，習考察該省市的次數會顯著降低，顯示兩者或有互補效應。本文深化吾人對習時期中央地方關係之理解，也為將來分析習第三任期的地方治術提供基礎。

關鍵字：中共、省委常委、習近平、地方治術

---

* 本文內容曾刊登於曾偉峯，〈習時期中共地方治術：省委常委調整與組成分析〉，《中國大陸研究》，第 66 卷第 3 期（2023 年 9 月），頁 79-112。感謝國立政治大學國際關係研究中心《中國大陸研究》同意轉載。

壹、前言

2022 年秋天中共召開的第二十次全國代表大會（下稱「二十大」）宣告了中共政治的大轉向。中共從過去鄧小平時代強調集體領導制度，轉向以習近平最高領導人的個人領導時期，制度變遷走向一人獨大（Shirk 2018）。「二十大」後中共政治的鄧小平典範正式告終（張登及 2022），習時代的開始讓習近平現象成為各界研究的重點，學者亦提出當前中共政治似回到改革開放前，有走向再毛化之趨勢（中央社 2022）。在習近平兩屆總書記任期的集權過程中，一個受到關注的重要問題是地方官員的角色更加凸顯。例如在「二十大」選出的中共中央委員會名單就凸顯出了地方官員對習時代政治甄補的重要性，新一屆政治局委員有一半以上屬於地方直升，而有 11 個省級黨委副書記進入了中央委員名單，在全部名單中，有 75 個來自於地方，甚至在政治局常委層次，僅有地方治理經驗的上海市委書記李強直接被拔擢為國務院總理，省委常委明顯已經是中共中央領導幹部的「預備隊」。[1] 省委也是中共中央治理地方的重要環節。[2]

儘管省委常委的重要性逐漸提升，目前對於中共如何管理省委常委的相關研究仍相對缺乏。許多研究中國大陸地方官員甄補之學術文獻，多以個人為單位，且分析焦點多僅針對省級領導，如省委書記與省長的更迭，少有分析省委常委的組成，而針對習時期的省委常委之探討目前學界更付之闕如。

1　中國學者將省委常委稱為「政治家集團預備隊」，見楊竺松、燕陽、張雪君、張君憶（2021）。

2　本屆中共省委常委從 2021 年 10 月開始進行換屆選舉，最早由新疆於 2021 年 10 月 25 日開始，到 2022 年 6 月 30 日北京市委換屆選舉完成後，全中國 31 個省市自治區完成了地方省委換屆選舉。直觀之，本次省委換屆選舉已經有大批 60 後與 70 後進入省委常委，60 前的常委幾乎都是一把手，包含了廣東省委書記李希（1956，一中全會後接任中紀委書記，升任政治局常委）、上海市委書記李強（1959，一中全會後接任總理，升任政治局常委）、北京市委書記蔡奇（1955，一中全會後接任中央書記處書記，升任政治局常委）、天津市委書記李鴻忠（1956）、江西省書記易煉紅（1959）、河南省委書記樓陽生（1959）、貴州省委書記諶貽琴（1959）、新疆區委書記馬興瑞（1959）以及一位二把手西藏人大常委會主任洛桑江村（1957），其餘皆是 60 後。依此觀之，地方年齡梯隊接班的布局基本完成。

對此，本文蒐整 2012 年至 2022 年，涵蓋習近平兩屆總書記時期共 1,157 位省委常委的任職與個人特徵資訊，依此計算各省市常委組成在習時期的變化，觀察習時期中共中央地方治術的運用。[3] 基於兩個重要的治術邏輯—控制邏輯（logic of control）與治理邏輯（logic of governance），本文探討中共中央如何運用人事權從中央下派常委人選，或提高專業組成比例，來回應地方經濟發展績效。

運用固定效應模型（fixed-effect model）分析經濟成長與上述兩個變項的關係。經驗分析結果指出，一個省市經濟成長率與中央下派常委比例，以及省委常委有博士學位比例呈顯著反比，經濟發展越好，中央下派與博士常委比例越低；反之若經濟發展差，中央會下派更多官員，並且任用更多博士常委。此外，比較習近平第一任期與第二任期，也可發現相較於第二任期，習近平在第一任期顯然更常指派中央官員任職來控制地方，第二任期則採更多使用博士學歷的省委常委，顯示中央領導人的集權程度顯著影響著中共運用地方治術策略。最後，觀察地方治術是否影響中央地方關係，尤其是中央領導人對地方的關注。本文發現，省委常委中越多中央下派者，習近平去該省市考察的次數就顯著較低。本文透過全面檢視習時期中共中央調整地方常委的方式，呈現中共如何動態地調整地方常委的組成，來理順政策執行以及中央與地方的連結，也觀察到地方治術的運用如何影響中央領導人對地方之關注。

本文首先針對目前研究省級官員人事，以及其如何影響中國中央地方關係的相關文獻做一回顧，並接著提出相關論點，產生可供檢驗的假設。接著再以敘述統計方式，測試地方經濟發展是否與中共地方治術顯著相關，以及觀察習兩任期的差異，以及地方治術的運用是否會影響習近平下

---

3 治術一詞泛指「治理國家的方法與策略」，漢語辭典釋義為「馭臣治民之權術」。基於此，本文使用「地方治術」泛稱治理地方的方法與策略，亦指稱駕馭與管理地方官員之策略。

地方考察。最後討論中共地方治術運用的趨勢與結論。

貳、文獻回顧

中共中央對於地方的掌控最重要的工具，是對地方官員幹部的人事任免權。過去研究指出中央控制省級領導班子的人事，以確保中央政治權威（Landry 2008），而中共中央運用人事任免作為政策工具，可調控地方通貨膨脹（Huang 1996; 1999），重整央地財政稅收分配制度（Qian, Roland, and Xu 1999），或是有效執行環境保護政策（Kostka and Nahm 2017）等。此外，人事任免權也可以用以確保官員忠誠，例如研究發現地方領導是否屬於特定派系，或是如何展示對中央的忠誠是中央選任地方領導人的重要條件（蔡文軒 2010；Shih, Adolph, and Liu 2012）。地方領導是否可能形成威脅中央的地方勢力也是中央政府的主要政治考量之一（Egorov and Sonin 2011；Zakharov 2016），也讓政治忠誠與派系歸屬是菁英甄補的重要條件（陳德昇、王信實、周秝宸 2016；趙建民、蔡文軒 2006；黃信豪 2010；Landry 2008）。具體例子像是 2006 年上海市委書記陳良宇落馬、2012 年重慶市委書記薄熙來被撤職，甚至 2017 年被視為習近平接班人的重慶市委書記孫政才被調查撤職，皆是威權領導人排除地方對其權力威脅的舉動。

雖然已有相當多對中共政治菁英管理制度的討論，但現有文獻針對中共地方黨政幹部的研究多集中在地方黨政領導上，鮮少對副職幹部省委常委群體進行研究（向楊 2020；楊竺松、燕陽、張雪君、張君憶 2021；Bulman and Jaros 2021）。例如 Jia, Kudamatsu and Seim（2015）研究省級領導的晉升模式，發現經濟績效與關係相輔相成，缺一不可。Landry, Lü, and Duan（2018）則發現經濟績效跟地方領導的層級有關，越基層的官員

經濟績效表現對其晉升的影響越大。上述研究多僅觀察省委書記或是省長的調整，並未涵蓋整個省委領導班子。

對省委常委之研究，多討論省委晉升。楊竺松、燕陽、張雪君、張君憶（2021）的研究分析省委常委的個人特徵變項與幹部升遷之間的關係。透過分析 1983 到 2012 年 1563 位省委常委，他們發現省委常委的教育程度顯著影響官員升遷，而且隨著時代變遷，越高學歷對升遷影響越大，例如 1983~1992 年大學以上學歷對省委常委升遷具有相當顯著的影響，但到了 2003~2012 年，碩士學歷對省委升官逐漸減弱，博士學歷則逐漸增強。而任職經驗也對官員晉升有顯著影響，如有任職地市黨政一把手者晉升機率更高，同樣地在中央機關和國家部委官至副省級的官員也有更高的升遷機率，可見中央越來越重視央地交流經驗。而共青團背景以及高級領導幹部秘書經歷則對升遷沒有顯著的提升。向楊（2020）則蒐整 2019 年 31 個省市的省委常委並且回溯各常委的上一個職務，並且分析常委來源是本省拔擢、外省調入還是中央下派，其發現外省調入與中央下派官員通常擔任更重要的職務，而經濟發達省分通常有更多的本省拔擢常委。

有別於上述將個人作為分析單位，Bulman and Jaros（2020）將省委常委領導班子視為整體來分析中共中央的地方治理策略。他們分析 1996 年到 2013 年的省委常委組成中中央下派的比例作為測量中央對地方人事集權的指標，並且觀察地方的結構特徵，如經濟總量、邊境省市與否、直轄市與否、社會人口特徵等是否與中央對地方人事集權有影響。他們發現中共中央的確會有策略的治理地方，地方特性越複雜者，中央越容忍在地常委，人事集權程度越低，但政治敏感度越高的省市，如直轄市或邊境城市，則中央人事集權程度就越高。此外，在面臨危機時候，中央對地方人事集權程度也會顯著增加。他們在另一篇文章中，Bulman and Jaros（2021）用地方領導班子組成來分析習近平政權在任命省委常委，如何對抗地方主義

勢力。他們發現,習政權更強調各省市在地與外地官員的選擇與派任,在地官員可能有更多的地方知識,但可能深耕地方,變成難以管控,而外地空降官員雖然較缺乏地方知識,但是卻更可以選擇忠誠者,指派外來官員反映的是領導人的政策偏好,在這情況下,官員選擇的條件更重要的在於忠誠以及對中央政策的敏感度,而非官員本身的專業或在地知識(Rothstein 2015)。

　　儘管目前省委常委的晉升與組成逐漸受到學界注意,然而對此議題仍有許多值得挖掘處。首先,目前從省委觀察中共中央地方關係宏觀性分析仍相對不足,也未臻具體,現有分析多僅針對省委個體的晉升,僅有 Bulman and Jaros(2020)就省委組成觀察中共的地方治理策略,但他們企圖建構一個中央對地方人事集權的指標,相對忽視中共可能對省委人事安排會採取不同的治術策略。再者,當前的研究皆未涵蓋習的兩個任期,如楊竺松、燕陽、張雪君、張君憶(2021)僅包含到 2012 年;Bulman and Jaros(2021)也只觀察到 2013 年,他們另一篇討論習任用在地常委的文章也僅蒐集資料到 2017 年。第三,現有分析並未進一步觀察中央領導人集權程度與地方人事任免權運用的關係,以及中央領導人與地方領導班子組成之間的互動關係,甚為可惜。有鑑於以上不足,本文討論中共對於地方治理的模式,以及不同模式對於中央地方互動之影響,冀深化現有對省委之研究。

參、經濟發展與地方治術

一、省委常委與中央地方治理思維

　　省委常委對地方治理,以至於對中央管控地方之重要性不言可喻。省

委常委領導班子同時具有決策與執行的雙重職責，不同於中央政治局常委與政治局委員分別具有決策與執行的分工，省一級並無如中央書記處的「辦事機關」，因此省委常委同時具備決策以及執行雙重功能（楊竺松、燕陽、張雪君、張君憶 2021），這樣的「副職分管」體制也賦予了省委常委在治理省市一級更重要的職能（向楊 2020）。同樣地，省委領導班子決定重要政策事項，如何因應重大危難，以及確保執行中央政策（Wang 2014；楊竺松、燕陽、張雪君、張君憶 2021, 30），如「三重一大」（重大事項決策、重要幹部任免、重要項目安排，大額資金的使用），皆須由領導班子集體討論做決策，因此省為中央以下地方權力的核心，也成為培養將來國家層級官員的重要人才庫（楊竺松、燕陽、張雪君、張君憶 2021）。

中共中央對地方省委領導班子的組成與調整有最終決定權。基本上，省委常委的產生方式有兩種，一個是省委選舉後由中央批准，另一個是中共中央直接任命（向楊 2020）。第一個方式主要發生在換屆選舉，每五年一次的地方換屆選舉後，中央有批准名單的權力，第二個方式則稱為屆中調整，又包含了中央直接任命，以及省委提出人事調整後報批中央決定（向楊 2020），無論何種方式，中央都具有決定權，因此省委常委的組成與變動，很大程度上顯示中央對該省市政治的控制，也反映了中央治理該省市的思維。

二、經濟發展績效

改革開放以來，經濟發展已然成為中共地方治理思維的核心指標之一。中國地理幅員廣大難以治理，中央一方面要確保對地方權力的控制，另方面又必須賦予誘因提升地方發展。這也導致中共中央從未強硬向地

方收權（Mertha 2005；Zheng 2007），目標就是要確保地方治理可以順利運作。有效的治理是中共維持強勢統治的重要條件（Chen 2012；Dickson 2016；Manion 2015；Sheng 2009），1978 年經濟改革後，地方政府被賦予更多的權力與自主性，作為政策誘因來發展地方經濟（Oksenberg and Tong 1991；Montinola, Qian, and Weingast 1995；Oi 1999），而這樣的分權體制與區域競爭，帶動了中國經濟迅速崛起（Li and Zhou 2005）。在政治上，地方的經濟施政表現，也變成官員要往上升遷的必要條件（Zeng 2016；Bulman and Jaros 2020）。而要達到此目標，政治甄補制度化以及有序地安排政治繼承則是關鍵（寇健文 2010; 2006；黃信豪 2013；Nathan 2003；Fewsmith and Nathan 2019）。也因此，針對地方幹部的晉升的制度化，中共以施政表現（通常以經濟發展或是 GDP 成長為指標）為考核官員標準，以此決定官員是否從地方升遷到中央，甚至進入權力核心，學者稱之晉升錦標賽（周黎安 2004; 2007；Bell 2016）。

三、中共地方治術

中共對於地方人事權的運用推動地方經濟發展，可能採取的方式為何？對此，Bulman and Jaros（2020）提出了兩種邏輯，一個是控制邏輯（logic of control），中共中央強化對地方領導班子的控制來確保政策執行成效；另一個是治理邏輯（logic of governance），中共中央選任更多有能力執行政策與推動地方治理的人才，來提升經濟發展。

（一）控制邏輯

省委常委的換屆選舉以及屆中調整，基本上仍不脫中央的組織意志（向楊 2020）。中央最直接控制地方的策略，體現在指派中央官員下地

方任職。中共的幹部交流制度運作行之有年，而《黨政領導幹部交流工作規定》明確指出「幹部交流可以在地區之間、部門之間、地方與部門之間、黨政機關與國有企業事業單位、人民團體、群眾團體之間進行」。這樣的制度也讓中共可以直接派任中央官員下地方任職，確保地方施政更符合中央意志。Bulman and Jaros（2020）將之派任中央下地官員視為中央集權化的重要作為，研究也指出改革開放以來，中央下地官員持續增加，顯示中央更加主動運用省級幹部的任免權（楊竺松、燕陽、張雪君、張君憶 2021）。此外，跟本省選拔的常委相比，中央下派任職常委通常擔任更重要職務，例如書記、副書記、紀委書記或組織部長等，更凸顯中央下派官員舉措的控制傾向（向楊 2020, 64）。依照此邏輯，本文提出假設 1：

假設 1：中共中央回應經濟發展績效差的省市，會下派更多官員進入省委常委領導班子，反之亦然。

（二）治理邏輯

除了透過派任官員作為提高地方經濟治理能力外，另一個合理的研判是中央會選任更多專業常委來擬訂地方發展對策，提升常委專業領導力。專業知識有利於判讀總體資訊，了解政策要求以及規劃政策，而從過去經驗來看，專業知識已經是中共選拔官員的重要條件，中共地方官員教育程度越高，升遷機會也顯著提高（楊竺松、燕陽、張雪君、張君憶 2021；林蓉蓉 2019；Yao, Xi, Li, Wang, Wan, Zhang, Liu, and Zhang 2020），而隨著經濟快速成長，省委常委領導班子的學歷也逐漸顯著提升。儼然顯示中共為了強化地方治理的重要，更加要求官員具備一定程度的專業知識。對此，本文提出假設 2：

假設 2：中共中央回應經濟發展績效差的省市，會選任更多專業官員進入省委常委領導班子，反之亦然。

（三）中央領導人集權程度與地方治術

　　前述兩個邏輯預設中央對地方人事權永遠大權在握，但考量到中央領導人的權力集中程度有差別，中央對地方採取的策略也有異。決策理論已經證明，因為理性有限（Simon 1955），任何領導人決策不可能面面俱到，而進行決策的脈絡，也必須考量到決策者的環境與脈絡（Kahneman and Tversky 1979）。換言之，除了治理地方的考量，領導人還需要根據自身的政治需求，來安排與調整地方常委。

　　觀察習近平上任以來的決策脈絡，習的權力全面鞏固，普遍認為是在第二任期，尤其是 2018 年全國人大將憲法中國家主席任期制的制度限制廢除後，習的權力達到高峰。然而第一任期，習近平權力尚未穩固，甫上任就透過反腐肅貪等大規模運動，來對黨內幹部進行整頓與清洗。相較與第二任期的權力鞏固期，習第一任仍處於權力集中時期。不同的決策脈絡對於領導人選擇治理地方工具的影響甚鉅。理論上，在權力不穩時期，控制邏輯理應優先於治理邏輯，為了配合領導人權力需求，因此會更多從中央下派地方常委，整頓地方領導班子，強化中央控制權力，例如習近平第一任期大規模進行反腐運動下，地方派任許多強硬且忠誠的官員（Kostka 2013；Kostka and Zhang 2018；van der Kamp 2021）。同時，反腐運動導致大量官員落馬，理應也會影響省委常委更多的調整與派任。相對地，習第二任權力鞏固，人事清洗取得階段性成果後，領導人應更重視地方經濟發展，理論上在領導人權力鞏固期，治理邏輯應該大於控制邏輯。根據以上觀點，本研究提出以下假設：

　　假設 3：當中央領導人權力尚未穩固時，中央會下派更多中央官員；當中央領導人權力鞏固時，中央會任用具專業知識之常委。

　　基於以上假設，本文進一步蒐整習時期省委常委資料，下一節說明資料來源以及編碼方式，並呈現習時期中共地方治術的整體趨勢。

肆、資料來源與敘述分析

一、省委常委資料來源

　　本文蒐集 2012 年中共「十八大」前地方常委換屆選舉名單至 2022 年「二十大」前，地方常委換屆選舉結束為止共十一年的各省市常委名單（時間截至 2022 年 7 月 1 日），[4] 研整各常委的個人特徵資訊，包含了生日、學歷、省籍、族群等。特徵資料來源根據美國加州大學聖地牙哥分校中共政治菁英資料庫（Shih, Lee, and Meyer 2021），[5] 此資料庫針對中共歷屆中央委員以及候補委員進行編碼，然資料庫仍缺失許多非中央委員的地方常委資訊，對此，本研究亦參考政治大學的中共政治菁英資料庫、維基百科以及百度百科，補足缺失的常委個人資訊。[6][7] 最後蒐集 1157 位省委常委個人資訊。[8]

　　從省籍觀察地方常委來源地，人才庫最大宗來自山東，共有 133 位屬於山東籍，其次是江蘇籍常委，有 85 位，另外產出 70 位以上常委的省市則有河南（79 位）、河北（73 位）、湖北（68 位）、湖南（62 位）。從學歷來看，地方常委知識化與專業化相當明顯，1157 位常委中有 281 位具

4　「二十大」前換屆後的常委資料較新，主要蒐集自中共官方中國經濟網的「地方黨政領導人物資料庫」，可參考網頁 http://district.ce.cn/zt/rwk/index.shtml。

5　資料可從下面網站下載 https://chinadatalab.ucsd.edu/resources/ccp-elites-database/。

6　資料可從下面網站下載 https://cped.nccu.edu.tw/。

7　儘管如此，仍有部分常委資訊無法獲得，資訊闕漏者多為戎裝常委，有些戎裝常委僅查的到軍階頭銜，其他資訊皆無公開。

8　此處 1157 位所指為常委人數，常委總人次則為 1996。本文盡可能交叉確認相同名字的常委，以避免在資訊蒐集時導致編碼錯誤，例子像是天津市委李軍與海南省委李軍同名，或是雲南省委王寧，與 2018 年北京市委王寧以及 2015 年的四川省委王寧同名，或是劉強，就有四位分別任職不同地方常委（重慶、山東、江西、陝西）。排除同名者，從資料觀察，有許多官員長期任職在地常委，並在習兩任任期皆耕耘在地，例如俏肯江‧吐拉洪從 2008 年任新疆常委到 2017 年轉任湖北省委，整個資料期間皆是地方常委。另個例子像是吳存榮，從 2011 年任安徽省委，2017 轉任重慶市委直到 2022 年換屆選舉。長期任職同一地方常委的例子則有貴州省委諶貽琴、江蘇省委樊金龍、西藏常委洛桑江村、廣西省委偉范曉莉、雲南省委趙金、西藏常委吳英傑、吉林省委高廣濱、青海省委王建軍等等。

有博士學歷，占 24%，537 位有碩士，占約 46%，換言之，地方常委將近
7 成有碩士以上學歷，符合楊竺松等人（2021）研究發現中共選任地方常
委傾向採用能力導向的幹部選任原則，但同時，比較 2012 年前後的省委
常委學歷，可以發現學歷膨脹的現象，1983 年至 2012 年碩士以上比例僅
有 43%（碩博士分別是 37% 與 6%），2012 年以後成長到 70%，顯示中共
幹部專業化程度快速提高。[9] 少數民族常委有 122 位，[10] 約占總數 11.5%，
女性常委有 87 位，約占 7.5%。與楊竺松等人（2021）統計 1983 年至
2012 年的常委資料相比（少數民族常委約占 10%，女性約占 8%），地方
常委的族群與性別兩個組成特徵在習時期並沒有太大的變動（見表 1）。[11]

表 1：不同時期省委常委特徵比較

特徵＼時間	1983-2012	2012-2022
常委個數	1563	1157
女性比例	8.10%	7.50%
少數民族比例	9.70%	11.50%
碩士以上比例	43%	70%

資料來源：1983-2012 資料，參考楊竺松、燕陽、張雪君、張君憶（2021），作者
自行整理。

9　值得一提的是，資料中有許多省委常委的碩士以上學歷則屬於在職進修取得，因此儘管學歷可以做為
　　專業能力參考依據，但學歷膨脹現象也使得中共官員必須花在職時間去取得更高學歷，方有利其升遷。

10　「二十大」前地方換屆選舉後的 393 個常委中，有 44 個屬於少數民族，其中藏族最多，有八位，其次
　　為蒙古族，有 6 位，回族與壯族以及維吾爾族各有 4 位。其中許多少數民族的省份的常委統戰部長都
　　是少數民族，包含了內蒙古常委統戰部長胡達古拉（55 歲）是蒙古族，西藏常委統戰部長嘎瑪澤登（55
　　歲）是藏族，新疆常委統戰部長祖木熱提‧吾布力（57 歲）是維吾爾族，寧夏常委統戰部長馬漢成（54
　　歲）是回族。

11　值得注意的是，過去研究通常將地方常委選任女性，視為必須納入少數特定族群（Bo 1996; Landry
　　2003），但是在「二十大」女性代表須有一定比例的制度似乎已被打破，例如國務院副總理過去長期
　　有一位女性擔任，在「二十大」後無女性副總理。若觀察「二十大」前女性省委常委比例，女性在省
　　委常委的比例的分布相對固定有 1 至 2 位，而是否選任女性常委，似乎未見有特定模式可循，僅可觀
　　察到西藏與青海兩個西部省市未有女性省委常委。而在中國地方順口溜將女性常委特徵稱為「無知少
　　女」，即無黨派、知識分子、少數民族、女性，但不過這種具有特定偏見的說法被系統性分析駁斥，
　　Chen（2022）分析兩屆的地方女性常委選任，發現女性常委的升遷與男性無二致，一樣是依照表現與
　　才能，而女性常委較少的原因，主要還是社會上女性在教育與網絡上較為弱勢，導致較少女性進入政
　　界有關。

　　根據蒐整資料主體，本文進一步將之轉化成以省 - 年為分析單位的資料結構，就已建立的 2012 年至 2022 年的中共省委常委資料庫，計算每個省市自治區這十一年的省委常委組成特徵，並依此編碼為各個分析變項，以下說明相關變項編碼並呈現習時期中共中央管理省委常委的動態。

二、地方治術：中央下派與專業知識

（一）中央下派

　　中央直接指派中央機構官員下地方任職，是另一個中央針對省委常委的管控策略。計算中央下派比例，本文採取個別省委是否具有中央任職經驗，來編碼與計算各省市有多少常委屬於直接從中央指派下地方任職。[12] 觀察每個省委的履歷，可以看到許多常委雖然有中央任職經驗，有一些中央任職經驗已年代久遠，並且是早期的中央事務官員，這些經驗並不適合編碼成中央下派。因此，本研究以該官員任職常委的年度向前推五年，若這段時間有任何中央任職經驗，則將此官員編碼成中央下派。依此計算，共統計出 309 位常委為中央下派到地方的常委。

　　中央直接指派下地方任職官員的比例，可顯示習兩個任期間差異。如圖 1 所示，習第一任期每一年各省市的差距相當大，有些省市無任何中央直接指派下地方任職的常委，但也有省市具高比例的中央下地官員，到了第二任期，幾乎都或多或少有中央直接指派任職官員，但是比例而言，兩任期的平均值並沒有太大差異，因此，似乎可以看到趨勢是中央直接指派在第二任期已經有一定的制度化，第一任期則是依照各省市的差異來指派中央官員下地任職。若觀察各省的差異，中央直接派任下地官員比例逐年

---

12 此處所指的中央任職經驗，包含了任職中央黨政機構、央企與銀行的黨政幹部。

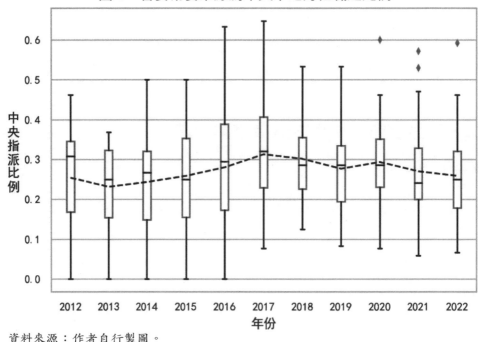

圖1：省委常委來源為中央下地方任職之比例

資料來源：作者自行製圖。

遞升的有吉林、海南、河北，而新疆、西藏則明顯地逐年遞減（見圖2）。根據資料統計，這十一年來各省市省委常委中央下派比例平均為27%，2017年最高，平均有31%，2013年最低，平均約23%，若比較各省市，最高者為北京，約為42%，最低者為寧夏，平均僅有9%。直觀上，從敘述統計無法觀察到是否符合前面假設三習兩個任期在下派官員上有顯著不同，此部分留待後面迴歸模型進行分析。

（二）專業知識

　　本文以個別省委是否具有博士學歷編碼，依此計算各省每一年度的省委組成中具有博士學歷常委之比例。一般而言，教育程度是最可以立即觀察到的人力資本，也是了解官員專業知識最主要依據。觀察「二十大」前

圖 2：各省市中央下派常委比例

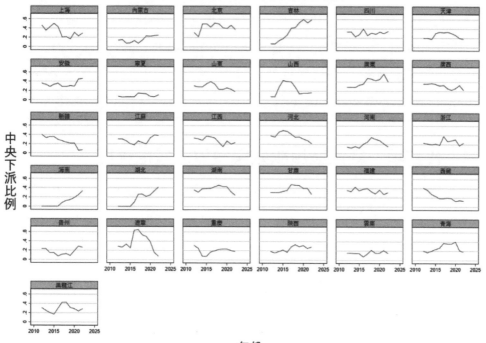

中央下派比例

年份

資料來源：作者自行製圖。

393 位省委常委，幾乎沒有大學（本科）以下，而有碩士學位者占了 134 位，博士更有 90 位，顯見高學歷已是趨勢，在競爭激烈的中共官場，學歷儼然是一個重要敲門磚。[13] 對此，本文以學歷博士以上的比例，計算省委常委組成的專業知識化程度，專業知識的分布趨勢見圖 3。其中顯示，省委常委具博士學位的比例逐年遞增，2022 年省委常委平均而言具有最高的博

---

13 若觀察「二十大」前最新一屆省委常委的專業組成，商（主要是工商管理與經濟學背景）、法政（主要為中央黨校背景）以及工（主要是工程與機械）為大宗，此亦與過去研究指出經濟與理工相關學科的地方官員升任省委常委機會較高的觀察相符合（楊竺松、燕陽、張雪君、張君憶 2021），尤其是省委書記與省長兩位省委領導，幾乎皆是工與商背景。另外，值得注意的是本屆有三名醫科背景的常委，其中兩位是省委書記，包含了福建省委書記尹力（「二十大」後調任北京市委書記）、海南省委書記沈曉明、一位常委則是衛健系統出身的山西常委李鳳岐，其中 2020 年，尹力任四川省長期間抗擊新冠肺炎效率快速，並且採用「網格化管理」，頗受官方讚賞，後來更調任北京市委書記，進入中央政治局，新冠肺炎的治理可能成為考核官員能力以及決定升遷的的一部分，此趨勢在中共防疫解封後是否仍持續，有待未來觀察。

士常委比例。若觀察各省市，幾乎皆呈現博士常委比例上升的趨勢（見圖4）。整體而言，這十一年來平均各省市博士常委比例有增加趨勢，儘管不是逐年增加，但總體向上，從最低的時候 2012 年僅 19.5%，到了 2022年博士常委比例平均已達到 34.3%。若觀察各省市，平均最高者為廣東，有 45%，最低者為新疆，僅 14%。

二、自變項：經濟發展績效與領導人集權程度

經濟發展績效是主要自變項，測量方式為計算每個省市該年的經濟成長率。[14] 因此，如果經濟發展績效是中共考量省委常委組成的重要影響因

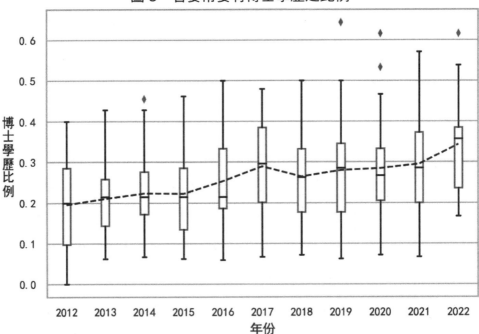

圖3：省委常委有博士學歷之比例

資料來源：作者自行製圖。

---

14 即該年（國內生產總額（GDP）－前一年的國內生產總額）/ 前一年國內生產總額。

圖4：各省市常委具博士學歷比例趨勢

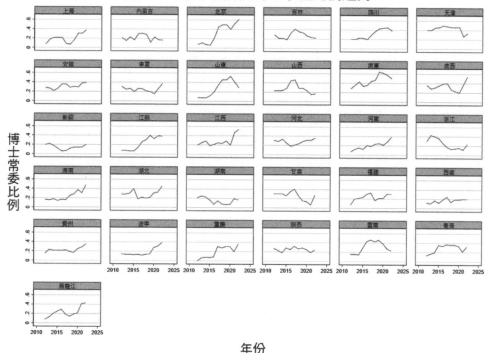

資料來源：作者自行製圖。

素，吾人應該可以觀察到當地方經濟發展越差，中共中央越會有系統地進行中共省委常委的中央下派，或是提升省委組成的專業化。

本文比較習近平第一任期以及第二任期，也就是編碼習兩屆任期的虛擬變項（dummy variable），來觀察中央領導人的集權程度是否會有系統地影響中共中央調整省委組成作為地方治術。此變項主要產出一個新的二元變項，習近平第二任期編碼為1（2018年-2022年），第一任期則編碼為0（2012年-2017年）。若領導人權力弱勢讓中央更強調地方權力控制，則吾人應該可以觀察到習任期的變項與省委常委下派比例有顯著負相關，若權力強勢後讓領導人更重視地方治理，則應該可以觀察到習任期與博士比例有顯著正相關。

三、地方治術如何影響中央地方關係：習赴該省市考察次數

　　除了觀察政策執行績效是否影響省委常委之調整與組成，本文亦希望可進一步觀察這些地方治術是否影響中央地方關係，亦即中央領導人如何看待地方政府。觀察地方治術是否影響中央地方關係，本文使用中共總書記習近平對各省市的考察次數，作為評估該省市是否受到中央領導人注意之變項。若地方治術有影響中央地方關係，則可以看到中共的地方治理策略，如中央下派比例與博士比例會有系統地顯著影響習近平的考察意願，若對中央地方關係無影響，則應該不會看到任何統計上的顯著關係。

四、控制變項

　　除了上述主要自變項與應變項，幾個控制變項亦加入模型。一個是地方的財政收入。財政收入被認為是中共地方官員彼此競爭的重要績效指標之一，尤其是地方官員的升遷很大程度與財政收入高低有關（Lü and Landry 2014；Shih, Adolph, and Liu 2012；Kennedy 2007；Bo, 2002）。基於其重要性，本文將之納入分析模型。失業問題是習上任以來的重要政策議題，習甫上任，就強調「就業是民生之本」，並且稱「解決就業問題根本要靠發展」（人民網 2013）。2018 年 7 月，中央經濟工作會議上，中共更首次提出「六穩」（穩就業、穩金融、穩外貿、穩外資、穩投資、穩預期），並把就業放在優先。有鑑於失業可能是中共考量地方治理績效的重要依據，本研究納入失業率作為控制變項。另外，生態文明是習上任以來強調的政策理念。擔任中共總書記後，習強調「綠水青山就是金山銀山」，動員地方積極推動生態文明建設。Jaros and Tan（2020）的研究發現，習近平上任以來強調生態與環境治理仰賴地方政府進行評估、執行與監督

（Kostka 2013；Kostka and Nahm 2017；Donaldson 2016），而生態治理績效也已經是黨政幹部考核的標準之一。[15] 為了納入生態文明的政策考量，本文使用造林面積做為評估省市生態發展的控制變項。

上述經濟發展、財政收入、失業率以及造林面積等跨省市的跨時資料，主要從中國大陸官方的「國家數據」資料庫獲得，整理後編碼為相關變項。「國家數據」資料庫屬中國國家統計局（2022），涵蓋各項中國國家統計資訊，並且包含全國性以及省市地方的資料，其資訊完整，也是學術研究使用的主要省市特徵資料來源。[16] 習近平地方考察資訊，則透過蒐整官方報導與自行編碼方式進行資料蒐集。[17] 變項的敘述統計可見表 2。

表 2：變項敘述統計

	N	平均數	標準差	最小值	最大值
中央下派	341	0.271109	0.124726	0	0.647059
博士比例	341	0.259904	0.118789	0	0.642857
經濟成長率	310	0.082095	0.036971	-0.05638	0.210472
習任期	310	0.5	0.500808	0	1
習考察次數	310	0.296774	0.603916	0	6
財政收入（億元人民幣）	341	2728.531	2344.375	54.76	14103.43
城鎮失業率[18]	279	3.217563	0.632922	1.2	4.6
造林面積（千公頃）	279	124.1529	109.0365	0.86	584.55

資料來源：作者自行整理。

---

15 生態政策成效作為官員績效考核標準，有學者認為這代表中國已建構一套環境威權主義（authoritarian environmentalism），習時期中國對生態環保的重視更讓外界認為威權制度有時候更有利於強制推行環境政策。關於環境威權主義的討論，可見 Eaton and Kostka（2014）與 Gilley（2014）。有關造林與環境威權的關係，可見 Zhu and Lo（2022）。

16 中國國家統計局資料可參考「國家數據」資料庫網頁，https://data.stats.gov.cn/easyquery. htm?cn=E0103。

17 習考察次數主要使用中共官方「人民數據」資料庫中紀錄的習近平的「領導人活動」報導專頁中的「考察參觀」內容蒐整後進行編碼。

18 由於官方統計資料有部分遺失，因此樣本數最終僅有 279。

伍、分析結果與討論

一、經濟發展、地方治術與中央領導人集權程度

　　為了瞭解經濟發展與中共地方治理策略的因果關係，本文採用固定效應模型（fixed-effect model）來分析現有的追蹤資料（panel data）。[19] 固定效應模型可控制時間以及地域的固定效應，處理未知但非隨機的因素，例如地形、氣候、省市分類以及時間趨勢等影響。另外，考量到實際上中共中央的政治決策以前一年的績效表現為主，因此在變項設定上，統計分析中所有獨立變項皆採用前一年的資訊（one-year lag），藉此更明確觀察前後因果關係。為了處理異方差（heteroskedasticity）對參數估計的影響，本研究使用 Huber-White 途徑計算的穩健標準誤（robust standard error）來估計參數顯著性（參見表 3）。

表 3：固定效應模型參數估計

	(1) 中央下派	(2) 中央下派	(3) 博士比例	(4) 博士比例
經濟成長率	-0.678**	-0.705*	-0.716*	-0.847**
	(0.240)	(0.268)	(0.304)	(0.299)
習任期	0.0254	-0.284***	0.131***	0.294***
	(0.0314)	(0.0302)	(0.0277)	(0.0224)
財政收入	—	-0.0000109	—	0.0000314
		(0.0000260)		(0.0000212)
失業率	—	0.0323	—	0.0325
	—	(0.0243)	—	(0.0319)

---

19 本文也用隨機效應模型（random-effect model）進行回歸，隨機效應模型的統計結果與固定效應模型基本上一致。此外，本文運用變異數膨脹因子（Variance inflation factor，VIF）觀察多重共線性（multicollinearity）問題，發現財政收入具有過高 VIF 值，因此將財政收入排除後再觀察迴歸係數，分析結果基本一致。

	(1) 中央下派	(2) 中央下派	(3) 博士比例	(4) 博士比例
造林面積	—	-0.000129	—	-0.000236
		(0.000105)		(0.000154)
常數	0.310***	0.244*	0.293***	0.168
	(0.0256)	(0.106)	(0.0366)	(0.132)
樣本數	310	279	310	279
省市固定效應	有	有	有	有
年份固定效應	有	有	有	有

說明：括號內為穩健標準誤，* $p < 0.05$, ** $p < 0.01$, *** $p < 0.001$。
資料來源：作者自行製表。

　　表 3 顯示經濟成長率與省委常委的調整與組成顯著相關。模型 (1) 與 (2) 觀察經濟績效是否影響省委常委中有中央部委下地方任職的比例，並且顯示顯著性未受特定控制變項影響。顯著負相關表示當省市前一年的經濟成長率越低，隔年中央下地任職的省委常委比例就會越高。估計參數指出，在所有條件相等下，若一個省市前一年經濟成長率增加一單位（即達到 100% 成長），則該省市中省委常委的中央直接下地任職官員的比例會減少 70%。由此顯示經濟成長績效對中共地方治術具有相當程度的影響，符合假設 1 的論點。

　　模型 (3)、(4) 指出經濟發展政策績效表現差，會顯著增加一省市省委常委的博士比例。估計參數指出若一個省市經濟發展減少一單位（即 GDP 降幅達到 100%），則該省市的隔年省委常委的博士比例會增加 8 成以上。顯示中共中央對於省委常委的組成有著強烈的治理邏輯，而省委常委專業知識是中共中央特別重視的治理地方之條件，符合假設 2 的觀點。

　　上述結果顯示中共治術的控制邏輯以及治理邏輯中，經濟發展政策績效明顯影響中共從中央下派省委以及調整省委的專業知識組成，與既有的

經濟績效論基本相呼應，然而統計結果證明其他控制變項未達到統計顯著，財政收入、就業政策以及造林面積的政策績效對省委常委組成不顯著，過去文獻強調這些政策指標，然從省委整體觀察並未發現這些指標會影響中共地方治理策略。因此，總體觀察，一個省市的經濟成長表現仍然是中共中央對於地方治理最重視的政策指標之一。

此外，統計模型也證實了本文提出的中央領導人權力動態會影響其運用地方治術的策略。從模型 (2) 到模型 (4)，都可以看到習近平任期的虛擬變數對中共中央地方治術有顯著的影響，基本上符合假設 3 觀點。不過模型(1)中習的虛擬變項並不顯著，顯示顯著性對控制變項特別敏感，模型(2)則顯示，放入控制變項後，與第一任期相比，習近平第二任期顯著較少調整省委常委之頻次。當所有條件都一致，平均而言，習第二任期的省委常委為中央部委下來任職的比例比第一任期顯著低了 28%。但因顯著性不一致，因此對此結論仍採保守推斷。

若從治理邏輯觀察，對博士常委比例的分析亦符合本文假設，模型 (3) 與 (4) 可以發現，習的第二任期顯著比第一任期任用更多的博士省委常委，平均而言，當所有條件都相同的情況下，習第二任期的省市博士常委比例比第一任期高 30%，代表習在第二任期，尤其是權力鞏固後，更願意採用治理邏輯擬定地方治術的策略，且納入更多高學歷的官員進入省委領導班子。

綜而言之，上述統計結果有幾個重要的意涵。首先，GDP 的成長率顯著影響地方省委的調整與組成。然而，中央領導人的集權程度亦相當重要，經驗分析結果發現習的權力集中與否確實對其施展地方治術有顯著影響。比較習兩個任期的地方治術，可以看到習在第一任期的確派任更多的中央部委官員下地方任職，「控制邏輯」主導著第一任期的地方治術，隨著習第二任期權力集中與鞏固，可以發現中共中央更多選任博士學歷的官員進

入省委領導班子，此時可以說是轉向「治理邏輯」。由此觀察，習進入第三任期後，其全面個人集權，且可確保所有在地常委的忠誠之政治氛圍下，中共中央方會全面採取「治理邏輯」。

二、地方治術對中央地方關係的影響

　　習時期中共中央的省委常委調整策略對中央地方關係的影響為何？更具體論，地方治術是否影響中央領導人對地方的態度？本文進一步透過統計模型觀察兩者關係。本文以上述地方治術變項與習近平赴各省市考察次數進行迴歸分析，觀察地方治理策略是否會影響習近平下鄉考察之行為。由於考察次數屬於記數資料（count data），因此不適合使用線性回歸，因此在參數估計上，採用固定效應泊松模型（fixed-effect Poisson model），統計結果見表 4。表 4 包含了三個模型，模型 (5) 觀察習考察次數與各個地方治術變項的關係，模型 (6) 僅看習第一任期的考察次數，模型 (7) 觀察習第二任期的考察次數與各個變項之關係，以下討論分析結果。

表 4：固定效應泊松模型參數估計

	(5) 習考察	(6) 第一任期	(7) 第二任期
中央下派	-2.261*	-4.035**	-2.478
	(1.141)	(1.298)	(2.272)
博士比例	0.0619	6.020*	-4.607
	(0.654)	(2.616)	(2.861)
經濟成長率	-0.124	0.402	-3.313
	(4.301)	(7.041)	(5.944)
財政收入	-0.000123	-0.000805*	0.000571
	(0.000188)	(0.000382)	(0.000545)

	(5) 習考察	(6) 第一任期	(7) 第二任期
城鎮失業率	-0.348	0.975	-1.190
	(0.329)	(1.135)	(0.717)
造林面積	-0.00223	0.00190	0.000643
	(0.00220)	(0.00348)	(0.00494)
習任期	0.178	—	—
	(0.224)		
N	279	145	116
省市固定效應	有	有	有
年份固定效應	有	有	有

說明：括號內為穩健標準誤，* $p < 0.05$, ** $p < 0.01$, *** $p < 0.001$
資料來源：作者自行製表。

　　從表 4 可以看到，習近平時期的個人下地方考察與中央下地方任職官員比例有顯著的負相關。模型 (5) 指出，中央下派官員比例越高，習近平考察該省市的次數就越低，平均而言若中央下派官員比例減少 50%，則習赴當年就會赴該地考察至少 1 次，似乎顯示中央下派官員與領導人下地方考察有顯著互補效應。若將習第一任期與第二任期分開來看，可以發現第一任期顯著，越高比例中央下派官員，習考察該省市次數越低，第二任期則未見類似關係。若觀察歷年的考察分布與中央下派比例，可以看到最典型的時間是 2015 年（見圖 5），當年若有省市省委中有 25% 以上由中央直接下地方任職，習皆未對該地進行考察，而是考察中央下派比例較低的省市。

　　模型 (6) 同時顯示博士比例以及財政收入與習考察次數顯著相關，在習第一任期，一個省市的博士比例越高，習隔年赴該地考察的次數越多，而若財政收入越高，習隔年去該省市進行考察調研的次數就會顯著減少。不過，細查各個省市仍有微妙差異。以直轄市為例，中央下派官員與習近

圖 5：中央下派比例與習考察歷年趨勢

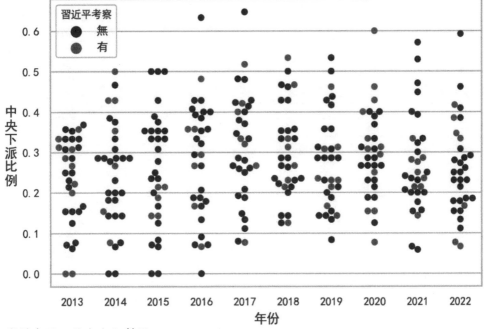

資料來源：作者自行製圖。

平赴該地考察之間的關係各不同，如圖 6 所示，習考察北京次數與中央下派的比例有明顯的消長關係。此關係在北京事實上相當合理，北京為中央政府所在地，中央下派北京官員更方便，首都基本上也在中央的掌控之中，而習雖然因北京地利之便經常考察，然次數一般而言每年皆一到兩次，惟2017 年次數增加較多，主要也是首都相關會議活動的增加所致。

其他直轄市如北京，亦可看到高比例中央下派官員與較少次數的習考察，但有些許差異。例如上海，2014 年有高比例的中央下派官員，但習近平仍去上海考察，究其原因，當時主要是為了展示領導人對於科技發展的重視，習赴上海自貿區考察；重慶 2017 年則是典型案例，當時重慶書記孫政才落馬，而重慶常委除了習近平直接指派的陳敏爾任書記外，常委

圖 6：直轄市的中央下派比例與習考察次數

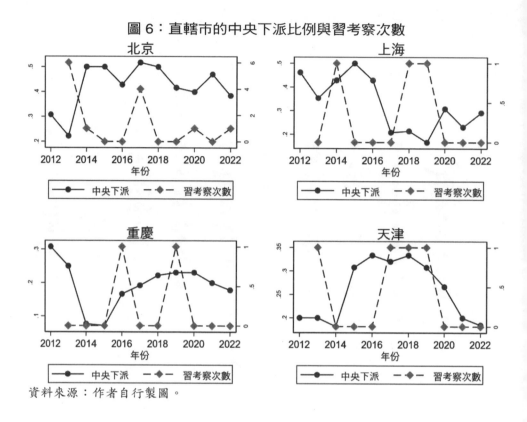

資料來源：作者自行製圖。

還包含曾在中國兵器工業集團公司擔任總經理張國清，以及曾擔任監察部副部長的陳庸，甚至戎裝常委也包含曾任解放軍總參軍訓部紀檢委書記的陳代平，說明了中央下派官員執行領導人意志，同時也是領導人時間精力有限，無法全面下地方視察的制度補充。至於天津，則可以看到 2017 到 2019 年間，同時存在高比例中央下派常委以及習連三年考察的案例，天津自 2015 年港口發生大爆炸後，成為中共中央關注的治理重鎮，隨後 2017 年底重慶常委張國清赴天津任職，或是 2022 年陳敏爾接任天津書記，都顯示習近平對於天津的重視，或許因為天津是習特別關注的重要城市，相較於其他省市，需要同時透過中央下派以及親赴考察來確保對其控制。

陸、趨勢討論

習近平的第三任期已經呈現出個人高度集權的局面，在此態勢下中共地方治術將會如何調整？換言之，黨內沒有政治挑戰者的情況下，中共決定各省常委組成與調整是否不再考量強化「控制」，而是更需要動員常委的治理能力？前述系統性分析顯示，習近平時期中共中央的地方治術，的確受到習權力集中程度的影響，而經濟發展成效仍是中共的優先政策考量。習第三任期中央地方關係會如何變化，仍值得持續關注。

2012 年習近平上任以來，中共強化地方服從，針對地方腐敗與怠政問題零容忍（Kostka and Nahm 2017；Chen 2017），也因此透過中共建政以來最大規模的反腐打貪（Wedeman 2017；Manion 2016），以運動式治理的方式，拉下了數以百萬計的地方官員。而為了確保地方服從以及腐敗問題可以解決，因此更強化中央對地方的人事掌控。對此，有學者認為惟GDP 論的官員任命標準，或許已經逐漸轉變，地方官員的忠誠對習反而更重要（Bulman and Jaros 2020）。不過本文統計資料發現，習第一任期強調強化控制，第二任期更強調省委的專業知識。那麼由此觀之，第三任期可能持續這個趨勢，會將更多的資源投注提拔在技術官僚與專業知識的省委常委身上。特別是當習已經確保省一級的官員完全忠誠與服從時，地方治術的控制邏輯將會逐漸讓位給治理邏輯。

此外，中央下派官員赴地方任職的控制邏輯，也與習特別考量地方勢力坐大有關。從資料觀察，省委常委在地比例（省委籍貫與任職省市相同）可謂逐年遞減。習特別謹慎派任在地常委，主要有兩個需求，一個是反腐鬥爭，為了避免在地常委因有在地優勢，且若長期任職可能把持在地利益，形成腐敗結構，因此習時期，中共似乎特別注意省委常委的本地產生比例；第二個需求是習時期更強調官員的異地交流（徐胤揚 2021），異地交流指

的是在地官員可以在不同的地區磨練，有此經驗方可爬到更高的位置。在習時期，根據學者研究，習時期的異地交流制度更受重視，不僅需要異地交流的官員層次變高，跨的區域、領域以及總人數都有增加的趨勢（沈士光 2020）。以此檢視「二十大」前的省委常委名單可以發現同樣的現象。首先，在各省紀委中，沒有任何一位在地常委，明顯地是確保反腐工作不受到官員在地網絡影響仍是重點，基本延續「十九大」前的地方紀委安排規則，根據統計，2012 年「十八大」前的省常委紀委書記中，仍有 48.4% 是本省出生官員，但是到了 2017 年「十九大」前夕的省委換屆選舉中，各省紀委書記全數為外省籍，紀委在地方的角色持續重要（張執中、楊博揚 2021），並延續到「二十大」前夕維持不變。

　　不過值得注意的是，中央仍需要少數民族常委來增加其在少數族群較多的省市之代表性。從「二十大」前換屆選舉後的省委常委出生地分布來看，新疆有 5 位本地出身的常委，西藏有 4 位，青海、雲南、貴州與內蒙古都各有 3 位本地常委，而有些人口與經濟大省，像是江蘇與河南，也有 5 位本地出生常委，湖北也有 4 位本地常委。

　　另外，對省委常委高專業知識的要求已然成為主要趨勢，習近平第二任期中央下派省委顯著比第一任期低，但採用博士學歷比例持續升高。在第一任期習更需要重新集中權力，因此會更多使用政治邏輯去控制地方，到了第二任期，權力已經鞏固與集中，已無需透過人事調整來進行清洗官員幹部與指派忠誠者，而此時期更多的是需要強化地方治理，因此可以看到此時中共中央偏好博士學歷常委組成領導班子，其中不乏習自己的親信。以「二十大」前的省委常委為例，習大量任用技術官僚，例如新疆書記馬興瑞（66 歲）。馬興瑞有航天背景，過去任職軍工央企，隨後進入廣東省常委，升至廣東省長，馬是 30 年來首位空降的廣東省長（非本省籍亦非本省長期任職後受拔擢者），2021 年底馬出任新疆書記，確定可以取

得政治局委員門票，仕途也更受到外界關注。其他如河北省委書記倪嶽峰（58歲），被認為是習信任的清大幫，且有自動化系統工程博士學歷，遼寧省委書記張國清（58歲），是屬於軍工航太背景，亦有清大經濟學博士學歷，另外像是山東省委書記李幹傑（58歲），具有清大碩士，且專業是核工程，而前已提及的海南省委書記沈曉明（59歲）有醫衛背景，西藏書記王君正（59歲）亦是清大博士，他先前在新疆任職被西方制裁，此次任西藏黨委書記顯示其強勢政策被中央認可，明顯可見在習權力鞏固後，將來高學歷技術官僚省委常委任用將持續地大幅提升。

柒、結論

本研究分析中共2012年至2022年省委常委的調整與組成特徵，並且觀察經濟發展績效是否對中共採取地方治術策略有所影響。本文發現，經濟發展績效仍顯著影響中共下派省委常委與任用博士常委，統計結果也指出，一個省市常委中有多少中央下地方任職的常委，顯著與習近平下該地考察呈現負相關。從「二十大」前地方換屆選舉的結果來看，中共的確如上述分析觀察的趨勢，更重視省委常委的專業化，以及較少的進行省委的調整頻次，因此可研判習近平第三任期全面掌權後，對於地方的管控也達到了一定程度的鞏固。

本文對於習時期省委常委的調整與組成分析有幾個觀察。首先，本文分析中共地方治理的量化視角，採用量化統計分析途徑，並以省-年為分析單位，可以更好的觀察中共中央如何以省為考量，用大局考量並全盤式來調整地方治術的策略。再者，在經驗資料上，本文蒐整習時期的常委資訊，將現有對於省委常委的了解持續更新，更能讓吾人了解習時期的中央地方關係的互動模式與權力動態。最後，本文進一步討論地方治術如何影

響中國的中央地方關係，尤其是中央領導人與地方的互動，增加吾人對習時期領導人治理地方策略的理解。

　　未來的研究可以在本文基礎上，持續深化了解中共中央如何調整與平衡地方治術策略中的「控制邏輯」與「治理邏輯」。將來研究者可以從省委組成中挖掘更多可能的地方治術，並且觀察其他政策績效指標是否對中共中央調整省委常委組成有顯著影響。此外，未來分析亦可觀察不同指標與特定職務的調動，如各省市宣傳部長、組織部長、統戰部長或是副書記，是否與省市的宣傳工作、反腐工作或是少數民族統戰工作的績效成果有顯著的相關，將有助於吾人更深入了解習時期的地方用人邏輯。隨著習近平連任第三任中共中央總書記，政治制度化已然走向另一個方向，在習全面掌權下，中共官員選任模式將如何大幅變動將是更加重要的研究問題。

參考文獻

中文文獻

人民網，2013，〈習近平在天津考察時強調：穩中求進推動經濟發展 持續努力保障改善民生〉http://cpc.people.com.cn/BIG5/n/2013/0516/c64094-21498366.html，查閱時間，2022/10/17。

中央社，2022，〈吳玉山：習近平 10 年統治 中國出現「再毛化」〉，https://www.cna.com.tw/news/acn/202210120267.aspx，查閱時間：2022/10/17。

中國經濟網，〈地方黨政領導人物庫〉，http://district.ce.cn/zt/rwk/index.shtml，查閱時間：2022/07/01。

向楊，2020，〈大國幹部調配：中國省級黨委常委的來源〉，《理論與改革》，3：60-71。

沈士光，2020，〈幹部異地交流的結構性變化及其政治分析－以省級地方黨委常委會為例〉，《哈爾濱工業大學學報：社會科學版》，22（3）：14-20。

周黎安，2004，〈晉升博弈中政府官員的激勵與合作—兼論我國地方保護主義和重複建設問題長期存在的原因〉，《經濟研究》，6，33-40。

周黎安，2007，〈中國地方官員的晉升錦標賽模式研究〉，《經濟研究》，7：36-50。

林蓉蓉，2019，〈人力資本如何影響官員晉升——基於 1990~ 2013 年省級領導晉升過程的研究〉，《政治學研究》，1：91-105。

徐胤揚，2021，〈中共省級黨委常委組成與特性：胡錦濤與習近平時期的比較分析〉，臺北：國立政治大學東亞研究所碩士論文。

國立政治大學，2012，〈中共政治菁英資料庫〉，https://cped.nccu.edu.tw，查閱時間：2021/03/01。

國家統計局，2022，〈國家數據〉，https://data.stats.gov.cn/，查閱時間：

2022/07/30。National Bureau of Statistics. 2022.

寇健文，2006，〈中共與蘇共高層政治的演變：軌跡、動力與影響〉，《問題與研究》，45（3）：39-75。

寇健文，2010，《中共菁英政治的演變：制度化與權力轉移, 1978-2010》，臺北：五南圖書出版股份有限公司。

張執中、楊博揚，2021，〈組建 [巡邏隊]—中共中央與省級紀檢菁英結構與流動分析〉，《政治學報》，71：61-98。

張登及，2022，中共「二十大」外交路線與近期國際動向，《陸委會報告》，https://ws.mac.gov.tw/Download.ashx?u=LzAwMS9VcGxvYWQvMjk1L2NrZmlsZS8yZWE4ZTJjOS0zMTJhLTQ2MzktOWM5NS1lYWZlZTNhMjZlNGIucGRm&n=NOW8teeZu%2bWPiuS6jOWNgeWkp%2bWgseWRiuWkluS6pOWLleWQkS5wZGY%3d，查閱時間：2022/12/1。

陳德昇、王信實、周秝宸，2016，〈中共中央政治局委員菁英甄補研究：[十六大]至 [十八大] 實證分析〉，《中國大陸研究》，59（4）：49-79。

黃信豪，2010，〈有限活化的中共菁英循環：黨政領導菁英組成的跨時考察〉，《中國大陸研究》，53（4）：1-33。

黃信豪，2013，〈制度化下的中共菁英晉升：接班人栽培的觀點〉，《中國大陸研究》，56（1）：33-60。

楊竺松、燕陽、張雪君、張君憶，2021，〈中國共產黨幹部選任的能力導向——來自省委常委的證據 (1983—2012 年)〉，《政治學研究》，3：26-41。

趙建民、蔡文軒，2006，〈中共菁英政治的 " 結構 - 行動者 " 模式〉，《中國大陸研究》，49（1）：1-26。

蔡文軒，2010，〈解釋中國大陸省級的政治改革 :[政績 / 派系] 模式的思考〉，《政治科學論叢》，44：105-144。

英文文獻

Bell, Daniel A. 2016. "The China Model." In *The China Model*. Princeton University Press.

Bo, Zhiyue. 1996. "Economic Performance and Political Mobility: Chinese Provincial Leaders." *Journal of Contemporary China* 5(12): 135-154.

Bo, Zhiyue. 2002. Chinese Provincial Leaders :Economic Performance and Political Mobility since 1949 . Armonk , NY:M.E .Sharpe

Bulman, David J, and Kyle A Jaros. 2020. "Loyalists, Localists, and Legibility: the Calibrated Control of Provincial Leadership Teams in China." *Politics & Society* 48 (2):199-234.

Bulman, David J, and Kyle A Jaros. 2021. "Localism in Retreat? Central-provincial Relations in the Xi Jinping Era." *Journal of Contemporary China* 30 (131):697-716.

Chen, Minglu. 2022. "'Innocent Young Girls': The Search for Female Provincial Leaders in China." *The China Quarterly* 251: 751-775.

Chen, Xi. 2012. Social Protest and Contentious Authoritarianism in China: Cambridge University Press.

Chen, Xuelian. 2017. "A U-turn or just Pendulum Swing? Tides of Bottom-up and Top-down Reforms in Contemporary China." *Journal of Chinese Political Science* 22 (4):651-673.

Dickson, Bruce. 2016. The Dictator's Dilemma: The Chinese Communist Party's Strategy for Survival: Oxford University Press.

Donaldson, John. 2016. Assessing the Balance of Power in Central-local Relations in China: Routledge.

Eaton, S. and Kostka, G. 2014. "Authoritarian Environmentalism Undermined? Local

Leaders' Time Horizons and Environmental Policy Implementation in China." *China Quarterly*, 218: 359-380.

Egorov, Georgy, and Konstantin Sonin. 2011. "Dictators and Their Viziers: Endogenizing the Loyalty–competence Trade-off." *Journal of the European Economic Association* 9 (5):903-930.

Fewsmith, Joseph, and Andrew J Nathan. 2019. "Authoritarian Resilience Revisited: Joseph Fewsmith with Response from Andrew J. Nathan." *Journal of Contemporary China* 28 (116):167-179.

Gilley, B. 2014. "Authoritarian Environmentalism and China's Response to Climate Change." *Environmental Politics* 21: 287-307.

Huang, Yasheng. 1996. "Central-local Relations in China during the Reform era: The Economic and Institutional Dimensions." *World Development* 24 (4):655-672. doi: http://dx.doi.org/10.1016/0305-750X(95)00160-E.

Huang, Yasheng. 1999. Inflation and Investment Controls in China: The Political Economy of Central-Local Relations during the Reform Era: Cambridge University Press.

Jaros, Kyle A, and Yeling Tan. 2020. "Provincial Power in a Centralizing China: the Politics of Domestic and International 'Development Space'." *The China Journal* 83 (1):79-104.

Jia, Ruixue, Masayuki Kudamatsu, and David Seim. 2015. "Political Selection in China: The Complementary Roles of Connections and Performance." *Journal of the European Economic Association* 13 (4):631-668.

Kahneman, Daniel, and Amos Tversky. 1979. "Prospect Theory: An Analysis of Decision under Risk." *Econometrica* 47(2): 263-292.

Kennedy, John J. 2007. "The Implementation of Village Elections and Tax-for-

Fee Reform in Rural Northwest China." In *Grassroots Political Reform in Contemporary China*, eds. E. J. Perry and M. Goldman. Cambridge, MA: Harvard University Press. 48–74.

Kostka, Genia. 2013. "Environmental Protection Bureau Leadership at the Provincial Level in China: Examining Diverging Career Backgrounds and Appointment Patterns." *Journal of Environmental Policy & Planning* 15 (1):41-63.

Kostka, Genia, and Jonas Nahm. 2017. "Central–local Relations: Recentralization and Environmental Governance in China." *The China Quarterly* 231:567-582.

Kostka, Genia, and Chunman Zhang. 2018. "Tightening the Grip: Environmental Governance under Xi Jinping." *Environmental Politics* 27(5): 769-781.

Landry, Pierre F. 2003. "The Political Management of Mayors in Post-Deng China." *The Copenhagen Journal of Asian Studies* 17: 31-58.

Landry, Pierre F. 2008. *Decentralized Authoritarianism in China*. New York: Cambridge University Press.

Landry, Pierre F, Xiaobo Lü, and Haiyan Duan. 2018. "Does Performance Matter? Evaluating Political Selection along the Chinese Administrative Ladder." *Comparative Political Studies* 51 (8):1074-1105.

Li, Hongbin, and Li-An Zhou. 2005. "Political Turnover and Economic Performance: the Incentive Role of Personnel Control in China." *Journal of Public Economics* 89 (9–10):1743-1762. doi: http://dx.doi.org/10.1016/j.jpubeco.2004.06.009.

Lü, Xiaobo, and Pierre F. Landry. 2014. "Show Me the Money: Interjurisdiction Political Competition and Fiscal Extraction in China." *American Political Science Review*, 108(3): 706-722.

Manion, Melanie. 2015. Information for autocrats: Representation in Chinese local congresses: Cambridge University Press.

Manion, Melanie. 2016. "Taking China's Anticorruption Campaign Seriously." *Economic and Political Studies* 4 (1):3-18.

Mertha, Andrew C. 2005. "China's "Soft" Centralization: Shifting Tiao/kuai Authority Relations." *The China Quarterly* 184:791-810.

Montinola, Gabriella, Yingyi Qian, and Barry R. Weingast. 1995. "Federalism, Chinese Style: The Political Basis for Economic Success in China." *World Politics* 48 (1):50-81. doi: doi:10.1353/wp.1995.0003.

Nathan, Andrew J. 2003. "Authoritarian Resilience." *Journal of Democracy* 14 (1):6-17.

Oi, Jean Chun. 1999. Rural China takes off: Institutional foundations of economic reform: Univ of California Press.

Oksenberg, Michel, and James Tong. 1991. "The Evolution of Central–Provincial Fiscal Relations in China, 1971–1984 the Formal System." *The China Quarterly* 125:1-32.

Qian, Yingyi, Gerard Roland, and Chenggang Xu. 1999. "Why is China Different from Eastern Europe? Perspectives from Organization Theory." *European Economic Review* 43 (4-6):1085-1094.

Rothstein, Bo. 2015. "The Chinese Paradox of High Growth and Low Quality of Government: The Cadre Organization Meets Max Weber." *Governance* 28 (4):533-548.

Sheng, Yumin. 2009. "Authoritarian Co-optation, the Territorial Dimension: Provincial Political Representation in Post-Mao China." *Studies in Comparative International Development* 44 (1):71-93. doi: 10.1007/s12116-008-9023-y.

Shih, Victor, Christopher Adolph, and Mingxing Liu. 2012. "Getting Ahead in the Communist Party: Explaining the Advancement of Central Committee Members in China." *American political science review* 106 (1):166-187.

Shih, Victor, Jonghyuk Lee, and Meyer, David. 2021. The Database of CCP Elite. San Diego: 21st Century China Center.

Shirk, Susan L. 2018. "China in Xi's" New Era": The Return to Personalistic Rule." *Journal of Democracy* 29 (2):22-36.

Simon, Herbert A. 1955. "A Behavioral Model of Rational Choice." *The Quarterly Journal of Economics* 69 (1):99-118.

van der Kamp, Denise. 2021. "Can Police Patrols Prevent Pollution? The Limits of Authoritarian Environmental Governance in China." *Comparative Politics* 53 (3):403-433.

Wang, Yuhua. 2014. "Empowering the Police: How the Chinese Communist Party Manages Its Coercive Leaders." *The China Quarterly* 219:625-648.

Wedeman, Andrew. 2017. "Xi Jinping's Tiger Hunt: Anti-corruption Campaign or Factional Purge?" *Modern China Studies* 24 (2): 35.

Yao, Yang, T Xi, L Li, He Wang, Feng Wan, Qian Zhang, Songrui Liu, and Shundong Zhang. 2020. "Selection, Trainning and Incentivizing: Evidence from the CCER Official Dataset." *China Economic Quarterly* 19:1017-1040.

Zakharov, Alexei V. 2016. "The Loyalty-competence Trade-off in Dictatorships and Outside Options for Subordinates." *The Journal of Politics* 78 (2):457-466.

Zeng, Qingjie. 2016. "Control, Discretion and Bargaining: The Politics of Provincial Leader Rotation in China." *Chinese Political Science Review* 1 (4):623-644.

Zheng, Yongnian. 2007. De facto federalism in China: Reforms and dynamics of central-local relations. Vol. 7: World Scientific.

Zhu, Liyuan, and Kevin Lo. 2022. "Eco-socialism and the Political Ecology of Forest Conservation in the Greater Khingan Range, China." *Political Geography* 93: 102533.

經貿互動與社會

中共「二十大」後經濟發展：趨勢與挑戰

王國臣

（中華經濟研究院第一所助研究員）

劉孟俊

（中華經濟研究院第一所研究員）

吳佳勳

（中華經濟研究院第一所副研究員）

摘　要

　　本文試由新古典現實主義架構出發，首先回顧習近平第一和第二任期之經濟治理模式，釐清其在不同時期的經濟戰略。研究方法係採用文字探勘法，針對 2012-2022 年習近平主持會議之所有公報和公告，進行文字探勘，藉以對比習前後二任期的經濟戰略路線，再輔以「二十大」報告內容分析其第三任期的政策取向，以掌握中共「二十大」後的經濟發展戰略方向。

　　根據本文分析，習進入第二任期後，政策取向轉向更注重安全、儲備和底線思維，尤其表現在產業升級戰略的重視，並開始致力於科技自主創新。對外戰略方面，習第二任期後的一帶一路和「全球治理改革」轉趨低調，取而代之的是「國際合作」，從而相關政策延續至第三任期。「二十大」後，預判經濟戰略將以安全為首，側重產業科技自主、推動共同富裕、消除國內市場的行政障礙、推動綠色發展、增加能資源和糧食儲備。簡言之，「二十大」經濟發展首要任務，在形成有效內循環並減少對外部經濟的依賴。

關鍵字：中國大陸、「二十大」、文字探勘、經濟戰略

壹、前言

　　截至 2022 年底，習近平將完成其作為中國共產黨中央委員會總書記的第二個任期，並在 2022 年 10 月 23 日中國共產黨第二十屆中央委員會第一次全體會議，取得中共總書記的第三個任期。隨著習近平政權進入第三任期，其長達至少 15 年的戰略觀點、經濟任務、目標和政策取向及其變遷，成為重要研究議題。

　　在習近平過去兩任十年執政期間，中國大陸經濟呈現大幅放緩。特別是在 2022 年，受到新冠肺炎疫情（COVID-19）動態清零政策和房地產監管事件影響，衝擊其經濟表現，即使這部分歸因於美國在 2018 年即對中國大陸展開貿易戰所致。總體而言，2022 年中國大陸經濟減速，可能來自於全球景氣週期性循環的影響，以及遭受到眾所周知的結構性因素下行壓力，如人口老齡化和生產力下降。但即使如此，中國大陸經濟發展與習近平的個人執政特質，及其所採取的經濟戰略高度相關。

　　回顧習近平第一和第二任期，其經濟治理模式確實存在顯著差異，本文將試圖理解習近平在不同時期的經濟戰略和思想變化，如同毛、鄧時代，習近平的經濟發展政策也面臨著追求經濟成長、融合、穩定，以及維持中共一黨專政體系等政治經濟三難困境（Political-Economy Trilemma）。但是過去毛澤東和鄧小平的發展戰略，已因系統性失衡加劇而失敗，相對的，習近平除依賴民族主義外，也同時藉「一帶一路」和數位科技監控，或可望走出不可持續性威脅的困境（Wagner, 2021, 311-329）。

　　近來有不少研究關注習近平的治國政治架構，Tsang and Cheung（2022）以文字探勘（text mining）方式，研究習近平自 2012 年上任以來的談話和著作，證明其願景是以中國共產黨為工具，以提供全面的領導、推動中國大陸經濟升級、中國化馬克思主義、培育以黨為中心的民族主義、

增強其合法性並獲得全球領導地位。在這個過程中，習試著重啟毛澤東的群眾路線，誘導人們接受黨制定的國家目標。

本研究從新古典現實主義架構（neoclassical realism framework）出發，結合對 2012 年至 2022 年習近平主持的各種會議之所有公報和公告，進行文字探勘，提取習近平經濟戰略的主要觀點。主要描述習近平兩屆任期內的戰略環境變化，呈現其對國內外環境的觀點，並提出其經濟戰略作為，相關分析成果有助探索習近平在其第三任期追求中國大陸經濟發展的戰略政策選擇及其可能模式。

本文共分七節。除前言部分外，第二節概述習近平經濟學的形成，並對中國大陸總體經濟環境進行說明。第三部分是文字探勘的研究方法與分析架構。本文運用文字探勘法，就習近平兩屆任期內主持的各種會議的公報和公告中的關鍵文字進行分析。第四部份為研究結合修正新古典現實主義的架構，將所汲取的關鍵字歸納為三個領域：即環境認知、政策目標和決策，比較習近平前兩屆任期經濟策略的差異。第五節進一步概述習近平於其兩個任期在創新、協調、綠色、開放和共用等五個方面的經濟戰略轉變。最後，第六節延伸運用研究結果，結合比較習近平在中共「二十大」政治報告的經濟戰略，說明本研究的文字探勘和分析成果。第七節為本研究之結論，提出研究發現與貢獻。

貳、習經濟戰略的形成和總體經濟環境

自 2013 年擔任國家主席以來，習近平即提出其「中國模式」的經濟發展理念，企圖實質與廣泛地重塑中國大陸經濟。在其第一個任期內，在副總理劉鶴的協助下，習近平致力於解決其經濟議程上的國內問題，如高負債率、工業產能過剩和貧困，部分是在 2013 年至 2017 年的第一個任期

內對國際貿易和外國技術進行經濟結構調整。在此期間較知名的戰略，包括提出「一帶一路」倡議、「中國製造 2025」以及其他旗艦計畫。

　　隨後自 2018 年以來，習近平在其第二任期內，開始面臨眾多國內外挑戰，尤其是美中貿易戰，習近平透過強化其經濟思想，與美競爭加速升級，涵蓋包括金融、投資、外匯制度、技術合作、科技人員交流等領域。此外，2019 年後中國大陸在嚴格疫情清零政策下，不確定的商業運作中斷和繁瑣的疾病預防措施，導致經濟發展惡化。故為因應中國大陸經濟的低迷時期，習近平遂提出「雙循環」與「共同富裕」等政策，意在穩定國內經濟成長。

一、習近平第一個任期—促進國內經濟高品質成長

　　「新常態」是習近平經濟發展的標誌之一，經濟政策旨在促進高品質成長。習近平在 2012 年就任總書記時，擁有人口紅利的中國大陸享有可觀的經濟成長能量。在其第一個任期內，中國大陸的 GDP 成長率平均高達 7.21%（以 2013-2017 年計）。同時，人均 GDP 也從 2013 年的 7,020 美元增加到 2017 年的 8,817 美元。如表 1 所示，從 2012 年起，中國大陸國內生產總值、外國直接投資流入量和出口都在增加。此階段習近平經濟政策旨在擴大高科技、高端製造業和服務業的發展。重要政策像是「中國製造 2025」和「大眾創業、萬眾創新」，具體目標是擴大高科技和高端製造業和服務業。在當時習近平的經濟理念中，中國大陸將受益於高端領域的發展——人工智慧、大數據、雲計算和量子計算，並轉向產業鏈中更高價值終端。

表 1：中國大陸的重要經濟指標

	2012	2013	2014	2015	2016	2017	2018	2019	2020	2021	2022	2013~ 2017	2018~ 2022
人口年成長（%）	0.678	0.666	0.630	0.581	0.573	0.605	0.468	0.355	0.238	0.089	-0.013	0.61	0.23
人均GDP（千美元）	6.301	7.020	7.636	8.016	8.094	8.817	9.905	10.144	10.409	12.618	12.720	7.92	11.16
GDP年成長（%）	7.864	7.766	7.426	7.041	6.849	6.947	6.750	5.951	2.239	8.447	2.991	7.21	5.28
失業率（%）	4.55	4.58	4.60	4.63	4.65	4.56	4.47	4.31	4.56	5.00	4.55	4.60	4.58
CPI（%）	2.620	2.621	1.922	1.437	2.000	1.593	2.075	2.899	2.419	0.981	1.974	1.91	2.07
出口與GDP 比值（%）	25.493	24.599	23.510	21.354	19.584	19.692	19.112	18.410	18.586	19.944	20.677	21.75	19.35
淨流入FDI對GDP 比值（%）	2.827	3.040	2.559	2.192	1.556	1.349	1.694	1.311	1.723	1.931	1.003	2.14	1.53
吉尼係數	42.2	39.7	39.2	38.6	38.5	39.1	38.5	38.2	--	--	--	39.0	38.4

資料來源：World Bank Database (2022)。

中國大陸作為世界製造業大國的成功，不僅帶動其經濟繁榮，且其工業能力也轉化為外向型政策的推動力。「一帶一路」倡議（BRI）是習近平就任以來中國大陸對外的經濟重大戰略，奠基於中國大陸龐大的製造和建設優勢（Yu, 2017, 353-368）。透過 BRI 的推動，中國大陸經濟實力成為其國際權力的來源，特別是對周邊國家的影響力（Haggai, 2016, 10-14），並用以輸出其經濟成長與發展模式（Enderwick, 2018, 447-454）。

當時期習近平經濟戰略除主張高品質成長外，另一個重要戰略在於推動「供給側改革」。該政策著重於兩個方面，一方面，推動國有企業改革，通過重組和建立民用和軍用企業的實質性聯繫來提高效率。另一方面，扶貧也被強調在政策議程的首位。在習近平的首五年任期內，黨和國家機構多次提到扶貧、社會福利和正義，這不僅是習主要政策目標，也是「中國

模式」的開創性屬性。習近平的「中國夢」即是設想到了 2021 年，即中國共產黨成立一百周年時，達成消除貧困，實現中國大陸成為一個小康社會（Lam, 2017）。

二、習近平的第二個任期──面對美中貿易戰及反中意識挑戰

雖然習近平的政治權力在第一任期得到了鞏固，但他的第二任期繼續將政治權力擴展到經濟領域。「習近平新時代中國特色社會主義經濟思想」在 2018 年中央經濟工作會議被正式提出，並將之採納為財政和經濟政策的唯一指導原則。在此情勢下，李克強總理作為經濟領域最高決策者的地位被明顯削弱。相對於過去，即使是毛澤東也主要負責政治和軍事問題，金融和經濟則由陳雲和李先念等經濟專家以及周恩來總理負責。但習近平在其第二任期內，政治、軍事與經濟集於一身，令各界莫不對此種高度集權感到驚訝。

儘管如此，習近平作為黨和國家正式領導人的權力，還是受到全球和中國大陸本身經濟動態的制約。國際體系的劇烈變化，如中美貿易爭端及其他地緣政治，布列敦森林制度（Bretton Woods system）的惡化，以及重大流行病的蔓延，都對中國大陸的經濟表現帶來深刻影響，且大多是負面的。

也就是在習第二個任期內，經濟治理面臨著更多嚴峻挑戰。除了不斷減少的人口紅利外，中國大陸嚴重依賴國際貿易的經濟成長模式，似乎也難以維持。正是在 2019 年，中國大陸的人均 GDP 突破了 1 萬美元，這是中國大陸經濟發展的一個里程碑。然而，出生率的下降和老齡化社會，意味著更沉重的金融和經濟壓力隨之而來。加上對疫病採取的限制性措

施和導致的供應鏈中斷，出口表現和外人直接投資在習近平的第二個任期內急劇下降。原本在他的第一個任期內，貨物和服務的出口占 GDP 為 21.75%，第二任期已下降到 19.35%。（如表 1 所示）

　　與此同時，作為中國大陸經濟成長的另一個重要推動力，外國在華投資也呈現同樣的趨勢——外人直接投資與 GDP 的比例在第一個任期平均為 2.14%（2013-2017 年），第二任期下降到 1.53%（2018-2022 年），參表 1。

　　為了進一步加強中共執政的合法性以及實現經濟政策目標，習近平不得不在國內採取了一些非常規的經濟政策，如「雙循環」與「共同富裕」，打算進一步刺激國內經濟，加強國內的福利再分配。其中「雙循環」在 2020 年 5 月推進，即國內大循環和國內 - 國際循環，標誌著中國出口導向的發展模式轉變。國內大循環是把重點放在中國大陸巨大的國內市場潛力上，並促進本土創新以推動成長。但習近平也強調，中國大陸並不會將自己與世界完全隔絕，而是會更加開放。

　　習近平的另一個關鍵經濟戰略是 2021 年啟動的「共同富裕」。在過去幾十年追求經濟成長的過程中，中國大陸從以發展為中心的戰略，轉移到處理扶貧和社會不平等問題的解決方案上。目標是改革收入分配，使中產階級成為中國大陸財富分布的絕大部分。根據「三次分配」，為富人和巨型公司創造以自願捐贈和慈善捐款的形式回饋社會。然而，習近平的「共同富裕」概念是否以掠奪的方式實施，仍然值得關注。如阿里巴巴等中國大陸高科技巨頭似乎成為以「共同富裕」名義下的受害者，儘管中國大陸政府一再否認這種指責，但人們仍舊擔心市場機制和企業家精神可能受到破壞，投資者的信心正在喪失。

參、研究方法與分析架構

一、文字探勘和資料處理

文字探勘（text mining）為晚近常用之文獻分析工具，可用於從非結構化文字檔案的語料庫中發現、檢索和提取有趣和非瑣碎資訊的自動過程（Gupta et al., 2020, 1-25；Gupta & Lehal, 2009, 60-76）。文字探勘結合了自然語言處理（NLP）、人工智慧、資訊檢索和資料採擷的技術，有助提高人們對書面語言的複雜分析處理系統的理解（Abbe et al., 2016, 86-100；Tobback et al., 2018, 355-365）。目前文字探勘已被普遍應用於許多研究領域，例如，金融（Gupta et al., 2020, 1-25）、農業（Drury & Roche, 2019）、服務管理（Kumar et al., 2021）、政策評估（Tobback et al., 2018, 355-365）等。

在近期的中國研究文獻需要處理大量的政策文本時，以文字探勘作為一種分析研究工具獲得相當廣泛的應用。文字探勘補充了傳統的解釋方法，這種方法主要依靠學者的專業知識，從不同角度提出觀點，從而超越了文字描述的本質。本文旨在利用文字探勘研究習近平的經濟戰略，以釐清習近平經濟思想的內涵。研究策略上將首先確定官方聲明中優先考慮的幾個政策領域，再進一步關注這些政策的實質性內涵。

承上說明，本文所運用文字探勘分析對象，取自 2012 年 11 月至 2022 年 9 月期間，計 332 場習近平主持的正式會議，含括全國黨代表大會、中央委員會全體會議、中央經濟工作會議、中央政治局常務委員會、中央政治局會議、中央政治局集體學習、中央全面深化改革領導小組暨委員會，以及中央財經領導小組暨委員會[1]。表 2 說明了 2012 年 11 月至 2022 年 9

---

1 中共中央全面深化改革領導小組、中央財經領導小組於 2018 年 3 月改組為委員會。

月的 332 份例行會議的公報和公告，總篇幅達 68 萬字。所有蒐集到的文本可以根據不同時期分成兩組：2012-2016 年和 2017-2022 年，因為習近平在 2017 年 10 月的中國共產黨第十九次全國代表大會上已擔任主席。

　　須說明的是，若干會議涵蓋多個議題。例如：第 19 屆第 6 次中央政治局集體學習的主題為「黨的政治建設」，但同時也觸及經濟問題——穩增長、促改革、調結構、惠民生與防風險，故本文並未限縮於經濟相關會議，希冀提高樣本代表性 [2]。（見表 2）

表 2：習近平主持的正式會議（2012 年 11 月至 2022 年 9 月）

項目類別	18 大 （2012-2016 年）	19 大 （2017-2022 年）	總計
全國黨代表大會	0	1	1
中央委員會全體會議	6	7	13
中央經濟工作會議	5	5	10
中央政治局常務委員會	2	17	19
中央政治局	49	68	117
中央政治局集體學習	37	47	84
中央全面深化改革領導小組暨委員會	31	36	67
中央財經領導小組暨委員會	8	13	21
總計	138	194	332

說明：本文亦未將中共第十八次全國代表大會（18 大）的政治報告，納入文字探勘
　　　當中，因其主要體現胡錦濤的施政理念。
資料來源：本文整理自中共中央組織部 (2022)。

　　在研究步驟上，本文首先利用北京大學研發的中文分詞軟體（Peking University multi-domain word segmentation, PKUSEG），進行斷詞（Sun et al., 2019）。其次參酌北京清華大學的開放中文詞庫（Tsinghua Open

---

2 作者因無法蒐集到第 18 屆前五次與第 10 次中央財經領導小組的會議全文，此成為本研究限制之一。

Chinese Lexico, THUOCL），其內含 3,830 條財經類詞彙，並輔以中央研究院（2022）的中文詞庫，計 88,000 條專有名詞與慣用語，篩選出具實質意涵的字詞（Han et al., 2016）。最後則由本文作者群討論粹取出計 307 個關鍵詞，進行後續分析。

二、政策制定分析架構：新古典現實主義

近年中國大陸的經濟狀況在結構和週期上都面臨挑戰，習近平的官員小組或已經做出大量努力，透過使用各種經濟政策來實現官方目標。然而近年因國際情勢的巨大變化，中國大陸也不得不依據國內外的現實變化，調整其經濟路線以適應新的挑戰。

本研究系統地利用大量由習近平主持的委員會、會議和工作組選定文件中蒐集的 2012-2022 年的文本。具體來說，通過修改 Ripsman et al.（2016）的新古典現實主義架構，本研究將所有挖掘的文本詞分為四組，與其政策制定過程中的四個階段相一致，即環境條件、決策者的感知、決策和政策實施（圖 1）。

首先，本文所選的與「環境條件」相關的關鍵字，被用來描述中國大陸在過去兩個時期所強調的經濟條件變化。第二，通過提取與「認知」相關的關鍵字，探討習近平政府指出的中國大陸經濟的機會和威脅。第三，通過「決策」中的關鍵字，找出習近平政府為中國大陸經濟制定的戰略目標。在制定戰略目標時，本文也試圖找出習近平政府指出的中國大陸經濟的優劣勢。最後一點，歸入「政策執行」的關鍵字，有助於掌握習近平經濟政策的關鍵維度。通過這種方式，本文得以探索習近平經濟意識形態的演變，並有助於預判其在第三任期內採取的經濟戰略。

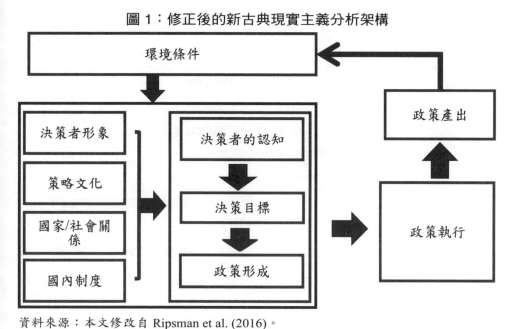

圖 1：修正後的新古典現實主義分析架構

資料來源：本文修改自 Ripsman et al. (2016)。

肆、習近平經濟戰略

依據本文觀測時間分為 2012-2016 年（前期）與 2017-2022 年兩個階段（後期）。如此切分的原因，是 2017 年 10 月召開中共第十九次全國代表大會，標誌習近平的全面執政。如圖 2 所示，習近平總書記系列重要講話精神（XJSIS, Xi Jinping Series of Important Speech）於前期共出現 16 次，除以同期 138 場會議；出現頻率為 0.12 次。後期則驟降至 0.03 次。取而代之的是新時代中國特色社會主義思想（SCCNE, Socialism with Chinese Characteristics for a New Era），詞頻為 0.61 次。

值得一提的是，新時代中國特色社會主義思想僅 16 次未冠名「習近平」，且主要集中於 2017 年，比例達 68.8%；[3] 顯示新時代中國特色社會

3　未冠名「習近平」的「新時代中國特色社會主義思想」，分別出現在 2017 年 18 大全國黨代表大會報告（計

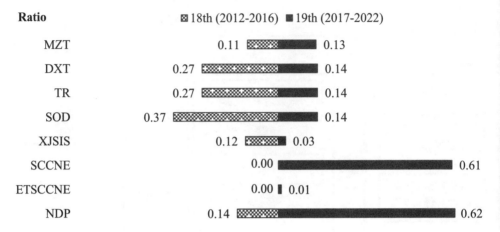

圖 2：習近平思想地位變化（2012 年至 2022 年）

說明：NDP（New development philosophy）新發展理念；ETSCCNE（Economic Thought on Socialism with Chinese Characteristics for a New Era）新時代中國特色社會主義經濟思想；SCCNE（Socialism with Chinese Characteristics for a New Era）新時代中國特色社會主義思想；XJSIS（Xi Jinping Series of Important Speech）習近平總書記系列重要講話精神；SOD（Scientific Outlook on Development）科學發展觀；TR（Three Represents）三個代表；DXT（Deng Xiaoping Theory）鄧小平理論；MZT（Mao Zedong thought）毛澤東思想。

資料來源：本文自行整理。

主義思想等同習近平的總體戰略。惟過去 10 年，習近平僅兩次提及新時代中國特色社會主義經濟思想，皆出現在 19 屆第 1 次中央經濟工作會議。但新發展理念（NDP, New development philosophy）的詞頻則驟增 0.48 次，故新發展理念可視為習近平 19 大的核心經濟思想。

　　相對而言，鄧小平理論（DXT, Deng Xiaoping Theory）與江澤民的三個代表（TR, Three Represents）出現頻率，皆由 0.27 次降至 0.14 次。期間，

---

7 次）、2017 年中央委員會全體會議（計 4 次）、2019 年 19 屆第 15 次中央政治局集體學習（計 2 次）、2020 年 19 屆第 21 次中央政治局集體學習（計 1 次）、2021 年 19 屆第 21 次中央政治局集體學習（計 1 次）、2018 年 19 屆第 5 次中央全面深化改革委員會（計 1 次）。

胡錦濤的科學發展觀（SOD, Scientific Outlook on Development）亦縮減 0.23
次。僅毛澤東思想（MZT, Mao Zedong thought）微升 0.02 次，詞頻與前三
者的差距收斂到 0.01 次。由此觀之，習近平可能只是平衡中共歷代領導人
的意識形態地位，而非高舉毛澤東思想；此為先行研究忽略之處。（Bougon,
2018；Brown & Bērziņa-Čerenkova, 2018, 323-339；Peters, 2019）

　　承上分析，本文將接續探討習近平對外部環境的看法及其面對的機遇
和挑戰，透過文字探勘來分析其言論所支撐的政策目標。最後則是審視其
對環境的看法和追求目標，以此為基礎來論述習近平經濟戰略的實施，特
別是戰略偏好。

一、認知

　　隨美中經貿衝突加劇，中共對國際政經情勢的認知愈趨悲觀。例如：
習近平於 2014 年 18 屆第 17 次中央政治局集體學習上首次表示，世界處
於前所未有的大變局，「變局」一詞占前期 138 場會議的比例為 0.01 次；
後期則竄升到 0.16 次。反之，戰略機遇期由 0.12 次縮減到 0.04 次。故北
京當局希冀填補「弱項與短版」，詞頻由 0.28 次倍增到 0.64 次。

　　與此同時，中共也愈加擔憂其內部經濟局勢。受到房地產泡沫、債務
驟增與違約頻仍的影響，風險的出現頻率由 1.85 次攀升到 2.43 次。特別
是，衝擊與動盪的差距由負轉正，凸顯事態急遽惡化。氣候變遷亦構成新
興挑戰，如災害由 0.07 次倍增到 0.22 次。反之，新常態與下行分別縮減 0.39
次與 0.05 次。準此，習近平對系統性金融風險的關注，已超越經濟放緩。

圖 3：習近平對政經環境的認知（2012 年至 2022 年）

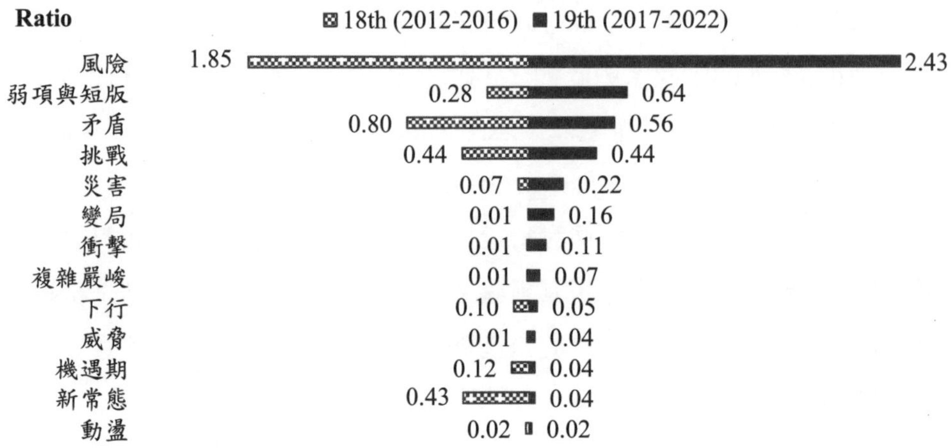

Ratio　　　　　▨ 18th (2012-2016)　■ 19th (2017-2022)

關鍵詞	18th	19th
風險	1.85	2.43
弱項與短版	0.28	0.64
矛盾	0.80	0.56
挑戰	0.44	0.44
災害	0.07	0.22
變局	0.01	0.16
衝擊	0.01	0.11
複雜嚴峻	0.01	0.07
下行	0.10	0.05
威脅	0.01	0.04
機遇期	0.12	0.04
新常態	0.43	0.04
動盪	0.02	0.02

資料來源：本文自行整理

二、政策目標

　　前後二期，習近平的經濟戰略目標首重穩定與保障，前後期分別為 3.38 次與 3.40 次，高居各關鍵詞之冠。惟北京當局愈加注重安全，出現頻率由 1.86 次竄升到 3.22 次。儲備與底線思維亦同步擴增 0.26 次與 0.06 次。易言之，美國對中國大陸的經貿與科技封鎖，乃至印太經濟架構（Indo-Pacific Economic Framework, IPEF）與重建更美好世界（Build Back Better World, B3W）的全球圍堵，均加深習近平的備戰思維。

　　其次，作為習近平繼續執政的立基——全面建成小康社會與社會主義現代化強國，分別由 0.64 次與 0 次增加到 0.74 次與 0.06 次。「中華民族偉大復興」亦由 0.42 次攀升到 0.66 次。惟「中國夢」則愈趨隱晦，詞頻由 0.32 次降至 0.24 次。換言之，經濟頹勢可能在一定程度上削減習近平的自信。（見圖 4）

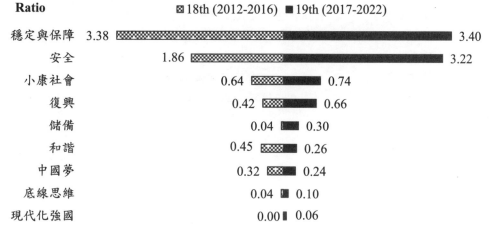

圖 4：習近平經濟戰略目標（2012 年至 2022 年）

Ratio　　　⊠ 18th (2012-2016)　■ 19th (2017-2022)

穩定與保障	3.38	3.40
安全	1.86	3.22
小康社會	0.64	0.74
復興	0.42	0.66
儲備	0.04	0.30
和諧	0.45	0.26
中國夢	0.32	0.24
底線思維	0.04	0.10
現代化強國	0.00	0.06

資料來源：本文自行整理。

　　圖 5 勾勒習近平經濟戰略的具體目標。金融的出現頻率由 0.77 次攀升
到 2.14 次，居各關鍵詞之冠；再次證實北京當局高度擔憂金融風險。其餘
依序是民生、就業、投資、產業鏈與供應鏈、能源、預期與糧食；外貿與
外資則屈居末位。特別是，19 屆第 7 次中央財經委員會更罕見提出進口替
代（import substitution），顯示中國大陸愈加重視國內市場及「內循環」。

三、政策偏好

　　習近平經濟戰略有「脫虛向實」的偏好選擇，製造業一詞在前後期出
現頻率由 0.06 次增加到 0.25 次；服務業則削減 0.13 次。擴大內需亦增加 0.22
次；反之，開放型經濟新體制縮減 0.03 次，再次證實北京當局試圖深耕「內
循環」，除抵外部不利因素。與之對應的是，獨立自主增加 0.23 次，惟國
際合作不降反升，由 0.04 次上升到 0.13 次，隱含中國大陸仍力圖強化聯
繫開發中國家，型塑「一個世界與兩套體系」的世界格局。

圖 5：習近平經濟戰略的具體目標（2012 年至 2022 年）

Ratio	18th (2012-2016)　19th (2017-2022)
金融	0.77　2.14
民生	0.93　1.14
就業	0.46　0.65
投資	0.83　0.60
產業鏈供應鏈	0.03　0.55
能源	0.50　0.44
預期	0.33　0.26
糧食	0.15　0.20
外資	0.14　0.20
外貿	0.07　0.12

說明：具體目標主要依據六保（民生、市場主體、糧食能源安全、產業鏈供應鏈穩定、基層運轉）與六穩（金融、外貿、外資、投資與預期）；其中，「基層運轉」與「市場主體」的涵蓋關鍵詞廣泛且與上述目標重疊。例如：若市場主體納入「企業」，則牽涉到國有企業、外商與外資企業，大幅增加計算難度，故予以排除。

資料來源：本文自行整理。

　　值得一提的是，習近平經濟戰略的價值取向多元。如圖 6 所示，實體經濟由 0.16 次倍增到 0.35 次；虛擬經濟亦同步攀升 0.24 次。北京當局也試圖平衡若干偏好。例如：生產與國有企業分別削減 0.13 次與 0.23 次；消費與民營企業則分別上升 0.06 次與 0.23 次。惟供給與需求同步滑落 0.04 次與 0.12 次，或揭露中國大陸處於「供給側改革」與「需求側管理」的經濟路線之爭。

　　綜合上述，中國大陸政經情勢內外交迫，致使習近平經濟戰略更加關注安全、儲備與底線思維。準此，習近平希冀透過大幅提升個人權威、中央領導與運動式治理，迅速實現內循環與獨立自主能力。同時，北京當局也試圖調整經濟路線，平衡國企與民企、生產與消費的相對關係。影響所及，外貿、外資與對外開放的重要性相應下降。與此同時，由政策偏好變

圖 6：習近平經濟戰略偏好（2012 年至 2022 年）

Ratio	18th (2012-2016)	19th (2017-2022)		18th (2012-2016)	19th (2017-2022)	Ratio
製造業	0.06	0.25		0.26	0.13	服務業
擴大內需	0.16	0.38		0.09	0.06	開放型經濟新體制
獨立自主	0.19	0.42		0.04	0.13	國際合作
實體經濟	0.16	0.35		0.01	0.25	虛擬經濟
供給	0.38	0.34		0.68	0.56	需求
生產	1.18	1.05		0.52	0.58	消費
國企	0.94	0.71		0.21	0.44	民企

資料來源：本文自行整理。

化來看，中國大陸政府正調整其經濟政策藍圖，試圖平衡國有和民營企業、生產和消費之間的關係。後續本文將進一步分析習近平經濟戰略內涵的變化。

伍、習近平經濟戰略內涵的變遷

　　承上文分析，習近平第二任期的經濟戰略內涵即新發展理念。此概念係習近平於 2015 年十八屆中央委員會第五次全體會議上提出：創新、協調、綠色、開放、共用的發展理念；並強調新發展理念是治本之策與戰略指引。隨後（2017 年），習近平於第十九次全國代表大會開幕會再次強調，貫徹新發展理念，建設現代化經濟體系。準此，以下將聚焦於新發展理念的內涵變化。

一、創新

創新即習近平的產業發展戰略。如圖 7 所示，美中科技戰提高中國大陸對科技的重視，出現頻率由 1.59 次倍增到 3.48 次；尤以重視人才與共性技術（generic technology）——廣泛應用於多個領域的技術，舉凡奈米（nanometer）、電腦輔助診斷（computer aided detection, CAD）與太陽能（solar energy）。北京當局亦將政策重心，由創新驅動轉向標準設定，揭櫫《中國製造 2025》邁向《中國標準 2035》。

分領域看，習近平首重人工智慧（artificial intelligence, AI），2017 — 2022 年出現頻率達 0.30 次，居各關鍵詞之冠。其餘依序是大數據（Big Data）、區塊鏈（Block Chain）、工業互聯網（Industrial Internet）、基因工程（genetic engineering）、第五代行動通訊技術（5th generation wireless systems, 5G）、雲端計算（cloud computing）與物聯網（Internet of Things, IoT）。惟中共強調數位與實體經濟深度融合發展，

圖 7：習近平創新與產業科技發展戰略（2012 年至 2022 年）

A. 目標			B. 領域		
Ratio ⊠18th (2012-2016) ■19th (2017-2022)			⊠18th (2012-2016) ■19th (2017-2022) **Ratio**		
科技與技術	1.59	3.48	0.00	0.30	人工智慧
人才	0.55	1.19	0.03	0.22	大數據
標準	0.49	0.63	0.00	0.17	區塊鏈
創業	0.23	0.18	0.00	0.04	工業互聯網
創新驅動	0.43	0.15	0.04	0.03	基因工程
新興產業	0.07	0.06	0.00	0.03	5G
共性	0.01	0.06	0.01	0.02	雲端計算
			0.00	0.02	物聯網

資料來源：本文自行整理。

而非單純側重資訊通訊科技（information and communications technology, ICT）。

二、協調

　　協調即習近平的區域發展戰略。其主要依循三大主軸推進：一是交通，如中國國務院於 2021 年頒布《國家綜合立體交通網規劃綱要》，出現頻率由 0.07 次上升到 0.22 次。二是中心城市[4]與城市群，詞頻由 0.01 次攀升到 0.14 次。三是新型城鎮化，特別是放寬個別超大城市的落戶限制，並試行以經常居住地登記戶口制度；惟詞頻由 0.51 次急遽縮減到 0.11 次。

　　分區域看，習近平對雄安新區、中部地區、粵港澳大灣區、成渝雙城經濟圈、海南自由貿易試驗區，以及西部大開發的關注均有所提升，詞頻分別增加 0.06 次、0.05 次、0.04 次、0.04 次、0.04 次與 0.02 次。反之，京津冀城市群、長江經濟帶，以及東北老工業基地，分別由 0.12 次、0.07 次與 0.07 次，降至 0.07 次、0.03 次與 0.01 次。（見圖 8）

三、綠色

　　綠色即習近平的永續發展（sustainable development）戰略。習近平於 2020 年宣示，二氧化碳排放量於 2030 年達到峰值，2060 年實現碳中和（carbon neutrality）。故低碳減排由 0.15 次飆升到 0.61 次。其次是節能，尤以能耗雙控——能源消耗總量與強度控管最受關注。惟可能受到限電衝擊，詞頻由 0.59 次縮減到 0.48 次。第三是污染防治，詞頻由 0.07 次增加到 0.27 次。最後則是主體功能區（參見圖 9）。[5]

4　中心城市含括北京、天津、上海、廣州、重慶、成都、武漢、鄭州與西安（全國城鎮體系規劃綱要，2005）；中國國家發展和改革委員會。

5　《國民經濟和社會發展第十一個五年規劃綱要》分為優化開發、重點開發、限制開發與禁止開發四類

圖 8：習近平區域發展戰略（2012 年至 2022 年）

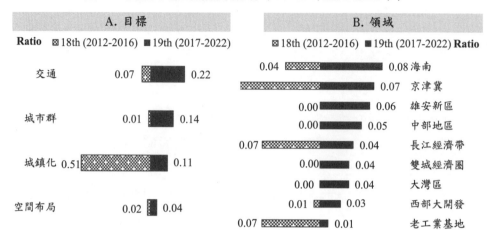

資料來源：本文自行整理。

圖 9：習近平永續發展戰略（2012 年至 2022 年）

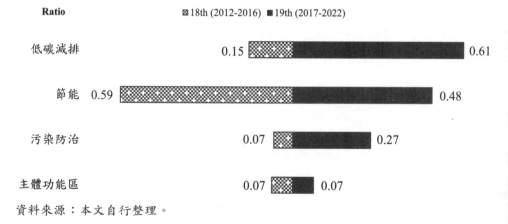

資料來源：本文自行整理。

四、開放

　　開放即習近平的國際經貿戰略。習近平首重招商引資。例如：營商環境、引進來與負面清單分別上升 0.07 次、0.05 次與 0.01 次。反之，絲綢

主體功能區。按開發內容，則分為城市、農產品主產區和重點生態區。

之路經濟帶和 21 世紀海上絲綢之路（一帶一路）與走出去，分別下降 0.34 次與 0.11 次，顯示財政窘迫壓抑對外擴張動能。值得一提的是，習近平試圖削減中國大陸對全球貿易的依賴。最佳例證是，自由貿易試驗區的出現頻率，由 0.28 次折半到 0.13 次。與之對應的是，貿易便利化亦僅由 0.01 次微幅上升至 0.02 次，僅高於人民幣國際化。此外，全球治理改革削減 0.24 次，取而代之的是命運共同體，由 0.03 次竄升到 0.14 次，隱含中共對外戰略的積極度轉為低調保守，引進來相對走出去更為重要，同時不再強調參與全球治理和改革，轉而強調中國大陸與世界各國同為命運共同體，用以降低全球反中意識（參見圖 10）。

圖 10：習近平國際經貿戰略（2012 年至 2022 年）

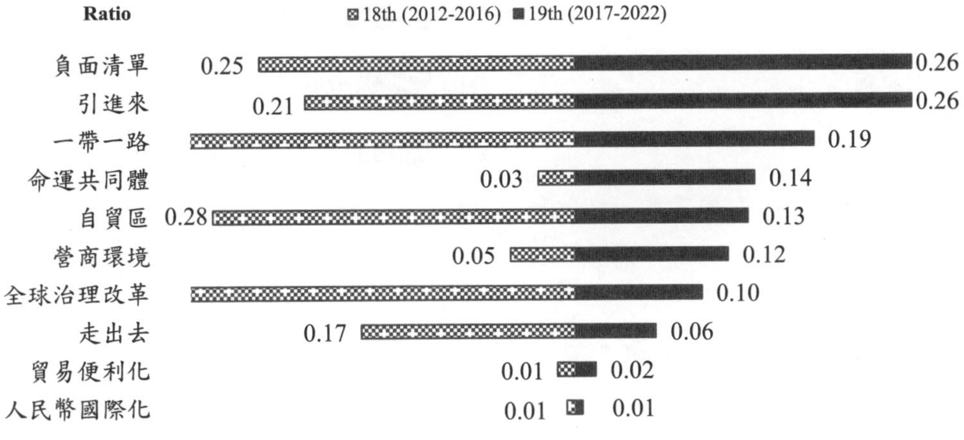

Ratio　　　⊠ 18th (2012-2016)　■ 19th (2017-2022)

項目	18th	19th
負面清單	0.25	0.26
引進來	0.21	0.26
一帶一路		0.19
命運共同體	0.03	0.14
自貿區	0.28	0.13
營商環境	0.05	0.12
全球治理改革		0.10
走出去	0.17	0.06
貿易便利化	0.01	0.02
人民幣國際化	0.01	0.01

資料來源：本文自行整理。

五、共用

共用為習近平的社會發展戰略。如圖 11 所示，脫貧、社會保險、分配、公共服務、鄉村振興與普惠在第二時期皆同步走揚，分別增加 1.59 次、0.88

次、0.42 次、0.39 次、0.34 次與 0.09 次，顯示習近平愈加重視社會層面的穩定。尤其是 2021 年宣布脫貧攻堅戰取得全面勝利，預期目標轉向「共同富裕」，並輔以公共服務均等化與社會保障全覆蓋，構建全國統一大市場。

圖 11：習近平社會發展戰略（2012 年至 2022 年）

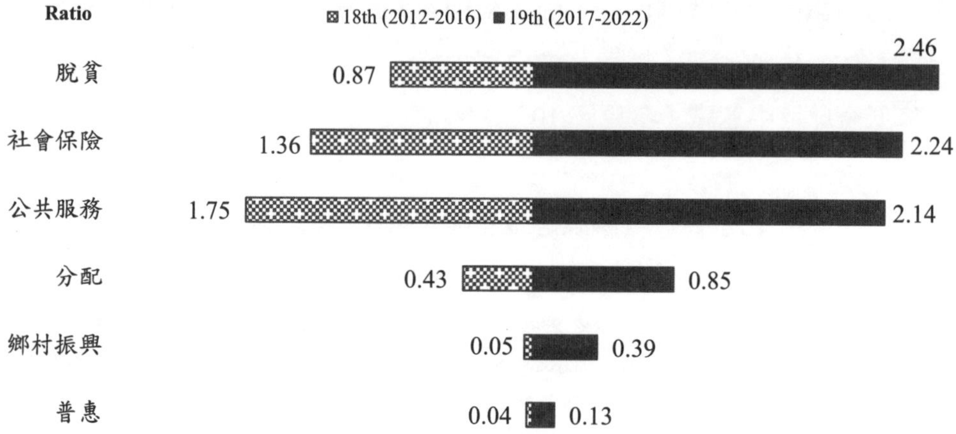

Ratio   ⊠ 18th (2012-2016)   ■ 19th (2017-2022)

脫貧	0.87	2.46
社會保險	1.36	2.24
公共服務	1.75	2.14
分配	0.43	0.85
鄉村振興	0.05	0.39
普惠	0.04	0.13

資料來源：本文自行整理。

綜合上述，新發展理念愈趨重視共用，詞頻由 0.75 次上升到 1.37 次，增加 0.62 次。其次是創新，增加 0.21 次。第三是綠色，增加 0.14 次。協調於前後期皆維持在 0.09 次。開放則由 0.19 次降至 0.13 次，滑落 0.06 次。正適以體現習近平經濟戰略最新構想——科技自主輔以共同富裕、消弭行政壁壘，並提升能資源與糧食儲備，最終形成內循環體系，降低對國際經貿的依賴。

陸、習近平「二十大」報告的政策取向分析

承前述分析，本文主要針對 2012-2016（前期）與 2017-2022 年兩個階段（後期），探討習近平在前二屆任期的政策取向及其變遷。然而，中共「二十大」於 2022 年 10 月 16-22 日召開，隨後的一中全會確定習近平即將進入第三屆任期。受研究時間因素影響，「二十大」報告全文並未納入本文文字探勘範圍，故暫以質性分析方法，說明「二十大」報告的政策取向。

就「二十大」報告經濟發展政策路線，基本延續「十四五規劃」並無重大變革。設定的政策目標和願景為「全面建成社會主義現代化強國、實現第二個百年奮鬥目標，以中國式現代化全面推進中華民族偉大復興」。輔以回顧 2021 年 3 月發布的「十四五」規劃，除近五年的發展策略外，也有銜接「2035 年遠景目標」的階段性任務。因此，「二十大」現代化的階段作為與「十四五」規劃的「到 2035 年基本實現社會主義現代化遠景目標」相一致。在經濟發展上，規劃中國大陸經濟實力、科技實力、綜合國力將大幅躍升，經濟總量和城鄉居民人均收入進一步提升；關鍵核心技術實現重大突破，進入創新型國家前列；基本實現新型工業化、資訊化、城鎮化、農業現代化，建成現代化經濟體系；人均國內生產總值達中等發展國家水準，中等收入群體明顯擴大；基本公共服務實現均等化，城鄉區域發展差距和居民生活水準差距顯著縮小等。

「二十大」報告總體戰略安排，分為兩階段落實：（1）從 2020 年到 2035 年基本實現社會主義現代化；（2）從 2035 年到 2050 年建成富強民主文明和諧美麗的社會主義現代化強國。對於未來 5 年經濟發展重點有四：（1）擴大內需，強調實體經濟 。（2）科教興國，強調科技自主，側重教育、科技和人才培育。（3）推動共同富裕，促進收入提升與分配公平。（4）

推動綠色轉型，兼顧經濟成長與生態維護。以下摘錄分析中共「二十大」重要政策趨勢，並可對應習近平前兩任經濟政策的轉變與其取向。

一、首提「中國式現代化」

　　「二十大」報告首次提出「中國式現代化」，強調其做為「2049 年全面建成社會主義現代化強國，實現第二個百年目標」核心任務的主軸。指出未來五年是開啟全面建設社會主義現代化國家的關鍵時期。

　　「中國式現代化」在「二十大」報告中是一個新名詞，過去並未出現在此前歷屆報告中。此新名詞的用意主要在強調「中國特色」，表示中國大陸的現代化要「走自己的路」，不再隨歐美國家起舞。歸納報告中所提「中國式現代化」關注 5 大重點，包括人口轉型、共同富裕、物質與精神文明協調發展、人與自然和諧共生以及和平發展等。

二、以「共同富裕」強化監管

　　「共同富裕」作為接棒鄧小平時代「改革開放」路線的新政策主軸，研判將成為習第三任期的核心經濟政策。習近平將「共同富裕」政策定義為節制私人資本，縮小貧富差距。2021 年以來，中國官方多次強調「防止資本無序擴張」和強化「反壟斷」，分別對大型科技平臺企業與房地產企業進行監管，並倡議「三次分配」的理念。

　　然而 2022 年，中國大陸因清零政策和全球景氣下滑導致經濟成長低迷，故觀察 2022 年下半年過後，中國大陸政府較少使用「共同富裕」一詞，但習近平在該年 8 月中旬視察中國大陸東北地區時，又再度提及。中共中央政治局在 8 月 30 日宣布「二十大」召開的日期和議程時也提到共同富裕，顯示以「共同富裕」深化改革，將成為習近平第三任重要經濟政策之一。

三、強化產業發展戰略

　　「二十大」過後，有二大產業政策可能引導未來中國大陸產業發展模式。一是「專精特新」中小企業政策，該政策為因應 2018 年美中貿易戰激化科技衝突，中國大陸被迫加快追求科技自主，針對具有科技實力的中小科技企業，提供更多政策傾斜。尤其是習近平提出要以「新型舉國體制」攻克關鍵核心技術，集中資源並強力主導產業發展。「專精特新」政策的核心，在於轉變地方政府主導型的產業政策，要由過去鼓勵單一贏家企業的模式，調整為以整體產業鏈發展為目標。

　　另外國有企業改革也是產業政策重點，預期在習近平政府強勢領導下，國有企業（SOEs）的管理方式將持續決定性的變化，主要轉向中共嚴格集中控制，而非逐步市場化。習近平所闡述的國有企業職能基本依循傳統觀點，對於國有企業管理依賴既定的官僚設計機制、幹部管理制度、黨的組織和運動治理，尤其擴大以黨為中心的指揮和控制工具。（Leutert & Eaton, 2021, 200-221）

　　另在「雙碳政策」方面，2020 年 9 日習近平公開宣示中國大陸二氧化碳排放將於 2030 年前達峰，2060 年前要實現碳中和，成為「雙碳政策」既定路線。「雙碳政策」的提出，意味著中國大陸的產業不再以追求增產和利潤為單一目標，對於環境維護亦需承擔企業責任，可能由此推生新一波的產業升級轉型浪潮。

　　以中國大陸工業領域來看，高污染、高能耗產業的限產，已是無可避免的趨勢，此類產業必須投入大量成本加速節能改造。另一方面，企業推動低碳轉型的過程，亦將衍生新商機，例如中國大陸在全球可再生能源、電池技術和電動汽車、氫能、碳捕獲和儲存、碳交易、綠色金融等，或可運用自身市場力量獲取新興產業的發展動能。

四、強調國家的「安全發展」與提出全球安全倡議

「二十大」將在經濟體系中更加側重安全，經濟社會的安全穩定與不發生系統性風險將成為政策底線和目標。具體而言，對於糧食安全、能源安全、醫療資源安全等問題，中國大陸會有更長遠的考慮，以及相應的措施加以維繫。還包括產業鏈安全與核心技術掌握，中國大陸將避免發展受制於海外他國，因此必須加強自主創新能力。此種以國家安全為名所實施的政策，可能對其產業布局或對外經貿帶來影響。

中國大陸「增強內循環可靠性」，預期提出要以堅持擴大內需戰略為著力點，加快培育完整內需體系，並結合深化供給側結構性改革，以創新驅動、高質量供給創造新的需求；暢通國內大循環，促進國內國際雙循環，全面促進消費，拓展投資空間。尤其為因應美中貿易與科技衝突、烏俄戰事、新冠疫情與國際景氣低迷的衝擊，地緣政治驅動全球產業供應鏈轉移重構。中國大陸寄望透過龐大的內需市場、完整的產業體系與充足的戰略資源，提升自身的生產製造、數位創新與技術開發能力，加強經濟「內循環」以維持經濟有效運行，也對應「提升產業鏈供應鏈韌性」的目標。

此外，相對過去歷屆報告，包括構建命運共同體、反對霸權主義強權政治、和平共處、對外開放等，在「二十大」報告均再度被延續。但此次新加入了全球發展倡議、全球安全倡議等兩項「中國倡議」，前者係習近平於 2021 年 9 月 21 日出席第七十六屆聯合國大會提出，後者則係習近平 2022 年 4 月在博鰲亞洲論壇年會所提。此兩種倡議被寫入「二十大」報告，研判未來五年中國大陸對外關係將更傾向「中國模式」，成為其外交主要戰略。

五、轉變「一帶一路」倡議路線

近年全球景氣下滑，中國大陸「一帶一路」倡議也遭遇許多逆風，並隨著新興國家財務風險加劇，不但對第三國形成所謂「債務陷阱」，也提高了中國大陸的外債風險。因此近年中國大陸已逐漸調整「一帶一路」倡議的戰略目標，尤其在財務貸款層面更加謹慎，其金融體系已大幅減少對低收入國家新項目的貸款，並同時清理現有貸款組合。

在考量當前全球環境變得益加複雜，中國大陸已意識到需要加強風險控制和擴大合作，預期「二十大」後，「一帶一路」可能更具策略性地轉向數位、[6] 公共衛生與綠色等領域。並逐次降低對美國所主導經濟體系的依賴，防範「美中對峙與經濟脫鈎」風險，並藉以維繫中國大陸經濟成長所需的外部條件。

柒、代結語：習近平經濟戰略前景

習近平已在「二十大」會議後確定其總書記第三個任期，在新的任期內，仍將應對經濟大幅放緩與美中競爭的挑戰。本文首先探討習近平在過去十年的經濟戰略觀點、經濟任務、目標和政策，並透過文字探勘，比較習近平在前兩個任期的經濟戰略差異，從而為此架構分析系統。其次，本文為能進一步研判習近平在其新任期內的經濟政策軌跡，透過文字探勘，提取分為三個維度的關鍵字詞：即環境認知、政策目標和決策偏好，指出了習近平在其兩個任期的經濟論述差異及其變化考量因素。本文選取的文本資料範圍，涵蓋了 2012 年 11 月至 2022 年 9 月期間選定由習近平主持

---

6 截至 2019 年 4 月底，共有 16 個國家簽署了與中國合作建設「數位絲綢之路」的諒解備忘錄。「數位絲綢之路」諒解備忘錄，旨在加強網路基礎設施、太空合作和雲計算，並共同開發適用於「一帶一路」國家的通用技術標準。

的例行會議、會議和工作組等 332 份文件。

　　透過文字探勘分析結果有以下發現：首先，習近平的經濟戰略在其第二個任期內，轉向更加注重安全、儲備和底線思維。藉由提升其個人權威、中央領導和運動式的治理，加快全面實施內循環和經濟自立，其對外貿、外資和國內市場對外開放的重要性也因而降低。而在 2022 年 4 月提出的「全國統一市場」，可被視為健全內部流通戰略的基礎政策，預期透過統一市場制度規則，疏通商品要素和資源，打破地方保護主義，或將是習近平第三任期的關鍵政策。同樣的，自貿試驗區的用詞頻率明顯下降，預期「二十大」後，自由貿易試驗區的吸引外貿重要性下滑，除了原本的加工和出口功能外，自由貿易試驗區更多是為了區域內的體制改革試點，用以對接如「跨太平洋夥伴全面進步協定」（Comprehensive and Progressive Agreement for Trans-Pacific Partnership, CPTPP）等高標準協定。

　　其次，在產業升級戰略方面，中共「十九大」以來，所有的科技、人才、工業標準、人工智慧、大資料、區塊鏈、工業互聯網等都得到更多的政策關注。雖然在美中科技競爭下，「中國製造 2025」、「製造強國戰略」等關鍵字，在中共中央會議上很少見到，但追求科技自主創新在習近平第三個任期依然至關重要。政策引導人工智慧和大數據應用，並驅動其他領域的多元化創新；中國大陸政府也在試圖平衡國有企業和民營企業之間的關係，同時強化生產和消費間的連動關係。

　　第三，習近平第二任期後的「一帶一路」（BRI）和「全球治理改革」的詞頻，與其第一任期相比大幅減少，取而代之的是「國際合作」詞頻增加了三倍。其他關鍵字如外國投資、對外貿易、區域戰略等依然廣泛使用。在習近平的第二任期內，尋求與金磚國家合作變得相對低調。這可能與中國大陸與先進國家之間的激烈競爭有關。然而時至習近平的第三個任期，適逢「一帶一路」 10 週年，自 2023 年 3 月全國兩會閉幕後，習近平即密

集展開一連串元首外交行程，先後與俄羅斯總統普丁、西班牙、馬來西亞、新加坡、法國、歐盟執委會、巴西、柬埔寨、洪都拉斯等諸多國家元首會面。[7] 顯示中國大陸正加強國際合作戰略，力求突破以美國為首的圍堵策略。

　　總體而言，承上分析，在習近平「二十大」新任期內，經濟戰略研判將以安全為首，側重產業科技自主創新、推動共同富裕、消除國內市場的行政障礙、綠色發展、增加能源資源和糧食儲備。除了形成內部循環系統外，減少對外部經濟的依賴，將繼續成為習經濟議程的首要任務。

---

7 攜手共行天下大道 ——2023 年春季中國元首外交紀事 http://www.news.cn/world/2023-04/25/ c_1129564980.htm。

參考文獻

Abbe, A., Grouin, C., Zweigenbaum, P., & Falissard, B. 2016. "Text mining applications in psychiatry: a systematic literature review." *International journal of methods in psychiatric research, 25*(2): 86-100.

Bougon, F. o. 2018. *Inside the Mind of Xi Jinping.* Hurst & Company.

Brown, K., & B   rziņa-Čerenkova, U. A. 2018. "Ideology in the era of Xi Jinping." *Journal of Chinese Political Science, 23*(3): 323-339.

Drury, B., & Roche, M. 2019. "A survey of the applications of text mining for agriculture." *Computers and electronics in agriculture*, 163, 104864. https://doi.org/10.1016/j.compag.2019.104864.

Enderwick, P. 2018. "The economic growth and development effects of China's One Belt, One Road Initiative." *Strategic Change, 27*(5): 447-454.

Gupta, A., Dengre, V., Kheruwala, H. A., & Shah, M. 2020. "Comprehensive review of text-mining applications in finance." *Financial Innovation, 6*(1): 1-25.

Gupta, V., & Lehal, G. S. 2009. "A survey of text mining techniques and applications." *Journal of emerging technologies in web intelligence, 1*(1): 60-76.

Haggai, K. 2016. "One Belt One Road strategy in China and economic development in the concerning countries." *World Journal of Social Sciences and Humanities, 2*(1): 10-14.

Han, S., Zhang, Y., Ma, Y., Tu, C., Guo, Z., Liu, Z., & Sun, M. 2016. *THUOCL: Tsinghua Open Chinese Lexicon.* Tsinghua University. http://thuocl.thunlp.org/

Kumar, S., Kar, A. K., & Ilavarasan, P. V. 2021. "Applications of text mining in services management: A systematic literature review." *International Journal of Information Management Data Insights, 1*(1): 100008.

https://doi.org/10.1016/j.jjimei.2021.100008.

Lam, W. W.-L. 2017. *Central Government Cracks Down on "Low-End" Citizens While Praising "Poverty Alleviation" Efforts.*

Leutert, W., & Eaton, S. 2021. "Deepening Not Departure: Xi Jinping's Governance of China's State-owned Economy." *The China Quarterly*, *248*(S1): 200-221.

Peters, M. A. 2019. *The Chinese Dream.* Routledge.

Ripsman, N. M., Taliaferro, J. W., & Lobell, S. E. 2016. *Neoclassical realist theory of international politics.* Oxford University Press.

Sun, X., Wang, H., & Li, W. 2019. *Pkuseg: A toolkit for multi-domain Chinese word segmentation* (GitHub) , Issue.

Tobback, E., Naudts, H., Daelemans, W., de Fortuny, E. J., & Martens, D. 2018. "Belgian economic policy uncertainty index: Improvement through text mining." *International journal of forecasting*, *34*(2): 355-365.

Tsang, S., & Cheung, O. 2022. "Has Xi Jinping made China's political system more resilient and enduring?" *Third World Quarterly*, *43*(1): 225-243.

Wagner, H. 2021. "China's 'Political-Economy Trilemma':(How) Can it be Solved?" *The Chinese Economy*, *54*(5): 311-329.

Yu, H. 2017. "Motivation behind China's 'One Belt, One Road' initiatives and establishment of the Asian infrastructure investment bank." *Journal of Contemporary China*, *26*(105): 353-368.

兩岸經貿互動：趨勢與挑戰
——政策誘因下從「大陸台商」轉為「新陸商」？

黃健群 *

（中華民國全國工業總會大陸處處長）

摘　要

　　台商投資中國大陸是兩岸經貿的重要組成部分，隨著台商投資大陸歷程的轉變，兩岸經濟關係的內涵也隨之改變。由於台商主要以代工為主，因此生產基地的選擇受品牌廠商制約很大。2018 年美中貿易戰以來，大陸台商的選擇與動向，包括：大陸投資環境影響、美中貿易戰等外部環境影響，以及兩岸關係。面對這些情勢的變化，大陸台商的動向可歸納為：轉移產能、就地轉型，以及退場轉出。

　　本文主要藉由對「在陸台商」動向的考察與討論，藉此梳理並分析兩岸經貿互動的趨勢與挑戰。本文探討的是：為因應國際情勢及大陸投資環境改變，大陸台商的動向，究竟對未來兩岸經濟關係會有怎樣的影響？本文認為：隨著國家發展戰略的調整，中共將透過更多「擴內需」政策的推動，促使在陸台商更深入的融入大陸經濟體系。因此，在不久的未來，會有越來越多過去認為的「大陸台商」，將成為制度、法律定義下的「新陸商」，並藉此建構新型態的兩岸經濟關係。

關鍵字：台商動向、兩岸經貿、大陸「擴內需」政策、新陸商

---

* 作者為政大東亞研究所博士，現亦兼任中國科技大學兼任助理教授。

壹、前言：當大陸不再是世界工廠？

　　隨著 2007 年以來中共對勞動法令及環保日益重視，以及 2013 年大陸經濟政策開始強調「防止資本無序擴張」、「共同富裕」等理念，以及 2018 年美國啟動對中國大陸的貿易戰、科技戰，再加上 2020 年新型冠狀病毒肺炎（coronavirus disease 2019，簡稱：COVID-19）的全球爆發，從常理來看，這些因素對在大陸投資經營的企業，應該都會造成衝擊。

　　然而，即使大陸投資環境、政治情勢，亦或國際處境相較過去都更為嚴峻，從數據來看，到 2022 年之前，外商投資大陸卻並沒有下降，反而持續增長；聯合國貿易和發展會議（United Nations Conference on Trade and Development，簡稱 UNCTAD）2021 年 1 月發布的例行性報告《全球投資趨勢監測報告》（Global Investment Trends Monitor）指出，2020 年全球外國直接投資（Foreign direct investment, FDI）總額大幅下滑，但中國大陸 FDI 逆勢增長，首次成為全球最大外資流入國。根據大陸官方統計，2018 年美國啟動貿易戰以來，大陸只有隔年 2019 年的 FDI 是下滑的（同比下滑 4.3%），2020 年 FDI 流入大陸同比增長 12.3%，2021 年同比增長 16.3%（中國對外直接投資統計公報 2019；2020；2021；2022）。2022 年大陸實際利用外資折合美元 1,891.3 億，年增 8%。[1]

　　過去一直以來，大陸為臺灣企業對外投資的主要地區。但有論者認為：隨著以美國為主的西方國家「去風險化」戰略的推動，致使「亞洲替代供應鏈」（alternative Asian supply chain, Altas）逐漸形成，大陸將不再是世界工廠；以代工組裝為主、以歐美為市場的台商的轉移，甚至轉出，將是必然的趨勢。因此，本文即透過對大陸台商動向的考察，了解國際情勢及

---

[1] 然而 2023 年外資投資大陸呈現衰退；依據大陸官方資料，2023 年 1-7 月大陸新設立外商投資企業雖然增長 34%，但實質利用外資折合美元卻下降了 9.8%。

大陸投資經營環境改變下，台商的觀點甚至行動會有何改變？並進一步分析兩岸經貿的趨勢與發展。

　　本文先概述台商投資大陸的發展趨勢，並論析兩岸經貿的現狀。其次探討台商投資大陸下的兩岸經濟關係，主要論述過去以來台商仍多只是基本成本考量投資大陸，並將產品加工出口到歐美市場，並未真正融入大陸市場。接著分析 2018 年至今的大陸台商投資新動向，並指出隨著大陸發展戰略的改變，以及相對應提出的「擴內需」政策，不但是台商願意留在大陸的主因，也將促使台商進一步融入大陸，成為所謂的「新陸商」。最後為結論。

貳、回首來時路：兩岸經貿發展趨勢

　　台商到大陸投資，地域方面呈現由華南到華東，再擴散到環渤海、中西部的趨勢；企業規模則勞動力密集型加工工業向資本技術密集型轉變、中小企業主導向大企業主導轉變。這樣的轉變，一方面是經濟全球化下產業發展的必然趨勢；另一方面，中共產業政策的轉向，則對台商在大陸的經營方式產生很大的改變（黃健群 2022, 148-150）。

　　台商投資大陸是兩岸經貿的重要組成部分。根據統計（經濟部 2022），臺灣對大陸投資最高峰為 2010 年的 146 億美元。此後，呈現逐年衰退趨勢。但以占比來看，大陸依舊是臺灣對外投資的首要地區：如若計算自有統計的 1991 年到 2022 年，臺灣投資海外金額約為 1769 億美元，對大陸投資為 2033 億美元，臺灣對大陸投資約占對外投資總額超過一半（53.4%）。以 2021 年來看，2021 年臺灣對海外投資金額約為 126 億美元，對大陸投資金額為 58.6 億美元，臺灣對大陸投資約占對外投資總額的三成（31.7%）；2022 年臺灣投資海外金額為 99.6 億美元，投資大陸投資金額

為 50.4 億美元，臺灣對大陸投資約占對外投資總額約三成左右（33.6%）。

從件數來看，自 1991 年至 2022 年，臺灣共核准 45195 件企業赴陸投資；1993 年赴陸投資將近一萬件（9329 件），是有統計以來最多投資案的一年；其次是 1997 年的 8725 件；而 2006 年還突破千件（1006 件），但自 2007 年開始，臺灣企業赴陸投資就從未突破千件／年。總的來看，無論是從投資金額或投資件數，台商投資大陸都呈現逐年遞減的趨勢。

雖然臺灣投資大陸呈現趨緩態勢，但兩岸貿易並未受到兩岸關係緊張，亦或 COVID-19 疫情影響，仍維持一定的熱度。根據統計（經濟部 2022），2021 年兩岸貿易總額為 2730.7 億美元，占臺灣對外出口的 33.0%，同比增長 26.3%；其中，臺灣對大陸（含香港）出口金額為 1888.8 億美元，占臺灣整體出口額的 42.3%，同比增長 24.8%，創歷史新高；臺灣從大陸（含香港）進口金額為 842 億美元，占臺灣整體進口額的 22%，同比增長 29.9%，同年臺灣對大陸（含香港）的貿易順差，達到 1,047 億美元，較 2020 年成長達 20.9%。2022 年兩岸貿易總額為 2,713.9 億美元，占臺灣對外出口的 29.9%，同比減少 0.6%；其中，臺灣出口至大陸（含香港）金額為 1,859.0 億美元，占整體出口比重仍將近四成（38.8%），但同比下滑了 1.6%；臺灣從大陸（含香港）進口金額為 855.0 億美元，占臺灣整體進口額的 20.0%，同比增長 1.5%，同期臺灣對大陸（含香港）的貿易順差，為 1,004 億美元，較 2021 年同期減少 4.1%。

近年來，雖然受到美中貿易戰、新冠疫情，甚至兩岸關係緊張等因素影響，但兩岸在貿易方面卻仍維持一定熱度。有研究指出，兩岸經貿熱絡度於 COVID-19 疫情期間逆勢成長超乎預期，其原因是受到國際與兩岸疫期高峰期落差的影響。2020 年 3 月到 2021 年 4 月之間，由於大陸疫情相對穩定，存貨回補及訂單追加拉高兩岸貿易值。此外，就是美國對陸實施多項科技產品出口管制，迫使跨國供應鏈分流，陸企面臨「去美化」壓力，

因而增加對臺採購（備貨），特別是積體電路等美國封鎖的科技產品，以因應未來缺料風險（劉孟俊、吳佳勳、王國臣 2022）。然而，雖然兩岸貿易仍維繫相當的程度，但究竟是臺灣依賴大陸的市場？亦或大陸依賴臺灣的產品？這樣的爭辯時有所聞；有研究認為，若應跳脫傳統雙方是否過度依賴的爭論觀點，提高層次改由全球貿易網絡地位相對變化的角度來觀察，則會發現中國大陸在 COVID-19 疫情爆發後，其在全球供應鏈的角色反而提升，因此仍能維繫其作為全球貿易網路中心的地位並持續改善。但臺灣網絡有效規模雖然擴大，然而美中貿易戰形成各項貿易與科技管制，使得臺灣產業貿易不免受到牽制，網絡限制程度也同時上升，顯示臺灣貿易在全球網絡地位變化趨勢並不確定（劉孟俊、吳佳勳、王國臣 2022）。換言之，在臺灣投資大陸趨勢趨緩的同時，兩岸貿易也將可能受到全球經貿情勢改變的影響。值得一提的是，鄭志鵬、林宗弘（2017）認為，台商的競爭優勢並非基於規模經濟，而是來自於地方制度的創新、政商關係的培養、專業工廠的體制，以及排他性族群網絡的在地鑲嵌。然而，無論兩岸經濟關係的內涵為何，對於兩岸經濟關係的探討，有助於對兩岸經貿下一步的分析與推測。

表 1：臺灣對中國大陸（含香港）出進口統計

年別	總額			出口			進口			出(入)超	
	金額（億美元）	比重（%）	成長率（%）	金額	比重	成長率	金額	比重	成長率	金額	成長率
2020	2,161.9	34.2	13.4	1,513.8	43.9	14.6	648.1	22.6	10.9	865.7	17.5
2021	2,730.7	33.0	26.3	1,888.8	42.3	24.8	842.0	22.0	29.9	1,046.8	20.9
2022	2,713.9	29.9	-0.6	1,859.0	38.8	-1.6	855.0	20.0	1.5	1,004.0	-4.1

資料來源：財政部關務署。

參、依賴還是互賴？台商投資大陸下的兩岸經貿論辯

如前如述，臺灣企業投資大陸，帶動了兩岸的貿易，也建構了現今的兩岸經濟關係。然而，由於大陸成為臺灣最主要貿易順差來源，因此一直存在對兩岸經濟關係「依賴」或「互賴」的論辯：有論者認為臺灣依賴大陸，有論者認為是大陸需要臺灣。因此，有學者透過兩岸貿易依存度的測量得出兩個結論：一是大陸高度依賴臺灣的關鍵技術；二是兩岸企業逐漸由合作走向競爭（王國臣 2021）。

無論是依賴或互賴，從投資或貿易等數據來看，兩岸經濟關係呈現高度鏈結是一個客觀事實。進一步要問的是：兩岸經濟關係的實質內涵為何？

為了解美國對大陸的經濟脫鉤，是否會造成兩岸產業鏈脫鉤、斷鏈，大陸學者王華、林子榮（2022）對兩岸經濟關係進行了非常值得討論的考察；其指出，兩岸經濟關係的發展過程，受台商直接投資、全球產業分工，以及大陸經濟發展三因素的共同影響作用：

首先，兩岸經濟關係發展的先導和主動因素，主要為台商對大陸直接投資。台商之所以會到大陸投資，一方面是因為土地、勞動力的成本優勢，結合對台商投資的相關政策優惠，以吸引台商持續、大量向大陸進行直接投資，繼而形成幾波的產業轉移浪潮。但由於在陸投資台商普遍遵循加工出口經營模式，根據歐美客戶的行業標準和訂單需求加工生產，同時和臺灣母公司保持細緻分工，與臺灣上下游企業維持緊密關係，從臺灣進口原材料、零組件及必要的生產設備，由此引致兩岸之間往來頻繁，且規模巨大的中間財貨物貿易，形成「臺灣接單─大陸生產─歐美銷售」的三角貿易。即使台商直接投資產業領域由勞動密集為主，轉變到以資本和技術密集型產業，兩岸產業分工型態由垂直轉變為水平後，這種由台商投資引致兩岸貿易的格局也沒有太大的變化。

　　其次，在前述三角貿易格局下，高強度的台商投資與兩岸貿易，構造了兩岸經濟體在全球生產網絡中的分工合作型態，形成直觀上的兩岸經貿共同體；但實際上，台商，特別資通訊產業這類技術更新較快、生產片段化程度較強、產業鏈及供應鏈較長的高端製造業領域，在大陸仍以「兩頭在外」、「大進大出」的代工為主，不但受制全球價值鏈治理結構，對全球價值鏈上下游的核心技術、行業標準、品牌、銷售通路等存在很強的依賴。因此如何降低生產成本，則為台商主要生產布局策略。

　　最後，兩岸經濟關係發展的內在動因，主流論述常常歸因於臺灣資金、技術、管理經驗與大陸低成本要素的優勢互補；但更重要的其實是中國大陸提供臺灣企業制度層面的保障：一方面，台商對大陸的投資正處於其發展外向型經濟時刻，因此臺企可以享受大陸對外開放過程中釋出的優惠政策和便利條件；另一方面，由於中共對臺政策，加上地方政府的激勵機制，使得大陸各地積極引進台商。結果就是臺灣企業在尋求對外拓展布局過程中，在大陸獲得相對有效的正式或非正式制度供給與有利的發展機遇。

　　基於上述分析，王華、林子榮指出：雖然兩岸經貿往來規模占有臺灣對外經貿總量的極大比例，傳統上這一現象被解讀為臺灣經濟對大陸經濟的高度依賴，但其直接原因卻只是臺灣廠商對大陸生產要素和相關政策資源的充分利用，也就是要素依賴，根本原因則是對歐美市場的技術依賴和市場依賴。也就是說，兩岸經濟關係的發展進程，與大陸外向型經濟政策及其發展時程相呼應。因而大陸台商呈現高度參與「外循環」，而低度參與「內循環」的非對稱格局。

　　綜合王華、林子榮的分析，可以說台商投資大陸建構了兩岸經濟關係，但並不代表兩岸經濟已經深度結合（或說掛鉤）：首先，從兩岸貿易來看，一般指稱台商對大陸的投資占臺灣對外投資比重，以及兩岸貿易額占兩岸各自外貿總額的比重，實際上只是反映台商對外直接投資的空間集中

度和兩岸中間品貿易的相對規模，充其量只是對兩岸經濟關係的一種表象
描述，並不代表大陸台商在地的根植程度，也不代表臺灣廠商對大陸最終
市場的依賴程度；其次，從兩岸產業合作（或說兩岸產業融合）來看，台
商投資大陸很大程度只是臺灣母公司，與其在大陸投資的子公司之間的合
作，並非大陸臺資企業和大陸本地企業的有效合作。最後，從制度面來看，
兩岸制度化協商目前已經全面中斷，兩岸曾經簽定的 ECFA 也未取得預期
效果，部分促使兩岸經貿往來正常化和便利化的政策也面臨退步；再加上
大陸對臺推動的兩岸融合發展的目標定位、政策設計和實踐路徑尚未完全
明確。因此，其認為，兩岸經濟關係的穩定性並不強，所謂的「兩岸經濟
一體化」並非事實；王華、林子榮甚至指出：兩岸經濟「掛鉤」程度並不高；
如果將「脫鉤」和「融合」視為兩岸經濟關係的兩個相對極點，兩岸經濟
現狀更接近「脫鉤」一端（請見圖 1）。

　　綜上所述，台商雖長期將大陸作為生產基地、製造中心，但並未融入
大陸的產經體系。事實上，鄧建邦（2017）綜合鄭陸霖、陳明祺的研究指

圖 1：兩岸經濟關係發展的狀態圖譜

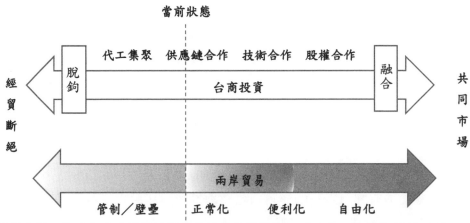

資料來源：修改自「兩岸經濟關係發展的狀態圖譜」（王華、林子榮 2022, 64）。

出，雖然臺資企業在全球商品鏈的權力結構中處於相對邊陲的位置，但由於臺資企業擁有來自買主與貿易商的信賴，以及臺資廠商之間完整的供應廠生產網絡，因此在國際代工生產體系中占據相對優勢位置，但觀察這些臺資企業的組織模式，與當地政府往來，顯示台商跟大陸在地經濟、社會生活及政治運作有相當的疏離。鄧建邦指出，台商基於外來勞動力充沛的假定前提下，往往採取「去鑲嵌」的策略，在海外生產地進行再鑲嵌的行為。

　　鄧建邦的論述，和王華、林子榮的分析有異曲同工之處。兩者同樣指出台商在大陸投資只是利用大陸的生產要素和相關政策資源，並未鑲嵌在大陸社會體系當中。因此，對在大陸進行代工，並將產品出口歐美市場、且資源足夠的台商來說，若發生美中貿易戰或 COVID-19 疫情等影響生產的事件，在技術、股權鏈結不深的情況下，可輕易地透過轉單（產線轉移）規避風險。也就是說，如果台商投資大陸考量的是生產要素成本，那還有許多發展中國家可以考慮。經濟全球化下的企業全球投資，必然是基於利益的最佳選擇。因而，接下來要問的是，因應全球經貿新情勢及大陸投資環境的變化，台商的動向為何？

肆、2018 年迄今的大陸台商投資動向

一、投資動向的類型化：轉移、轉型與轉出

　　2018 年美中貿易戰以來，大陸台商的動向，一部分受到大陸投資環境影響；一部分受到美中貿易戰等外部環境影響。當然，也有受到兩岸關係影響。陳華昇（2022, 230-235）在考察全球化與台商變遷時指出：受美中貿易戰、新冠疫情影響下的全球經濟新局及全球供應鏈重組形勢下，台商

投資布局調整策略包括：續留大陸並開發期內需市場；續留大陸但開拓東南亞等新興市場的出口；保留部分產能在大陸，同時也轉移、調整產線產能到東南亞等地區；回臺投資，重啟閒置產線或擴大產能、重新設廠；因應各國政策導引或國際品牌商要求而前往他國投資；貼近終端市場並因應「短鏈化」趨勢而進行全球布局等六類。

鄭志鵬、林宗弘（2017）指出，2008 年後全球經濟衰退，大陸進入騰籠換鳥的時期，台商面臨包括地方制度安排、政商關係維繫、工廠管理權威、排他性的族群網絡等方面的更嚴苛的經營危機，政商、勞資關係也都面臨改變。面對上述危機，少數規模較大、資金雄厚或技術較先進的台商尚可調整工資因應，無法承受的只能出走，內遷到大陸中西部省分或外移到東南亞。林宗弘將台商的投資動向歸納為轉型、轉進與轉業等所謂的「三轉」策略：其定義所謂的「轉型」，是指發展自有品牌、技術升級，或是在中國大陸市場落地生根；「轉移」，指的是沒有能力「轉型」的廠商，必須靠轉移到工資與土地成本更低的地區降低生產成本；「轉行」，則是指被迫關廠或自行收場另謀出路。有趣的是，吳介民（2019）在討論廣東模式時，也論及珠三角台商回應轉型壓力時，其作為可歸納為內遷、外移、在地升級轉型等三種選項，且對單一廠商而言，這三種選項可能同時並存。

由於本文主要是釐清台商自 2018 年美中貿易戰以來的動向。因此，將台商的動向歸納為轉移、轉型與轉出等三種類型；在定義方面：「轉移」指的是轉移產能，就是將部分產線轉移至大陸以外，但仍保留大陸產線；「轉型」指的是就地轉型，就是留在大陸經營大陸內需市場，亦或製造業轉服務業；「轉出」指的是退場轉出，即是指退場撤出。

二、投資意願與投資動向：既有調查報告的歸納

　　由於全球經貿情勢快速變化，以及 COVID-19 疫情影響，許多國家商會都對該國企業在大陸動向進行調查。例如 2022 年 5 月中國日本商會發布的《新冠疫情對企業影響調查》；2022 年 6 月上海美國商會發布的《新冠疫情對企業的影響調研》、中國歐盟商會發布的《2022 年商業信心調查》；2022 年 7 月日本帝國徵信公司發布的《日本企業「中國進出」動向調查》；2022 年 12 月，中國德國商會發表《年度商業信心調查》。這些調查，除了視調查該國企業在大陸的投資經營狀況，主要是了解該國企業未來對大陸的投資意願。

　　但目前國內外對台商動向的例行性研究並不多。2022 年 10 月，美國戰略暨國際研究中心（CSIS）發表了一份名為《大遷徙時刻：臺灣企業因應日漸升高的美中緊張關係》（*It's Moving Time:Taiwanese Business Responds to Growing U.S.-China Tensions*）報告指出（CSIS 2022），在 525 家填答問卷的臺灣企業中，25.7% 表示已將部分生產或採購業務轉移到大陸境外；33.2% 表示已在考慮惟尚未行動；與此同時，63.1% 表示將大陸的產能轉移至東南亞，51.3% 則選擇臺灣。此外，基於地緣政治風險等因素，亦有 13% 已將業務自臺灣轉移至其他地方，20.8% 表示正如此考慮但尚未行動。由於這份報告調查涵蓋所有產業（農業 3.6%；製造業 43.2%；服務業 53.1%），且受訪臺灣企業只有六成左右在大陸有業務（60.8%），超過一半以上（52.4%）大陸營收占公司總營收不到 10%。因此，雖然仍能反映臺灣企業動向，但不能說是對「大陸台商」的動向掌握。

　　近幾年，中華民國全國工總會（以下簡稱工總）都會針對大陸台商動向進行調查。[2] 這些調查，主要在了解美中貿易衝突、COVID-19 疫情，

2　包括 2019 年《美中貿易衝突對中國大陸台商之影響及動向調查》、2020 年《新冠肺炎疫情對台商投資

或大陸封控政策影響下的大陸台商動向。根據政府統計（經濟部投審會2022），以金額計，臺灣企業投資大陸75.2%為製造業，而工總會員廠商主要就是製造業。因此，透過對工總調查報告的梳理，有助掌握大陸台商動向，以及考察兩岸經濟關係的發展趨勢。[3] 根據工總調查，2019年以來，面對國際、內部的投資環境變化，轉移產能、就地轉型，仍是大陸台商主要的選擇，選擇撤場退出的占比並不高，最多將近兩成（16.7%）；甚至2021年、2022年，表示想要退場撤出大陸的台商比例不到一成（請見表2）。

表2：大陸台商投資動向（2019-2022）

年份 台商動向	2019	2020	2021	2022
轉移產能	31.9%	24.6%	63.1%	54.6%
就地轉型	44.5%	46.1%	61.8%	26.7%
退場撤出	16.7%	*	4.7%	9.2%

說明：1.*2020 主要是詢問新冠疫情影響下大陸台商動向。由於大陸台商普遍認為
　　　　疫情為短期現象，因此並無退場撤出的選項。
　　　2.* 有效百分比是每個選項的填答家數除以有效樣本數得出。以下同。
資料來源：中華民國全國工業總會，2019-2022 對大陸台商動向的調查報告。

　　由於經營產業不同、企業規模不同、投資地區不同（沿海或內陸），

大陸影響調查》、2021 年《中國大陸台商投資動向及產業分布研究調查調查》、2022 年《大陸疫情及封控對台商影響》及 2022 年《中國大陸台商投資動向及產業分布研究調查調查》

3　工總報告指出，其調查對象主要是工總在大陸投資的會員廠商（有根台商），抽樣方式則以投審會發布的「對大陸各地區累計核准投資件數資料為基礎，按過去調查經驗，進行大陸各地區的問卷發放權重調整（以 2021 年為例如下表）。問卷發放共為 3 千份，2019、2020、2022 年分別回收 273 份、276 份、272 份問卷。工總報告提到：「為避免問卷為不熟悉議題、不具代表性之人隨意填寫的情況，並提升調查成效，執行團隊於問卷發出後，即主動透過電話約詢受訪廠商負責人，或具決策權的高階經理人，以增加問卷調查的回收率及品質」；報告並提到：「近年來由於兩岸關係緊張，大陸官方對臺灣各單位赴陸執行各種調查研究，都採取冷處理甚至抵制的態度。舉例來說，即便臺灣的研究團隊自行與各地台商或台商協會聯繫，臺辦知道後，也會阻止台商或台協會進行任何問卷調查或訪談。」然而，因為工總長期和大陸各地臺辦均建立聯繫管道，且其會員廠商多為台商會會長或重要幹部，因此工總仍能透過長期建立的網絡完成廠商的問卷填答。亦即，大量發放問卷給在陸台商，並期待他們主動回覆並不現實，報告指出，工總的調查報告實務上是由執行團隊透過面訪、電訪等方式完成，因此比較像是投資「動向」的調查，而非傳統的抽樣統計。

大陸台商所做的選擇會有不同。

　　對資源足夠的大陸台商來說，如若規避美中貿易戰、科技戰，並增加「供應鏈韌性」，可以透過轉移產能的方式因應；據了解，資通訊業者主要以臺灣作為產能轉移的地區；而傳產業者主要將產能轉移至東南亞；部分產業選擇轉移到美國或其他地區。對資源有限的中小企業台商來說，多數選擇就地轉型，或轉經營大陸內需市場，或轉型為服務業。事實上，臺灣自 2019 年開始推動的「歡迎台商回臺投資行動方案」，到 2023 年 9 月 8 日止，共 296 家大陸台商通過審核，回臺投資金額為 1.19 兆新臺幣（約為 320 億美元）；根據學者統計（譚瑾瑜 2021），回臺投資金額至少為 20 億新臺幣的就有 54 家，其中投資逾百億新臺幣的有 9 家。顯見對資源足夠的大陸台商來說，產能轉移是主要的抉擇與動向。

二、出走，還是續留？策略選擇的二元難題

　　為什麼大陸台商選擇退場撤出的比例不高？根據歷年調查歸納，主要原因包括；產業鏈完整、就地轉型因應、大陸地方政府勸留、中小企業資源不足，以及大陸市場仍具潛力（黃健群 2022, 162-163）。

　　即使一直以來，多數台商將大陸視為生產基地、而非產品最終銷售地，但大陸內需市場誘因一直是大陸台商不願退場撤出的重要原因。根據經濟部投審會的《對海外投資事業營運狀況調查分析報告》，早期台商赴陸投資的原因，主要是為降低成本及配合客戶要求；但學者比較 2008、2018 兩年的調查結果發現，即使相隔十年，「當地市場發展潛力大」仍是是台商赴陸投資的主因，經過十年填答此選項的比重相差不大，2008 為 28.92%，2018 年為 29.00%，都將近三成；然而，經過十年，「勞動成本低廉」越來越不是台商赴陸投資的原因，比重由 2008 的 27.04% 下降到

2018 年的 12.11%（劉孟俊、吳佳勳 2022, 136-137）。事實上，進一步檢視 2020、2021 年數據，發現「當地市場發展潛力大」仍是台商赴大陸投資的主因，2020 年比重為 32.88%、2021 年則為 29.89%；而「勞動成本低廉」則相對越來越不是台商赴陸投資原因，2020 年比重為 8.49%、2021 年雖然微幅升到 9.47%，但占比並不高（經濟部 2021, 54-55；2022, 56-57）。

也就是說，大陸台商選擇續留大陸，有部分原因是撤離不易。此外，大陸內需市場的潛力，則成為台商續留大陸的主要「拉力」。有學者指出：大陸《十四五規劃》「雙循環」戰略，以促進消費，壯大國內市場，實施更大範圍、更寬領域、更深層次對外開放為主要訴求，同時強調要深化改革戶籍制度、土地制度、財稅制度，以增添消費成長動能。大陸 14 億人口的市場腹地潛力，令跨國企業垂涎。即使美國宣示與大陸「經濟脫鉤」，並祭出各種制裁手段，試圖迫使跨國企業撤離大陸。但現實的情境卻是，大陸大部分跨國企業仍然選擇繼續停留，選擇撤出大陸市場的跨國企業畢竟是部分產能，有部分跨國企業甚至還積極進駐布局。由於大陸中產階級群體不斷擴大，社會購買力後勢看漲，已成為跨國企業爭相布局的「世界市場」；大陸內需市場的潛力，或將吸引包括台商在內的外商注意（高長 2021）。

工總調查也反映了這樣的趨勢。在 2019 年調查大陸台商如何因應美中貿易戰時，如前所述，雖然為規避美國課徵的關稅，有不少大陸台商選擇轉移產能（即增加其他地區產能比重，占比 31.9%）；但由於中小企業台商並無足夠的資源轉移產能，因此整體來說，大陸台商主要採取的策略以「開發大陸內需市場」及「暫採觀望」為主，分別占 44.5% 及 43.3%（請見表 3）。

表 3：2018 年大陸台商因應貿易戰投資布局策略（複選）-2019 年調查

未來投資布局策略	家數	有效百分比 (%)
轉開發大陸內需市場	117	44.5
暫採觀望	114	43.3
轉開發其他出口市場	89	33.8
增加其他地區產能比重	84	31.9
考慮結束大陸事業營運	44	16.7

資料來源：工業總會《美中貿易衝突對中國大陸台商之影響及動向調查》，2019 年 11 月。

2021 年工總繼續對大陸台商動向進行調查，結果顯示：面對美中貿易戰、COVID-19 疫情的雙重衝擊，多數大陸台商仍選擇留在當地「強化研發、品牌與行銷」（70.2%），其次是轉移產能（即增加大陸以外地區投資，占比 63.1%）（請見表 4）。

表 4：2020 年大陸台商因應貿易戰、新冠疫情投資策略（複選）-2021 年調查

未來投資布局策略	家數	有效百分比 (%)
強化研發、品牌與行銷	179	70.2
增加大陸以外地區投資	161	63.1
轉投資服務業／事業多元化發展	71	27.8
考慮在陸上市籌資	30	11.8
考慮結束大陸事業營運	12	4.7

資料來源：工業總會《中國大陸台商投資動向及產業分布研究調查》，2021 年 11 月。

2022 年調查的結果和 2021 年相較差異不大，大陸台商仍是選擇留在當地「強化研發、品牌與行銷」（64.5%）、增加大陸以外地區投資（54.6%）為主，表示希望撤離大陸的比重不到一成（請見表 5）。

表 5：2021 年大陸台商因應貿易戰、新冠疫情投資策略（複選）-2022 年
調查

未來投資布局策略	家數	有效百分比 (%)
強化研發、品牌與行銷	162	64.5
增加大陸以外地區投資	137	54.6
轉投資大陸服務業／事業多元化發展	67	26.7
結束大陸事業營運	23	9.2
考慮在陸上市籌資	16	6.4

資料來源：工業總會《中國大陸台商投資動向及產業分布研究調查》，2022 年 12 月。

三、內需市場為台商續留的主要拉力

　　總的來看，雖然美國課徵關稅增加成本，但大陸台商認為赴其他不熟悉的地區投資設廠，風險難以評估，而開拓新的海外銷售市場亦不容易。此外，貿易戰打打停停，台商擔心花費鉅資遷出產能後，關稅制裁卻取消，甚至退場撤出赴其他國家投資，新的投資國亦可能成為美國潛在的制裁對象（例如越南）。諸多因素，驅使大陸台商以提高大陸營收占比來降低貿易戰的風險。此外，台商認為，COVID-19 疫情是全球現象，即使大陸政府採取嚴格封控，但有足夠資源的大陸台商來說仍可透過轉移產能因應；而資源不足的中小企業，則多選擇觀望、以拖待變，或配合大陸「擴內需」政策轉經營大陸市場，不會輕易撤離。不過，有不少大陸台商指出，因許多原以出口為主的大陸本地業者，在遭遇貿易戰後亦紛紛條政策略，經營大陸內需市場，以致市場供給增加、市場競爭更為激烈。但對不同產業別的台商來說，「轉開發大陸內需市場」，仍是因應貿易戰的重要策略。

　　至於大陸台商「考慮繼續或增加大陸投資」的原因，根據調查：「大陸擴大內需政策」或「內需市場潛力」都是主因；其他「對臺 31 條政策」「大陸減稅降賦政策」、「產業供應鏈完整」、「基礎設施較其他國家完善」雖然都是台商考慮繼續或增加投資大陸的原因，但和大陸內需市場相較比

例差距甚大。甚至 2021 年「新興產業供應鏈商機」，事實上也可歸在「大陸內需市場潛力」（請見表 6）。

表 6：考慮繼續或增加大陸投資原因（複選）

年分	因素	有效百分比 (%)
2019 年	大陸擴大內需政策	53.5
	對臺 31 項政策	33.5
	大陸減稅降賦政策	25.7
2021 年	內需市場潛力	86.2
	產業供應鏈完整	35.2
	新興產業供應鏈商機	32.8
2022 年	內需市場潛力	85.6
	產業供應鏈完整	36.6
	基礎設施較其他國家完善	19.3

說明：2020 年主要是了解大陸台商受新冠疫情影響，因此並無「考慮或增加對大陸投資」的問項。
資料來源：工業總會《美中貿易衝突對中國大陸台商之影響及動向調查》（2019）；《中國大陸台商投資動向及產業分布研究調查》（2021; 2022）。

伍、影響大陸台商動向的制度與策略分析（2019-2022）

在美國持續推動經濟脫鉤，亦或大陸產業政策逐漸調整的情況下，大陸台商究竟如何評價大陸內需市場？這些不願（或不能）退場撤走的台商，對大陸市場的期盼或「想像」為何？這或許可從工總的調查報告中找到答案。根據工總調查報告，三年共計針對 82 家「有根台商」進行訪談（2019 訪問 38 家；2021 訪問 24 家；2022 訪問 20 家）；訪談對象為該企業經營者或高階經理人；訪談地點包括上海、南京、深圳、東莞、臺灣等地；訪談時間從 2019 年 5 月到 2022 年 7 月。本文作者參與了部分的實地訪談，

以下本文所引用的訪談資料，節錄自調查報告的訪談稿。

檢視這 82 家的訪談稿後，有七家的台商至少訪問過兩次。因此，以下節錄並分析這七家台商訪談稿的內容，可掌握並比較近三年來大陸台商對大陸「擴內需」政策看法的脈絡變化（請見表 7）。

表 7：訪談大陸台商家數、產業別、企業規模（家數）（2019-2022）

年分	2019	2021	2022
企業家數	38	24	20
產業別	資通訊：18	資通訊：7	資通訊：3
	其他：20	其他：17	其他：17
企業規模（臺灣上市櫃）	19	18	9

資料來源：中華民國全國工業總會，2019-2022 對大陸台商動向的調查報告。

這七家台商有四家是上市的企業集團，旗下投資遍及全球，在大陸多地區都有投資；有三家是中小企業，主要投資以大陸為主（請見表 8）。觀察的重點，主要是從台商企業規模，對大陸內需市場，以及大陸投資環境的看法。

表 8：田野觀察對象背景資料

企業代號	企業規模	產業別	訪談對象
A	上市櫃公司	資通訊及電子零組件	副總
B	上市櫃公司	資通訊及電子零組件	處長
C	上市櫃公司	塑橡膠及其製品	董事長
D	上市櫃公司	紡織業	董事長
E	上市櫃公司	機械	董事長
F	非上市櫃公司	家具	董事長
G	非上市櫃公司	文具用品	總經理

資料來源：整理自中華民國全國工業總會，2019-2022 對大陸台商動向的調查報告訪談資料。

一、大型台商的策略選擇：風險管理下的就地轉型與產線轉移

　　一家在大陸各地都有設廠、全球筆電手機代工廠的上市公司 A 臺企，2019 年受訪時，提到美中貿易戰的影響時，表示公司透過轉移產能因應關稅；雖然認為薪資成本高、員工流動率大影響公司營運，但並未有撤離大陸計畫，最多只是擴廠計畫暫緩。他表示：

> 「雖然減少大陸產能，但不會考慮遷出，僅會加強對越南及菲律賓的投資。……東南亞地區優勢在於勞動力充足、薪資成本較低，可快速建立產線。據了解，同業有將產線遷往東南亞，或增加在臺之產能。……長期來看，薪資成本高、員工流動率大影響公司營運，故希望以自動化生產因應。現不會改變對大陸投資決策，但將暫緩相關擴廠計畫。」[4]

　　有趣的是，這家臺灣企業 2021 年受訪時，認為進入大陸內需市場相當困難；因此業務仍以代工為主：

> 「大陸的環境保護規定相當嚴格，加上近年來政策鼓勵農村人口回流，所以勞動力越來越欠缺。……雖然內需市場有所成長，但是（台商）要進入相對本地企業而言較為困難，所以公司的業務重心仍以代工為主。」[5]

---

4 A 企業受訪者稱謂：總監；訪談地點：江蘇昆山辦公室，2019 年 7 月 10 日。
5 A 企業受訪者稱謂：副總；訪談地點：新竹該企業辦公室，2021 年 5 月 12 日。

2022 年第三度訪談時，A 臺企表示，由於大陸民眾生活水準的提升，對電子產品的需求提高，因此仍看好大陸市場：

「儘管內外形勢挑戰不斷，但公司仍看好未來大陸內需市場及供應鏈發展。未來規劃依市場需求，進行產品及產線的轉型，例如朝向雲端、醫療科技方面發展。雖然公司目前已將部分產品產線轉至菲律賓，但預期東協在 3-5 年間，仍然很難取代大陸用 20 多年發展成型的電子產業供應鏈。……對大陸市場仍看好，主要原因是民眾生活水準不斷提升下，對電子產品的需求及各項應用將會持續變深變廣。另一方面，雖然大陸本土供應鏈崛起，但台商奠定已久的產業供應鏈，並非一朝一夕就會被取代。更重要的是，大陸當地政府對台商的重視與支持仍不遺餘力，且人才的養成已具規模，這是其他國家所不能企及的。」[6]

由於這樣的訪談只是反映受訪者當下的觀點，受當時的環境變化影響。因此可以理解大陸台商對大陸內需市場既期待又怕受傷害的心理。從近兩年的發展來看，A 臺企將部分廠房轉賣給當地陸廠，但仍保留在大陸投資，顯見營運方向已在轉變。

另外一家在華東設立研發中心及銷售據點，以生產觸控 IC 為主，但近年發展車用 IC、客戶群則以大陸內銷市場為主的資通訊上市公司 B 臺企，2019 年受訪時表示：原規劃擴大研發規模，但因為貿易戰所以設廠計畫延緩；因應貿易戰則以轉移產能因應。由於當時美中貿易戰前景未明，因而仍保持觀望。他指出：

---

6 A 企業受訪者稱謂：副總；訪談地點：新竹該企業辦公室，2022 年 6 月 10 日。

「公司原規劃於大陸擴大研發規模，現因設廠計畫延緩，故暫以增加臺灣產能因應。……由於局勢未明，目前暫不考慮從大陸遷出產線，未來視美中貿易衝突發展情況再進行評估。同業中，據了解前往越南、泰國的廠商不少。……大陸的內銷通路經營不易，加上當地業者的競爭、人才不易留任，導致從研發到銷售均面臨極大的挑戰。綜上所述，目前先暫緩大陸設廠計畫。」[7]

2021 年再訪 B 臺企，該公司主管表示，會擴大產能，因應大陸需求；甚至該主管表示公司預估大陸需求會暢旺好幾年；但該企業也坦言，進入大陸內需市場挑戰相當大，除了不斷上升的勞工、環保成本，包括防疫政策、陸廠競爭等，都是挑戰。他說：

「有計畫擴大大陸廠產能來滿足內需市場，……因為大陸需求旺盛可能持續好幾年；陸廠的產能、效益還有很大的擴展空間。至於海外布局部分，目前僅有對泰國進行觀察。……以觸控 IC 而言，公司產品涵蓋面廣，技術層面高，且市場缺貨嚴重，在各地都會有很好的空間，不像代工產品會受各項群聚、配套廠等因素制約。…（大陸投資經營的困難）主要是大陸的環保法規、勞動成本及生活變化壓力很大，員工流動率很高，必須提高薪資。……每有突發事件，例如防疫升級，都會直接影響公司營運。還好這幾年市場需求大，所以除了母公司進口，上海產能也逐步提升。大陸官員對於電子業的關心和重視，比起臺灣、東南亞各國更加用心。……但大陸市場的變化很大，產品更新速度不夠快，就會被市場淘汰。……此外，本地競爭對手的擴產速度

---

[7] B 企業受訪者稱謂：副總；訪談地點：上海該企業辦公室，2019 年 7 月 8 日。

飛快，很容易打亂市場秩序，更重要的是其幾乎都能獲得政府補貼，如臺廠不能夠加快研發速度（以品質取勝），很容易就會被陸廠趕過。……人才問題也是臺廠面臨的極大困境，因為大陸本地的工程師忠誠度較低，公司在管理上必須有所防備，才能避免遭對手系統性的挖角。」[8]

2022 年第三次訪談 B 企業，該企業主管仍維持去年的看法，他表示：

「內需仍是看好大陸市場的主要因素，隨著公司產品從手機、汽車用電子、智慧家電等領域不斷延伸，未來隨著大陸市場的發展相信仍有很大的潛力。但是近幾年大陸自有本土品牌崛起速度極快，且進入市場比台商還具有優勢，台商僅擁有約 3-5 年的技術領先，需要持續精進技術研發並強化行銷與通路，才能與當地業者競爭。……不會放棄大陸市場，大陸供應鏈完善，政府支持效率高，不是東協能趕得上的。」[9]

由於疫情期間全球筆電銷售大爆發，B 企業觸控 IC 的主要客戶是全球各大筆電廠，因此業績爆量，淨利、毛利都相當高。雖然今年筆電出貨趨緩，以致 B 企業業績受到影響，但該企業認為其產品仍維持技術領先，未來包括大陸在內的全球市場，都將會持續經營。

至於傳統產業的狀況又是如何？一家主要以傳統為主，但同時又有投資資通訊產業，以大陸為主要市場的臺灣上市大型企業集團 C，2019 年受訪時表示，公司認為貿易戰會大幅增加營運成本，也會讓客戶較為保守，

---

8 B 企業受訪者稱謂：處長；訪談地點：新竹該企業辦公室，2021 年 5 月 12 日。
9 B 企業受訪者稱謂：處長；訪談地點：新竹該企業辦公室，2022 年 6 月 10 日。

因此對短期經營狀況不很樂觀；但長期來看，仍看多大陸內需市場。他表示：

> 「我們在大陸生產的有八成內銷，兩成到東南亞，直接銷往美國的比例不到 1%。下游間接外銷，也是以東南亞、越南為主。……因貿易戰產生的供應鏈變遷與板塊移動，大幅增加營運成本，衝擊全球生產秩序；加上地緣政治衝突對電子材料業干擾很大，客戶變得保守觀望，使得多項產品有產能過剩的情況，電子材料客戶補庫存的意願也大幅降低，故我們對後續整體環境看法保守。……大陸環保要求相當嚴格，用人成本也不斷上升，以我們公司來說，攤提五險一金後，人均成本約達 5 萬（新臺幣），已經接近臺灣聘請新人的成本。……但我認為大陸內需市場不太需要擔心，因為當地的基礎建設一直在做，人民的消費能力也不斷提高。……所以（經濟成長）放緩的整體影響不是很大。」[10]

2021 年再訪 C 企業，該企業負責人表示，這兩年透過轉移產能到全球，以在地銷售在地生產為原則；同時進行製程優化、發展高值化差異化產品、上下游垂直整合等方式因應美中貿易戰、COVID-19 疫情衝擊，2020 年的營業額不但已經恢復 2018 年水準，利潤還有成長。但 C 企業負責人也表示，大陸經營越來越困難，除了生產成本增加，大陸本地企業競爭也是原因。他指出：

> 「2019 年受到美中貿易衝突影響，營業額及利潤都較 2018 年衰退。

---

10 C 企業受訪者稱謂：董事長；訪談地點：臺北該企業辦公室，2019 年 6 月 17 日。

（去年）……面對美中貿易及新冠疫情衝擊，集團調整臺灣、大陸、越南、美國……等地的產銷安排：基本上在哪銷售就在哪裡生產……並進行製程優化，發展高值化差異化的產品市場，加強上下游垂直整合……2020年公司營業額已恢復2018年水準，利益額更較2018年成長10%以上。……大陸市場還是具發展潛力，只要當地市場商機還在，我們就不會考慮撤出，甚至還會加大對大陸的投資。……但近年來大陸土地、人力等生產成本不斷提高，租稅減免限縮、環保法規越來越嚴苛，稅務查核頻繁，加上大陸本地企業快速崛起及惡性競爭，……能否持續擴張市場及維持穩定獲利，是公司決定增加或減少對大陸投資的主要因素。」[11]

由於C企業規模夠大，且產線遍布全球，因此即使遭受美中貿易戰、新冠疫情等衝擊，但仍有足夠的資源因應。雖然2022年未能訪談該企業，但經查該企業不但於2020年恢復美中貿易戰前的利潤，2021年時無論稅後利益稅後盈餘，都創下歷史新高。

另一家在香港上市，以美國為主要市場、車用腳踏墊與商用地墊的D台商，2019年受訪時表示，為因應美中貿易戰，開始經營大陸內需市場，但占比並不大。他說：

「（美中貿易衝突）訂單減少三成以上，產能減少（已關閉三分之一以上的生產線）。……美國市場占比過大，要轉移市場仍須經過一段時間，公司線採取生產其他產品來因應。……經營大陸內需市場又面臨付款條件差以及倒帳風險，所以不敢大肆擴展，目前僅占營收的

---

11 C企業受訪者稱謂：董事長；訪談地點：臺北該企業辦公室，2021年6月1日。

10%。……（公司）沒有在海外有生產線，未來也不會遷出大陸，因為大陸的生產成本較低。……（在大陸投資）土地控制嚴格、擴廠不易；環保要求提升，對製程及工安的要求嚴格，以及勞動力不足且薪資提高。」[12]

2021 年二訪 D 企業，負責人表示，該產業屬於紡織業，由於美中貿易戰時，客戶要求大陸以外的供應商，因此不少同業已經轉移到越南等海外生產，但仍留在大陸的該產業，仍有不錯的業績；該公司則於 2019 年響應臺灣「台商回流」政策，將部分產線轉移回臺。但雖然 D 企業負責人認為大陸內需市場挑戰多，但也看好大陸市場的發展。他表示：

「（我們公司）產品被美國加徵 25% 關稅，去年大陸事業的營利狀況，大幅衰退將近五成。……受美中貿易戰、疫情影響，客戶尋找大陸以外的供應商，因此衝擊以外銷為主的（我們）公司。但同業部分，如果經營大陸市場為主，業績仍有不錯表現。……有前往東南亞（越南、泰國）投資的規劃，也已規劃縮減大陸產線，把部分產業遷至臺灣生產。同時也拓展新產品線，開拓新的市場。……大陸內需市場競爭激烈、帳款的回收慢等文化，還是對台商的經營造成很大的挑戰。此外，當地企業通常不開發票，台商企業在賦稅上的成本就比較吃虧，而且要打入內銷市場，往往還是要具備有人脈關係，一般企業很難快速地打入大陸內需供應鏈。……但隨著中產階級增加，汽車相關用品的需求刻正也快速發展，我們還是看好大陸未來市場。」[13]

---

[12] D 企業受訪者稱謂：董事長；訪談地點：臺北該企業辦公室，2019 年 7 月 19 日。
[13] D 企業受訪者稱謂：董事長；訪談地點：臺北該企業辦公室，2021 年 5 月 14 日。

2022年，三訪D公司時，該企業負責人表示，主要市場以美國為主，受近年來貿易戰影響，在中國大陸的營收由五成降為三成。但即使如此，還是很難離開中國大陸。他說：

> 「未來還是要看貿易戰（加徵關稅）是否解套，才能決定產能將擴大或減少。……但公司目前並無意撤出大陸，而是轉開發大陸內需市場尋求機會。目前同業大多將產能移回臺灣，且將大陸廠縮小規模持續營運。至於東南亞，除先早期就到越南布局，否則現在去成本過高，恐怕也不易獲利。……有耳聞部份業者將貨出口到東協，支付部分費用後轉出口至美國，這樣雖可維持訂單，但成本不但提高亦有遭查緝的風險。」[14]

歸納來看，D企業雖然客戶以美國為主，但大陸龐大的車市市場，讓該企業開始思考如何打入大陸汽車供應鏈，讓大陸逐漸成為D企業的利潤來源之一，而非只是生產製造基地。

E企業是一家在臺上市的工具機廠商，不但在兩岸都有生產基地，在全球也有70幾個銷售代理商；其產品銷售全球。該企業負責人2019年受訪時表示，由於出口美國產品主要由臺灣生產，受美國課徵關稅影響不大；E企業負責人甚至認為習近平的反貪腐，有助於台商經營，因而會繼續加大在大陸投資：

> 「由於（陸廠）輸美比重不高，……（美中貿易戰）主要影響客戶的投資信心，訂單決策時間變長。……會持續在大陸增加投資，……

---

14 D企業受訪者稱謂：董事長；訪談地點：臺北該企業辦公室，2022年6月23日。

持續增加產能，持續儲備技術人員以因應未來需求。（大陸投資環境）……習近平上臺後，打貪、掃黑、倡廉、扶貧，整體政治及社會風氣明顯改善，近年來提出許多惠臺政策及台商投資保護條例，整體投資環境平穩。大陸政府各級單位及工業區管委會、各級臺辦經常至我們公司走訪，了解企業經營情況及協助解決問題。今年以來，大陸政府減稅降費，……包括調降增值稅由 16% 降至 13%，降低社保繳費比率，減輕企業負擔。」[15]

2021 年二訪 E 企業，該企業負責人雖然表示，2020 年受到疫情衝擊，運輸、物流受阻，導致原物料缺貨、客戶下單意願降低，進而使營業利益減少，但 2021 年已恢復至以往的八成以上。他也再次談到大陸投資環境與該產業的動向：

「考量大陸市場有潛力，且公司經營十幾年，在市場市占率很高，將來會朝向自動化的方向持續投資而不會撤出。同業中以外銷為主的業者，如有遷出大陸產線者，是以遷回臺灣居多。……大陸投資環境……，勞動力、環保、物流運輸等成本增加，新進入的廠商如果沒有專利技術，將很難生存。雖然內需市場仍在成長，但仿冒商標及盜用公司機密技術防不勝防，造成營運上非常多的困擾。……還有員工時常跳槽、對手惡意仿冒等不正當競爭，以及環保規定嚴苛、稅費負擔沉重等。」[16]

2022 年三訪 E 企業，負責人表示今年受到疫情及封控影響，內需不振，

---

15 E 企業受訪者稱謂：董事長；訪談地點：臺北福華飯店，2019 年 5 月 14 日。
16 E 企業受訪者稱謂：董事長；訪談地點：臺北該企業辦公室，2021 年 7 月 19 日。

預期業績僅能與去年持平；但預估 2023 年若疫情趨緩，則營運表現有望大幅成長。且因為仍看好大陸機械業的發展，還有 RCEP 的東協市場，因此即使仍遭遇缺工、環保等問題，不會撤離中國大陸。他說：

> 「新冠疫情爆發，製造業投資趨於保守，導致機具產品需求下滑，是影響公司營運的主要原因。今年封控，人、貨出入都是障礙，導致交貨延遲，但最大的影響還是內需急凍衝擊公司業績。……（大陸投資環境）……大陸缺工嚴重，工資不斷上漲…還有仿冒品猖獗，以後要做自動化。…因為大陸提倡實體經濟，看好疫後機械與工具機業在大陸的發展，且大陸較東協地區仍有人力素質、政府治理能力上的優勢，因此還是會選擇留在大陸……同業有因市況不佳暫時縮小規模，但仍保留產線以承接疫後的商機。……雖然大陸本土業者競爭激烈，但論新產品的研發台商仍具優勢，且 RCEP 市場開放後，東協市場商機值得期待。」[17]

二、中小型台商的策略選擇：路徑依賴下的左右為難

另一家在華南投資多年，主要生產家具，且四成外銷歐美、六成內銷大陸的 F 台商 2019 年受訪時明白表示，台商若不經營大陸市場，則很難生存。他說：

> 「（面對美中貿易戰）……10 年前因美國課徵大陸傢俱業反傾銷稅 7.2% 時，台商有四成遷往越南、六成留在大陸。……因此貿易戰 5 年前（我們企業）已經提早因應，因此影響有限。……但美中貿易衝突

---

17 E 企業受訪者稱謂：董事長；訪談地點：臺北該企業辦公室，2022 年 7 月 13 日。

後，同業兩成留在大陸經營內銷市場，其餘遷往越南。……不過未來
（我們企業）會以大陸市場為主。……台商若不經營大陸內銷市場恐
難生存。主因在於『2526 經營法則』：大陸市場有 6 億高收入人的消
費力，等於 2 個美國、5 個日本、26 個臺灣，突顯大陸市場重要性。……
公司會著重開發大陸內需市場，並成立品牌聯盟；……但同時在美國
收購工廠因應美國市場。……其實大陸規範越嚴格，對（我們）這類
有規模的廠商更為有利，可汰弱留強，反而能提升市占率。以（我們）
公司為例，10 年前用 2000 員工，自動化後目前不到 1000 人，反而擴
大大陸設廠規模，並建立品牌價值。」[18]

2022 年再訪 F 台商，該企業負責人表示，受到疫情封控影響，人員管
制、運輸受限，導致生產進度受阻、交貨延遲。因此，將部分產能轉移，
以在地生產在地銷售因應；由大陸出貨的比重下降。對於大陸內需市場的
看法，F 台商負責人表示：

「（面對疫情封控）……2020 年美中貿易戰、疫情出口受阻，業績下
滑高達五成。……雖然 2021 年業績表現有所回穩，但今年（2022）
因疫情封控，內需市場已大幅萎縮、消費停滯，預測今年業績應該只
能持平。……（F 企業）盡量維持現有的產能規模，並加強東協及日
本的出口，但不會撤出大陸。……同業中也有前往越南、印尼（原物
料考量）者，但遭遇的問題遠比大陸還多，台商在大陸還是比較受到
重視，不過大陸政府仍無法協助你開拓市場，仍必須靠自己解決。……
還是看好大陸未來的需求，因為疫情是一時的，也能因此趁機淘汰一

---

18 F 企業受訪者稱謂：董事長；訪談地點：臺北該企業辦公室，2019 年 7 月 2 日。

些劣質廠商，彰顯品牌、品質的重要。」[19]

為何看好大陸內需市場？F企業負責人進一步表示，他認為大陸人均收入不斷成長，對於高端家具的需求與日俱增，台商仍有競爭的優勢，少量多樣的客製化生產也越來越關鍵。但他也表示大陸市場並不好經營：

> 「大陸市場必須區隔，台商的定位要清楚，建立品牌、通路及售後服務刻不容緩。……大陸競爭激烈，亂象很多，必須細部深耕、區隔市場，台商的設計、研發還是有競爭力。大陸的環保檢查很嚴，耗費在工廠整改的費用不低，一時的痛必須接受，否則會有更大的麻煩。」[20]

2019年F台商表示，當時主要面對的貿易戰的關稅壓力，但因為提早因應，因此F企業整體影響並不大，當時對大陸市場仍有很大的期待。但2022年再訪時，全球包括中國大陸都已歷經三年的疫情，中國大陸的嚴格封控更是衝擊所有企業。但F企業仍認為疫情遲早會過去，因此不會撤離中國大陸。

然而，另一家同樣華南投資多年，主要生產文具，且九成外銷美國、歐洲的中小企業大陸台商G在2019年受訪時就表示，傳統產業經營不易，且美國進口商會因為關稅要求減價，使得利潤越來越低。因此，很想回臺投資。他說：

> 「貿易戰（部分產品）遭課徵25%關稅，除訂單減少外，進口商也要求共同負擔，致使利潤略為減少…內銷市場部分，還無法本地企業

---

19 E企業受訪者稱謂：董事長；訪談地點：臺北該企業辦公室，2022年7月7日。
20 同上註。

競爭……。（我們公司）只在臺灣及大陸有生產線，未來如所有輸美產品都被課徵關稅，不排除應客戶要求，將產線全面遷回臺灣。……目前大陸經營主要問題是環保跟工資上漲。近年來（大陸當地）政府的環保檢查越來越嚴格，若檢查不過，會面臨停產處分。……工資部分，五險一金實施以來用人成本增加很快。……更重要的是不論是環保或是五險一金的相關查核，台商都是先被查處的對象，本地企業不一定會百分之百遵守。……希望政府協助回臺投資措施……但要能解決用地及缺工兩大問題，例如適度調高外勞配額，會增加台商返臺的意願。」[21]

2021 年二訪 G 台商時，剛好大陸因「能耗雙控」實施限電政策後不久，G 台商認為耗能高、低附加價值產業被淘汰是中國大陸必然的趨勢；談到在大陸經營，該企業表示壓力越來越大。他說：

「……我認為電價未來一定會調漲，因為全球通膨、物流受阻與極端氣候，能源價格勢必會往上漲，不漲就只能靠政府補貼，不太可能長久。另外電價上漲也能起到淘汰落後產能的作用。……大陸有些高能耗、高污染，但是產值低、取代性又高的產業，的確有可能被淘汰。不過晶圓代工等高能耗，但是產值、利潤高，又是關鍵技術製程的部分就比較不受影響。主要是能源、土地、人力等資源有限，政府必須在政策上做出取捨。…今年問題就是受原物料上漲、缺櫃、限電影響較大，營業額較去年也呈現下滑。因為我們不用付廠租，不然早就打包結束營業了。……我們如果要跟客戶談漲價，必須談好幾個月，而

---

21 G 企業受訪者稱謂：總經理；訪談地點：東莞該台商家中，2019 年 6 月 5 日。

且談好、上漲後的價格可能幾個月後才開始生效，但原物料卻早就漲了，形同壓縮我們的利潤空間。」[22]

2022 年三訪 G 台商時，該台商表示，出口訂單跟去年相較，更是明顯滑落，但因為工廠是自己的，不需要廠租，因此還有一些利潤；該台商表示，現在開工廠不小心就會賠錢，因此有考慮將廠改建轉租出去，租金收入可能比辦廠收入還高。該台商表示：

「今年很多行業是沒訂單，而且現在國外開始高庫存了，所以很多工廠現在是沒訂單，現在我們就一天到晚問客人，你那裡有沒有什麼需求？另一方面，歐美通膨升息，高油價與高物價產生排擠效應，除了食物等必需品外，民眾對非必要的物品就不購買，導致企業接單量大降。……你開工廠你要賠錢，……我現在還有一個空地，那個商務辦一天到晚叫我趕緊蓋起來，他說找人來租什麼的。……把廠房租出去，租金可能還比我現在開工廠還賺得多。……還不用冒什麼太大風險。……現在就是撐一天算一天，還有賺錢就做，沒賺錢我就關嘛！對不對？反正廠房自己的。」[23]

談到大陸內需市場，G 台商表示，關鍵還是清零封控政策。他說：

「大陸想用『內循環』替代出口，但若民眾都被關在家裡，那要循環去那裡？因此，後續就看「二十大」後，當局的防疫政策是否會轉向，如果能夠適度放鬆，那麼大陸內需可望迎來報復性的反彈，所以只能 10 月份之後再看看。否則只要動不動行程碼『帶星』」或健康碼變色，那麼大

22 G 企業受訪者稱謂：總經理；訪談地點：臺中該台商家中，2021 年 10 月 1 日。
23 G 企業受訪者稱謂：總經理；訪談地點：臺中該企業辦公室，2022 年 7 月 21 日。

陸內需都不太樂觀。……後續就看「二十大」後，防疫政策是否轉向，如果能夠適度放鬆，那麼大陸內需反彈，所以只能 10 月份之後再看看。否則只要動不能行程碼『帶星』或健康碼變色，那麼大陸內需都不太樂觀。」[24]

　　事實上，由於 G 台商為資源有限的中小企業，其產品技術門檻並不高，且客戶過於單一；因此多年前即嘗試就地轉型，包括轉往電商，或「二轉三」經營服務業（連鎖餐廳）。但經營電商遭遇平臺抽傭過高、貨款回收不易等問題；「二轉三」經營餐廳前幾年利潤還不錯，但 2020 年以來的疫情衝擊及封控影響，餐廳幾乎無法正常營運，過去獲利幾乎全數吐回。F 台商雖然多年前就希望撤離大陸市場，但該產業為勞力密集型產業，且產品附加價值不高，因此不但不符合臺灣「台商回流」政策鼓勵的產業業別，即使回臺也會遭遇缺工問題。因此，該企業面臨「留也不是，走也無法」的兩難情境。

三、持續作用的政策誘因：「擴內需」的大陸市場想像

　　受限篇幅，許多田野觀察內容無法完整呈現；且由於選擇「退場撤出」台商比例並不高，因此訪談對象都是仍在大陸有投資的台商。但透過這些訪談資料，可以歸納幾個重點：

　　（一）多數廠商反映，經營大陸內需市場並不容易；但無論企業規模大小，台商多表示不會輕易放棄大陸市場。

　　（二）資源足夠的大企業台商，可以透過轉移產能增加產業鏈韌性、規避風險；資源有限的中小企業台商，在沒有更好選擇的情況下，就地轉型、以拖待變是最佳選擇。

　　（三）過去台商將大陸視為生產基地。然而，隨著大陸投資環境的改

---

24 同上註。

變，特別是大陸政策的轉向，讓台商逐漸將大陸視為利潤中心。

事實上，自 2020 年 5 月中共提出「內循環」概念後，就不斷強調大陸內需的重要。中共過去多次強調「擴內需」，但由於國際環境有利出口，因而經濟增長仍偏重外貿。然而，隨著國際情勢的變化，中共已意識到，以出口為經濟增長主要動能的結構，未來不但將難以為繼，且將更多受到歐美終端市場制約。因此，基於「安全發展」思維，中共再次確立了經濟戰略的轉向，以「操之在己」的內需市場，作為未來經濟增長動力的主要來源。

也就是說，由於近年來各國推動再工業化策略，全球產業鏈面臨重組及短鏈化；使得中共認知到大陸世界工廠角色將弱化；因此希望透過擴大內需，重塑大陸經濟發展格局。歸納來看，中共經濟戰略的轉向，將造成三大影響：首先，產業結構將調整。擴內需戰略必然強化服務業的建設，將造成產業結構的調整；其次，產業價值鏈可提升。改革開放以來，大陸產業主要以「兩頭在外」、「大進大出」的代工為主，但這樣的發展模式不但受制全球價值鏈治理結構，亦過度依賴全球價值鏈上下游的核心技術、行業標準、品牌、銷售通路，以致大陸產業受到全球價值鏈治理結構制約。經濟戰略轉向後，中共能透過市場誘因，引進高技術、高附加價值產業進駐，以促成產業價值鏈的提升。最後，產業話語權將強化。如果大陸能成為全球終端產品的最終生產與消費地的「強大市場」，則中共不但能重新建構自主可控的全球價值鏈；甚至將有助其推動「中國智造」乃至「中國標準」。換言之，即能逐步掌握全球價值鏈話語權。

根據大陸 2022 年公布的《擴大內需戰略規劃綱要（2022—2035 年）》，其「擴內需」包含八項重點任務。綜觀來看，「綱要」內容涵蓋消費、投資、產業、外貿等各個層面的戰略與政策。也就是說，中共希望的「擴內需」並不侷限在「內循環」，而是希望透過內外循環的聯動，讓經濟活絡，

以激發市場活力。然而，由於「綱要」提到的層面太過廣泛，且多為過去政策的彙整；因而只能說是大陸「擴內需」戰略的綜整和重述。至於具體政策會如何落實，還有待進一步的觀察。

為了鼓勵台商參與大陸內需市場，中共提出對臺「融合發展」策略，這些大陸官方稱之為「開放力度之大、範圍之廣、涉及部門之多」的「惠臺」措施（例如 2018 年的「惠臺 31 條」；2019 年的「惠臺 26 條」等），主要著重在「加快給予臺資企業與大陸企業同等待遇」。

雖然由於上述大陸對台商同等待遇相關措施公布並未很久，且歷經三年的新冠防疫期，因此效果如何仍有待檢視。但值得觀察的是：大陸這些「擴內需」政策的持續作用，是否會促使大陸台商進一步融入大陸？但與此同時，基於以下原因，兩岸貿易可能會受到影響：一是大陸近年來積極推動進口替代政策，對於來自臺灣低附加價值，或大陸足以自給或另有進口來源的產品，有可能減少進口；至於大陸所需的資通訊產品，大陸可能透過政策優惠及市場誘因，鼓勵臺灣企業赴陸投資；二是隨著美國對大陸的科技封鎖力度加大，臺灣資通訊零組件出口大陸勢必受到更多管制；再加上臺灣「新南向」、「台商回流」等政策的推動，都將間接減緩兩岸貿易熱度。也就是說，大陸「擴內需」政策，以及對台商的同等待遇措施，將可能促使臺灣投資進一步融入大陸，但隨著大陸對臺灣產品進口需求的減弱，兩岸的投資、貿易，將逐漸呈現脫鉤狀態（請見圖 4）。

圖 4：未來兩岸經濟關係發展可能狀態

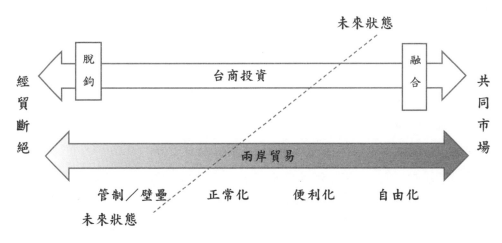

資料來源：修改自王華、林子榮（2022, 64），「兩岸經濟關係發展的狀態圖譜」。

陸、結論：從「大陸台商」到「新陸商」？

從數據上看，現階段兩岸投資、貿易雖然仍然熱絡，但台商投資仍以代工群聚的供應鏈合作為主，和大陸本地企業的技術合作並不深、股權合作也不多。由於大陸長期重視外向型經濟，作為建構兩岸經貿現狀主導力量的台商，高度參與的是大陸的「外循環」。因此台商受全球產業鏈布局影響，大於大陸產業政策的作用。也就是說，台商為順應大陸外向型經濟發展策略，把大陸當作生產製造基地，在地化程度不深；但只要有任何風吹草動，例如貿易戰，在不符合生產要素成本，或終端市場（或客戶）的要求下，資源足夠的台商，可以、也必須透過「轉移產能」因應；從這個角度來看，兩岸經濟掛鉤並不深。

然而，總體來看，在完全退場撤出比例仍不高的情況下，無論轉移產能，或就地轉型，目前多數製造業台商仍是選擇留在大陸，甚至有台商在訪談時直言：「大陸市場絕對不可能放棄」，但和過去相較，台商在陸的

內涵已逐漸轉變，台商赴大陸投資動機的變化，由成本與市場考量轉變為內需市場導向；台商大陸子公司不但角色更為多元化，決策自主性將進一步提升，且明顯朝「去製造化」方向發展；而台商與大陸鏈結程度的加深，將為兩岸產業分工帶來深刻轉變。也就是說，在大陸積極推動「擴內需」，且「十四五」規劃進一步確立以「內循環」為主的戰略下，再加上進口替代、鼓勵臺灣企業在陸上市等政策的持續推動，都將加速在陸台商的在地化鏈結。

　　預判未來：中共未來仍會持續透過兩岸經貿交流，以大陸內需市場及各項所謂「惠臺政策」為誘因，加大磁吸臺企赴陸發展，同時穩固「為陸所用」的產業供應鏈。但在服膺「高質量發展」、「自主創新」的國家發展戰略的前提下，中共將更精確的對臺「挑商選資」；並透過更多政策誘因，促使在陸台商更深入的融入大陸經濟體系。因此，在不久的未來，是否將會有越來越多過去認為的「大陸台商」，將成為制度、法律定義下的「新陸商」？並藉此建構新型態的兩岸經濟關係。這對兩岸政經情勢，將造成怎樣的影響甚至衝擊？這將是一個需要持續觀察的現象。

參考文獻

中文文獻

中華民國全國工業總會，2019，〈美中貿易衝突對中國大陸台商之影響及動向調查〉，大陸委員會 108 年度專案計畫，臺北：大陸委員會。

中華民國全國工業總會，2020，〈「新冠肺炎疫情」對台商投資大陸影響調查〉，內部研究報告（未出版），臺北：中華民國全國工業總會。

中華民國全國工業總會，2021，〈中國大陸台商投資動向及產業分布研究調查〉，大陸委員會 110 年度專案計畫，臺北：大陸委員會。

中華民國經濟部投資審議委員會，2022，〈業務統計〉，https://www.moeaic.gov.tw/chinese/，查閱時間：2023/01/02。

王國臣，2021，〈非對稱依賴：兩岸貿易依存度的測量〉，《展望與探索》，第 19 卷第 7 期：106-115。臺北：展望與探索雜誌社。

王華、林子榮，2022，〈「脫鉤」還是「融合」？兩岸經濟關係發展的基本邏輯與演進趨向〉，《臺灣研究集刊》，2022 年第 4 期：55-68。廈門：廈門大學臺灣研究院。

高長，2021，〈中國大陸《十四五規劃》重點及其對兩岸經貿之影響〉，《展望與探索》，第 19 卷第 2 期：47-65。臺北：展望與探索雜誌社。

陳華昇，2022，〈全球化與台商投資變遷〉，陳德昇主編，《全球化變遷與兩岸經貿互動：策略與布局》：219-246，臺北：印刻出版。

黃健群，2022，〈中共二十大後台商投資動向和趨勢〉，http://www.cnfi.org.tw/front/bin/ptdetail.phtml?Part=magazine11112-633-12，查閱時間：2023/01/05。

黃健群，2022，〈美中貿易戰對台商投資大陸影響〉，陳德昇主編，《全球化變遷與兩岸經貿互動：策略與布局》：147-169，臺北：印刻出版。

劉孟俊、吳佳勳，2022，〈台商全球布局：大陸台商投資動向與趨勢〉，陳德昇

主編，《全球化變遷與兩岸經貿互動：策略與布局》：127-146，臺北：印刻出版。

劉孟俊、吳佳勳、王國臣，2022，〈疫情後兩岸經貿互動趨勢與供應鏈地位變化〉，《中國大陸研究》，第 65 卷第 2 期：45-79。臺北：政治大學國際關係研究中心。

鄧建邦，2017，〈受地方限定的工廠：中國大陸內遷臺資製造業勞動體制之變遷〉，《臺灣社會學刊》，33 期：頁 63-112，臺北：臺灣社會學會。

鄭志鵬、林宗弘，2017，〈鑲嵌的極限：中國台商的「跨國資本積累場域」分析〉，李宗榮、林宗弘編，《未竟的奇蹟：轉型中的臺灣經濟與社會》：611-644，臺北：中央研究院社會學研究所。

譚瑾瑜，2022，〈大陸台商回臺投資趨勢解析〉，https://www.seftb.org/cp-4-1746-efa52-1.html，查閱時間：2023/01/03。

英文文獻

Kennedy, Scott.2022."It's Moving Time: Taiwanese Business Responds to Growing U.S.-China Tensions." https://csis-website-prod.s3.amazonaws.com/s3fs-public/publication/221004_Kennedy_TaiwaneseBusiness_USChina_0.pdf?M3t71deZ57QwvTQjfI0fl3pcfV0QuOr(Oct 4, 2022).

UNCTAD, 2020. " Global Investment Trend Monitor, No. 38." https://unctad.org/webflyer/global-investment-trend-monitor-no-38 (Jan 5, 2023).

中共「二十大」後的社會治理：
科技監管與疫情防控

林瑞華

（金門大學國際暨大陸事務學系助理教授）

蔡文軒

（中央研究院政治所研究員）

王信賢

（政治大學東亞研究所特聘教授）

摘　要

　　對於當代中國的政府與社會治理而言，科技監管的重要性不言可喻。習近平在中共「二十大」報告指出，中國必須加快建設網絡強國、數字中國。隨著新冠肺炎疫情（COVID-19）擴散，中國大陸多個城市自 2021 年嚴格執行「清零」政策。為了管理民眾的染疫風險，中共採用多項以大數據／科技進行科技監管的做法。本文以「健康碼」、「社會信用體系」與「復工復產的數據化管理」三項政策工具，說明中共如何以科技監管進行疫情防控，以及科技監管對中國社會治理的影響。

關鍵字：新冠肺炎、科技監管、健康碼、社會信用體系

壹、前言

　　對於當代威權政體的存續來說，如何有效控制輿論並推動政府政策，是重要的關鍵（Krastev 2011, 5-16）。有文獻認為：威權政體會試圖控制網絡科技，讓它成為政府機器統治下的一部份（George 2007, 127-145）。這應證了部分學者的悲觀預期：科技發展恐怕不一定有助於威權政體的民主轉型，還可能進一步強化其統治能力（Morozov 2011）。從當代中國的個案中，似乎也可以看到類似狀況。從 1990 年代初期，中共就開始進行一場「與中國互聯網的戰爭」（The Battle for the Chinese Internet）（Xiao 2011, 47-61）。獨裁政權會透過學習與吸取相關科技知識，來進行自我進化，確保其維持強大的治理能力（Tsai 2016, 741-743），特別是在面對重大的社會危機或天災時，中共政權似乎展現出強韌的治理能力（Brødsgaard 2017）。

　　在 2020 年之後，隨著新冠肺炎（COVID-19）在全球逐步蔓延，各國相繼面對疫情防控的危機管理。大陸多個城市自 2021 年底開始嚴格執行「清零」政策。根據統計，在「二十大」召開前，大陸至少有 13 省共 24 個城市宣布實施清零政策（王二 2022）。在此政策下，大陸的染疫比例與世界各國相比相當低，截至 2022 年 9 月只有五千多例因新冠肺炎死亡的病例，且大部分源於疫情初期的武漢（鄧聿文 2022）。因此，習近平在「二十大」工作報告中再度重申「清零政策」，提到在抗擊新冠疫情方面要「堅持動態清零不動搖」，以最大限度保護人民生命安全和身體健康。[1]

　　疫情期間，中共為了管理民眾的染疫風險，採用多項以大數據／科技進行科技監管的做法（Sheng, Amankwah-Amoah, Khan and Wang 2020）。

---

1 二十大報告全文請見「中華人民共和國中央人民政府網站」，http://www.gov.cn/zhuanti/zggcdd escqgdbdh/sybgqw.htm。

透過「雲治理」與大數據運用，中共在新冠肺炎的防治中取得一定效果，[2]
但學術文獻迄今對於中共如何以大數據進行疫情防控，鮮有深入討論。本
文透過新冠肺炎防疫的案例，對此進行探究。為了蒐集資料，作者在 2020
年 9 月至 2021 年 1 月，到杭州與福州市的大數據局進行官員訪談。根據
清華大學在 2020 年出版的資料，杭州和福州在大數據建設的成效，在受
評的 101 個中國城市中，位列前 10 名（清華大學數據治理研究中心 2020,
14），因此適合做為本研究的關鍵個案。本文在討論相關內容時，主要是
使用作者所蒐集的田野與網路資料做為素材。

　　本文的內容安排如下：第二節，我們將從中國政治脈絡下來討論雲治
理的概念，這主要聚焦於中共官僚組織的問題，以及信息流通與共享對於
決策的重要性。第三節，以「健康碼」、「社會信用體系」以及「復工復
產的數據化管理」三項政策工具，說明中共如何以科技進行疫情防控。在
這些科技監管方式中，有一些技術是因應疫情而出現，如健康碼，但更多
的做法是將過去對個人或企業的監管方式，擴大應用到疫情防控，如社會
信用體系與復工復產中的「親清在線」、「信易貸」皆屬此類。第四節則
探討在當前的科技監管下，民間的反應。第五節為本文結論。

貳、中國的科技監管單位：大數據局

　　對於當代中國的社會治理而言，科技監管的重要性不言可喻。科技監
管有賴大數據的搜集，在新冠肺炎的危機管理中，各市政府率先設置一個
專責單位──大數據局──負責大數據平臺的建設。在中國地方實踐中，市
（副省級市或地級市）是進行大數據蒐集的主要負責單位。根據統計，截

2　雖然中共對其救災成效往往有誇大之嫌。但客觀來說，在本次疫情防控中，中共確實取得了一定效果，
　爆發大規模全國性感染的機會已經不高。「武漢一週年」（2020 年 12 月 29 日），*BBC News*，查閱時間：
　2021 年 1 月 19 日，https://www.bbc.com/zhongwen/trad/chinese-news-55446341。

至 2018 年 10 月，已有 79 個副省級城市和地級城市組建大數據局（黃璜、孫學智 2018, 31-36）。省政府也設有大數據局（正廳級），但並不負責第一手的數據蒐集，而是統整與使用該省境內市級大數據局上呈的資料。

　　大數據局的工作，首先是整合市部門之間的政務數據。過往各部門間的資訊並不暢通，導致各單位都是一個「數據孤島」。[3] 舉例來說，各地的市場監管局負責管理企業是否有違章行為、環保局負責企業的生產是否符合環保規範，在各部門不掌握彼此數據的情況下，可能出現環保局已對某間企業開罰，市監局卻將那間企業評為優良企業的尷尬情況。對此，大數據局的首要工作就是打破部門間的信息不通，整合各部門擁有的數據。其次，大數據局的另一項重要工作是建立「政務數據共享平臺」。這是一個雲端資料庫，在理想狀態下，該平臺應包含該市政務的所有資訊。[4]

　　疫情爆發後，各地政府大量倚賴大數據進行社會治理，大數據局的角色變得相當重要。總體來說，中共在疫情時期以大數據進行下列三項工作：社會維穩、疫情防控與經濟復甦。負責這些工作的單位則根據他們的工作內容，與大數據局配合協作。相關內容可見表 1。從該表可見，為掌握每個人的染疫風險以進行防疫，公安局、衛健委與大數據局合作，建立「健康碼」制度。為了推動產業的復工，發改委、銀保監局與大數據局共同推動「信易貸」制度。追求社會維穩所推動的「聯合獎懲」業務，就由「發改委」與大數據局共同執行。另外，復工復產業務中的「清新在線」，[5] 已於 2020 年在杭州推動，在 2021 年推廣到其他地區。該政策也是由「發改委」與大數據局主導推進。以下，我們將針對表 1 提到的三項科技監管

3　中國政府在 1990 年代開始就希望解決部門之間信息不流通的問題。但由於單位間的本位主義考量，效果不彰。請見 Halpern 1992: 125-148.

4　作者訪談，福州市大數據委幹部，訪談編號 F103，福州市，2020 年 11 月 5 日；杭州市大數據委幹部，訪談編號 H531，杭州市，2020 年 12 月 15 日。

5　中國政府在近年來強調要建立「親」與「清」的政商關係，也就是官員在面對與企業主時，既要親密，又要清廉，避免形成腐敗的裙帶關係。

政策，依序討論相關內容。

表 1：疫情管理的專項任務

科技監管政策	政策內容	主責部門	信息共享的相關部門
社會信用體系	對民眾評分與獎懲（社會維穩）	發改委	醫療、網信、交通、教育與金融等
健康碼	掌握民眾行蹤與染疫狀況（疫情防控）	公安局衛健委	公安、醫療、交通、出入境管理與市場監管等
復工復產	信易貸親清在線（復工復產）	發改委銀保監局	金融、發改與財政等
		發改委	稅務、社保、住房、市場與監管等

資料來源：作者自行整理。

參、新冠疫情下的科技監管：健康碼、社會信用體系、復工復產數據化管理

新冠疫情期間，中國政府為了防堵疫情擴散與維持社會穩定，強化了以大數據與新科技來監控企業／民眾的力度。這當中，應用最廣的政策工具有「健康碼」、「社會信用體系」，以及部分與復工復產相關政策，包括「清親在線」與「信易貸」。

一、健康碼

疫情期間，政府能否掌握每個人的行蹤與健康情況，對防堵疫情擴散相當重要。為了加強這項任務，中國政府希望透過大數據來監測每個人的行動軌跡與染疫風險，其中，應用最廣也最成功的系統，是由杭州市公安

局與衛健委在 2020 年 2 月，共同開發的「健康碼」。這項監控工具被迅速推廣，遲至 2020 年 8 月，健康碼已在全國各地推行（彭訓文 2020）。

　　這套系統在推廣之初，是由「市」級政府承接，主要由市的大數據局協助相關部門（主要是公安局與衛健委）設立。每個市都有自己的健康碼，如廣州的「穗康碼」、深圳的「深 i 您」、上海「隨申碼」、廈門的「i 廈門」等。

　　健康碼是一種電子通行憑證，用以鑑別市民的染疫風險。各市在創建這套通行憑證時，由該市大數據局協助主責部門（公安局與衛健委）設立「健康碼專用平臺」。健康碼主要是由市民透過自己手機上的 Application（APP），每日在網上填報個人基本資料與健康情況（是否發燒或身體不適）。此外，各地的大數據局有權調用三大電信運營商（中國移動、中國電信，與中國聯通）的數據，透過每個人手機信號所連結到的基地臺，查看個人的行動軌跡（過去 14 天內是否到過疫情的中高風險區）。[6]

　　此外，政府還結合線上的數據分析與線下網格員的嚴密監控，以全方位掌握每個人的染疫情況。以杭州為例，網格員與志願工作者 24 小時不間斷的巡查，結合手機端的 APP，形成線上線下資訊即時互通。在湖北爆發疫情期間，杭州下城區為了對當地的湖北人員與車輛進行監控，每天動員 1500 多人次的「武林大媽」，24 小時分批次在當地值守與巡防。[7]一位「武林大媽」聽說轄區旅館內住了一名武漢來杭男子，且有咳嗽症狀，她隨即透過手機端的「碼上報」系統，將消息傳至大數據局，由系統進行該人的身份與行蹤比對。另一次，電腦系統的值班人員發現轄區內有一輛湖北牌照的小貨車，便發送指令至社區網格員，請他們立即前往查看並回報

---

6 作者訪談，杭州市大數據局幹部，訪談編號 H531，杭州，2020 年 12 月 15 日。

7 「武林大媽」為杭州對當地女性志願工作者的簡稱。「城市大腦＋武林大媽下城織密阻擊疫情一張網」，2020 年 1 月 29 日，浙江新聞，https://zj.zjol.com.cn/news.html?id=1374094，查閱時間：2022 年 7 月 9 日。

狀況（胡婉穎 2021）。

在各市健康碼數據高度整合的情況下，上級政府容易取得地方數據，而加強對地方管控。以省、市健康碼互認為例，由於省一級設置健康碼的時間滯後於市一級，因此當其需要數據時，就會向各市調用。[8] 例如廣東省「粵康碼」設置的時間晚於其轄下的深圳、廣州各市，但為了實現省內「一碼通行」，省衛健委要求各市將健康碼的數據與系統跟省級進行對接，直接接收市一級的數據，並在必要時干預地方的運作（廣州市人民政府網 2020）。

二、社會信用體系

社會信用體系原本是中共維穩治理的一項「頂層設計」，分為「商務誠信」、「政務誠信」、「司法公信」與「社會誠信」與等四個領域，分別對不同領域的個人或企業進行評級／評分。[9] 疫情爆發之後，這套機制也被應用到疫情管控，尤其又以「商務誠信」與「社會誠信」的應用最廣，前者是對企業進行評級，後者則是對人民進行評分。以下將先介紹社會信用體系設計的初衷，其次說明在疫情期間，中共如何以「商務誠信」和「社會誠信」來控管疫情。

社會信用體系設計的初衷，是希望透過評級／評分機制，來引導企業與個人注重「信用」。其中，「商務誠信」實施的主要對象為企業主。在原本社會信用體系的頂層設計中，「商務誠信」的內涵主要為確保企業主在生產與銷售過程中遵守誠信，如保障商品的生產安全、不販售對健康有害的食品、不能違法哄抬價格牟取暴利等。對於那些在生產或銷售過程有

8　作者訪談，杭州市大數據局幹部，訪談編號 H531，杭州，2020 年 12 月 15 日。

9　詳情請見：國務院，《社會信用體系建設規劃綱要（2014—2020 年）》，中華人民共和國中央人民政府，2014 年 6 月 27 日，http://www.gov.cn/zhengce/content/2014-06/27/content_8913.htm。

瑕疵的企業，或者有金融犯罪、惡意逃稅，以及透過不當方式哄抬價格的廠商，政府會降低其信用積分，並公布企業名單，進行懲處。

在建立積分指標的部分，目前各地對企業評級採「分類分級監管」的方式。這是指各部門對其所負責業務內的企業進行評級，如民政局對養老機構，教育局對培訓機構，建委對建社公司進行打分。評分過程分為三步驟。以福州市教育局為例，第一步是由相關企業提供書面資料，由該局進行審核。審核重點包括：公司的財務情況和其納稅額度是否相匹配；企業的職工人數，以及該企業為職工繳納的保險費或公積金，是否與聘僱人數相吻合；受教育企業聘僱的外籍教師，是否依規定具有「兩證」（外國人工作許可證、工作類居留許可）等；第二步則由教育局委請中央教育部，選派專家到福州市進行實地訪查，與企業的負責人和員工談話，瞭解實際運作情況，並予以打分。最後，該市教育局會統整市教育局與教育部的分數，將培訓機構進行總積分，並分為 AAA、AA、A、B 和不合格五個等級。[10]

對於商業誠信積分較高的企業主，政府會給予一些政策優惠。例如，他們在申辦事項時可以走「綠色通道」，送出的申請案可以較快速獲得審批，申請手續也較為便捷，只要寫個「信用承諾書」就好，而且可以先申請後補件。但對於信用積分較低的企業主，則從嚴審查。[11]

對於嚴重失信的企業負責人，相關部門會將他們送到「信用中國」的黑名單中。「信用中國」是由國家發改委建置的官方網站，當中記錄了在社會信用評價體系當中，分數過低的企業主與民眾。[12]以商業誠信為例，進入黑名單者，多半是判刑確定的企業主，如拖欠工資或債款，或是具有其他嚴重違法的行為。這些「黑名單」成員面臨被交通部門限制其搭乘飛

---

10 作者訪談，福州市發改委幹部，訪談編號 LF201015，福州，2020 年 11 月 5 日。
11 作者訪談，福州市大數據委人員，訪談編號 LF201020，福州，2020 年 10 月 20 日。
12 「信用中國」網站可以參見 https://www.creditchina.gov.cn/home/index.html。

機和高鐵的頭等座；金融部門不給予貸款；或教育部門不允許其子女就讀收費較貴的私立學校。更有甚者，有些地方與電信業者合作，只要有人打電話給黑名單的企業主，在接通前就會先聽到「我是老賴、我是老賴（賴帳不還的意思）」的警示。這讓誠信過低的企業主很難繼續在商業界工作。

「社會誠信」的實施對象是一般民眾，政府藉此鼓勵民眾要盡力「當好人」，而其善惡的指標則由政府來界定。例如強調民眾必須守法，或是盡力促進社會和諧（如參與養老與慈善等社會福利工作），以降低政府在該領域的負擔。若民眾參加非法組織或從事反政府為行為，或是在互聯網等公共媒體進行造謠，則與以扣分。

以福州市為例，該市的評分標準有六大層面，包括個人信用、公共信用、職業信用、金融信用、行政信用、司法信用。每個項目又包含許多小指標，截至作者訪談的 2020 年，小指標共計 189 個。在衡量民眾的指標積分上，由各相關部門負責，然後其分數傳給大數據委做最後匯總。以「職業信用」為例，涉及到的部門包括稅務局、人社局等，每個部門都會設計出相應的加減分指標。民眾若在「職業信用」中被評為勞動楷模或得到相關獎章，就可以加分；若做出失信行為，如逃稅或詐騙保險金，則被扣分。

福州市從 2018 年起，就對當地市民進行評分，但基本「只加分、不減分」。[13] 每個人的基礎分是 500 分，最高可加到 1000 分，得分在 650 分以上，就被歸為信用良好。[14] 表 2 為戶籍設在福州市的 18 歲以上公民，總計約 691 萬人的社會誠信積分之分布狀況。從中可以看出，99% 的市民的分數都在 550 分以上，其中又以「信用良好」的居多，只有少數被法院判刑者才會在 549 分以下。

---

13 作者訪談，福州市發改委幹部，訪談編號 LF201015，福州，2020 年 11 月 5 日；福州市大數據委幹部，訪談編號 LF201021，福州，2020 年 11 月 5 日。
14 作者訪談，福州市發改委人員，訪談編號 LF201014，福州，2020 年 10 月 14 日。

表 2：A 市市民社會誠信的分佈情況

社會信用分	信用等級	人數
850-1000	信用極好	0
750-849	信用優秀	462
650-749	信用良好	6892,409
550-649	信用一般	8,242
350-549	信用較差	13,448
0-349	信用極差	3
合計		6914,564

資料來源：福州市資料，2020 年 11 月 5 日。

　　疫情爆發之後，各地政府為了管理企業與民眾，對社會信用體系的積分指標與評分標準做了修訂，納入「抗疫」分數。舉例來說，對於參加抗疫的醫護人員，加 30 分到 50 分不等；對於企業主願意主動捐款或捐物資承，也有相應的加分。[15] 相對於此，若有人隱瞞旅遊史，或者在網路上散佈關於疫情的不實謠言，將被嚴重扣分。以溫州為例，當地政府在 2020 年 2 月公佈一批包含 186 人的「黑名單」，這些人或因隱瞞病情及旅遊史、或不配合防控措施，而被大幅扣信用分（應忠彭、王艷瓊 2020）。

　　信用分的多寡，將影響個人在許多方面的權益。分數較高的民眾，在交通、教育、圖書借閱、旅遊等方面，可享受優惠，如乘坐地鐵打折、圖書館借書免押金、學費可以延遲繳納等。而分數低於某個標準的民眾，將被大數據局列入「黑名單」，並由該局將名單發送到相關部門。

　　此外，各地政府也會將高分者列入「紅名單」。當這些民眾到各單位辦事時，可獲得優先審批的權利或其他獎勵。[16] 如鄭州大數據局在疫情爆發後，公布數批「紅名單」，將積極捐款或參與疫情防控的民眾列入其中，這些人在其工作單位，可優先被評為優秀楷模，並得以獲得生活上的優惠，

---

15 作者訪談，福州市大數據委幹部，訪談編號 LF201021，福州，2020 年 11 月 5 日。
16 作者訪談，杭州市發改委幹部，訪談編號 H530，杭州，2020 年 12 月 15 日。

如享有先就醫後付款的權利，以及搭乘公共交通工具的折扣等（央廣網2020）。

三、復工復產的數據化管理

疫情爆發初期，中國的經濟停擺，導致 2020 年 1 到 3 月的 GDP 出現負成長（BBC 2020）。為了促進經濟復甦，中共中央在 2020 年 4 月印發「關於在有效防控疫情的同時積極有序推進復工復產的指導意見」，要求各級政府對於企業復工復產，盡可能給予協助（人民網 2020）。此處援引許多城市已經推動的「信易貸」，以及「親清在線」兩項政策進行說明。

首先，在各市政府以大數據協助企業復工復產的各項政策中，較為成功的政策是針對中小企業所推出的「信易貸」。[17] 過去大陸中小企業融資困難的一項原因，在於需要以一定數額的房產作為抵押品，這對財力有限的企業來說有難度。這是因為部門之間的數據不完全共享，銀行難以充分取得企業主的足夠信息（例如，稅務局或法院的相關資料），來判斷對其放款的風險，因此銀行多只能要求企業主提供抵押品來降低發生呆帳的損失。疫情之後，中小企業受到的衝擊甚大，各市發改委與銀保監局遂根據中央的意見，推動中小企業的信用貸款改革（中國政府網 2019）。

發改委與銀保監局在推動「信易貸」制度時，基本上，企業主只要遵紀守法，以及按時繳納政府規定的費用（水電氣費、醫保、社保，與公積金費用），就可獲得申貸資格。銀行通過政府大數據平臺所顯示的信息，即可評估貸款給企業的風險。舉例來說，若企業主沒有違法違約紀錄，其所繳納的各項政府規定的費用紀錄是長期穩定的，代表這間企業的運行狀

---

17 關於「信易貸」政策的討論，可參見：**全國中小企業融資綜合信用服務示範平臺**，https://www.celoan.cn/#/。

況正常。在此情況下，銀行就願意貸款較多的金額給他們。[18]

第二個案例是杭州最早試行的「親清在線」。這是個為了有效推動復工復產的線上審批網站，當市政府有優惠企業的相關政策，會統一在此網站發布；符合申請資格的企業，可在這個網站申辦。[19] 在過去，企業主想到政府單位申請補貼時，必須提交多項證明材料，並等待相關單位逐一審查，過程通常要數週到數月不等。如今在「親清在線」網站提出申請，電腦會在數分鐘內確認申請人資格是否符合規定，並將款項撥到他所指定的帳戶。[20]

「清親在線」最早由杭州市發改委主導，整合當地市級與區縣級所有部門的補貼政策。這些政策由哪一個層級／部門發布，就由該部門直接在線上進行審批。透過這個平臺，所有的政策都透明化，各部門因此可獲悉相關單位間的政策內容，避免頒布重複的補貼政策。「清親在線」從 2020年 3 月正式運作，截至該年 7 月，杭州各部門就透過該網站頒布 152 條補貼政策，撥出 21 億元補貼（杭州市政府網站 2020）。杭州市「親清在線」的做法獲得中央肯定，隨後在全國多市推廣。

肆、民間對疫情時期科技監管的反應

疫情時期的防疫政策，尤其是「清零」政策，導致中國的經濟發展嚴重下滑。民眾也開始質疑相關政策，尤其是透過科技監管帶來的權益侵害。在經濟部分，由於「清零」和「封城」成為各地政府管控疫情的方法，影響所及，使得中國 2022 年第二季的經濟增長率只有 0.4%，近乎「零成長」

---

18 作者訪談，福州市發改委幹部，訪談編號 F102，福州，2020 年 11 月 5 日。
19 關於「親清在線」的內容，請參見「親清在線」網站，https://qinqing.hangzhou.gov.cn/#/home。
20 作者訪談，杭州市大數據局幹部，訪談編號 H531，杭州，2020 年 12 月 27 日。

（吳泓勳 2022）。此外，中國大陸的失業率急劇上升。根據大陸國家統計局公布的數據，6 月份城鎮調查失業率為 5.3%，比 8 月份上升 0.2 個百分點。其中，16-24 歲青年的失業率最高，達到 21.3%（楊晴安 2023）。

在社會方面，不少民眾也質疑「清零」的必要性，並對科技監管措施表現出憂慮。民眾雖然能夠理解政府以科技監管進行疫情防控的必要性，但對於過程中出現的種種問題，以及未來的監管範圍可能持續擴張，出現不少公開抗議的舉動。

首先，在健康碼的部分，大陸民眾雖然多能接受政府以健康碼對個人數據做有限度的監控，但對於政府的數據處理能力以及數據計算方法，仍有很大的擔憂。以 2021 年西安疫情為例，該地自前一年 12 月爆發疫情以來，超過 2000 人染疫，是自武漢在 2019 年底疫情傳開之後，出現最多本土病例的地區。西安市政府嚴格要求民眾出行需出示「一碼通」（西安市健康碼），不料該系統卻在兩週內當機了兩次。「一碼通」崩潰，導致醫療單位無法上傳個人的核酸檢測結果，個人也因無法出示他的行蹤與核酸證明，而難以搭乘交通工具、進入居住小區或工作單位，甚至無法進入醫院就醫，引發大量批評。當地政府發布微博稱，當機是因為「全市核酸檢測應急平臺因當前流量過大，導致網路繁忙無法登陸」。不過大陸媒體東方網卻發現，西安「一碼通」的問題，是由於承接廠商中國電信西安分公司將業務層層外包，轉包給西安東軟系統集成有限公司、中譯語通科技（陝西）有限公司與美林數據技術股份有限公司，且政府監督不力所導致（新浪新聞網 2022）。此外，過去一直被視為防疫模範生的上海，也在 2022 年 3 月底被迫放棄維持了兩年多的「瓷器店裡抓老鼠」精準防疫思維，改以強硬的封控措施抗擊疫情（鄭岩 2022），甚至封城超過兩個月。

此外，民眾對於政府擴大健康碼的使用範圍也有所顧忌。健康碼是針對疫情防控而設，但已有部分地區將健康碼的功能擴大。如 2022 年六月

發生在河南鄭州，部分村鎮銀行發生資金危機後，負責防疫的官員擔心民眾爭相取款，竟將儲戶的健康碼由「綠碼」轉為「紅碼」，使其無法出行而引發民眾的大規模抗議。

再者，在社會信用體系的部分，這套評分機制引發民眾對於打分公平性以及個人隱私被濫用的疑慮，因而遭到反彈。筆者曾訪談幾位發改委官員，他們也深知這些問題，並表示「將人民分為不同等級，一定會引起抗議的，強推這些政策的風險太大了」。蘇州曾在 2020 年 9 月推出了個人信用評分機制：蘇州文明碼，但是施行三天後，因遭到民眾抗議與媒體撻伐，遂被迫取消（轉角國際 2020）。

即便如此，中共的科技監管力度並未稍減。習近平在「二十大」報告強調，中國必須加快建設網絡強國、數字中國，顯見中共未來會擴大以科技治理社會的能力。

伍、結論：走向科技治理的威權鞏固

習近平上任以來，中共對社會的管理方式由「管理」走向「治理」，而科技是中共進行社會治理的重要手段。本文說明中共如何透過以大數據為基石的科技監管，在新冠疫情的防治上取得一定成效。在中共的政策主導下，中央與地方政府在 2015 年之後，紛紛組建大數據局，以解決官僚體制容易產生的數據孤島問題。本文討論在新冠肺炎的疫情中，各地政府如何透過健康碼、社會信用體系以及復工復產相關政策來管控疫情。

這套科技治理模式，有助於中共強化執政能力並維護社會穩定。近年來，中共相當重視科技與管理學所強調的「雲」概念，並結合中共政治脈絡下的「治理」理念，形成所謂的「雲治理」。中共運用「雲」的相關技術（例如，大數據、雲端計算）來強化其執政能力。這些治理模式的推動，

也呼應習近平在「二十大」報告中說的，「面對突如其來的新冠肺炎疫情，我們堅持動態清零不動搖，開展抗擊疫情人民戰爭、總體戰、阻擊戰，最大限度保護了人民生命安全和身體健康，統籌疫情防控和經濟社會發展。」

　　科技治理或能強化中共政權的韌性，但無疑地，它將使得中國的政治發展更悖離民主化的道路。在本文的討論中，我們看到政府確實有效地蒐集相關數據並讓各部門共享，但卻無意與市民社會分享這些訊息。中共擅長汲取各種有益於強化治理的經驗（Christensen, Dong and Painter 2008），來完善自身的統治。我們由科技治理的過程中，似乎又一次看對中共政權正透過學習與自我進化，來達到威權鞏固之目的。

參考文獻

中文文獻

BBC News，2020，〈中國一季度 GDP 降 6.8% 幾十年來首次負增長復蘇前景不明朗〉，BBC News，https://www.bbc.com/zhongwen/trad/business-52320939，查閱時間：2022/11/1。

BBC News，2020，〈武漢一週年：新冠疫情受控背後中國的「制度優勢」與個體代價〉，BBC News，https://www.bbc.com/zhongwen/trad/chinese-news-55446 341，查閱時間：2022/9/28。

人民網，2020，〈中央應對新冠肺炎疫情工作領導小組印發關於在有效防控疫情的同時積極有序推進復工復產的指導意見〉，人民網，http://sn.people.com.cn/BIG5/n2/2020/0410/c186331-33938400.html，查閱時間：2022/11/6。

中華人民共和國中央人民政府，2014，〈國務院關於社會信用體系建設規劃綱要（2014—2020 年）的通知〉，中華人民共和國中央人民政府，http://www.gov.cn/zhengce/content/2014-06/27/content_8913.htm，查閱時間：2022/10/28。

中華人民共和國中央人民政府，2019，〈國家發改委銀保監會關於深入開展信易貸支持中小微企業融資的通知〉，中華人民共和國中央人民政府，http://www.gov.cn/xinwen/2019-09/21/content_5431885.htm，查閱時間：2022/10/15。

王二，2022，〈二十大下的中國防疫：靜默之下，「體諒」正被「憤怒」取代〉，端傳媒，https://theinitium.com/article/20221018-mainland-national-congress-zero-covid-policy/，查閱時間：2022/10/19。

王逸群，2020，〈城市大腦＋武林大媽下城織密阻擊疫情一張網〉，浙江新聞網，https://zj.zjol.com.cn/news.html?id=1374094，查閱時間：2022/10/22。

央廣網，2020，〈鄭州市疫情防控紅名單發佈 953 家企業入選〉，央廣網 http://

hn.cnr.cn/hngbxwzx/20200618/t20200618_525135712.shtml，查閱時間：2022/11/7。

申少鐵，2022，〈動態清零是上海抗疫最佳方案〉，人民網，http://cpc.people. com. cn/BIG5/n1/2022/0411/c64387-32395680.html，查閱時間：2022/7/11。

吳泓勳，2022，〈中國經濟回暖第三季GDP年增3.9％〉，《旺報》，10月25日。

杭州市政府網站，2020，〈親清在線平臺全功能發布〉，杭州市政府網站，http://www.hangzhou.gov.cn/art/2020/7/4/art_812262_49821001.html，查閱時間：2022/10/9。

林勁傑，2022，〈清零不停各機構調降中國經濟增長預測〉，《中國時報》，10月28日。

胡婉穎，2021，〈武林大媽＋城市大腦強強聯合給出城市治理新思路〉，中新網浙江，http://www.zj.chinanews.com.cn/jzkzj/2021-01-09/detail-ihafqhqh1624327. shtml，查閱時間：2022/11/1。

清華大學數據治理研究中心，2020，《數字政府發展指數報告》，北京：清華大學。

彭訓文，2020，〈疫情防控好幫手，城市治理新抓手：健康碼真管用〉，《人民日報》，8月17日。

黃璜、孫學智，2018，〈中國地方政府數據治理機構的初步研究：現狀與模式〉，《中國行政管理》，（12）：31-36。

新浪新聞網，2022，〈一碼通又崩西安大數據局局長停職健康碼怎樣才能不崩潰？〉，新浪新聞網，https://news.sina.cn/2022-01-05/detail-ikyakumx8389396. d.html，查閱時間：2022/7/10。

楊晴安，2023，〈陸6月青年失業率21.3％創新高〉，中時新聞網，https:// tw.stock.yahoo.com/news/陸6月青年失業率21-3-創新高-054413487.ht ml，查閱時間：2023/8/4。

廖立強，2022，〈中國為什麼堅持疫情防控「動態清零」〉，中國外交部網

站，https://www.mfa.gov.cn/zwbd_673032/wjzs/202205/t20220527_10693271. shtml，查閱時間：2022/11/1。

廣州市人民政府網，2020，〈防疫健康碼、粵康碼、穗康碼一碼通行〉，廣州市 人民政府網，http://www.gz.gov.cn/zt/qlyfdyyqfkyz/gzzxd/content/post_5787460. html，查閱時間：2022/10/22。

鄧聿文，2022，〈中國的「動態清零」政策何時才能終結？〉，端傳媒，https:// theinitium.com/article/20220926-opinion-china-zero-covid-policy-the-end/，查閱 時間：2022/11/3。

鄭岩，2022，〈人民網評：為人民群眾筑牢「免疫長城」〉，人民網，http:// opinion.people.com.cn/BIG5/n1/2022/1117/c223228-32568020.htm，查閱時間： 2022/11/1。

應忠彭、王艷瓊，2020，〈溫州 186 人疫情期失信登上黑名單多部門將聯合懲 戒〉，《浙江日報》，02 月 16 日。

轉角國際，2020，〈蘇州文明碼事件：中國「黑鏡」夢想的社會積分 ... 為何總不 行？〉，轉角國際，https://global.udn.com/global_vision/story/8664/4844171， 查閱時間：2022/10/22。

英文文獻

George Cherian, 2007. "Consolidating Authoritarian Rule: Calibrated Coercion in Singapore." *The Pacific Review*, 20 (2): 127-145.

Jie, Sheng, Joseph Amankwah-Amoah, Zaheer Khan and Xiaojun, "COVID 19 Pandemic in the New Era of Big Data Analytics: Methodological Innovations and Future Research Directions," *British Journal of Management*, 1-20.

Kjeld Erik Brødsgaard. 2017. *Chinese Politics as Fragmented Authoritarianism: Earthquakes, Energy and Environment*. New York, NY: Routledge.

Krastev Ivan, 2011. "Paradoxes of the New Authoritarianism." *Journal of Democracy*, 22 (2): 5-16.

Morozov Evgeny, 2011. *The Net Delusion: the Dark Side of Internet Freedom*. New York, NY: PublicAffairs.

Nina P. Halpern, "Information Flows and Policy Coordination in the Chinese Bureaucracy" in Kenneth G. Lieberthal and David M. Lampton eds., *"Bureaucracy, Politics, and Decision Making in Post-Mao China"*, pp. 125-148. USA: University of California Press.

Qiang Xiao. 2011 "The Battle for the Chinese Internet" *Journal of Democracy*, 22 (2): 47-61.

Tom Christensen, Dong Lisheng and Martin Painter. "Administrative Reform in China's Central Government – How Much 'Learning from the West'?" *International Review of Administrative Sciences*, 74(3):351-371.

Tsai, Wen-Hsuan, "How 'Networked Authoritarianism' was Operationalized in China: Methods and Procedures of Public Opinion Control," *Journal of Contemporary China*, 25 (101): 741-743.

對臺政策與挑戰

「二十大」後中共對臺政策：持續與變遷

柳金財

（佛光大學公共事務學系副教授）

摘　要

中共「二十大」報告不僅倡議「促融、促統」（兩促），也重申「反分裂、反干涉」（兩反），更將解決臺灣問題、實現國家完全統一、振興中華民族，正式寫入「總體方略」中。對臺政策明確呼籲「融合促統」、「反獨促統」，針對臺獨分裂勢力活動及國外勢力介入，則提出「不承諾放棄使用武力」，藉由「反臺獨、反干涉」，產生戰略嚇阻效應及震撼作用。

中共領導人習近平主政十年期間，「總體方略」已然從成形及貫徹實施，此意謂著「總體方略」將成為中共解決臺灣問題，實現國家統一的歷史任務之指導原則，據此貫徹以「牢牢把握兩岸關係主導權和主動權」。

臺灣應思考如何從「二十大」報告中，反思如何構築一套「避戰」之道，而不是自陷「引戰」困境，這考驗著未來臺灣領導人及社會的共同智慧及集體決定。

關鍵字：總體方略、融合促統、反獨促統、反臺獨、反干涉

壹、前言

　　2022 年 10 月 16 日中共召開「二十大」，本次大會是大陸邁向全面建設社會主義現代化國家新征程，向「第二個百年」目標奮進的關鍵時刻，具有劃時代及建立新旅程碑的重要會議，備受國際、兩岸及臺灣社會廣泛關注。尤其是涉及對臺政策部分，攸關臺灣二千三百萬民眾的生存與發展權益。第五代領導人習近平在其兩任總書記、國家主席任內，已完成全面脫貧及邁向小康社會治理績效；綜合國力大增，經濟總量接近美國 70％坐穩全球第二，並在未來數十年內可能超越美國；軍事力則名列全球第二。

　　美國建構印太戰略，試圖「以臺制中」、「聯臺抗中」；民進黨政府則是採取「抗中保臺」路線、實施「聯美抗中」戰略，產生戰略合作關係。美國總統拜登四次宣稱保衛臺灣、眾議院議長裴洛西訪臺、參議院提案審議《臺灣政策法》，更刺激大陸敏感政治神經。尤其美眾議長訪臺，造成中共對臺進行有史以來全方位包圍，越過海峽中線之軍事演習。從 2022 年 8 月發表第 3 份對臺政策「白皮書」，到「二十大」習近平進行政治報告，皆強調「九二共識」、「反對臺獨」及「一國兩制」（王英津 2022, 24-29）。在中美臺三角互動關係中，臺灣採取「聯美抗中」國際戰略，猶如冷戰時期一般加入以美國為首遏制、圍堵中國戰略防線（柳金財 2020）。但處於冷戰時期，國民黨政策雖「聯美反共」，但「反共不反中」，區隔中共非中國，臺灣民眾具有高度中華民族主義、認同中國人與雙重認同比例非常高，因此大陸當局操控民族主義對臺政策的空間有限（鄭婷、蔡佩芳、劉宛琳 2022）。

　　自蔡英文執政後，儘管宣稱美臺及日臺關係可謂前所未有密切，但卻已斷交九個邦交國及無法參與國際刑警組織、國際民航組織及世界衛生組織大會。大陸對臺採取反制行動，從宣布開啟 M503 航線衝擊臺灣安全的

心理防線；到頻繁軍事演習及軍機、軍艦擾臺；進行圍臺、鎖臺軍事演習，穿越海峽中線及進入所謂「領海」、「領空」，英國《經濟學人》曾評論臺海已成為「世界最危險的地方」。

民進黨採取「聯美抗中」策略，公開反對接受「九二共識」及「反中路線」飆漲，模糊化中國與中共區隔，且臺灣人認同及臺獨支持度增加。這給予大陸當局動員民族主義及愛國主義的社會基礎，採取「非和平方式」以「戰爭手段」處理兩岸關係機率升高（信強 2018）。從大陸政府在 2019 年 8 月宣布暫停陸客自由行政策，到 2020 年 4 月宣布暫停陸生來臺就讀學位生（賴言曦 2020）；2021 年至今大陸已有四波經貿反制，包括鳳梨、釋迦、蓮霧、石斑魚、竹莢魚暫停輸陸已逐漸顯示大陸對臺交流政策趨於緊縮，並由原本「雙向交流」轉向「單向吸納」（聯合新聞網 2022；唐佩君、周慧盈 2022）。

貳、習近平主政下對臺政策實施與成效

大陸臺政策具有高度一致性、延續性及可預測性，具有「硬更硬」、「軟更軟」雙元結構特徵，前者是棍棒措施強調軍事威攝、外交壓制、經貿制裁，聚焦「反獨促統」、「以武逼統」；後者是胡蘿蔔措施，包括兩岸融合、同等待遇、優惠措施，強調「融合漸統」、「融合和統」政策內涵。對臺政策強硬取向，強調堅決遏制「臺獨」挑釁和外部勢力干涉，築牢「反獨促統」強大陣線；懷柔取向則是實施「同等待遇」之「融合漸統」措施，然而隨著兩岸對立情勢加劇，「軟的更軟」部份有些轉向「軟的不會更軟」。

一、軟更軟：「融合漸統」誘發「磁吸效應」

「總體方略」提供對臺政策遵循之行動綱領，涵蓋五組政策組合，分別是「國家統一、民族復興」、「結束政治對立、實現持久和平」、「寄希望於臺灣人民、反對臺獨」、「融合發展、共同市場」；「文化傳承、心靈契合」。可謂是全方位涵蓋既有對臺政策框架，包括國族建構、終止敵對、反對臺獨、融合漸統、文化認同等面向，兼具對臺政策傳承與創新意涵。

首先，深化「九二共識」推動兩岸高層會晤。在堅持「九二共識」、反對臺獨的政治基礎上，推動兩岸政治交往，實現兩岸領導人首次會晤、直接對話溝通，成為兩岸發展新里程碑；雙方兩岸事務主管部門在共同政治基礎上，建立常態化聯繫溝通機制，實現互訪、開通熱線。尤其實現兩岸領導人首次會晤「馬習會」，推進兩岸關係和平發展，鞏固「九二共識」作為兩岸關係和平發展共同政治基礎。顯見大陸視「九二共識」為「國家統一、民族復興」的政治基礎，也是「兩岸共識」的關鍵核心。

其次，建立與臺灣政黨及社會組織、團體及人員對話交往的政治基礎，形成國家統一及民族復興的統一戰線。堅持「一中原則」和「九二共識」，推進兩岸政黨黨際交流，與臺灣有關政黨、團體和人士就兩岸關係與民族未來開展對話協商，探索「兩制」臺灣方案。通過會見、函電往來等形式，與有關黨派、團體和代表性人士保持交往；共同舉辦兩岸經貿文化論壇、兩岸和平發展論壇、國共兩黨對話交流活動；與臺灣社會政黨、團體和各界人士代表，圍繞「兩岸關係與民族復興」開展對話協商、發布共同倡議。

再者，推動兩岸融合給予臺胞「同等待遇」措施。對臺政策思維逐漸從「政府本位」思考，轉向「社會本位」，倡議「以人民為中心」的政策思路，踐行「兩岸一家親」理念，推動兩岸和平、融合發展，促進兩岸交

流合作、保障臺灣民眾福祉的制度安排和政策措施。「十九大」後對臺政策，揭示以「一代一線」作為新指導方針，針對臺灣「青年一代」與「基層一線」，給予所謂「居民待遇」、「同等待遇」。此為倡議「兩岸一家親」的體現，藉由提供更全面的惠臺措施，政策取向從既往「交流讓利」轉化為「社會融合」，展現對臺政策「軟更軟」主軸。

包括一系列同等待遇措施，例如實行卡式臺胞證、實現福建向金門供水、制發臺灣居民居住證，以及逐步為臺灣民眾在大陸學習、創業、就業、生活提供同等待遇，持續率先同臺灣民眾分享大陸發展機遇。對臺政策強調「融合發展、共同市場」，兩岸貿易和台商對大陸投資顯著增長。大陸已成為臺灣最大貿易出口市場、最大貿易順差來源地、台商對外投資第一大目的地（關其行 2022）。最後，從中華文化復興、國族建構深化民族文化共同體。對臺政策重視「文化傳承、心靈契合」，強化兩岸人民在教育文化歷史傳遞，往來交流持續擴大。中共基於團結廣大臺灣民眾，排除臺獨分裂勢力干擾阻撓，推動兩岸各領域交流合作，以及舉辦海峽論壇、上海臺北城市論壇、海峽青年論壇等兩岸交流活動。2019 年兩岸人員往來約900 萬人次，其中臺灣民眾來大陸超過 600 萬人次，逐漸強化兩岸民眾在文化、歷史的互動，擴大兩岸政策參與（中國發佈客戶端 2022）。

二、硬更硬：「反獨促統」製造「寒蟬效應」

美國眾議院議長裴洛西訪臺，致中共解放軍對臺進行有始以來最大規模及全方位圍臺軍演，跨越海峽中線、進入領空領海威脅臺灣安全，打破傳統以來兩岸安全心理界限。特別是公布第三次對臺政策白皮書並宣布第二波臺獨制裁清單。相對於第一波臺獨制裁清單三位；第二波公布宣稱堅決打擊「臺獨頑固分子」共七位。對比下，第二波公布臺獨制裁清單，所

涉及層次雖略為低，但涉及人數、領域相對多且廣。首先，懲戒綠色台商對泛綠政治聯盟支持。8 月針對所謂「臺獨頑固分子」楊智淵，以涉嫌危害國家安全犯罪嫌疑人實施刑事拘傳審查；指控其鼓吹「臺獨」理念，以「推動臺灣成為主權獨立國家並加入聯合國」為目標，倡議「公投建國」及推行「急獨」路線（楊澤軍 2022）。指控具有「臺獨」傾向綠色台商，既要享有大陸對臺胞、台商的優惠政策；又要在經商牟利後資助臺獨政治勢力，提供其競選公職、助選獻金，以支持其臺獨倡議主張與活動。綠色台商既要在大陸營商，又不承認中國人，涉嫌分裂國家和涉嫌煽動分裂國家。

其次，公布臺獨名冊清單範圍逐漸擴大化。2021 年 11 月 5 日公布第一批懲戒名單共三人，包括行政院長蘇貞昌、立法院長游錫堃、外交部長吳釗燮；2022 年 8 月 16 日公布第二批懲戒名單計七人，「臺獨頑固分子」名單，包括：駐美代表蕭美琴、國家安全會議秘書長顧立雄，立法院副院長蔡其昌、立法院黨團召集人柯建銘、時代力量黨主席陳椒華、民進黨籍立法委員王定宇，「太陽花學運」學生領導、民進黨副祕書長林飛帆。復次，懲戒臺獨試圖產生「寒蟬效應」。第一波公布的臺獨分子包括行政院長蘇貞昌、立法院長游錫堃與外交部長吳釗燮。蘇貞昌主張以「武漢肺炎」名稱標籤化大陸疫情；游錫堃主張臺灣正常國家運動、臺灣是主權獨立國家；吳釗燮主張「兩岸兩國論」、「兩岸互不隸屬」。針對列入名單的臺獨頑固分子，禁止本人及家屬進入大陸和香港、澳門特別行政區。同時限制其關聯機構與大陸有關組織、個人進行合作，以及採取其它必要的懲戒措施，依法終身追責。

再者，警惕臺灣勿走向「法理臺獨」，設定臺灣憲政改革及兩岸政策之底線及紅線。例如蘇貞昌稱呼大陸是「別國」、多次不友善對待大陸且充滿挑釁言詞；且其女兒立委蘇巧慧曾領銜 41 名立委提出《中華民國憲

法增修條文》修正草案，內容涉及取消「自由地區與大陸地區」用法，改為「我國與中華人民共和國」等文字，被視為是一種實質性的「法理臺獨」。同時，主張廢除增修條文前言「因應國家統一前之需要」，更是涉及改變兩岸關係性質與國家定位（陳柏廷 2017）。最後，採取「連坐法」擴大化對臺獨打擊面向。大陸當局指控臺灣民主基金會及國際合作發展基金會，並界定其為「臺獨」分子的關聯機構，打著民主、合作發展的旗號，在國際從事分裂中國的活動，拉攏反中勢力、渲染中國威脅論等。禁止大陸組織、企業和個人與上述兩家基金會合作，也禁止與捐助兩家基金會的四家臺灣企業，包括宣德能源、淩網科技、天亮醫療及天眼衛星科技進行任何交易及合作。同時對「臺灣民主基金會」執行長、「國際合作發展基金會」的秘書長實施制裁，禁止其進入大陸和香港、澳門特別行政區。

參、中共「二十大」召開前兩岸政策內涵及意義

一、中共對臺政策總體方略形成與實施

「十九屆六中全會」通過《中共中央關於黨的百年奮鬥重大成就和歷史經驗的決議》揭示：「習近平同志就對臺工作提出一系列重要理念、重大政策主張，形成新時代黨解決臺灣問題的總體方略（總體方略）。」、「黨秉持『兩岸一家親』理念，推動兩岸關係和平發展，出臺一系列惠及廣大臺胞的政策，加強兩岸經濟文化交流合作。」總體方略內涵涉及五組關鍵詞：國家統一、民族復興；結束政治對立、實現持久和平；寄希望於臺灣人民、反對臺獨；融合發展、共同市場；文化傳承、心靈契合（趙丹平、趙博、陳舒、許雪毅 2022）。

方略論及國家統一、民族復興、結束政治對立及實現持久和平，基本

上已揭示出「二十大」後對臺政策在目標上不脫「國家統一」、「民族復興」；實踐上則強調「反獨促統」、「融合和統」、「融合漸統」，追求「和平統一」為基調及「主旋律」。這顯示中共對臺政策，具有政策原則堅定性及策略靈活性，充分展現大陸對臺政策的戰略自信及定力。習近平新時代社會主義來臨，預設國家完全統一及民族偉大復興之「中國夢」實踐。「第三份歷史決議」歸納「十八大」後「以習近平為核心的黨中央」治國理政績效，其中解決臺灣問題是「在堅持『一國兩制』和推進祖國統一」基礎。強調「堅持一個中國原則和『九二共識』，堅決反對『臺獨』分裂行徑，堅決反對外部勢力干涉，牢牢把握兩岸關係主導權和主動權，祖國完全統一的時和勢始終在我們這一邊。」對臺政策主軸依然堅持一國兩制、一中原則、九二共識、反獨促統、融合漸統，具有戰略自信及定力（周志懷 2022, 15-19）。

首先，總體方略是新時代對臺工作之行動指南，既要「反獨促統」也要「融合漸統」。總體方略被視為新時代中共對臺工作的「根本遵循和行動指南」。2021 年 12 月 21 日新華社發出〈促成國家完全統一，實現中華民族偉大復興：權威專家談新時代黨解決臺灣問題的總體方略〉文章，詮釋歷史決議對臺政策精神。指出：「新時代黨解決臺灣問題的總體方略的核心是促成國家完全統一，實現中華民族偉大復興。」並強調實現統一的路徑和方式是推動兩岸由和平發展走向和平統一，手段為交流發展及融合發展（趙丹平、趙博、陳舒、許雪毅 2022）。

其次，「一個中國」原則及「九二共識」為兩岸關係發展基礎。2022年 1 月 8 日海協會副會長孫亞夫受訪表示，「九二共識」這一頁是翻不過去的。臺灣是中國的一部分，大陸和臺灣同屬一個中國，這是兩岸關係的性質和現狀；一個中國原則和「九二共識」是兩岸關係發展的基礎；「九二共識」是兩岸關係穩定和發展的「定海神針」。民進黨政府公開否認「九二

共識」是兩岸對話政治基礎，標籤化「九二共識」是「一國兩制」，這使得其所提出的兩岸應進行「有意義對話」、「建設性對話」，成為一種「不可能任務」。

再者，2022 年兩岸關係情勢依然複雜嚴峻。大陸當局提出「未來五年對臺工作的指導思想，做出新的決策部署，也有可能會提出一些新的主張。」從當前臺海形勢基本格局的力量對比，會繼續發生對中國有利的變化，大陸具有「綜合能力越來越接近美國，而且越來越超越臺灣」。兩岸綜合實力差距拉大、不對稱依賴結構及中美國力急速縮小，這皆降低臺灣及美國在兩岸關係發展上主導權及話語權。

最後，批判民進黨推動「抗中保臺」路線及「聯美抗中」戰略勾連。蔡英文倡議「新兩國論」，稱「中華民國和中華人民共和國互不隸屬」，大陸批評民進黨政府大量購買美國武器是要將臺灣變成一隻武裝的「豪豬」。同時，也批評美國拜登政府沿襲特朗普政府，採取印太戰略圍堵中國的做法，繼續利用臺灣問題挑釁、逼迫中國，將臺灣視為其抗中之「馬前卒」。

二、大陸政府工作報告涉臺政策內涵

2022 年政府工作報告涉臺部份仍然走向簡約風，主要內涵包括，一、堅持對臺工作大政方針，貫徹新時代黨解決臺灣問題的總體方略；二、堅持一個中國原則和「九二共識」，推進兩岸關係和平發展和祖國統一；三、堅決反對「臺獨」分裂行徑，堅決反對外部勢力干涉。四、兩岸同胞要和衷共濟，共創民族復興的光榮偉業。這顯示對臺政策以「反獨促統」為主軸，堅持一中原則及「九二共識」，加大反獨力度，強調「兩岸一家親」理念及融合漸統、和統過程（李克強 2022）。

　　首先，2022 年政府工作報告提及「貫徹新時代黨解決臺灣問題的總體方略」，這是在「十九屆六中全會」通過第三份歷史決議文已出現過涉臺政策論述，其內容為「對臺工作提出一系列重要理念、重大政策主張，形成新時代黨解決臺灣問題的總體方略」。此次涉臺報告從「形成」改成「貫徹」，這顯示「總體方略」應有具體目標、策略及方案，不是停留在「形成過程」而是需要「貫徹執行」，這顯示「二十大」對臺政策將會更具「戰略清晰」及內容更加具體化（李克強 2022）。

　　其次，對臺政策仍以「反獨促統」為主基調，不僅強化打擊威懾臺獨力度，也擴大化至任何形式臺獨，同時擴大化臺獨定義。比較 2022 年至 2020 年政府工作報告對處置臺獨的措辭使用，2020 年提出「堅決反對和遏制」，2021 年則是「高度警惕、堅決遏制」，2022 年則是使用「堅決反對」，並且首次提醒「堅決反對外部勢力干涉」。此顯示大陸對臺政策對臺獨問題立場，分別提出反對臺獨、處置臺獨、遏制臺獨、重挫臺獨到粉碎臺獨，其打擊力度增大；從反對臺獨的「三個任何」到「六個任何」，擴大化對臺獨的打擊面向。

　　從 2016 年提出「堅決反對」，2017 年提出「堅決反對與遏制」、「絕不允許」、「反獨三個任何」，及 2018 年提出「絕不容忍」、2019~2020 年提出「堅決反對和遏制」臺獨，2021 年則是「高度警惕、堅決遏制」，2022 年則是使用「堅決反對」，這顯示反獨、遏獨、挫獨立場宣示具一致性，且打擊力度及行動逐趨強硬。

　　再者，涉臺部分首次出現「堅決反對外部勢力干涉」（李克強 2022）。民進黨主政後倡議「抗中保臺」路線、採取「聯美抗中」戰略，充當美國遏制中國之印太戰略的「馬前卒」角色。美國印太戰略軟圍堵及遏制中國發展機遇，干擾大陸當局實現社會主義現代化強國、國家完全統一及振興民族的中國夢實踐。民進黨政府在堅守反中路線下，依靠美國背

後的軍售支持及國際外交支持，被大陸視為一種「倚美謀獨」，悖離民族主義的分裂國家行為。故再度出現倡議「祖國統一法」的聲浪，旨在嚇阻民進黨政府依靠美日境外勢力協助走向「法理臺獨」（陳政錄 2022）。最後，此次政府工作雖無重申臺灣同胞享有「同等待遇」及交流合作、融合發展，而是以「兩岸同胞要和衷共濟」呈現，但此並不表示大陸當局要改變兩岸融合發展策略，連續二年皆涉及「共創民族復興」，尤其是 2022 年政府工作報告以「光榮偉業」替代「美好未來」。若對照 2022 年 1 月全國「政協」主席汪洋所主持對臺工作會議內容，涉臺工作總體大政方針並無變，依然是具有原則堅定性及策略靈活性。仍然主張兩岸民間交流以「兩岸一家親」為主軸，加強臺灣基層民眾和青年交流，推動「一代一線」。

三、對臺政策第三份白皮書政治意涵與影響

大陸當局於 2022 年 8 月 10 日發表《臺灣問題與新時代中國統一事業》白皮書，主要內容包括：一、臺灣是中國的一部分不容置疑也不容改變；二、中國共產黨堅定不移推進祖國完全統一；三、祖國完全統一進程不可阻擋；四、在新時代新征程上推進祖國統一；五、實現祖國和平統一的光明前景。同時在結論中更倡議直指兩岸統一對臺灣正面影響：（一）臺灣發展空間將更為廣闊；（二）臺灣同胞切身利益將得到充分保障；（三）兩岸同胞共享民族覆興的偉大榮光；（四）有利於亞太地區及全世界和平與發展（新華社 2022）。

第三份對臺政策白皮書發表，可謂是中共「十八大」習近平主政以來對臺政策的總體方略概括，對臺政策主軸圍繞在「反獨促統」、「融和漸統」及「融合和統」主旋律。白皮書特別強調「一國兩制、和平統一」方案，為最具包容性的方案，此為「和平、民主、善意、共贏」的方案。

　　首先，揭櫫「一中原則」及建構「一中」國際體制。白皮書指出，聯大第 2758 號決議為充份體現「一個中國原則」的政治文件，國際實踐已證實其法律效力，「一個中國原則」成為國際社會的普遍共識，為遵守國際關系基本準則。重申「世界上只有一個中國，臺灣是中國的一部分的歷史事實和法理事實不容置疑，臺灣從來不是一個國家，而是中國的一部分的地位不容改變」。全世界有包括美國在內的 181 個國家，在一個中國原則的基礎上與中國建立外交關系，這顯示普遍國家及國際組織接受或承認「一個中國原則」，不允許「二個中國」、「一中一臺」之存在（新華社 2022）。其次，實現國家完全統一與中華民族偉大復興願景及目標緊密聯繫。顯示大陸對臺政策的戰略自信及定力，掌握兩岸關係發展主導權。尤其是完成國家統一及民族復興，奠立在改革開放和現代化建設成就；臺灣發展機遇也奠立在國家統一基礎及民族復興。直言之，臺灣發展機遇、國家完全統一及民族偉大復興三大目標，可謂是「三位一體」彼此環環相扣，互為前提及因果關係。

　　復次，重申「反獨促統」打擊「以臺制華」及「挾洋謀獨」勾連。白皮書批評美日外部勢力縱容鼓動臺獨分裂勢力滋事挑釁，加劇兩岸對抗及敵意螺旋上升，直言民進黨當局「挾洋謀獨沒有出路」，美日「以臺制華注定失敗」。事實上，美國採取「以臺制華」路線及印太戰略，與臺灣「抗中保臺」路線、「聯美友日抗中」戰略已產生戰略合謀相倚。再者，倡議「和平統一、一國兩制」實現國家統一的最佳方式。此種國家統一模式體現「中華智慧」，既考慮臺灣政治現實，也顧及統一後長治久安。強調「一國兩制」是最具包容性的方案，為「和平的方案、民主的方案、善意的方案、共贏的方案」，考慮兩岸制度不同及意識型態差異。習近平揭櫫民主協商的「兩制臺灣方案」，倡議國家完全統一及振興中華民族，主張「一個中國原則」及「九二共識」，「和平統一、一國兩制」，形塑愛國主義及民

族主義建構現代國家及國族認同（端傳媒 2019）。

最後，倡議「融合和統」及「融合漸統」國家統合過程，已連續出臺「惠臺 31 項」、「惠臺 26 條」到「農林 22 條」，皆屬「融合漸統」、「融合和統」策略。大陸從強調「三中一青」（中小企業、中低收入戶、中南部及青年世代），轉向推動「一代一線」（青年世代、基層路線）策略，賦予青年世代生活學習創業就業之「同等待遇」，以此型塑「兩岸一家親」理念，凝聚中華國族認同感及「兩岸命運共同體」意識，俾利實踐國家完全統一及民族偉大復興目標（柳金財 2022）。

肆、「二十大」中共對臺政策取向：兩促兩反

大陸對臺政策宣稱「反獨促統」、「融合漸統」、「融合和統」，其中「反獨促統」主要是針對少數臺獨分子，而非廣大臺灣民眾，採取區隔性原則及分別對待，宣稱這是針對外部勢力干涉和極少數臺獨分裂分子及其活動。這顯示大陸當局對臺政策採取「反獨促統」主旋律，「促統」需要「更寄希望於臺灣人民」的戰略轉移，「反獨」則不再是「寄希望於民進黨當局」。大陸當局將廣大臺灣民眾，視為其統一戰線拉攏的「戰略群體」、「標的群體」，是「融合促統」的拉攏對象。

一、「二十大」後大陸對臺政策取向

觀察習近平在「二十大」的報告，提到「安全」或「保障」的次數為 73 次。而 2017 年召開「十九大」報告為 55 次，這顯示大陸當局將加強建設戰略威懾能力的能力（羅苑韶 2022）。「二十大」報告中的對臺論述，包括「堅決反對臺獨分裂行徑」，「堅決反對外部勢力干涉」，而「堅決

反對外部勢力干涉」在「十九大」報告並未正式被提出，這顯示大陸當局雖視臺灣問題為「中國內政」問題，但也非常注意「國際勢力介入」及避免「臺灣問題國際化」。此外，中共「二十大」對臺政策強調「兩促兩反」策略，「兩促」即「融合促統」、「交流促融」；「兩反」強化「反臺獨」及「反干涉」力度，已成為對臺政策關鍵主軸（黃健群 2022）。首先，「兩促」旨在型塑兩岸經濟文化共同體。強調「兩岸同胞血脈相連，是血濃於水的一家人」。同時，透過兩岸融合途徑，建立兩岸經濟文化交流與合作機制，提供「同等待遇」、「優惠措施」，從經濟交流邁向文化認同，從兩岸經文融合營造民族情感及凝聚、認同，達成現代國家建造。報告宣稱「繼續致力於促進兩岸經濟文化交流合作，深化兩岸各領域融合發展，完善增進臺灣同胞福祉的制度和政策，推動兩岸共同弘揚中華文化，促進兩岸同胞心靈契合」（習近平 2022）。兩岸融合發展，涉及經濟文化民族血緣、情感及具體制度設計。

其次，對臺政策採取區隔對待原則。包括臺灣問題／國際問題、和統／武統、臺獨分裂份子／境外國際勢力、少數臺獨分子／廣大臺灣民眾之劃分。習近平界定「臺灣是中國的臺灣。解決臺灣問題是中國人自己的事，要由中國人來決定。」，重申臺灣問題是內政問題，不應將「臺灣問題國際化」、「兩岸問題國際化」（習近平 2022）。尤其宣稱「爭取和平統一的前景，但決不承諾放棄使用武力，保留採取一切必要措施的選項」，這顯示固然「和統」是主旋律，但「武統」機率及可能性逐漸增大。

再者，試圖切斷臺獨分裂主義者與國際勢力關聯。區隔廣大臺灣人民、臺獨份子、外部勢力關係，落實「寄希望於臺灣當局，更寄希望於臺灣人民」政策方針，避免視臺灣人民為其對立面，宣稱「針對的是外部勢力干涉和極少數「臺獨」分裂分子及其分裂活動，絕非針對廣大臺灣同胞。」批評極少數臺獨分裂主義者，其激進法理臺獨訴求或正常國家運動，係受

國際外部勢力，尤其是美日影響及支持，從而強化其「抗中保臺」路線及「聯美抗中」戰略，批判以美國為首國際勢力向臺獨分裂主義者釋放錯誤訊息。

　　大陸當局強調絕不為各種形式的臺獨分裂活動，留下任何空間；願繼續「以最大誠意、盡最大努力」爭取和平統一。同時，強調不承諾放棄使用武力，保留採取一切必要措施的選項，針對的是外部勢力干涉和極少數臺獨分裂分子，絕非針對臺灣同胞，「非和平方式」將是不得已情況下做出的最後選擇。對臺政策的主旋律是「和平統一」，「非和平方式統一」是「次旋律」，迫不得已始為之。從既往反對臺獨「三個任何」發展成「六個任何」，擴大打擊任何形式臺獨，包括文化臺獨、柔性臺獨、漸進臺獨及法理臺獨等。

　　目前，大陸當局已經公布兩波臺獨名冊清單共十人，但仍有意規避臺最高領導人，保留兩岸關係轉圜些許空間。蔡英文曾於 2019 年公開否定「九二共識」及倡議「抗中保臺」路線，2021 年提出「對岸鄰國論」主張，國慶演說論及「中華民國與中華人民共和國互不隸屬」。陳水扁執政期間，倡議「兩岸統合論」、建構「未來一中」主張。但最終卻改弦易轍倡議「一邊一國論」，凍結《國家統一綱領》實施及國家統一委員會運作，且公開倡議「公投正名制憲」及以臺灣名義參與聯合國及國際組織等訴求。

　　現任副總統賴清德在擔任行政院長時，曾高唱「務實臺獨工作者」及宣稱臺灣已經獨立、臺灣是主權獨立國家；宣稱臺獨現代意義是「臺灣不是中國的一部分」。儘管賴副總統曾提出「廢除公投臺獨黨綱」不是問題，承認「九二共識」不是問題，高唱「親中愛臺」，但無法接受以「一國兩制」為目標的「九二共識」，「九二共識」就是「一國兩制」。大陸當局尚未將蔡英文、陳水扁及賴清德納入臺獨清單名冊，一方面保有未來兩岸政策轉圜空間、交流及對話可能性；另一方面藉由「寒蟬效應」試圖遏制或避

免其更走向激進化臺獨路線。

最後，對臺政策針對臺獨要發揚「鬥爭」精神（田飛龍 2022, 30-35）。「二十大」報告中更是揭櫫「絕不承諾放棄使用武力」，宣稱「有能力維護國家主權、統一和領土完整」。在兩岸關係上提到「面對『臺獨』勢力分裂活動和外部勢力干涉臺灣事務的嚴重挑釁，我們堅決開展反分裂、反干涉重大鬥爭，展示了我們維護國家主權和領土完整、反對『臺獨』的堅強決心和強大能力，進一步掌握了實現祖國完全統一的戰略主動，進一步鞏固了國際社會堅持一個中國的格局」。這顯示大陸對臺政策保持戰略自信及定力，其目的在強調「發揚鬥爭精神，在鬥爭中維護國家尊嚴和核心利益，牢牢掌握發展和安全主動權」（習近平 2022）。中共反對國際勢力干涉中國內政事務，視臺灣問題為非國際議題。美國的印太戰略將臺灣視為戰略前沿之「棋子」角色，試圖「以臺制中」、「聯臺耗中」戰略，恰與民進黨政府「抗中保臺」路線、「聯美抗中」戰略相謀合。美國在東亞區域援引套用北約版「聯烏制俄」、「以烏耗俄」做法，從而採取一系列「挺臺」做法，這將強化民進黨政府「抗中保臺」路線，及強化獨派「倚美謀獨」、「以武拒統」的戰略設想，致兩岸當局更難以進行對話協商，從而提高臺灣陷入「被戰爭」邊緣風險係數。

蔡英文總統雙十演說提到「G7、北約、歐盟，以及美日印澳的四方安全對話，不約而同關注臺海的和平與安全，同時也關心印太區域和平穩定的現狀，是否會遭到破壞。」而當臺灣受到大陸軍事威脅時，由於許多所謂民主友盟國家紛紛表達對武力威脅的關切和對臺灣的支持，無論是美日高峰會（2023 年發展成美日韓高峰會）、美澳雙部長會談、歐日峰會、美歐峰會、G7 峰會等，都對臺海和平穩定表達重視。大陸當局批判民進黨政府「挾洋自重」、「倚美謀獨」、「聯美抗中」、「以武拒統」，因有美日英澳印加等所謂民主大聯盟撐腰，尤其是美日奧援致「臺灣問題國際

化」。

二、美中戰略競合下大陸「反干涉」及臺灣角色

　　從拜習會及中美官方會談關於臺灣問題討論，顯示美中政策立場頗具共識交集，即雙方都表明不願意因臺灣問題而爆發衝突，達成共管兩岸政策分歧及反對臺獨試圖改變現狀課題。美方甚至表示，不認為大陸對臺動武「迫在眉睫」，其目的旨在降低美中衝突。這等於是回應中共「二十大」對臺政策主旋律，依然是「一國兩制、和平統一」，堅持「九二共識」、「一個中國原則」，及「兩岸融合」、「融合漸統」及「融合和統」和平統一過程，但絕不會做出放棄武力統一臺灣的承諾。

　　在美中元首會晤中，習近平指出中方將堅持「和平統一、一國兩制」的基本方針，以最大誠意、盡最大努力爭取和平統一的前景。但若出現《反分裂國家法》規定的三種嚴重情況，必將依法行事。提出希望臺海和平穩定，主張「臺獨」同臺海和平穩定水火不容，維護臺海和平穩定應當堅決反對和遏阻「臺獨」。同時，強調臺灣問題是中國核心利益中的核心，是中美關係政治基礎中的基礎，是中美關係「第一條」不可逾越的紅線。若是逾越紅線，中美之間衝突欠缺「護欄」。臺灣問題為對美中關係全局影響最大、最持久、最複雜及最敏感的問題。

　　中國要求美國言行一致，恪守一個中國政策和中美三個聯合公報規定，履行「不支持臺獨」的承諾，停止虛化掏空一中政策，約束制止臺獨分裂言行。拜登總統先前已表示，美方堅持一個中國政策、「不支持臺獨」，不支持「兩個中國」或「一中一臺」，不尋求把臺灣問題作為工具遏制中國，希望臺海和平穩定。這無異是告誡拜登政府，若肆意、無底線打「臺灣牌」；在印太戰略中操作「聯臺制華」策略，支持民進黨政府「抗

中保臺」路線及「聯美抗中」戰略，將臺灣充當圍堵遏制中國「馬前卒」，必然會進行「無限上綱」的堅決「鬥爭」，針鋒相對，在國家核心利益上寸步不讓。

儘管美中雙方仍然出現若干各說各話的情形，但美中已劃定「臺海紅線」及「兩岸關係底線」，這一條中美及臺美、兩岸能否守住紅線及底線，關係到美中臺三角不等邊戰略關係平衡及和平穩定關係。儘管在臺海議題方面，美中一直存在重要分歧，但和平解決臺灣問題應有共識，然其政治前提即臺灣不會從事任何形式臺獨，尤其是法理臺獨及推動臺灣正名運動。顯然這也是針對蔡英文總統及賴清德副總統及相關候選人在選舉過程中，所一再釋放「反中」挑釁刺激話語，包括「兩岸互不隸屬」、「臺灣不是中國的一部分」及「抗中保臺」、「務實臺獨」路線等。美國儘管不會放棄「臺灣牌」，作為操縱美中關係的槓桿工具，但已認識到試圖打「臺灣牌」牽制、遏制及圍堵中國，其邊際效應逐漸呈現遞減趨勢，難以實現戰略目標。拜習會雙方進行看似坦承意見交換，彼此進行政治承諾，然美中之間長期戰略競爭機及合作、全球霸權爭奪陷入「修習底德陷阱」尚難跳脫；美中競合關係甚至呈現「週期性波動」，時而競爭時而合作，兩大國彼此戰略互信仍不足。中國仍將會對美國打「臺灣牌」保持高度警惕，對其「說一套、做一套」不穩定的兩岸政策風格，仍會持守「聽其言、觀其行」冷靜及理性政策立場。

伍、結論：臺灣因應策略選擇

從「二十大」報告檢視中共對臺政策，兩岸關係發展究竟走向「融合和統」之「主旋律」，抑或是朝向「武統威逼」之「次旋律」，其關鍵在於臺灣民意最終決定，是要揚棄臺獨意識，遏制任何形式臺獨發展；或選

擇回歸至「九二共識」共同政治基礎，重啟兩岸對話協商機制，承認「兩岸一國」關係性質及邁向「融合促統」常態軌道。2022 年臺灣「九合一」選舉一如 2018 年地方大選般，再度瀰漫「大陸因素」、「兩岸因素」對選舉介入影響。執政的民進黨不斷訴求「抗中保臺」路線，宣稱「臺灣不是中國的一部分」、「兩岸互不隸屬」，攻擊國民黨候選人與大陸關係，影射其「親中賣臺」行徑。首先，抗中保臺路線與和中護臺路線爭辯。由於蔡英文執政後公開拒絕「九二共識」，並標籤化「九二共識」等於「一國兩制」，主張「抗中保臺」路線、「聯美抗中」戰略；又公開倡議「對岸鄰國論」、「兩岸互不隸屬論」，致兩岸關係陷入惡性循環。基此，傾向支持「抗中保臺」的臺獨政治勢力，敦促民進黨政府必須為大陸發動攻擊臺灣做好準備，並宣稱及相信美國會防衛臺灣，不可存有「疑美論」。至於主張「親美和中」戰略及支持「九二共識」路線的泛藍政治勢力，則認為臺灣應對大陸採取溫和不挑釁、非敵對的政策。泛藍政黨質疑一旦大陸攻臺，美國拜登政府能否提供臺灣足夠軍事防衛力量，或甚至出兵協防援助臺灣，不無疑問。

其次，俄烏戰爭呼喚臺灣社會強化兩岸對話需求。此兩種路線（「抗中保臺」及「和中保臺」）及兩種戰略（「聯美抗中」、「友美和中」），成為當前臺灣社會及政黨應對大陸對臺政策的路線及戰略思維選擇。泛綠政黨或政治團體宣稱烏克蘭事件是「臺灣的先兆」、「今日烏克蘭、明日臺灣」，指出俄羅斯對烏克蘭的戰略，與大陸攻臺的戰略及政治理性算計間，存在高度相似性。民進黨政府所謂現階段臺美關係是歷史最好階段，但美國並無為臺灣而與大陸一戰的意願及決心。歐美國家對烏克蘭的支持力度，讓臺灣社會認為兩岸更需要對話避免戰爭，國際勢力的外援不是臺灣安全維護的保障，更需要透過協商對話化解對抗敵意。

最後，對臺政策可從「正面表述」轉向接受「負面表述」。在民進黨「不

否認九二共識」、「不支持法理臺獨」基礎上,而非是公開承認「九二共識」及「反對臺獨」,從而先建立「初步共識」再尋求「兩岸共識」,以建立兩岸和平對話機制。若大陸對民進黨能調整政策思維,採取區隔化原則,以「不否認九二共識」或「不支持臺灣獨立」為政治基礎,則可以強化與臺灣各政黨間交流對話。這已有先例,如彈性對待臺灣民眾黨,並未要求公開承認「九二共識」。若兩岸政府能創造與「九二共識」非等量齊觀、類似如「兩岸一家親」、「同屬中華民族」、「一個中華」、同文同種說法,成為兩岸對話的基礎,或有利於建立兩岸和平穩定關係框架。

參考文獻

中國發布客戶端，2022，〈中共中央宣傳部舉行黨的十八大以來對臺工作和兩岸關係發展情況發佈會〉，http://big5.gwytb.gov.cn/xwdt/xwfb/wyly/202 209/t20 220921_12471899.htm，查閱時間：2022/11/21。

中華人民共和國國務院臺灣事務辦公室國務院新聞辦公室，2022，〈臺灣問題與新時代中國統一事業〉，http://www.gov.cn/zhengce/2022-08/10/content_57048 39.htm，查閱時間：2022/11/26。

王英津，2022，〈深刻理解將反對「臺獨」寫入黨章的意涵〉，《中國評論月刊》，300：24-29。

田飛龍，2022，〈兩岸內外與完全統一：二十大報告涉臺論述的理論解讀〉，《中國評論月刊》，300：30-35。

李克強，2022，〈政府工作報告在第十三屆全國人民代表大會第五次會議上〉，《中國政府網》，http://big5.www.gov.cn/gate/big5/www.gov.cn/zhuanti/2022 lhzfgzbg/mobile.htm，查閱時間：2022/12/26。

周志懷，2022，〈以行動綱領為導向的中共二十大對臺論述分析〉，《中國評論月刊》，300：15-19。

信強，2018，〈修正主義戰略對手：美國對華戰略定位及策略調整〉，http://hk.crntt.com/doc/1050/8/6/2/105086239.html?coluid=7&kindid=0&docid=105086239，查閱時間：2022/11/28。

柳金財，2020，〈美中對抗局勢更勝「冷戰 2.0」，臺灣「聯美抗中」的路線正確嗎？〉，https://www.thenewslens.com/article/139384，查閱時間：2022/11/11。

柳金財，2022，〈從「三中一青」轉向「一代一線」，中共瞄準臺灣青年推動「融合促統」主旋律〉，https://www.thenewslens.com/article/172995，查閱時間：

2022/11/12。

唐佩君、周慧盈，2022，〈習近平頻提歷史自信，20 大可能出爐「五個自信　」〉，https://udn.com/news/story/7331/6626440?from=udn-referralnews_ch2artbottom，查閱時間：2022/11/29。

張淑伶，2022，〈周志懷：大陸將建構單方面解決臺灣問題新機制〉，https://tw.stock.yahoo.com/news/%E5%91%A8%E5%BF%97%E6%87%B7-%E5%A4%A7%E9%99%B8%E5%B0%87%E5%BB%BA%E6%A7%8B%E5%96%AE%E6%96%B9%E9%9D%A2%E8%A7%A3%E6%B1%BA%E5%8F%B0%E7%81%A3%E5%95%8F%E9%A1%8C%E6%96%B0%E6%A9%9F%E5%88%B6-110536444.html，查閱時間：2022/11/11。

習近平，2022，〈高舉中國特色社會主義偉大旗幟為全面建設社會主義現代化國家而團結奮鬥：在中國共產黨二十次全國代表大會上的報告〉，http://www. gwytb.gov.cn/stzyjh/202210/t20221026_12481813.htm，查閱時間：2022/11/17。

陳柏廷，2017，〈法理臺獨踩紅線，代價非和平〉，https://www.chinatimes.com/amp/realtimenews/20170，查閱時間：2022/11/11。

黃健群，2022，〈陸二十大兩促兩反，臺應創對話空間〉，https://udn.com/ news/story/7339/6682244，查閱時間：2022/11/23。

楊澤軍，2022，〈堅決打擊「臺獨」，頑固分子絕不手軟〉，https://www.huaxia.com/c/2022/08/28/1348981.shtml，查閱時間：2022/11/28。

端傳媒，2019，〈告臺灣同胞書40年，習近平提出一國兩制「臺灣方案」、不放棄武力對臺〉，https://theinitium.com/article/20190102-message-to-the-compatr iots-in-taiwan-40-years/，查閱時間：2022/11/29。

趙丹平、趙博、陳舒、許雪毅，2022，〈五組關鍵詞讀懂新時代黨解決臺灣問題總體方略〉，http://politics.people.com.cn/BIG5/n1/2022/0119/c1001-32334991.

html，查閱時間：2022/11/25。

鄭媁、蔡佩芳、劉宛琳，2020，〈江啟臣：國民黨「反共不反中」，應清楚告訴民眾〉，https://udn.com/news/story/7311/4371971，查閱時間：2022/11 /28。

賴言曦，2020，〈對岸暫停陸生來臺升學，陸委會：罔顧學生權益〉，https://www.cna.com.tw/news/firstnews/202004090313.aspx，查閱時間：2022/11/26。

賴瑩綺，2022，〈2022 年對臺工作會議，汪洋：築牢反「獨」促統強大陣線〉，https://ctee.com.tw/livenews/jj/ctee/A06601002022012519213699 2022，查閱時間：2022/11/29。

聯合新聞網，〈中國再禁臺灣白帶魚、竹筴魚、柑橘類，網狠酸:有種禁晶片！〉，https://udn.com/news/story/122946/6508586，查閱時間：2022/11/21。

羅苑韶 ，2022，〈中共二十大：習近平強調安全甚於經濟，權力不受成長遲緩影響〉，https://www.upmedia.mg/news_info.php?Type=3&SerialNo=156632，查閱時間：2022/12/28。

關其行，2022，〈貿易額十年翻番兩岸融合發展持續走深走實！〉，http://www.taiwan.cn/plzhx/ZBPL/202210/t20221011_12476981.htm，查閱時間：2022/11/29。

從臺海危機歷史看中共武力犯臺：
機會與挑戰 *

張國城

（臺北醫學大學通識中心教授兼副主任）

摘　要

1949 年，中華民國政府遷臺，中國陷入分裂分治的局面，中華人民共和國在中共的領導下，時刻不放棄以武力「解放臺灣」。1954 年，中共砲轟金門，史稱「第一次臺海危機」。1958 年，中共發動八二三炮戰，史稱「第二次臺海危機」，也是自 1949 年以來，兩岸最大的軍事衝突。

64 年後的 2022 年 8 月，中國以美國眾議院議長南西．裴洛西訪臺為理由，在臺灣海峽周邊再次進行大規模的軍事演習。雖然沒有發生實際的軍事衝突，但已經引起國際間對中方軍事野心的警覺，以及對中共領導人習近平是否決心以武力解決臺灣問題的擔憂。

這幾次的臺海危機，雖然時空環境有所不同。但是在中華民國現代史的大框架下來看，「前因」實在頗有類似之處。但類似的「前因」，是否和過去一樣，會得到相同的「後果」，則是筆者希望探討的。

關鍵字：武力犯臺、對臺政策、臺海危機、反獨

* 本文為國科會研究計畫《蔣介石對美國總統大選的認知、態度與應對—1948 至 1972》第一年之部分研究成果，特此對補助單位致最深謝意。

壹、歷次臺海危機的成因

　　臺海危機的遠因當然是源於中共政權成立後，以武力統一臺灣，消滅中華民國政權的基本政策。1949 年中華民國政府失去大陸播遷來臺，除了軍事失敗之外，內政外交陷於最低潮，美國一度考慮繼英國之後承認中華人民共和國，並且不對中共加入聯合國行使否決權。[1] 這令北京和臺北都感到在美國從《中美關係白皮書》的放手政策，繼以中共的軍事優勢下，中華民國顯然孤立無援，軍心士氣相當低落。[2] 和一般認知所不同的是，雖然有 1949 年金門古寧頭戰役的勝利，對士氣的提升效果非常短暫，也未扭轉中華民國軍事的頹勢和國民政府高級官員的信心。[3] 更未改變美方的「放手政策」。[4] 當時的美國並不支持中共擴張領土，但也無意防衛臺灣，可說是「戰略模糊」的起源。

　　蔣介石總統深知臺灣局勢的危險，[5] 但他的作為是以攻代守，對內不談臺灣處境危險，反而強調「反攻大陸」是最重要的國策；對外則宣布封鎖中國大陸沿岸，並且屯駐重兵在金門、大陳等外島。

　　1950 年 6 月 25 日，韓戰爆發。27 日，師樞安奉艾奇遜之命又傳達一

---

1 「顧維鈞電蔣中正尊垣撤守英法等承認中共後聯合國安理會中國代表更替問題必發生美政府內爭辯應否行使否決權」，1949/10/31，〈我與聯合國〉，《蔣中正總統文物》，國史館藏，數位典藏號：002-090103-00001-230

2 「對三軍士氣低迷及府院不合等考察分析報告十項」，〈軍事—建軍綱領與陸軍部隊狀況分析等〉，《蔣經國總統文物》，國史館藏，數位典藏號：005-010100-00096-004

3 「俞國華電蔣中正我應集中美輿論促使參院通過反對承認中共案及美援關鍵繫於麥帥訪臺以對日和約未訂應共謀防臺方案」，1950/06/03，〈我與聯合國〉，《蔣中正總統文物》，國史館藏，數位典藏號：002-090103-00001-237

4 1949 年 10 月 3 日，美國駐臺北大使館總領事師樞安奉國務卿艾奇遜之命呈遞一份備忘錄，聲明美國政府並無使用軍事力量防衛臺灣的意向，惟對大陸之混亂延至臺灣，表示關懷。「美國駐臺灣總領事致蔣中正備忘錄：美國無使用軍事力量防衛臺灣之意向」，1949/11/03，〈革命文獻—蔣總統引退與後方布置（二）〉，《蔣中正總統文物》，國史館藏，數位典藏號：002-020400-00029-103

5 這種感受在蔣的日記中隨處可見，例如！1950 年 1 月 18 日，蔣在日記中記載「此時內外環境實為最黑暗中之黑暗」，1 月 27 日又記載「近時國際環境險惡已極，國家前途更覺渺茫，四方道路皆已斷絕，美、俄、英各國政府皆以倒蔣扶共，滅亡中華民國為其不二政策也…」（蔣介石 1950a）。

份備忘錄給蔣，表明杜魯門總統決定「因韓戰爆發，美國第七艦隊已奉令阻止來自中國大陸以臺灣為目標之攻擊」（Office of the Historian 1950）。7 月 25 日，另一份備忘錄要求國軍停止攻擊大陸，內容表示「美國政府此舉之動機，不但出於其對於太平洋區域之和平與安全之深切關懷，並基於其對中國及臺灣人民之未來自由與幸福之深切關懷。」，[6] 從那時候開始，美國的政策就是防止北京和臺北「變更現狀」，並且將中國和臺灣並列。

蔣介石總統對於美國阻止他「變更現狀」，初步的反應是「其對我臺灣主權地位無視，與使我海空軍不能對我大陸領土匪區進攻，視我一如殖民地之不若，痛辱盍及！」[7] 但他很快就知道無論如何，這對當時的中華民國來說是「大旱甘霖」，在日記中隨即記載「⋯美竟命令其海軍巡防臺灣海峽，以阻制任何方面對臺之攻擊，此乃美國政府內容之變化，艾其生（艾奇遜）扶共抱俄之政策，已為其杜魯門及其朝野所不容，故有此徹底改變之大舉」（蔣介石 1950b）。顯示蔣還是一個清楚的現實主義者，他知道美國改變了 1940 年代末期對中華民國政府的放棄政策，開始對臺灣提供軍經援助。這些都是對中華民國從「靜待塵埃落定」轉向戰略清晰的鮮明表示。

美國戰略一清晰，中共立刻就有動作，首先是攻奪當時還在中華民國手中的海南島。現在揭密的史料指出美國一度希望中華民國反攻海南島，以減低聯合國軍在朝鮮半島所受到的壓力。現在沒有證據證明中共是不是知道這一點，但顯然中共要顯示它雖然剛剛建立政權，但以戰爭方式達成政治目的是絕不手軟的。

美國雖然宣稱「臺灣海峽中立化」，反對國共雙方對對方發動攻擊，

---

6 「王世杰呈蔣中正美駐華代辦師樞安訪晤葉公超面告中共攻擊臺澎以外島嶼美將不參與防衛及備忘錄等」，1950/07/25，〈對美國外交（九）〉，《蔣中正總統文物》，國史館藏，數位典藏號：002-080106-00031-003

7 筆者認為，這其實就是「海峽兩岸都不能片面改變現狀」的開始（蔣介石 1950c）。

但沒有阻止中華民國方面不斷增強外島兵力。蔣明確的是要以外島作為反攻大陸的跳板。美國雖然表示協防範圍為臺澎，但卻具體加強中華民國方面防守外島進而進攻大陸的能力。1952 年 4 月 1 日，藍欽大使向美國國務院報告：

「……中共襲擊金門，馬祖和大陳列島的危險目前比 1950 年中期以來的任何時候都更加嚴重。保留這些島嶼對於立即保衛臺灣，阻止中共的海上運輸，包括軍事和商業交通，蒐集情報和支援大陸的抗暴非常重要。……自 1950 年以來，空中形勢完全逆轉，中共空中力量明顯增加，國軍空軍能力卻持續下降，在同一時期，其飛機實力卻沒有任何增加。…雖然美國已經否認對上述島嶼負責，並將其防禦完全留給了國軍，但這種努力（防衛外島）的成敗將對美國和中華民國的利益產生相當大的道德和實際影響。它們若陷落，代表中共將獲得進一步的領土和心理勝利。問題在於，美國應該在多大程度上鼓勵中國人保衛島嶼，給敵人造成最大損失；以及美國是否應該直接或間接地以後勤或其他方式支援這種努力。」（Office of the Historian 1952a）

5 月 9 日，艾奇遜訓令駐華大使館：

「美國軍事顧問應向中華民國政府提供他們所能提供的任何鼓勵和建議，以捍衛金門、馬祖和大陳列島，同意承諾酌情提供有限數量的軍事援助物資以協助在受威脅島嶼的防禦中，前提是臺灣和澎湖列島的防禦不受威脅。…雖然不能提供涉及美國人員的直接支援，但應該向中方指出，美國正在對訓練和裝備國軍部隊方面提供重要的間接支援，這些部隊可用於保衛外島。」（Office of the Historian 1952b）

5 月 14 日，駐華大使館的代辦鍾斯（Howard P. Jones）發給國務院的最高機密電文指出，國軍沒有能力防衛外島，同時中共任何對外島「打了就跑」的攻擊，都可能是進犯臺灣的先聲（Office of the Historian 1952c）。

在 1952 年裡，美方通知中華民國擬於 1953 和 1954 年軍援的海軍艦艇中，用於登陸作戰的兩棲艦艇多達 117 艘，占總數 180 艘的 65%，包括戰車登陸艦（LST）6 艘、車輛登陸艦（LSV）9 艘、船塢登陸艦（LPD）1 艘、修理登陸艦（ARL）1 艘、機械化登陸艇（LCM）20 艘、車輛人員登陸艇（LCVP）80 艘。[8] 這些艦艇對中華民國補給外島具有無可比擬的重要性。[9] 陸軍的各類武器裝備也極多，光在「五一」軍援案中，各式車輛就有 1,778 輛（其中 M-18 驅逐戰車 180 輛）、其他各類裝備的清冊厚達 60 頁。[10] 加上「五二」案之後，在這一年裡美國軍援中華民國的火砲達 1,899 門，各種作戰飛機（戰鬥機、轟炸機和巡邏機）287 架。[11] 這批武器在艾森豪就職之後，陸續依據原本時程運到臺灣，而且還有不少的加碼。

就中共看來，這是美國從「戰略模糊」轉向「戰略清晰」的具體信號。因此在 1954 年 9 月 3 日，中共砲轟金門，史稱「九三砲戰」或第一次臺海危機。美國為了遏制危機，認為必須採取更明確的戰略清晰，因此決定與中華民國方面簽訂正式的共同防禦條約。1954 年 11 月，中華民國外交部長葉公超與美國國務卿杜勒斯在華盛頓簽訂「中美共同防禦條約」，明

---

8 「桂永清呈蔣中正美海軍部長金波爾稱美已決定在「五三」「五四」年內援助我海軍之艦艇」，1952/03/28，〈美國軍事援助（四）〉，《蔣中正總統文物》，國史館藏，數位典藏號：002-080106-00047-009

9 直到 1998 年筆者在馬祖服役時，國軍仍然以美國軍援的戰車登陸艦運補外島所需的物資，人員則改搭軍租商輪。

10 「五一」軍援案車輛火砲彈藥通信器材等軍品量清冊」，〈美國軍事援助（四）〉，1951/00/00，《蔣中正總統文物》，國史館藏，數位典藏號：002-080106-00047-010

11 「周至柔呈蔣中正軍援檢討表」，1952/12/18，〈美國軍事援助（四）〉，《蔣中正總統文物》，國史館藏，數位典藏號：002-080106-00047-013

確美國協防臺澎的義務。

　　1954 年 12 月 8 日，周恩來發表聲明，表示臺灣是中華人民共和國領土，「解放臺灣」是中國的主權和內政，決不允許他國干涉；美臺「共同防禦條約」是非法的、無效的，是一個出賣中國領土和主權的條約，美國應對此承擔一切後果。周指責美臺條約是一個「侵略性」的戰爭條約而非防禦性的，不僅造成遠東地區新的緊張局勢，而且「違背了聯合國憲章」。[12]

　　中共很快就用行動證明了他們的恫嚇。事實證明中美共同防禦條約沒有完全減輕外島所受的威脅。1955 年 1 月，中共對大陳列島中的一江山島發動三棲進攻，獲得全勝。奪得一江山對中共來講最大的收穫不是土地本身，而是看到了美國雖然有絕對優勢的海空力量，居然沒有出兵協助國軍防衛一江山。

　　美國觀察到中共解決中華民國駐守外島的意志與能力，遂要求國府放棄大陳。1954 年 1 月 20 日，葉公超向蔣介石總統報告，表示美國認為金門安全為防衛臺澎必要條件，若中華民國政府接受建議撤退大陳，美國即可做協防聲明，又說大陳撤退後，美國可向聯合國提出停火議案，因為金門以北外島無價值，中華民國也無力防守，最好還是在美國掩護下撤退。[13]蔣對此「抑鬱非常」。因為大陳的撤退看來已是無可避免，關鍵在於（一）能否換到協防金馬，（二）是否不和聯合國停火建議掛勾。杜勒斯甚至向葉公超表示，金門以北的島嶼不但無戰略價值，同時即使美軍出手，都要出動兩艘航空母艦還有若干海軍陸戰隊，才能夠勉強確保大陳。[14] 意思就

12 「周恩來關於中美共同防禦條約的聲明」，1954/12/08，〈特交檔案（黨務）－匪情報告（第０六二卷）〉，《蔣中正總統文物》，國史館藏，典藏號 002-080300-00068-007

13 「葉公超電蔣中正美認為金門安全為防衛臺澎必要條件若政府接受建議撤退大陳即可作協防聲明」，1955/01/19，〈對美關係（一）〉，《蔣中正總統文物》，國史館藏，數位典藏號：002-090103-00002-260

14 「葉公超電蔣中正大陳撤退後美可向聯合國提出停火議案及美認為金門以北外島無價值中國亦無力防守宜在美掩護下撤退等綜合意見」，1955/01/19，〈對美關係（一）〉，《蔣中正總統文物》，國史館藏，數位典藏號：002-090103-00002-261

是中華民國別無選擇。這時美國和英國商議，請紐西蘭出面向聯合國提案，要求聯合國出面斡旋中華民國和中華人民共和國在外島停火，史稱「紐案」。

對中華民國來說，若能先停火後撤軍，顏面上較能維持。因為撤軍前有守軍，有守軍就有還擊，在還擊後由聯合國通過停火協議，顯示我方戰力堅強，只是在聯合國要求下才停火。若是先撤軍，則中共必然迅即進駐，這時停火反而是限制國軍不能在有需要時對已經進佔大陳的共軍實施攻擊。

葉公超不愧是優秀的外交家，他向蔣報告他的建議：就是對於美國協防金門問題，可在共同防禦條約批准後，以換文擴充適用範圍，他也建議美方於國軍撤出大陳前，即向聯合國提出停火建議，否則無提案必要。[15]

對蔣來說，這是一次非常重大的決定。他在 1 月 21 日電令葉公超，表示同意從大陳撤退，但是對民心士氣會有嚴重影響；因此大陳撤退和正式協防金門的聲明必須同時發表，並且美國要以海空軍協助撤退、不再向聯合國提外島停火案、盡快請美國國會通過共同防禦條約、協防金門區域以行政命令發布，還有嚴守秘密。[16]

1 月 22 日，葉公超拜會美國國務院主管中國事務的助理國務卿羅勃遜重申蔣的要求，羅勃遜表示即使美中開戰，美方都不想跟中共在大陳開戰。此外，對於蔣的其他意見，原則上都同意。但是對於「紐案」，羅表示如果紐西蘭還是要向聯合國提出，則美方沒有反對將其納入安理會討論的理

15 「葉公超電蔣中正美協防金門區域條約批准後可以換文擴充適用範圍並建議美方於國軍撤出大陳前即向聯合國提出停火建議否則無提案必要」，1955/01/21，〈對美關係（一）〉，《蔣中正總統文物》，國史館藏，數位典藏號：002-090103-00002-264

16 「蔣中正電葉公超同意撤退大陳與協防金門同時聲明以減低影響等建議並請轉知美方將影響戰略士氣並須支援運輸工具嚴守秘密及反對停火案等相關條件」，1955/01/21，〈對美關係（一）〉，《蔣中正總統文物》，國史館藏，數位典藏號：002-090103-00002-275

由。[17]

1955 年 1 月 24 日，艾森豪向國會提出《福爾摩沙決議案》（Formosa Resolution），該案授權美國總統得以動用美軍武力保衛臺灣、澎湖以及其他有關地區，[18] 翌日，國會通過此一決議案，2 月 9 日，參眾兩院批准了共同防禦條約。接著在美國的支援下，中華民國從大陳島撤退。雖然美方還是沒有在聲明稿中明白提及協防金馬，[19] 但是有了「其他有關地區」的文字，可以解釋為包括金馬，「以大陳換金馬」的問題得到了一定程度的解決。

這讓中共認為：一、美國的協防終究有其底線；二、儘管美國有絕對優勢，仍盡可能避免和中共發生軍事衝突。

不過中共叫囂歸叫囂，對美的政策還是以戰逼談。1955 年 8 月 1 日，中美大使級會談在日內瓦開始舉行。中方代表是駐波蘭大使王炳南（後由續任駐波蘭大使王國權擔任），美方代表是駐捷克斯洛伐克大使詹森。會談有兩項議程，一是雙方平民回國問題。二是雙方有所爭執的其他實際問題（Office of the Historian 1955）。前者很快達成協議，但是後者卻出現僵局，因為美方要求中方放棄使用武力統一海峽兩岸，中方則要求美國不要干預中國內政，雙方在各自立場上均無法讓步，遂陷入僵局。會談後來移到波蘭首都華沙舉行，史稱「華沙會談」。1957 年 12 月 12 日，在第 73 次會議上，美方以其大使調任為由，委派參贊身份的代表參加會談，中方沒有同意。大使級會談中止（Office of the Historian 1957）。

---

17 「葉公超顧維鈞電蔣中正與羅柏森晤談大陳撤退與協防金馬安全聲明時間掩護方式等及雙方對聯合國停火案與紐西蘭案處理方式等相關事宜」，1955/01/22，〈對美關係（一）〉，《蔣中正總統文物》，國史館藏，數位典藏號：002-090103-00002-269

18 原文詳見 https://www.govinfo.gov/content/pkg/STATUTE-69/pdf/STATUTE-69-Pg7.pdf

19 「葉公超顧維鈞電蔣中正美方解釋未於聲明稿中提及協防金馬乃應付國會等原因經過將無影響協防決定並已向美提出將告知臺軍民以減低撤退大陳影響」，1955/02/05，〈對美關係（一）〉，《蔣中正總統文物》，國史館藏，數位典藏號：002-090103-00002-273

　　為了試探「福爾摩沙決議案」，同時重啟和美國的官方接觸，1958 年 6 月開始，中共又在福建大舉增兵，1958 年 7 月 1 日，《人民日報》刊登專文，要求美方快恢復大使級談判：

「……中國政府既不能同意片面改變中美大使級會談的水準，也不能同意用任何行政性理由使會談繼續中斷。中國政府要求美國政府在從今天起的十五日以內派出大使級代表，恢復會談。否則，中國政府就不能不認為美國已經決心破裂中美大使級會談。」（人民日報，1958）。

　　8 月 23 日，中共對金門展開猛烈砲擊，史稱「八二三炮戰」，或第二次臺海危機。美國決定全力援助中華民國，提供大量軍援以外，美國海空軍作戰單位大批進駐臺灣本島及臺灣海峽。[20] 9 月 5 日，艾森豪公開宣布美軍將協防金馬。[21] 在美軍的護航下，打破了中共對金門的封鎖。10 月 6 日，中共宣布暫時停火。

　　但是在這之後，美國和中共恢復「華沙會談」。艾森豪並且派遣杜勒斯來臺，和蔣介石總統簽訂了聯合公報，中華民國方面明白在公報中承諾不以武力反攻大陸，（「……中華民國認為恢復大陸人民之自由乃其神聖使命……而達成此一使命之主要途徑，為實行孫中山先生之三民主義，而非憑藉武力。」[22] 因此，中共在外交和安全上也並非毫無所獲。

---

20 「美史慕德將軍函俞大維美軍部隊增援行動摘要及美援軍品物資之運送」，1958/11/22，〈美國協防臺灣（一）〉，《蔣中正總統文物》，國史館藏，數位典藏號：002-080106-00048-016

21 「總統蔣中正接見諸葛魯許思廉等、主持作戰會談，總統夫人宋美齡在芝加哥告記者自由國家應挺身而起對付侵略，美國總統艾森豪授權國務卿杜勒斯發表聲明稱對臺安全如有必要時美將立即協防金馬」，1958/09/06，〈總統事略日記 47.09〉，《蔣中正總統文物》，國史館藏，數位典藏號：002-110101-00002-004

22 「聯合公報」，1958/10/23，〈中美斷交後之兩國關係〉，《蔣經國總統文物》，國史館藏，數位典藏號：005-010205-00014-003

從前面兩次臺海危機的歷史，我們可以發現中國發動臺海危機的動機，都是測試美國的決心，特別是在戰略模糊轉向戰略清晰的時候。

其次，是要阻止臺海現狀改變。這裡所指的「臺海現狀改變」，並不一定指的是臺灣改變現狀；美國的若干作為，雖然主觀上未必有變更臺海「當時現狀」的意圖，但若中方認為此舉可能破壞現狀，就可能以發動危機試圖阻止。

第三，是增加對美關係的戰略籌碼。第一次臺海危機，中共藉此開闢了與美國官方接觸的「華沙會談」，第二次臺海危機之後，華沙會談恢復。同時美國和中華民國簽署了聯合公報，武力反攻大陸被書面化禁止。對中國來講，還是減少了國防上的壓力。而且也確認美國不會主動支持中華民國軍事反攻。

貳、2022 年臺海危機與先前臺海危機的相同處

一、同樣是在美國的戰略轉換期

1979 年之後，美國對於「一旦中共武力犯臺，美國是否會出兵援臺」一事，始終不做明確交代，被認為是採取「戰略模糊」。但是在拜登登選總統後，美國對此的態度出現明顯變化。2021 年 8 月 19 日，美國總統拜登在接受美國廣播公司新聞網（ABC News）主持人史蒂法諾普洛（George Stephanopoulos）專訪時，談到美國不得已必須從阿富汗撤軍所造成的混亂，但也堅稱美國的全球防務承諾依然堅若磐石。「美國對（北大西洋公約）第五條做出神聖承諾，若任何人侵略或對我們北約盟友採取行動，美方會做出回應，對日本、南韓和臺灣也一樣。這根本（與阿富汗）無法比較。」（ABC 2019）。

　　2021 年 10 月 21 日，美國有線電視新聞網（CNN）在馬里蘭州巴爾的摩舉行的「市民大會」（town hall meeting）上，拜登總統再次表態。一名與會者問道：「你能承諾保衛臺灣嗎？」拜登總統的回答是：「是的，我會。」CNN 主持人安德森·古柏（Anderson Cooper）再次確認：「所以你是說，如果中國攻擊臺灣，美國會防衛臺灣嗎？」拜登說：「是的。」古柏接著又問了一次，拜登還是說：「是的，我們對此有承諾」（"Yes, we have a commitment to do that."）（Liptal 2021）。

　　2022 年 5 月 23 日，在東京舉行的一場重要記者會上，而且是在堅稱美國對臺政策「完全沒有改變」之後，拜登總統宣稱，美國「做過承諾」，「如果中國發動武力侵略，我們將軍事介入保衛臺灣」（New York Times，2021）。《紐約時報》認為，拜登摒棄傳統上美國總統所青睞的「戰略模糊」，並在該地區緊張局勢加劇之際，劃定更堅定的界限。

　　2022 年 9 月 18 日，在美國哥倫比亞廣播公司（CBS）週日知名的晚間新聞節目「六十分鐘」（60 Minutes）中，拜登被主持人問到：「美國軍隊會保衛臺灣嗎？」（"But would U.S. forces defend the island?"），他回答說：「會的，如果事實上發生了前所未有的攻擊的話」（"Yes, if in fact there was an unprecedented attack"）拜登先前表示，美國仍然奉行「一個中國」政策，並表示美國不鼓勵臺灣獨立。然後他解釋說：「我們不會採取行動，我們不會鼓勵他們獨立…那是他們的決定」（"And that there's one China policy, and Taiwan makes their own judgments about their independence. We are not moving-- we're not encouraging their being independent. We're not-- that-- that's their decision."）（CBS 2022）。

　　拜登這幾次談話的重點在於：

　　（一）出兵保臺已經是美國的政策，同時清晰表明。

　　（二）強調出兵的原因是「承諾」。

二、美國仍然強調「不變更現狀」

1954 年時的「現狀」是臺海中立化，因此美國在《共同防禦條約》裡強調協防範圍為臺澎，同時中華民國對大陸的軍事行動需經雙方共同同意，這其實就是反對中華民國反攻大陸，變更現狀。

1958 年，美國雖然積極支援中華民國防衛金馬，但仍不同意中華民國藉此反攻大陸，或藉此對大陸發動太大的軍事攻擊。這還是「不變更現狀」。在八二三炮戰之後，美國和中華民國簽訂聯合公報，更將「不變更現狀」文字化，施壓中華民國同意明白律定反攻大陸不使用武力。1960 年 8 月，一份中華民國國軍未來五年發展的診斷報告提交給蔣介石，明白表示國軍的任務就是防衛臺海。[23] 之後蔣介石想要反攻大陸，就被美方認定違反白紙黑字的公報，除了讓臺美關係陷於被動，也因為要瞞著美國，反攻計畫只能紙上談兵，無法具體實施演練，這使反攻大陸的作戰因缺乏實際演練而在戰術上就不可行。

但是就中共看來，美國還是比較偏袒中華民國一方，因此「戰略清晰」有助於臺北方面「改變現狀」。在過去是「反攻大陸」，現在則是「臺灣獨立」（新華網 2022）。臺灣雖然無法「反攻大陸」，但在美國的「不變更現狀」政策下，中共也無法統一中國，在中共領導人眼中，美國的「不變更現狀」政策長期看來，還是在「分裂中國」。在以往的臺海危機中，中共在外島地區實施軍事行動之後，就因為種種因素鳴金收兵，到了二十一世紀的今天，中國還會如此嗎？這是臺灣最值得關注的問題。

---

23 「國軍在未來五年發展方向之研究報告」，1960/08/19，〈中央軍事報告及建議（二）〉，《蔣中正總統文物》，國史館藏，數位典藏號：002-080102-00045-004

參、中國發動攻臺戰爭的可能性

臺海危機的發生原因已如前述分析。如果說，本次臺海危機一樣是出於中國對美國從「戰略模糊」轉為「戰略清晰」的測試，加上「改變現狀」的意圖，那麼接下來的關鍵議題就是：北京會像之前的臺海危機那樣那樣偃旗息鼓嗎？筆者認為，答案恐怕不容樂觀。

一、中國的國力和軍事力量已今非昔比

中國目前已經是世界第二大經濟體，和 1958 年第二次臺海危機時已經截然不同。一個國家要從事一場局部戰爭所需的國力，包括軍事力量、能源儲備和工業生產力。目前中國人民解放軍所有的主戰裝備都是中國國產，所以沒有遭外國封鎖來源的問題。當然，這要視戰爭的規模和持續時間，還有中國自身的經建設施是否會遭到戰火破壞或干擾而定。

從韓戰結束後，中國從事過規模最大、時間最長的局部戰爭是和越南的戰爭。但是在這場戰爭期間，也恰巧是中國經濟高速成長的時期，沒有研究對於這場戰爭對中國經濟的影響做出結論。但筆者的推斷是因為戰爭沒有嚴重影響到中國的經濟建設，也沒有干擾到中國的對外貿易與外來投資，因此對中國的經濟影響僅止於人命和軍需物資的消耗，顯然沒有對中國的經濟形成很大的負擔。當然，中國無論由誰領導，若要發動臺海戰爭，必然會追求儘快結束戰爭，以壓縮經濟遭到影響的時間。

俄羅斯在 2022 年發動對烏克蘭的戰爭之後，俄羅斯遭到美國為首的國家大規模經濟制裁，但是俄羅斯仍然能持續作戰超過一年，中國勢必從中吸取了不少經驗。當然兩國情況不同，但是仍然有許多經驗可以參考，讓習近平當局可以修正將來攻臺時的相關應變準備。

從 2019 年開始，中國就成為世界上最大的資訊產品出口國，擁有上中下完整的產業鏈（聯合國 2019）。雖然在若干關鍵零組件，如半導體的研發和生產能力還不如美國甚至臺灣，但要用低階一些的產品，滿足其工業、民生甚至軍事需求，應該是在中國當局的計算當中。軍事裝備更新換代的速度不如民間產品，且須考量耐用性，因此較低階的資訊產品仍廣泛出現在第一線的武器裝備上。[24]

二、美國和中國在此一區域的局部軍事力量對比已產生根本變化

目前，中國人民解放軍擁有全世界艦艇數量最多、噸位第二大的海軍，空軍也僅次於美國居於世界第二。雖然多數未經實戰考驗，但是兵力結構的轉變，已經讓美國必須部署更多的兵力，才能有效剋制。例如中國過去沒有航空母艦，因此在解放軍空軍和海軍航空兵陸基戰機的航程外，美國海軍艦載機就可以對中國水面艦隊形成巨大壓力。戰略上的意義就是拘束了它們的行動範圍；反之在這些區域，美國艦隊可以有很大的行動自由，特別是兩棲作戰艦。但在中國有了航母之後，美國就必須加派航艦戰鬥群才能保護其水面艦隊，這和二次大戰中太平洋戰爭中的狀況完全相同。

中國可以利用其國土縱深，作為整個對抗美國干預與介入的基地。特別是眾多的機場，可以支撐中方的空中作戰，但在這一區域內，美國空軍卻沒有這麼多的機場可用，即使是現有的基地，都可能有地主國是否同意的政治問題。中國還可以從其本土對臺灣和美軍基地（如有必要）發動彈

---

24 以美國空軍最先進的 F-22 戰鬥機來說，它的航空電子架構至少經歷了三個已經過時的週期，並依賴於 1997 年就停產的英特爾 i960MX 微處理器。現實生活中，開發、測試和生產新型軍用飛機的時間架構遠遠超出了摩爾定律的範圍，也超過了飛機微處理器的商業開發、生產和最終過時的範圍（Military Aerospace 2001）。

道飛彈的攻擊（Strobel 2022）。[25] 這些飛彈的攻擊效能可能有限，但都必須讓美國增派應對的兵力（如陸軍的愛國者飛彈或海軍具有反彈道飛彈能力的驅逐艦），這都會延長美軍部署的時間，讓中國有更多時間解決臺灣。

　　中國發動攻臺戰爭，時間是成敗的因素。若能在美軍部署足夠兵力來協防臺灣之前，就將國軍的防衛壓倒或瓦解，則在既成事實之下，美國可能還是必須和中國尋求政治解決。已經被佔領的臺灣不但不能再成為美國的盟邦，反倒會變成中國用來對付美軍的基地。

三、中國的區域影響力在提升

　　從 2008 年金融危機之後，中國開始改變「韜光養晦」的國策，積極向外發展。作法包括：積極創建新的國際組織；取得國際事務的話語權、進而是領導權和仲裁權，以塑造對中國有利的國際規範。「亞洲基礎設施投資銀行」（亞投行）就是最好的例子。2014 年 10 月 24 日，中華人民共和國、印度、新加坡等 21 國在北京正式簽署《籌建亞投行備忘錄》（新華網 2014）。2015 年 6 月 29 日，《亞洲基礎設施投資銀行協定》在北京正式成立。2016 年 1 月 16 日至 18 日，亞洲基礎設施投資銀行的開業儀式在北京舉行。亞投行現有成員已經多達 105 個，包括 91 個正式成員和 14 個意向成員（中華人民共和國外交部 2022）。

　　在既有國際組織中擴大參與、爭取重要職位，以塑造對中國有利的國際規範與資源分配，並且防止出現對中國不利的提案或安排。2020 年，聯合國的 15 個專門機構中，已經有四個機構的領導人來自中國，這四個機構分別是聯合國糧農組織（FAO）、國際民航組織（ICAO）、國際電信

---

25 CSIS 的兵推顯示，一旦中國武力犯臺，中國軍方將可能向美國駐日本的空軍基地和太平洋航空母艦打擊群發射彈道飛彈，會摧毀若干美國空軍戰機，擊沉航母和其他美國艦艇（Strobel 2022）。

聯盟（ITU）和聯合國工業發展組織（UNIDO）。這個數字不僅遠遠超過其他四大聯合國常任理事國的擔任領導職位的人數，其他國家都不超過一個，也超出了 10 年前的數字（斯洋 2020）。中國利用這些國際組織的場域，積極宣傳「臺灣是中國一部分」的主張。例如 2022 年 9 月 24 日，中國外交部長王毅代表習近平在聯合國發表講話，稱臺灣自古以來就是中國的主權領土，並發誓堅決採取行動阻止分裂活動（Areddy 2022）。

積極投資跨國重大建設。習近平上臺一年之後的 2013 年，中國宣布啟動「絲綢之路經濟帶和 21 世紀海上絲綢之路」（The Silk Road Economic Belt and the 21st-century Maritime Silk Road），簡稱一帶一路（The Belt and Road Initiative, BRI），被視為習近平「大國外交」戰略的核心組成部分，是北京根據其不斷上升的實力和地位，在全球事務中發揮更大的領導作用的重要步驟。中國政府稱該倡議是「旨在加強區域互聯互通，擁抱更美好的未來」。

四、和中國對抗的代價可能十分驚人

美國專家曾經警告，美國在一系列關鍵技術方面已經落後太多，無法保持對北京的軍事或技術優勢（Flournoy and Brown 2022）。目前中國也在開發數位貨幣，這種轉變可能「使中國能夠部分規避目前對俄羅斯普京政權實施的那種國際制裁」。這是中國從烏克蘭戰爭中「吸取教訓」的一個例子，如果它決定對臺灣採取行動，美國及其盟國可能進一步努力在經濟上孤立中國，習近平一定會吸取這些在俄羅斯身上發生的教訓。在美國制裁傷害擴大前加速攻臺。這和當年日本因為侵略中國遭美國禁運的思維是相同的。

日本在 1937 年侵略中國，遭到美國經濟制裁，美國的目的是希望日

本能懸崖勒馬，但是日本不願意放棄既有的戰爭決策，美國就擴大制裁範圍，到了 1941 年宣布石油禁運。日本判斷禁運若持續下去，國內的石油儲量遲早會完全枯竭。到了那時候不僅無法持續在中國的戰爭，更重要的是沒有能力對抗美國、英國甚至蘇聯，因此必須在尚有餘力，美國還沒有完成戰時準備之前，發動戰爭奪取東南亞的石油和其他戰略物資，先求立於不敗態勢，然後再和美國講和。

如果把石油換成晶片，今天的局勢和八十年前有非常類似的地方。只不過當時的美日貿易關係遠不如今天美中貿易關係密切，但是今天的中國比起當年的日本有一項重大的優勢，就是它的戰略目標遠較當時日本為小。日本需要遠征東南亞、南太平洋才能達成奪取資源的目標，今天中國只需要將兵力投射到家門口的臺灣。筆者因此認為，「晶片戰爭」會加速而非減緩中共犯臺的腳步（Baker and Kanno-Toungs 2022）。

當然，仍然存在很多對中國攻臺不利的因素，包括：對美關係勢必大倒退，對中國的各項發展不利。

美國在 1979 年和中華人民共和國建交時，國會制定了「臺灣關係法」，言明美國對於臺灣的安全有承諾。未來若中國武力犯臺，如前面所說的，美國已經轉為「戰略清晰」，以軍事力量保衛臺灣的可能性應該極高。

然而所謂「出兵保臺」，其實不是簡單的一句話而已，中間有許多不同的層次，美國用以阻止中國攻臺，支援其外交、軍事目標的手段也不會只有一項。拜登和他政府中的任何人都沒有詳細說明「軍事介入」的具體含義，總統也沒有在以後的活動中回答要求更多細節的問題。但他給人留下的明確印象是，他的意思是美國軍隊將以某種方式部署到臺灣。但是在軍事行動的之前和過程中，美國的各項外交、經濟制裁勢必啟動。對中國的各項發展絕對不利，可能引發危機。

習近平早在 2017 年 10 月的「十九大」報告中，指出中國內部仍有不

少問題：

> 「我們的工作還存在許多不足，也面臨不少困難和挑戰。主要是：發展不平衡不充分的一些突出問題尚未解決，發展品質和效益還不高，創新能力不夠強，實體經濟水準有待提高，生態環境保護任重道遠；民生領域還有不少短板，脫貧攻堅任務艱巨，城鄉區域發展和收入分配差距依然較大，群眾在就業、教育、醫療、居住、養老等方面面臨不少難題；社會文明水準尚需提高；社會矛盾和問題交織疊加，全面依法治國任務依然繁重，國家治理體系和治理能力有待加強；意識形態領域鬥爭依然複雜，國家安全面臨新情況；一些改革部署和重大政策措施需要進一步落實；黨的建設方面還存在不少薄弱環節。這些問題，必須著力加以解決。」（新華社 2017）

這中間的關鍵，但也是點到為止的是「社會矛盾和問題交織疊加」「意識形態領域鬥爭依然複雜，國家安全面臨新情況」，黨的主要目標是政治安全，中國官員和國家媒體將其定義為「維護黨的領導、中國的社會主義制度和以習近平為核心的中央委員會的權威」。習近平和其他中共領導人認為，政治動盪和意識形態污染都可能威脅到這一秩序。在他們看來，蘇聯的共產主義註定要失敗，因為幾個原因：內部的腐敗、缺乏意識形態的承諾，以及黨對軍隊、特務等機構的控制不足。人們可以從這些威脅中直接劃出習近平的每一個標誌性舉措的路線：反腐運動、努力加強愛國主義教育，思想灌輸和黨對社會的滲透，以及推動黨對軍事和國內安全機構的控制。中國的「國家安全」概念是將這些看似不同的努力聯繫在一起的戰略概念（Greitens 2022）。這象徵著中國認為，就算沒有直接遭到外來的武裝攻擊，國家安全仍然不是鐵板一塊，依然在很多地方存在威脅。

　　中國是能源大進口國，2017 年中國超越美國，成為世界最大石油進口國。2018 年更超過日本，成為第一大天然氣進口國。根據中國石油集團經濟技術研究院公布數據顯示：中國 2018 年全年石油淨進口量達 4.4 億噸，年增 11%，石油對外依存度上升至 69.8%，比 2017 年上升 2.6 個百分點；而天然氣進口量 1,254 億立方公尺，年增 31.7%，對外依存度上升至 45.3%，2017 年為 39.1%，對進口能源的高度依賴，可能對中國的戰爭持續力非常不利（江泰傑 2019）。首先是進口能源通路可能遭反制；其次是能源的裝卸設施若遭攻擊，就會大幅影響能源安全。

　　面對中國在國際組織中的挑戰，拜登總統希望能籲請十幾個亞太國家加入一個新的鬆散定義的經濟集團「印太經濟架構」（Indo-Pacific Economic Framework, IPEF），旨在對抗中國的主導地位，並在他的前任川普總統將美國從它自己談判達成的全面貿易協定中撤出五年後，重新確立美國在該地區的影響力（Baker and Kanno-Toungs 2022）。該聯盟將使美國與日本、韓國和印度等地區強國團結一致，在世界上增長最快的地區建立新的商業規則，並為北京的領導地位提供替代方案。美國國務卿布林肯指出，該架構將是開放且具包容性，沒有要把任何人排除在外，包括臺灣在內（徐薇婷 2022）。但拜登對國內的自由派反對派持謹慎態度，他的新夥伴關係將避免傳統貿易協定的市場准入條款，引發人們對這種協定「意義有多大」的質疑。

　　拜登指出，美國正在為 21 世紀的經濟制定新規則，將幫助所有國家的經濟更快、更公平地增長。美國將形成的架構將側重於四個主要目標：協調努力以確保供應鏈安全、擴大清潔能源、打擊腐敗，並為更大的數位化貿易鋪平道路。這些目標看似平凡無奇，但長遠看來，這對中國繼續以黨控制的官僚資本主義繼續在國際經貿中攻城掠地必然形成障礙。中國的經濟成長在 2022 年已經明顯趨緩，若因為對臺侵略的政策遭到經濟制裁，

加上戰事不利或拖長，就極可能衝擊最高領導人的權力基礎。

　　中共「二十大」召開前，中國內政、外交都遭遇各種不確定性的挑戰，尤其是「鄧核心」時代的改革開放將何去何從，引發中國內外諸多疑慮。過去十年中，習近平政府的很多政策被認為在是對改革開放的逆轉，擠壓民營經濟導致「國進民退」，且進一步限制公民個人自由。新冠疫情的衝擊和習近平政府堅持的「動態清零」使得中國經濟前景愈發嚴峻。在國際上，強硬的對外政策導致中國與西方陣營關係緊張，越來越多政府和企業決策人開始重新審視他們的對中戰略（BBC 2022）。若習近平權力不穩，這些都可能成為清算他的基礎。

　　美國學者指出：「…在前兩個任期內，習近平改變了中國的國內安全方針，讓世界措手不及——起草了中國有史以來第一個國家安全戰略報告和一系列新的安全法，重組了國內安全機構，清洗和監禁了許多國安部門和軍方的高階領導人，建立了一個可能是人類有史以來最大最有效率的社會監控體系，並以很少有外部觀察家預測的速度加強了鎮壓。」（Greitens 2022），這些都意味著中共的統治並非這麼穩固。

　　中共「二十大」的政治報告，隱含的目標將是中國仍然意圖修改國際體系，不僅要保護傳統上理解的中國國家利益，還要透過外交和軍事的手段對內保護政權的安全和中共對權力的控制。

　　從北京的角度來看，將全面的國家安全概念外部化是有道理的。習近平一直以國內政治角度來看外部安全威脅，即外部的安全威脅若破壞黨在國內的統治，才是真正的安全威脅。因此，中共必將盡全力重新詮釋全球和地區安全治理的模式，使其更緊密地符合其政權的安全利益，並利用中國的外交政策作為確保其在國內權力的工具。臺灣不應低估中國這種新的外交政策方式的衝擊與風險。

肆、結語

　　美國的「不變更現狀」政策，對於臺灣方面「不變更現狀」的影響力，顯然是要比對北京為大。過去兩次臺海危機，中共都沒有大幅度變更現狀，但隨著其綜合實力的提升，很難保證北京還會再度克制。根據前面的分析，可以發現雖然實力的對比對北京來說有利，但關鍵性的眾多因素仍然是沒有人能確定的。包括中國所可能遭遇的經濟制裁強度、臺灣的抵抗時間、中共黨內是否會發生權力變化等。這些「不確定」因素都會影響中國最高領導人是否下達武力攻臺的決斷。

　　同時，領導人要採取一個決策，常常是因為「別無選擇」，但顯然「武力攻臺」並非中國統一臺灣唯一的選項。從 1979 年「葉九條」發布以來，中共一直宣稱「和平統一、一國兩制」是對臺政策的最高指導原則。如今要放棄這一原則，相當程度等於暗示過去在這方面的努力是毫無成效的，同時中國的建設、發展並沒有變的對「臺灣同胞」更具吸引力，這是一種對中國共產黨執政能力的否定。此外，政策是需要人來執行的。習近平的意志需要有手下官員設計具體的實施方法、調動資源、評估成效、克服困難並回報成果。基於官僚組織的慣性，這些官員不可能向習近平陳報他們的工作是失敗的，同時未來也沒有成功的希望。

　　因此，他仍可能會持續現有的「和平統一」策略。雖然看來很慢，但是沒有任何風險—美國和其他國家對於中國對臺的各項統戰、促統作為，無法要求中國停手，也不會因此制裁中國。但是當中國軍事實力讓他認為在美國調集足夠軍力前，就足以迅速排除臺灣的抵抗，那就是發動戰爭的時候。

　　過去，臺海危機的主要動機之一是中共希望利用危機開展與美國的政治接觸。因為當時中共政權還未廣泛為國際社會所接受，和美國進行政治

接觸有強化中共政權「正當性」的重要作用，兩次臺海危機都達到了這個目的，而為了達到這個目的，中共對武力的使用也有所節制。目前這個目標已經不需要，所以中共會更加高姿態。

中共發動臺海危機，就是要促統，而不是「反獨」。因此臺灣只要不統，無論採取多少自我反獨的作為，都很難真的遏止中共對臺灣的武力威脅。這個武力威脅，影響最大的因素是中共自己的軍事實力。當它認為軍事實力足夠達成其政治目標時，它就可能採取行動。因此這可以解釋陳水扁時代，中共為何沒有發動類似的危機。目前看來，中國軍事實力的擴張是持續的，美國戰略清晰的作為也是確定的。中方將可能把握目前美國戰略清晰尚未完全轉化成具體的援臺能力前，尋求適當時機發動戰爭，以武力達成統一目標。

參考文獻

中文文獻

BBC 中文網，2022，〈中共二十大「懶人包」：你可能想了解的幾個基本問題〉，https://www.bbc.com/zhongwen/trad/chinese-news-62889481，查閱時間：2023/07/31。

人民日報，1995，〈我國政府認為中美會談不應該繼續中斷下去 要美國五天內派出大使級代表 否則就不能不認為美國已經決心破裂會談〉，7月1日，https://cn.govopendata.com/renminribao/1958/7/1/1/#198988，查閱時間：2023/07/31。

中華人民共和國外交部，2023，〈亞洲基礎設施投資銀行〉，http://new.fmprc.gov.cn/web/wjb_673085/zzjg_673183/gjjjs_674249/gjzzyhygk_674253/yzjcsstzyh_700164/gk_700166/，查閱時間：2023/07/31。

江泰傑，2019，〈中國成全球能源進口第一大國 原油對外依存度今年破七成〉，https://news.cnyes.com/news/id/4271178，查閱時間：2023/07/31。

徐薇婷，2022，〈美國務卿：印太經濟架構具包容性 不會排除臺灣〉https://www.cna.com.tw/news/aopl/202204290011.aspx，查閱時間：2023/07/31。

斯洋，2020，〈中國參與爭奪國際組織權柄 是否謀取私利顛覆國際秩序〉，https://www.voacantonese.com/a/china-international-clout-20200910/5578135.html，查閱時間：2023/07/31。

新華社，2017，〈習近平：決勝全面建成小康社會 奪取新時代中國特色社會主義偉大勝利 ── 在中國共產黨第十九次全國代表大會上的報告〉，http://www.gov.cn/zhuanti/2017-10/27/content_5234876.htm，查閱時間：2023/07/31。

新華網，2022，〈國臺辦：美方打"臺灣牌""以臺制華"是在玩火〉，http://

www.gwytb.gov.cn/xwdt/xwfb/wyly/202205/t20220523_12438066.htm，查閱時間：2023/07/31。

蔣介石，1950a，《蔣介石日記》，1 月 18 日、1 月 27 日。

蔣介石，1950b，《蔣介石日記》，6 月 30 日。

蔣介石，1950c，《蔣介石日記》，6 月 28 日。

聯合國，2019，〈聯合國貿發會議：中國成為最大的資訊和通訊技術商品出口國〉，https://news.un.org/zh/story/2019/03/1030071，查閱時間：2023/07/31。

韓潔、何語欣，2014，〈21 國在京簽約決定成立亞洲基礎建設投資銀行〉http://news.xinhuanet.com/fortune/2014-10/24/c_1112965880.htm，查閱時間：2023/07/31。

英文文獻

ABC NEWS. 2021."Full transcript of ABC News' George Stephanopoulos' interview with President Joe Biden" https://abcnews.go.com/Politics/full-transcript-abc-news-george-stephanopoulos-interview-president/story?id=79535643 (Accessed on July 31, 2023).

Areddy, James T. 2022. "China Stresses Its Taiwan Stance at U.N" https://www.wsj.com/articles/china-stresses-its-taiwan-stance-at-u-n-11664046492 (Accessed on July 31, 2023).

Baker, Peter and Zolan Kanno-Youngs. 2022. "Biden Pledges to Defend Taiwan if It Faces a Chinese Attack" https://www.nytimes.com/2022/05/23/world/asia/biden-taiwan-china.html (Accessed on July 31, 2023).

CBS. 2022."Biden tells 60 Minutes U.S. troops would defend Taiwan, but White House says this is not official U.S. policy" https://www.cbsnews.com/news/ president-joe-biden-taiwan-60-minutes-2022-09-18 (Accessed on July 31, 2023)

David Sanger. 2022. "British Official Stresses Threat From China Even Amid Russian Aggression" https://www.nytimes.com/2022/10/10/us/politics/uk-gchq-china-russia.html (Accessed on July 31, 2023).

Flournoy, Michèle and Michael Brown. 2022. "Time Is Running Out to Defend Taiwan: Why the Pentagon Must Focus on Near-Term Deterrence" https://www.foreignaffairs.com/china/time-running-out-defend-taiwan (Accessed on July 31, 2023).

Greitens and Sheena Chestnut. 2022. "Xi Jinping's Quest for Order: Security at Home, Influence Abroad" https://www.foreignaffairs.com/china/xi-jinping-quest-order? utm_medium=newsletters&utm_source=fatoday&utm_campaign=Xi%20Jinping%E2%80%99s%20Quest%20for%20Order&utm_content=20221003&utm_term=FA%20Today%20-%20112017 (Accessed on July 31, 2023).

Kevin Liptak. 2021."Biden vows to protect Taiwan in event of Chinese attack" https://edition.cnn.com/2021/10/21/politics/taiwan-china-biden-town-hall/index.html (Accessed on July 31, 2023).

Military Aerospace. 2001. "F-22 avionics designers rely on obsolescent electronics, but plan for future upgrades" https://www.militaryaerospace.com/computers/article/16710716/f22-avionics-designers-rely-on-obsolescent-electronics-but-plan-for-future-up (Accessed on July 31, 2023).

Office of the Historian, Foreign Service Institute, United States of America. 1950. "Memorandum by the Joint Chiefs of Staff to the Secretary of Defense (Johnson)" https://history.state.gov/historicaldocuments/frus1950v06/d224

Office of the Historian, Foreign Service Institute, United States of America. 1952a. "The Chargé in the Republic of China (Rankin) to the Department of State" https://

history.state.gov/historicaldocuments/frus1952-54v14p1/d18

Office of the Historian, Foreign Service Institute, United States of America. 1952b. "The Secretary of State to the Embassy in the Republic of China" https://history.state. gov/historicaldocuments/frus1952-54v14p1/d24

Office of the Historian, Foreign Service Institute, United States of America. 1952c. "The Chargé in the Republic of China (Jones) 1 to the Department of State" https:// history.state.gov/historicaldocuments/frus1952-54v14p1/d25

Office of the Historian, Foreign Service Institute, United States of America. 1955. "Telegram From Ambassador U. Alexis Johnson to the Department of State" https://history.state.gov/historicaldocuments/frus1955-57v03/d1

Office of the Historian, Foreign Service Institute, United States of America. 1957. "Telegram From Ambassador U. Alexis Johnson to the Department of State" https://history.state.gov/historicaldocuments/frus1955-57v03/d304

Peter Baker and Zolan Kanno-Toungs. 2023."Biden to Begin New Asia-Pacific Economic Bloc With a Dozen Allies" https://www.nytimes.com/2022/05/23/ world/asia/biden-asian-pacific-bloc.html (Accessed on July 31, 2023).

Warren Strobel. 2022."War Game Finds U.S., Taiwan Can Defend Against a Chinese Invasion" https://www.wsj.com/articles/war-game-finds-u-s-taiwan-can-defend-against-a-chinese-invasion-11660047804 (Accessed on July 31, 2023).

臺灣民眾對中國大陸政府信任與評估：
兩岸開戰可能之分析 *

陳陸輝

（國立政治大學選舉研究中心特聘研究員暨
政治系合聘教授兼主任）

摘　要

　　本研究運用 2022 年 3 月「臺灣選舉與民主化調查」的電話訪問資料，分析影響民眾對中國大陸政府信任與否的因素時發現：民眾的政黨傾向、統獨立場，以及臺灣人／中國人認同都會影響民眾對中國大陸政府的信任程度。在馬政府時期，對總統在兩岸關係處理的滿意度以及對總統的信任度愈高，對中國大陸政府愈信任。相對地，在蔡總統執政時，對總統兩岸施政滿意度愈高或對總統信任度愈高者，愈不信任中國政府。我們也發現：民眾對中國政府信任程度愈高，愈不相信中國大陸會攻打臺灣。民眾認為兩岸關係是國家應該優先處理的問題時，則較傾向認為中國大陸會攻打臺灣。

　　透過 2022 年三月的民意調查，我們更能夠瞭解，民眾對中國大陸信任程度，與其戰爭預期的可能影響。對政策制定者來說，瞭解民眾對中國大陸政府的態度有助其掌握兩岸關係演變的因素，並提出更有效策略來處理兩岸可能的衝突。

關鍵字：兩岸關係、武力衝突、政治信任、總統滿意度

---

* 本文已發表在 2023 年 6 月出刊的《中國大陸研究》第 66 卷第 2 期，第 69-92 頁。作者感謝該期刊同意本書轉載。

壹、研究緣起

　　近年兩岸關係的發展，從 2019 年年初出現重要的轉折。蔡英文總統在元旦談話中，提出「必須正視中華民國存在的事實、必須尊重兩千三百萬人民對自由民主的堅持、必須以和平對等的方式來處理我們之間的歧異，以及必須是政府或政府所授權的公權力機構，坐下來談」的「四個必須」，以及建立「民生安全防護網、資訊安全的防護網，以及強化兩岸互動中的民主防護網」的「三個防護網」的兩岸關係論述。不過，隔天中國大陸國家主席習近平在《告臺灣同胞書》發表四十週年的紀念會中提出「一國兩制，臺灣方案」後，兩岸關係以及臺灣的選舉政治出現了更大的轉折。儘管「一國兩制」對臺灣並非新的議題，不過，蔡總統以堅決反對「一國兩制」為論述主軸予以強烈反擊，不但讓其在 2018 年地方選舉之後的低迷聲勢反轉，更隨的 2019 年 6 月的香港「反送中」運動的發酵，順利扭轉其 2016 年上任以來，因為推動一例一休、軍公教年金改革、同婚議題所引發的討論與爭議，而能當選連任（陳陸輝、俞振華 2021）。因此，民眾對於蔡英文總統的信任程度與兩岸關係，本來就在總統選舉扮演重要的角色，不過，我們想進一步了解，民眾對中國大陸政府的信任程度，是否開始在兩岸關係以及臺灣的選舉政治中，扮演一定的角色。

　　2022 年 2 月因為烏克蘭欲加入北大西洋公約組織，使得俄羅斯出兵，臺海之間的緊張關係也同樣成為國際世界的關注焦點。特別是在同年 8 月初，美國國會議長裴洛西女士訪臺之後，中國大陸更在臺海周邊發動連續數日的軍事演習。期間不但中共軍機跨越海峽中線、發射數枚導彈飛越臺灣上空，兩岸升高的緊張情勢更引起世界關注。因此，臺灣民眾對於兩岸是否會發生戰爭的認知，頗值得探討。本研究希望運用「臺灣選舉與民主化調查」（Taiwan's Election and Democratization Study, 以下簡稱：TEDS）

執行的電話訪問，分析影響民眾對中國大陸政府信任程度的因素，並進一步分析此一信任程度，對於民眾評估中國大陸會不會對臺灣發動戰爭的可能，是否產生重要的影響。

貳、文獻檢閱

兩岸之間的關係，若需要進一步進行對話，彼此之間的互信是重要的基礎。所謂「民無信不立」，信任是兩岸開啟和平對話的重要根基。

在政治學的相關研究中，民眾對於執政當局的信任，往往稱之為政治信任（political trust）。[1] 所謂的信任，是以今天的信任，換取明日的回饋。例如，銀行發出信用卡，讓消費者運用銀行對其「信用」的信任，任其先消費之後，再繳費付款。也因為這個信用或是信任的關係，讓我們的金融體系可以運作，消費力的增加對於經濟的增長更有莫大助益。在政治上也相同，人民的政治信任是對政府的信念（faith）（Hetherington 2005），人民相信把權威性的價值分配的權力交給執政者或是執政黨（聯盟）之後，執政當局會信守競選承諾，促進國家社會的繁榮及和平穩定。

民眾政治信任的起源，大致受到選民個人政治社會化的歷程、政府的表現以及制度的設計等因素所影響（Kornberg and Clarke 1992; Norris 1999）。所謂政治社會化的影響是指個人的成長歷程中，民眾政治學習到其既有政治傾向（political predispositions）。因此，以美國的研究來看，不同的種族、年齡層、教育程度的民眾，其政治信任程度頗為不同。自1970 年代以來，我們可以看出，相對來說，白種人的信任程度較非洲裔美國人為高。年長的選民信任程度較低，但年輕選民信任程度較高。同樣地，

1　以下的文獻討論可以參考陳陸輝（2003；2018）與 Citrin and Muste (1999)。

教育程度較高者政治信任程度較高（Abramson 1983；Blendon et al. 1997；Chanley 2002；Jennings and Niemi 1981）。臺灣的研究則發現：年長者以及教育程度較高者，政治信任程度較高。當然，不同政黨認同的民眾其政治信任程度也有變化。在國民黨執政時，國民黨認同者政治信任程度較高，換到民進黨執政時，民進黨的認同者變成對執政當局較為信任的一群（陳陸輝 2003；2018；盛治仁 2003）。

　　除了政治社會化之外，政府的施政表現當然是影響民眾政治信任高低的一環。畢竟「和平與繁榮」（peace and prosperity）是民眾選舉新的領導團隊的重要期待，因此，現任者的施政，能否持續維持國家社會的經濟發展、社會安定、民眾安居樂業，當然對於民眾的政治信任產生重要的影響，因此，Hetherington（1998）指出：民眾對總統的評價、對國會的評價、對政府施政的評價以及總體的經濟表現，均會影響民眾的政治信任。當然。不同政黨的執政，也許著重的面向不同。例如，同樣是處理經濟議題，美國的共和黨也許較注重控制通貨膨脹，而民主黨則希望降低失業率（Bartels 2008）。除此之外，如果民眾認為他們能夠參與政府的施政過程，或是認為政府對待他們是公平的或是平等的，其信任程度也較高（Hibbing and Theiss-Morse 2001；Kornberg and Clarke 1992）。當然，在突發事件出現時，如美國在 2001 年發生「911 恐怖攻擊」，民眾的政治信任度也會驟然提升（Chanley 2002），我們若從總統滿意度的調查中看到同樣的趨勢。[2] 在臺灣的研究也可以發現：當民眾認為國家過去的經濟情況變壞時，其政治信任也較低（陳陸輝 2003）。

　　另外一個面向則是政治制度。以美國的總統制為例，在 2016 年的選舉中，民主黨候選人希拉蕊獲得的選民票（popular votes）超出共和黨候

2　小布希 (George W. Bush) 總統的滿意度調查，可以參考 Gallup News 的網頁 (Gallup 2022a)。

選人川普近 3 百萬票，不過，因為總統選舉人團的制度，讓她與總統寶座失之交臂。可以想見其支持者對於川普的不滿或是氣憤。當然，川普總統在其就任期間的總統滿意度僅在 34％到 49％之間，平均僅 41％。[3] 相對而言，內閣制的國家，因為需要組織至少過半數代表（或是相對多數）的席次方能通過法案，因此，由民選的民意代表組閣可擁有較高的民意基礎，如果輔以國會選舉採用比例代表制度，那民意較能夠等比例地反映在政府的組成以及政策中，民眾應該對執政當局更為信任。

　　從兩岸關係的角度切入，兩岸要確保和平繁榮，一方面與我執政當局相關，另一方面則與臺灣民眾對中國大陸政府權威當局的信任有關。因此，民眾對於中國大陸會不會對臺灣發動戰爭的評估，我們運用政治信任的相關概念來加以討論。政治信任強調是人民對於政府的信心，意即：人民相信即使未加以監督，政府仍然會產出人民期待的結果。運用在兩岸關係上，我們也發現：兩岸在簽署《海峽兩岸經濟合作架構協議》（Cross-Strait Economic Cooperation Framework Agreement, ECFA）時，民眾對於是否能信任中國大陸會依照該協議執行，出現不少討論。因此，在兩岸的互動中，民眾對於中國大陸政府的信任程度是一個重要的解釋因素。

　　兩岸的和平穩定，也與國家治理密切相關。和平與繁榮是絕大多數人民希望政府執政應產出的「共識性議題」（valence issue）（Clarke et al. 2004；Sanders et al. 2011；Stokes 1963, 1992），因此，人民會相信政府應該會盡全力保障國家安全與民眾富裕。不過，當焦點轉移到兩岸關係時，其他因素也應納入考量。因為兩岸政治與軍事實力的差距與資源懸殊，因此，在兩岸的相處中，吳玉山（1997）以小國因應大國可能採取的策略而提出「抗衡」或「扈從」的選項。牛銘實（Niou 2008）則提出更為廣泛的架構，分別從中國大陸對臺灣的武力威脅、美國對臺灣的安全承諾、臺灣

3　川普 (Donald J. Trump) 總統的滿意度調查，可以參考 Gallup News 的網頁 (Gallup.2022b)。

的選舉政治以及中國大陸對臺灣的經濟吸引等四個面向來討論兩岸關係。隨著近年中國大陸的經濟崛起以及軍事力量快速發展，面對臺灣民主選舉下不同的執政團隊因政黨輪替而有不同的兩岸政策，因此，除了美國提供的安全承諾之外，兩岸之間會不會發生軍事衝突的另外一個重要關鍵，就是中國大陸政府是否有能力以及是否有意願對臺灣使用武力。從信任的角度看，當人民信任特定對象，是對其有感性上的認同，或是從理性上評估其將循一定規範而行事。因此，若是民眾對中國大陸政府信任，不論民眾是感性上認同或是理性上的算計，相對來說，應該較不認為大陸政府會對我採取軍事行動。因為，兩岸一旦開戰，不但直接傷害兩岸人民的感情，更對兩岸的經濟發展產生致命的衝擊。而當民眾不信任中國大陸政府，則不論是情感上的厭惡或是理性上覺得其不按常理而行，都應該覺得大陸有對臺發動戰爭的可能性。

本研究認為，民眾對於我領導當局的信任至為重要，延伸相關研究至兩岸關係時，本研究主張：兩岸若是需要進行理性對話，臺灣民眾對於中國大陸政府的信任程度，應該是我政府願意進一步與對方理性溝通的重要關鍵。當然，「民無信不立」，一旦朝野對中國大陸政府不具信心時，無法預測其可能採取的行為或是可能跨越紅線，則「兵凶戰危」的可能情境，也許不遠。因此，本研究在檢視影響民眾對中國大陸政府的信任程度之後，也將進一步分析，這個信任與否的狀態，是否會進一步影響其對於中國大陸是否攻臺的評估。

參、研究資料與研究假設

本研究將使用 TEDS 自 2013 年 3 月以後每季執行的電話訪問資料進行分析。TEDS 研究團隊，在 2012 年 9 月到 2016 年 6 月，每次電話訪問

成功至少 1,068 份問卷。在 2016 年 9 月到 2020 年 6 月，每次訪問包括市話至少 900 份，手機至少 300 份。該計畫自 2020 年 9 月以後，因為只使用手機的「唯手機族」比例大幅上昇，[4] 故每次訪問包括市話至少 700 份，手機至少 500 份。所有的電話訪問資料合併後依據性別、年齡、教育程度與地理區域四個變數與母群體的分布進行樣本檢定。當樣本與母群體之間的分布有顯著差異時，針對以上四類變數採用多變數反覆加權法（raking），直至樣本的分布與母群體的分布無統計上的顯著差異為止。

　　本研究係分析民眾對中國大陸政府的信任程度，該題目自 2013 年 3 月納入電訪問卷題目，每半年詢問一次。因此，自 2013 年 3 月、9 月到 2022 年的 3 月、9 月，歷年都有這些問題。同一次電訪中，也詢問民眾對於總統的信任程度。在 2022 年 2 月，俄羅斯入侵烏克蘭之後，該研究也在 3 月的電訪中請民眾評估中國大陸會不會攻打臺灣。此外，該調查自 2016 年開始，也詢問民眾認為我們國家最需要解決的問題。因此，本研究在分析時，將民眾認為最需要解決的問題回答兩岸關係者，重新編碼並納入分析。上述概念的具體問卷題目以及編碼方式，請參考附錄。

　　從信任的角度出發，影響民眾對中國大陸政府的信任因素，應該包括政治社會化的社會背景與重要的政治傾向。因此，我們納入受訪者的性別、年齡、教育程度、省籍、政黨傾向、統獨立場以及臺灣人／中國人自我認定等變數。至於政府表現部分，我們納入民眾對總統的信任度、總統在兩岸關係施政表現的評價，為兩大類政府表現的變數。我們假設民眾具有以下背景者，對中國大陸政府信任較高：省籍為大陸各省、泛藍認同者、有中國認同、具有統一傾向以及對國民黨的馬英九總統兩岸關係的施政滿意度較高，以及對馬英九總統較為信任者。

4　依據 TEDS 在 2021 年進行的調查顯示，僅使用手機而不使用市話的民眾，大約佔全體民眾的四成（40.84％），請參閱陳陸輝（2021a）。

　　進一步檢視民眾對於中國大陸會不會攻打臺灣的議題上，儘管 2022 年 10 月底閉幕的中共「二十大」中，中共總書記習近平重申，不放棄任何統一臺灣的手段，包括使用武力。不過，自俄烏戰爭以來，臺灣民眾又如何評估中共攻打臺灣的可能？又有哪些因素影響民眾對兩岸戰爭風險的評估。除了上述的變數之外，我們另外納入民眾對中國大陸政府的信任程度、民眾認為兩岸關係是總統應該優先處理的議題等兩個因素，檢視是否對中國大陸政府信任愈高者愈不認為兩岸會發生戰爭。

肆、資料分析

　　政治信任是政府治理的基礎，而民眾對於我國總統的信任程度如何？從表 1 中可以發現：民眾在 2014 年 3 月時對於馬總統的信任度僅 3.4 左右，遠不如在 2022 年 3 月對蔡總統的接近 6.0。這也許是因為前者正歷經太陽花學運而聲勢低迷，[5] 後者則因為防疫工作受到民眾肯定，而具有一定的支持度有關。我們看到同一個時間點，民眾對中國大陸政府的信任程度，分別是 2.4 與 2.1，這個情況顯示了：民眾對中國大陸政府的信任程度較為低落，且遠低於對我總統的信任度。在 2014 年差距大約 0.9 個刻度，到了 2022 年則高達 3.8 個刻度。

表 1：民眾在兩個年度對總統與大陸政府信任程度的描述性統計

	2014 年 3 月			2022 年 3 月		
	個數	平均數	標準差	個數	平均數	標準差
總統信任度	1042	3.40	2.84	1160	5.98	2.90
中國政府信任度	1023	2.44	2.43	1128	2.11	2.44

資料來源：黃紀 2016；陳陸輝 2022。

---

5 該次電話訪問在 2014 年 3 月 24 日到 3 月 30 日之間執行。

　　若以圖1觀之，民眾對馬總統的信任度與對中國大陸政府的信任程度，兩者關係較為緊密且大致呈現正相關，儘管兩者都不太高。在2013年3月到2016年3月之間，民眾對馬總統的信任度平均為3.73，對中國大陸政府信任程度為2.57。相對而言，在2016年9月到2022年3月之間，民眾對蔡總統的信任度為5.36，但對中國大陸政府的信任程度則為2.64，且兩者為負相關。

圖1：民眾對總統與中國大陸政府信任度的分布趨勢

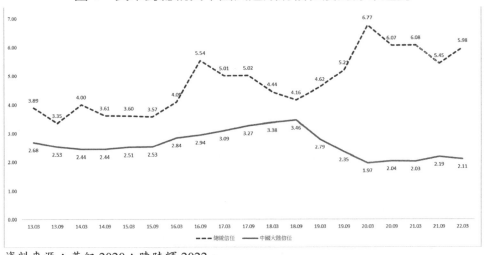

資料來源：黃紀2020；陳陸輝2022。

　　圖1呈現另外一個有趣現象：在蔡總統上任後，我們發現除了在2016年9月的調查時，對蔡總統的信任出現5.54的高峰，但卻一路下跌到2018年9月4.16的最低點。同一時段，卻看到民眾對於中國大陸政府的信任程度一路上升到2018年9月的3.46，兩者之間的差距僅0.7個刻度。不過，隨著2019年1月初，中國大陸國家主席習近平提出「一國兩制，臺灣方案」，民眾對大陸政府的信任程度又迅速下降，隨著當年6月香港

「反送中」運動的升高，我們看到蔡總統的聲望在 2019 年 9 月持續上升，民眾對中國大陸的信任持續下降。直到 2020 年 3 月總統選舉結束，蔡總統在順利連任之後其信任度高達 6.77。相對而言，民眾對中國大陸的信任度則跌到 1.97，這是本研究運用的系列民調中最低點。其後民眾對中國大陸政府的信任度在 2.03 到 2.11 之間微幅震盪，對蔡總統的信任度則在 5.45 到 6.08 之間波動。

從圖 1 中我們大致發現幾個趨勢：在國民黨的馬英九總統執政時，兩者之間的相關程度較大，但是在民進黨的蔡英文總統執政後，兩者之間呈現反向關係。因此，若以「後見之明」解析，民眾對中國大陸政府的信任程度一向低落，蔡總統自 2019 年對中國大陸採取較為強硬的態度之後，我們看到 2019 年 3 月，民眾對蔡總統的信任程度上升，對中國大陸政府的信任程度下降。因此，當民進黨執政時，是否要透過強烈「反中」，才能夠提升民眾對其的信任程度？或是當中國大陸對臺灣或是香港採取較不友善的言詞或是行為時，會影響民眾對其的信任度？此一議題頗值得後續研究。

為了進一步瞭解，影響民眾對中國大陸政府信任程度的高低，我們如前所述納入相關的變數進行檢驗，表 2 為 2014 年 3 月與 2022 年 3 月的分析結果。採用這兩個時間點的原因，係 2022 年 3 月的 TEDS 電話訪問具有這些變數，我們就找對應的總統任職期間的國民黨執政時期的資料，據以進行比較分析。從表 2 中我們可以發現：在兩次調查中，影響民眾對中國大陸政府的信任程度高低，包括民眾的政黨傾向、統獨立場、臺灣人／中國人認同以及對總統在兩岸關係施政的滿意度。民眾具有泛藍政黨認同、傾向統一或是維持現狀的立場、具有臺灣人與中國人的雙重認同者，較泛綠政黨認同、傾向獨立以及具有臺灣人認同的民眾，更傾向相信中國大陸政府。以統獨立場而言，民眾傾向統一者相對於傾向獨立的民眾，其

對中國大陸政府的信任程度高出 1.7（2014 年）到 2.0（2022 年）個刻度，維持現狀者也較傾向獨立者，高出 0.3（2014 年）年到 0.5（2022 年）個刻度。相較於具有臺灣人認同的選民，具有雙重認同的選民對中國大陸的信任程度高出 0.6（2014 年）到 1.0（2022 年）個刻度。而在馬總統時期，認為總統兩岸關係處理得較好，或是在蔡總統時期認為兩岸關係處理較差者，愈信任中國大陸政府。馬總統時代，滿意總統在兩岸關係上的處理時是增加 0.3 個刻度，蔡總統時代則減少 0.3 個刻度，兩者的估計係數的絕對值相近但卻方向相反。此外，在馬總統時期，愈信任馬總統者，信任中國大陸政府程度增加 0.2 個刻度。除此之外，男性、小學教育程度、本省客家的選民，較女性、大學教育程度以及本省閩南的民眾，更為信任中國大陸政府。不過，上述變數在兩次調查中，僅有一次達到統計上的顯著程度，後續值得進一步的分析與探究。

表 2：民眾對中國大陸政府信任因素的迴歸分析
（2014 年與 2022 年的比較）

	2014 年 3 月				2022 年 3 月			
	係數	S.E.	t- 值	Sig.	係數	S.E.	t- 值	Sig.
（常數）	.235	.235	1.002	.317	2.571	.287	8.962	.000
性別（男性＝ 0）								
女性	-.582	.133	-4.366	.000	-.042	.130	-.323	.747
年齡（五分類）	.010	.056	.177	.860	-.085	.051	-1.658	.098
教育（大專＝ 0）								
小學教育	.264	.248	1.064	.288	.809	.255	3.170	.002
中學教育	.241	.146	1.649	.100	.132	.141	.931	.352
省籍（本省閩南 =0）								
大陸各省	.247	.231	1.071	.284	.412	.214	1.923	.055
本省客家	.108	.207	.522	.602	.358	.180	1.991	.047
政黨傾向（泛綠 =0）								

	2014 年 3 月				2022 年 3 月			
	係數	S.E.	t- 值	Sig.	係數	S.E.	t- 值	Sig.
傾向泛藍	.383	.201	1.903	.057	.683	.201	3.403	.001
無政黨傾向	.392	.164	2.397	.017	.035	.322	.109	.913
統獨立場（獨立 =0）								
傾向統一	1.702	.253	6.716	.000	2.031	.281	7.237	.000
維持現狀	.330	.155	2.128	.034	.513	.146	3.518	.000
自我認同（臺灣人 =0）								
認同中國人	-.113	.389	-.290	.772	1.068	.420	2.541	.011
雙重認同	.603	.156	3.873	.000	1.022	.166	6.177	.000
總統兩岸滿意度	.324	.073	4.440	.000	-.326	.075	-4.342	.000
總統信任度	.215	.032	6.753	.000	-.039	.037	-1.071	.284
模型資訊	樣本數 =943				樣本數 = 1037			
	調整後 R^2=0.319				調整後 R^2=0.296			

說明：S.E.: 標準誤；Sig: 顯著程度。
資料來源：黃紀 2016; 陳陸輝 2022。

　　因此，從初步的統計分析我們可以發現：民眾既定的政治立場，左右其對中國大陸政府的信任程度。當然，民眾對於政府在兩岸關係上的表現，也影響其信任度。不過，往往因執政黨派的不同，而出現不同的反應。臺灣民眾的政治信任，往往不同政治立場的民眾在換了不同顏色的執政黨後出現改變。本研究也發現，不同政黨執政下，民眾對總統的信任程度以及對兩岸關係的滿意度，也對中國大陸政府的信任度，出現重要的變化。

　　我們進一步檢視民眾評估中國大陸是否會攻打臺灣的可能性，民眾以 0 代表中共絕對不會攻打臺灣，10 代表中共一定會攻打臺灣，我們從表 3 中可以發現在 2022 年 3 月，民眾認為中共會攻打臺灣（0 到 10 之間）的可能性是 4.4，標準差為 2.5，顯示民眾有較低的比例認為中共會攻打臺灣。當然，我們重新編碼，以 0 到 4 表示「不太可能攻打」以 5 表示「一半一半」，以 6 到 10 表示「較可能會攻打」，民眾認為不太可能攻打的比例

約三成七，近三成表示「一半一半」，覺得較可能攻打的約兩成六，另有約 8 個百分點沒有表示具體意見。因此，在 2022 年三月進行調查時，民眾認為中共會攻打臺灣的比例是低於不會攻打的比例。

表 3：民眾對中共可能攻打性評估

敘述統計	個數	最小值	最大值	平均數	標準差
	1107	0	10	4.43	2.50
次數分配	個數	不太可能攻打	不一定	較可能會攻打	無反應
	1203	36.8%	29.0%	26.2%	8.0%

說明：該電話訪問執行時間為 2022 年的 3 月。
資料來源：陳陸輝 2022。

我們進一步分析可以發現，表 4 中主要解釋中共會不會攻打臺灣的因素，當為對中國大陸政府的信任度，民眾的信任程度每增加 1 個刻度，認為大陸會攻打臺灣的可能性就降低 0.084 個刻度。因此，民眾對中國大陸政府的信任度愈高，愈不認為其會攻打。認為臺灣應該優先處理兩岸關係的民眾，有較高的比例認為中共會攻打臺灣，其可能性提高了 0.454 個刻度。另外兩個值得注意的變數，分別是教育程度與臺灣人／中國人認同。大專教育程度（$p=0.063$）與中國人認同者，相較於小學教育程度者與雙重認同者（$p=0.059$），較傾向認為中共會攻打臺灣。不過，上述兩個變數並未達到雙尾統計檢定的顯著程度。因此，儘管 2022 年 2 月，俄羅斯入侵烏克蘭，國際媒體開始關注兩岸會不會成為另外一個兵戎相見的區域時，臺灣民眾對於中國大陸是否會攻打臺灣仍然抱持著較為保留的態度。因此，諸多解釋臺灣民眾對於中國大陸政府信任程度的變數，無法說明他們對於中共是否動用武力的評估。除此之外，表 4 中民眾的統獨立場對其預期中國大陸是否攻打臺灣並不具有顯著的解釋力，我們運用單因子變異數分析（見附錄表 2）發現：不同政黨立場民眾對中共攻臺可能性的評估，

並不具備顯著的差異。因此，在表 4 的複迴歸分析中，該變數也並不顯著，也並非該變數與其他變數之間具有共線性（multi-collinearity）所致。當然該模型適合度檢定的 R^2 僅 0.013，很有可能是因為模型相關變數的變異程度不足或是未能納入其他重要解釋變數，也有可能是因為社會科學中測量的誤差所導致（Achen 1982），值得未來的研究針對上述議題再深入研究。[6]

表 4：影響民眾對中共攻臺可能行評估的迴歸分析

	未標準化係數		標準化係數			共線性統計量	
	係數	S.E.	Beta	t- 值	Sig.	允差	VIF
（常數）	4.320	.600		7.201	.000		
性別（男性＝ 0）							
女性	-.008	.156	-.002	-.051	.959	.941	1.062
年齡（五分類）	.086	.061	.050	1.409	.159	.778	1.285
教育（小學＝ 0）							
中學教育	.297	.298	.060	.995	.320	.272	3.672
大專教育	.572	.308	.118	1.860	.063	.244	4.106
省籍（本省閩南 =0）							
大陸各省	.182	.261	.023	.698	.485	.869	1.151
本省客家	.025	.215	.004	.116	.908	.958	1.044
政黨傾向（泛藍 =0）							
傾向泛綠	-.202	.185	-.042	-1.092	.275	.675	1.482
無政黨傾向	-.372	.402	-.031	-.926	.355	.887	1.127
統獨立場（統一 =0）							
傾向獨立	-.046	.305	-.009	-.150	.881	.273	3.663
維持現狀	.023	.273	.005	.084	.933	.312	3.210
自我認同（中國人 =0）							
認同臺灣人	-.244	.382	-.048	-.638	.524	.175	5.711
雙重認同	-.706	.374	-.132	-1.890	.059	.200	5.000
總統兩岸滿意度	-.030	.072	-.017	-.415	.678	.566	1.767

---

6 作者感謝《中國大陸研究》期刊審查人的提醒。

	未標準化係數		標準化係數			共線性統計量	
	係數	S.E.	Beta	t-值	Sig.	允差	VIF
兩岸關係優先	.454	.165	.091	2.755	.006	.905	1.105
中國政府信任度	-.084	.038	-.085	-2.242	.025	.689	1.451
模型資訊	樣本數 =1005						
	調整後 R^2=0.013						

說明：S.E.：標準誤；Sig.：顯著程度。
資料來源：陳陸輝 2022。

伍、結論

　　本研究分析影響臺灣民眾對中國大陸政府信任的因素，以及對於中共攻打臺灣可能的評估。我們發現：藍綠兩黨執政時，影響上述兩個變數的因素略有不同。在國民黨執政時期，民眾對總統的信任程度與對中國大陸政府的信任程度呈現正相關，不過，兩個趨勢的分布相對都是較低。在民進黨執政時，我們則發現兩個是負相關，當民眾對我總統的信任度下降時，對中國大陸政府的信任度反而上升。

　　我們進一步分析可以發現：民眾的政黨傾向具有泛藍認同、統獨立場傾向統一或是維持現狀、具有雙重認同者，相較於泛綠認同、傾向獨立以及臺灣認同者，對中國大陸政府的信任程度較高。在馬英九執政時，對總統在兩岸關係的處理較滿意或是對總統信任程度較高者，對中國大陸政府的信任程度較高。在民進黨執政時，民眾對蔡總統在兩岸關係處理的滿意度愈低、對蔡總統的信任度愈低，對中國大陸政府的信任程度愈高。至於總滿意度與民眾對中國大陸政府信任程度之間理論上的關聯，雖非本研究試圖處理的問題，但未來研究如果想具體解釋民眾對中國大陸政府信任的高低，也許可以從本文前述的政治信任研究相關的文獻，納入社會化經驗、對政府表現評估以及制度上的差異或是評價，較能完整解釋民眾對於中國

大陸政府信任程度的差異。

　　儘管在 2022 年三月進行調查時，民眾認為中共不會攻打臺灣的比例，較認為會攻打的比例僅超過一成，我們進一步分析時發現：具有大專教育程度者或認為兩岸關係的問題應該優先處理者，較國小教育或是覺得其他問題較為重要者，對中共會攻打臺灣的評估較為憂心。另一方面，民眾對中國大陸政府愈信任者，或是在臺灣人／中國人認同上具有雙重認同者，較不認為中共會攻打臺灣。

　　儘管中國大陸軍機持續擾臺，不過似未帶給民眾更為具體的中共武力威脅的感受。但是在 2022 年 8 月初，中共再次對臺灣進行大規模軍演，此一威脅的感受是否隨之提高？就目前可得的資料，並無相關的資訊可以進一步分析。因此，我們預期在有進一步的資料公布之後，可以深入分析相關的變化，看影響民眾對中國大陸政府的信任度以及對中共攻臺的評估，是否出現重要的變化。

　　儘管本研究屬於初探性質，不過從學術研究成果的積累角度出發，我們也希望提供對相同議題研究之理論化的建議。從中國大陸對臺灣發動戰爭的議題與討論出發，我們可以思考的問題包括：中國大陸有沒有能力動武、有沒有意願採取武力的手段、一旦發動戰爭則可能引起的後果。就軍事能力以及意願上，目前似為肯定，我們最應該考量與可能延伸的議題，是兩岸發生戰爭的所產生的政治與經濟後果。從烏俄戰爭中可以看到，俄羅斯入侵烏克蘭之後，其所遭遇到相關人員傷亡以及國際制裁，而戰爭發生在烏克蘭境內所造成的軍事人員與平民的傷亡以及建築物的損毀，真的印證了「戰爭沒有贏家」。因此，我們如果套用前述牛銘實提出的中國大陸對臺灣的武力威脅、美國對臺灣的安全承諾、臺灣的選舉政治，以及中國大陸對臺灣的經濟吸引等四個面向，其大致結合了國際、臺灣、中國大陸以及兩岸互動等四個面向作為觀察的關注重點。當然，如果從烏俄戰爭

中歐盟的角色，我們可以將美國以及日本兩國的結盟情況納入國際／區域對我支持之思考。兩岸密切的經貿關係，也讓戰爭帶來的風險：對人民來說，是從和平到顛沛流離；從繁榮轉為百廢待舉。就臺灣當前的策略來說，如果引用吳玉山（1997）的「抗衡」或是「扈從」策略之外，我們也可以從陳陸輝（2021b）的感性認同、理性算計以及政治情緒三個角度出發，討論臺灣民眾對於中國大陸發動戰爭可能性評估的理論架構。從該研究延伸至本研究的討論，在對中國大陸的信任，除了包括民眾對於大陸的情感上的認同、對於大陸市場經濟誘因的理性算計之外，也許可以納入民眾在兩岸關係緊張或是和諧的評估中，民眾對於該情況的歸因，這當然與民眾對於兩岸執政當局在政治情緒上的差異相關。例如，如果民眾對一方的政府覺得憤怒，對於另一方政府認為充滿希望，自然對於戰爭的風險會有不同的評估。

　　我們謹引用《孫子兵法》：「兵者，國之大事，死生之地，存亡之道，不可不察也。」期待兩岸的領導人，應該戒慎恐懼，謹慎處理兩岸事務。

附錄：主要變數編碼

1. 性別：以女性為 1 男性為對照組 0。

2. 年齡：依照當年訪問時詢問的年齡，轉化為五個類別。20 多歲編碼為 1；30 多歲編碼為 2；40 多歲編碼為 3；50 多歲編碼為 4；60 歲及以上編碼為 5。

3. 省籍：以本省閩南為對照組，分別以大陸各省以及本省客家建立兩個虛擬變數。其他樣本數不納入分析。

4. 教育程度：分別編碼為「國小及以下」為小學；國、高中為中學；專科與大學為「大專」三個類別，兩個模型各以大專教育或是小學教育為對照組，另外兩個類別為虛擬變數。

5. 政黨傾向：利用以下幾個問題建構：

   （1）目前國內有幾個主要政黨，請問您是否偏向哪一個政黨？

   （2）（回答有者）請問是哪一個政黨？

   （3）（回答其他答案者）那相對來說，請問您有沒有稍微偏向哪一個政黨？

   （4）（回答有者）請問是哪一個政黨？

   我們以上述有表示政黨傾向者加以歸類為「傾向泛藍」認同者（包括國民黨、親民黨與新黨）以及「傾向泛綠」認同者（包括民進黨、建國黨、臺灣團結聯盟、時代力量以及臺灣民眾黨）。至於沒有表示具體傾向者，編碼為「無政黨傾向」。兩個模型中各以「傾向泛綠」以及「傾向泛藍」，做為對照組，其他類別為虛擬變項。

6. 統獨立場的測量題目為：

   關於臺灣和大陸的關係，這張卡片上有幾種不同的看法：

1：儘快統一	2：儘快獨立
3：維持現狀，以後走向統一	4：維持現狀，以後走向獨立
5：維持現狀，看情形再決定獨立或統一	6：永遠維持現狀

請問您比較偏向哪一種？

我們將「儘快統一」與「維持現狀，以後走向統一」編碼為「傾向統一」，而將「儘快獨立」與「維持現狀，以後走向獨立」編碼為「傾向獨立」，另外將「維持現狀，看情形再決定獨立或統一」與「永遠維持現狀」編碼為「維持現狀」。兩個模型各以「傾向統一」或是「傾向獨立」為對照組，另外兩個類別為虛擬變項。

7. 「臺灣人／中國人」自我認定的測量題目為：

在我們社會上，有人說自己是「臺灣人」，也有人說自己是「中國人」，也有人說都是。請問您認為自己是「臺灣人」、「中國人」，或者都是？

我們編碼為「認同臺灣人」、「雙重認同」與「認同中國人」三個類別，兩個模型各將「認同臺灣人」或是「認同中國人」作為對照組，另外兩個類別為虛擬變項。其餘不納入分析。

8. 總統兩岸滿意度

那您對他（現任總統）在處理兩岸關係的表現滿不滿意？

將受訪者回答的回答中，「非常滿意」編碼為 5、「有點滿意」編碼為 4、「不太滿意」編碼為 2、「非常不滿意」編碼為 1，其他編碼為 3。

9. 總統信任度

在您對馬英九／蔡英文總統的信任方面，如果 0 代表非常不信任，10 代表非常信任，0 到 10 請問您會給馬英九／蔡英文多少？

編碼方式將 0～10 的評分留下，其他不納入分析。

10. 兩岸關係優先

在以下幾個我們國家面對的問題中，除了防疫之外，您覺得蔡英文總統應該最優先處理 哪一個？是兩岸關係？教育政策？年金改革？經濟發展？司法改革？還是轉型正義？

那其次呢？

當受訪者在最優先處理或是其次應該處理的問題中提到兩岸關係，編碼為 1，其餘為 0。

11. 對中國政府信任

接下來我們想請問，您認為中國大陸政府可不可以信任，如果 0 代表非 常不可信，10 代表非常可信，從 0 到 10 請問您會給多少？

編碼方式將 0～10 的評分留下，其他不納入分析。

12. 對大陸攻打臺灣的評估

我們社會上有些人認為中共會攻打臺灣，有些人認為不會。如果以 0 代表中共絕對不會攻打臺灣，10 代表中共一定會攻打臺灣，那麼 0 到 10 之間，您認為中共攻打臺灣 的機會有多大？

編碼方式將 0～10 的評分留下，其他不納入分析。

兩次調查各項變數的描述性統計，請見以下的附錄表 1。

附錄表 1：本研究使用變數之敘述統計

	最小值	最大值	2014 年 3 月			2022 年 3 月		
			個數	平均數	標準差	個數	平均數	標準差
女性	0	1	1101	.505	.500	1203	.510	.500
小學教育	0	1	1101	.173	.379	1203	.119	.324
中學教育	0	1	1101	.427	.495	1203	.392	.488
大專教育	0	1	1101	.395	.489	1203	.484	.500
大陸各省	0	1	1039	.099	.299	1124	.110	.313
本省閩南	0	1	1039	.782	.413	1124	.737	.440
本省客家	0	1	1039	.118	.323	1124	.153	.360
傾向泛藍	0	1	1101	.294	.456	1203	.150	.358
無政黨傾向	0	1	1101	.383	.486	1203	.049	.215
傾向泛綠	0	1	1101	.323	.468	1203	.444	.497
傾向統一	0	1	1101	.105	.307	1203	.072	.258
維持現狀	0	1	1101	.584	.493	1203	.553	.497
傾向獨立	0	1	1101	.239	.427	1203	.318	.466
認同臺灣人	0	1	1101	.611	.488	1203	.649	.478
雙重認同	0	1	1101	.321	.467	1203	.291	.454
總統兩岸滿意度	1	5	1101	2.346	1.210	1203	3.128	1.394
總統信任度	0	10	1042	3.398	2.840	1160	5.976	2.900
中國政府信任度	0	10	1023	2.441	2.433	1128	2.111	2.444
中國攻打臺灣	0	10	---	---	---	1107	4.434	2.504
兩岸關係優先	0	1	---	---	---	1203	.362	.481

資料來源：黃紀（2016）；陳陸輝（2022）。

附錄表 2：不同政黨立場對中國大陸攻打臺灣可能性的變異數分析

	樣本數	平均數	標準差	標準誤	統計資訊
偏好泛藍	172	4.33	2.70	0.21	$F_{(2,728)}=0.082$ $p=0.922$
無傾向	50	4.48	2.52	0.36	
偏好泛綠	509	4.34	2.32	0.10	
總和	731	4.34	2.43	0.09	

資料來源：陳陸輝（2022)。

參考文獻

中文文獻

吳玉山，1997，《抗衡或扈從：兩岸關係新詮》，臺北：正中。

盛治仁，2003，〈臺灣民眾民主價值及政治信任感研究：政黨輪替前後的比較〉，《選舉研究》，10 (1)：115-169。Sheng, Zhi-ren. 2003.

陳陸輝，2003，〈政治信任、施政表現與民眾對臺灣民主的展望〉，《臺灣政治學刊》，7 (2)：149-188。

陳陸輝，2018，《信心危機：臺灣民眾的政治信任及其政治後果》，臺北：五南圖書。

陳陸輝，2021a，〈2020 年至 2024 年「選舉與民主化調查」四年期研究規劃 (1/4)：2021 年大規模基點調查面訪案〉，行政院國家科學委員會補助專題研究計畫，計畫編號：MOST 109-2740-H-004 -004 -SS4，臺北：行政院國家科學委員會。

陳陸輝，2021b，《臺灣民意與兩岸關係》，臺北：五南圖書。

陳陸輝，2022，〈2020 年至 2024 年「臺灣選舉與民主化調查」研究規劃計畫（三）〉，行政院國家科學委員會補助專題研究計畫，計畫編號：MOST 109-2740-H-004 -004 -SS4，臺北：行政院國家科學委員會。

陳陸輝、俞振華，2021，〈2020 年總統選舉的回顧與影響〉，陳陸輝主編，《2020 年總統選舉：新時代的開端》，臺北：五南圖書。

黃紀，2016，〈2012 年至 2016 年「臺灣選舉與民主化調查」四年期研究規劃〉，行政院國家科學委員會補助專題研究計畫，計畫編號：NSC101-2420-H-004-034-MY4，臺北：行政院國家科學委員會。

黃紀，2020，《2016 年至 2020 年「臺灣選舉與民主化調查」四年期研究規劃》，行政院科技部補助專題研究計畫，計畫編號：MOST105-2420-H-004-015-

SS4，臺北：行政院科技部。

英文文獻

Abramson, Paul R. 1983. *Political Attitudes in American: Formation and Change.* San Francisco: W.H. Freeman and Company Press.

Achen, Christopher H. 1982. *Interpreting and Using Regression.* Newbury Park: Sage.

Bartels, Larry M. 2008. *Unequal Democracy: The Political Economy of the New Gilded Age.* Princeton: Princeton University Press.

Blendon, Robert J., John M. Benson, Richard Morin, Drew E. Altman, Mollyann Brodie, Mario Brossard, and Matt James. 1997. "Changing Attitudes in America." In Joseph S. Nye, Jr., Philip D. Zelikow, and David C. King, eds., *Why People Don't Trust Government.* Cambridge: Harvard University Press.

Chanley, Virginia A. 2002. "Trust in Government in the Aftermath of 9/11: Determinants and Consequences." *Political Psychology,* 23 (3): 469-83.

Citrin, Jack, and Christopher Muste. 1999. "Trust in Government." In John P. Robinson, Philip R. Shaver, and Lawrence S. Wrightsman, eds., *Measures of Political Attitudes.* Cal.: San Diego Press.

Clarke, Harold D., David Sanders, Marianne C. Steward, and Paul Whiteley. 2004. *Political Choice in Britain.* Oxford: Oxford University Press.

Gallup.2022a."Presidential Approval Ratings: George W. Bush"https://news.gallup.com/poll/116500/presidential-approval-ratings-george-bush.aspx (May 17, 2022)

Gallup.2022b."Presidential Approval Ratings: Donald Trump" https://news.gallup.com/poll/203198/presidential-approval-ratings-donald-trump.aspx (May 17, 2022)

Hetherington, Marc J. 1998. "The Political Relevance of Political Trust." *American Political Science Review,* 92: 791-808.

Hetherington, Marc J. 2005. Why Trust Matters: Declining Political Trust and the Demise of American Liberalism. Princeton, NJ: Princeton University Press.

Hibbing, John R., and Elizabeth Theiss-Morse. 2001. "Process Preference and American Politics: What the People Want Government to Be." *American Political Science Review*, 95: 145-53.

Jennings, M. Kent, and Herbert Niemi. 1981. *Generations and Politics: A Panel Study of Young Adults and Their Parents*. Princeton, N. J.: Princeton University Press.

Kornberg, Allan, and Harold D. Clarke. 1992. *Citizens and Community: Political Support in a Representative Democracy*. Cambridge: Cambridge University Press.

Niou, Emerson. 2008. "The China Factor in Domestic Politics." In Philip Paolino and James Meernik, eds., *Democratization in Taiwan: Challenges in Transformation*. Hampshire: Ashgate.

Norris, Pippa. ed. 1999. *Critical Citizens Global Support for Democratic Government*. New York: Oxford University Press.

Sanders, David, Harold D. Clarke, Marianne C. Stewart, and Paul Whiteley. 2011. "Downs, Stokes and the Dynamics of Electoral Choice." *British Journal of Political Science,* 14: 287-314.

Stokes, Donald E. 1963. "Spatial Models of Party Competition." *American Political Science Review,* 57: 367-77.

Stokes, Donald E. 1992. "Valence Politics." In Dennis Kavanagh, ed., *Electoral Politics*. Oxford: Clarendon Press.

論壇 26

中共「二十大」政治菁英甄補

主　　　編	陳德昇

發 行 人	張書銘
出　　　版	**INK** 印刻文學生活雜誌出版股份有限公司
	新北市中和區建一路249號8樓
	電話：02-22281626
	傳真：02-22281598
	e-mail:ink.book@msa.hinet.net
網　　　址	舒讀網 http://www.inksudu.com.tw

法 律 顧 問	巨鼎博達法律事務所
	施竣中律師
總 代 理	成陽出版股份有限公司
	電話：03-3589000（代表號）
	傳真：03-3556521
郵 政 劃 撥	19785090 印刻文學生活雜誌出版股份有限公司
印　　　刷	海王印刷事業股份有限公司

港澳總經銷	泛華發行代理有限公司
地　　　址	香港新界將軍澳工業邨駿昌街7號2樓
電　　　話	852-2798-2220
傳　　　真	852-2796-5471
網　　　址	www.gccd.com.hk

出 版 日 期	2024年 2 月　初版
ISBN	978-986-387-710-3

定　價	**380**元

國家圖書館出版品預行編目(CIP)資料

中共「二十大」政治菁英甄補／陳德昇主編.
　--初版. --新北市中和區：INK印刻文學，2024.02
　面；17 × 23公分.--（論壇；26）
　ISBN 978-986-387-710-3 (平裝)

　1.中國大陸研究 2.中國政治制度 3. 兩岸關係 4.文集

574.107　　　　　　　　　　　　　　113000307

舒讀網